HEYNE <

Das Buch

Alles könnte so schön sein: Endlich dreht sich Al Greenwoods Leben nicht länger um nervtötende Frauen, die er von der Klippe seines Heimatdorfes geschubst haben soll (oder tatsächlich geschubst hat). Stattdessen hat Emily Prosser, Als Kunstlehrerin aus Knastzeiten, seinen weichen Kern – und sein künstlerisches Talent – entdeckt, und die beiden geben als glückliches Paar Unterricht auf dem Kreuzfahrtschiff Lady Di. Leider währt die Idylle nicht lang: Während einer Skulpturstunde an Deck entwickelt Als Kettensäge ein Eigenleben und jagt eine gewisse Mrs. Durand-Deacon über Bord. Trotz ihrer Rettung droht sie ihm später mit einer Klage – es sei denn, er bringt für sie ihren verhassten Ehemann um die Ecke. Und als wäre Al dadurch nicht schon genug mit seinem alten Ich konfrontiert, holen ihn die Geister der Vergangenheit auch zu Hause ein: Exfrau Audrey ist aus dem Gefängnis ausgebrochen und sucht bei ihm Unterschlupf. Dummerweise hat auch sie etwas gegen ihn in der Hand. Etwas, das zu allem Überfluss seine Beziehung mit Miss Prosser in einem neuen Licht erscheinen lässt ...

Nach den großen Erfolgen von *Cliffhanger* und *Fischnapping*, legt Tim Binding mit *Ship Ahoy* seinen dritten Al-Greenwood-Roman vor.

Der Autor

Tim Binding, 1947 geboren, hat viele Jahre im Verlagswesen gearbeitet, bevor er sich dem Schreiben zuwandte. Er lebt mit seiner Familie in Kent im Südosten Englands.

Lieferbare Titel

*Henry Seefahrer*

Aus der Klippensturz-Reihe: *Cliffhanger – Fischnapping*

# TIM BINDING

# SHIP AHOY

ROMAN

Aus dem Englischen
von Ulrike Wasel und Klaus Timmermann

WILHELM HEYNE VERLAG
MÜNCHEN

Titel der Originalausgabe: SHIP AHOI!

MIX
Papier aus verantwortungsvollen Quellen
FSC® C014496

Verlagsgruppe Random House FSC® N001967
Das für dieses Buch verwendete
FSC®-zertifizierte Papier *Holmen Book Cream*
liefert Holmen Paper, Hallstavik, Schweden.

Vollständige deutsche Taschenbuchausgabe 03/2014

Printed in Germany 2014
Umschlaggestaltung: Nele Schütz Design, München,
unter Verwendung von © shutterstock/meunierd
Satz: Farnschläder & Mahlstedt, Hamburg
Druck und Bindung: GGP Media GmbH, Pößneck
ISBN: 978-3-453-41065-7

www.heyne.de

# EINS

Es war vier Uhr, Sonntagnachmittag. Ich war mit Johnny Caracas in der Lounge. Er saß so weit über den Tisch gebeugt, dass eine von seinen fettigen Haarsträhnen runterhing und mir den Blick aufs Spielbrett versperrte. Ich musste mich schwer beherrschen, nicht nach unten in die Kabine zu flitzen und Emilys Lockenstab zu holen, um ihm die Strähne an die Stirn zu löten. Wir waren im Halbfinale des großen Scrabble-Turniers, an dem alle Decks teilnahmen, und er war so gut wie ausgeschieden. Johnny mit seiner Schuhgröße 39 mochte ja ein putziges kleines Genie sein, aber angesichts der harten Realität von achtundneunzig Buchstaben, zwei Blankosteinen und einer Stoppuhr, auf der ihm die Zeit davonlief, war er hoffnungslos überfordert. Ich war dabei, ihn niederzumachen, hatte vierunddreißig Punkte Vorsprung, einen Blankostein in Reserve und vorsichtshalber ein kleines S im Ärmel, nur für den Fall, dass der Kerl doch noch irgendwie Schwein hatte. Ich weiß, ich weiß, aber für den Gewinner gab's eine Kiste Portwein und eine Riesenschachtel Marzipan mit verschiedenen Geschmackssorten, und ich hab nun mal eine Schwäche für Marzipan.

Er legte ein VOLL an das Ende von HACKE und haute auf den Uhrenknopf. HACKEVOLL. Gar nicht mal schlecht, aber nicht gut genug.

»Das werd ich sein, wenn ich den Pokal gewinne«, sagte

ich zu ihm und schüttelte das Säckchen ordentlich durch. Emily kam herein, ganz erhitzt und aufgeregt wedelte sie mit den Armen wie ein Hummer im Topf.

»Alle warten auf dich«, sagte sie. »Mrs Durand-Deacon kriegt gleich einen Sonnenstich.«

Ich sah sie vielsagend an. Hier stand einiges auf dem Spiel. »Immer mit der Ruhe, Em. Leg sie unter einen Sonnenschirm. Schubs sie in den Pool.« Ich tippte auf das Brett. »Die Ehre von Deck E und so.«

Jetzt sah sie mich vielsagend an. Auch da stand einiges auf dem Spiel.

»Sofort, Al«, sagte sie. »Auf der Stelle. Johnny wird das bestimmt nicht ausnutzen, oder, Johnny?«

Johnny schielte auf das Säckchen. Er wollte nicht, aber er konnte nicht anders.

»Wer? *Moi?*«, sagte er.

Ich stand auf, übergab das Säckchen Becky an der Bar zur Aufbewahrung und folgte Emily aus dem Raum. Sie mögen das für untypisch halten, dass Al Greenwood Befehlen gehorcht wie ein testikulär minderbemitteltes Muttersöhnchen. Aber ich hatte meine Lektion gelernt. Ich tat, wie mir geheißen. So war's leichter.

Wir arbeiteten seit dreieinhalb Jahren auf der *Lady Diana*, Miss Prosser und ich. In der Öffentlichkeit war sie Emily, Emily-Schätzchen, Emily-Herzblatt, manchmal einfach bloß Em, aber sobald wir in unserer kleinen Kabine waren oder wieder zu Hause im Bungalow, nannte ich sie Miss Prosser, vor allem, wenn wir beide in Stimmung waren. Sie ließ sich gern von mir Miss Prosser nennen. Ich nannte sie gern Miss Prosser. Das hielt es lebendig. Was wir füreinander getan hatten.

Johnny hatte uns den Job besorgt. So Pötte wie unserer sind immer auf der Suche nach irgendwelchen Typen, um die armen Trottel zu unterhalten, die für eine Kreuzfahrt ordentlich Geld hinblättern. Emily und ich waren da bestens geeignet. Ich hielt Vorträge über Sie-wissen-schon-was, ihre ganze Geschichte, ihre Haltung, den psychologischen Gewinn, den sie einem einbringen. Ich hatte ein paar Farbbilder, die ich dazu rumgehen ließ. Es bringt schließlich nix, sich über die Schönheit von Kois auszulassen, ohne eine anständige Sammlung Fotos parat zu haben. Manche zeigten die in meinem eigenen Teich, zusammen mit Miss Prosser, die in ihrem Badeanzug im Wasser steht, sie in einer Spülschüssel hält und selbst wie ein guter Fang aussieht, und manche waren zu Hause bei Detective Inspector Adam Rump gemacht worden. Der war nicht gerade begeistert davon gewesen, dass ich seinen Fischen zu Leibe rückte, fühlte sich aber verpflichtet, weil ich immerhin seinen preisgekrönten Fisch aus den Fängen von fiesen Fischnappern gerettet hatte (dass ich derjenige war, der ihm sein Goldstück überhaupt erst geklaut hatte, ließ ich unerwähnt), und er besaß die beste Karpfensammlung diesseits von Salisbury Plain. Ich hatte noch immer Torvill, klaro, auch wenn sie nicht mehr ganz so frisch aussah wie an dem Tag, als ich sie gemeuchelt zu Hause auf dem Küchenboden fand. Davon erzählte ich den Touris natürlich nichts, bloß von den Gefühlen, die ein Superstar-Fisch wie sie auslösen kann. Emily bediente für mich den Laptop, reichte Torvill die Sitzreihen runter, damit jeder sie aus der Nähe bewundern konnte, und passte auf, dass sich keiner ihr gegenüber irgendwie taktlos benahm, sie befummelte oder ihr die Füllung rauszupfte. Sie mochte ja seit acht Jahren tot sein, aber in ihrer Glanzzeit war sie eine Göttin unter den Fischen, von den Kiemen bis zur Schwanzflosse.

Auch Emily hatte einen anständigen Job. Sie gab Malkurse für die Passagiere an Bord – wenn das Wetter es erlaubte, oben auf dem Sonnendeck, und wenn es regnete, unten im Vorraum vom Ballsaal. Ölfarben, Wasserfarben, Bleistiftzeichnen, alles, was sie wollten. Emily war eine gute Lehrerin, das wusste ich aus meiner Zeit im Knast, wo das Eindreschen auf Lehmklumpen das Einzige war, was mich vor der Klapse bewahrte. Sie würden ja wohl auch ganz schön durchdrehen, wenn Sie wegen was eingebuchtet worden wären, das Sie nicht getan haben. Emily hatte jedenfalls ordentlich Zulauf, um einiges mehr als ich, ehrlich gesagt. Manchmal konnte ich von Glück sagen, wenn ein halbes Dutzend auftauchte, und das auf einem Schiff mit vier-, fünfhundert Passagieren, während sie drei, vier Kurse laufen hatte, jeden Tag, mit je zehn, fünfzehn, manchmal zwanzig Teilnehmern. Drück ihnen einen Pinsel in die Hand, und alle denken, es steckt ein bisschen was von Picasso in ihnen. Kois hingegen, tja, Kois verlangen da schon eine realistischere Art der Hingabe. Also musste ich mir zusätzlich was überlegen, wenn ich nicht rausfliegen wollte. Und da kam mir dieser Geistesblitz, wie ich Emilys Kurse aufpeppen könnte, nämlich mit einer Livevorführung von etwas, das ich Kettensägenbildhauerei nannte. Die da oben waren am Anfang ein bisschen skeptisch. Verständlich, dass ihnen bei der Vorstellung, einen zu Unrecht verurteilten Mörder mit einer Art benzinbetriebenem Samuraischwert von einem halben Meter Länge auf ihre Klientel loszulassen, gewisse Gesundheits- und Sicherheitsbedenken kamen, aber nachdem sie mich in Aktion gesehen hatten, gaben sie gleich grünes

Licht. Ich war auch richtig gut geworden, im Vergleich zu den Anfängen. Mit nacktem Oberkörper, Kettensäge in einer Hand, Bierdose in der anderen, kriegte ich einen anständigen Menschenfresserhai glatt in zwanzig Minuten hin, fünfundzwanzig, falls jemand zwischen den Beißerchen eine Tussi stecken haben wollte, der gerade ein Bein abgebissen wird. Die Touris waren begeistert, vor allem die Frauen. Konnten gar nicht die Augen von mir lassen, wie ich mit der Säge herumfuchtelte, als wäre sie ein Piratenmesser, und die Kette das Öl verspritzte wie ein geiler Pottwal. Sie fanden's scharf, keine Frage! Wir mussten immer drüber lachen, Miss Prosser und ich, über den Ausdruck in ihren Augen, die Art, wie sie die Beine übereinanderschlugen und die Hände kneteten. Sie wollten mir auch jedes Mal das Endprodukt abkaufen, für die Terrasse zu Hause oder um sich lüstern davon anschielen zu lassen, während sie ein Bad nahmen, aber diese Befriedigung enthielten wir ihnen vor. Sie hungrig halten, das war unser Motto. Wir dachten uns ein kleines Ritual aus, Miss Prosser und ich, gaben den Haien Namen, je nachdem, wem sie ähnlich sahen, Henry Kissinger, Vorsitzender Mao, egal, pinselten den Namen drauf und schmissen sie über die Reling, schauten zu, wie sie über das Meer davontrieben. Genau wie in alten Zeiten. Auf der letzten Fahrt hatte ich einen gemacht, der haargenau so aussah wie Bono, Idiotenbrille inklusive. Das halbe Schiff musste uns helfen, ihn über Bord zu wuchten, und wissen Sie, was, als er aufs Wasser platschte, drehte er sich auf den Rücken und ging spurlos unter. Warum läuft das im wahren Leben nicht auch so?

Wenn wir nicht auf See waren, hielten Miss Prosser und ich uns in heimischen Gefilden auf, sie malte Aquarelle von der Bucht und den Booten und den letzten bärbeißigen alten Fischern, die sich noch irgendwie über Wasser hielten, während ich die kleine Kunstgalerie führte, die wir unten am Strand hatten, wo ihre Bilder mit schönen fetten Preisschildern an der Wand hingen und ein paar von meinen Zwei-Meter-Brocken draußen am Geländer vor sich hin grinsten. Wir hatten auch ein kleines Boot, das *Miss Prosser* hieß, klaro, nichts Ausgefallenes, bloß ein Zwölfsitzer mit einem ordentlichen Außenbordmotor, groß genug, um Ausflügler durch die Bucht zu schippern oder raus zur Klippe und zurück, um ein bisschen zu angeln. Früher mochte ich das Meer nicht besonders, jetzt kann ich mir ein Leben ohne gar nicht mehr vorstellen. Am Meer habe ich Emily gefunden. Sie lag am Strand, weiß und leuchtend wie eine gestrandete Nixe, und seitdem gehörte das Meer einfach zu uns. Manchmal machten wir zwei selbst einen kleinen Ausflug, tuckerten zu der Bucht ein paar Meilen die Küste runter, die eigentlich ein Vogelschutzgebiet ist und schön abgeschieden, weil du oben von der Klippe nicht da runter kommst. Dann zogen wir unsere Klamotten aus und wateten splitterfasernackt ans Ufer, verbrachten den Nachmittag dort mit Schwimmen und Sonnenbaden, hüpften herum, als wären wir im Garten Eden. Sie zeichnete Bilder von den Vögeln und so, ich lag auf dem Sand, blickte in den Himmel und fragte mich, womit ich so viel Glück verdient hatte. Es kam auch oft vor, dass sie mich zeichnete, wach, schlafend, vorher, nachher, je nach Lust und Laune. Ich hatte nichts dagegen, solange die Bilder nicht an den Galeriewänden landeten. Es gibt Bereiche, die gehen keinen was an. Es gefiel ihr, Zeichnungen von mir zu machen. Und mir gefiel es auch. Ich hatte die Bilder gern um mich, weil sie mich irgendwie vollständiger machten, wenn man so will, mir eine Perspektive gaben, die ich nie für möglich gehalten hätte. So gesehen sind Bilder was Komisches. Eigentlich sind sie doch bloß flaches Papier, aber sie haben eine Tiefe, die dich in eine ganz andere Zeit zurückversetzen kann.

Ich ging nach oben. Wir waren nur noch ein paar Tage von Southampton entfernt, aber wir hätten genauso gut in den Tropen sein können, bei der Hitze, die vom Deck abstrahlte. Es war pickepackevoll, alle bis auf das absolut Nötigste entkleidet und manche noch weiter. Unter solchen Bedingungen war höchste Vorsicht geboten, hinsehen, ohne hinzusehen, wenn Sie verstehen, was ich meine. Nicht dass ich für so was noch Augen hatte. Das ist, wie wenn du in einer Schokoladenfabrik arbeitest. Nach einer Weile ist dir der Anblick über, selbst wenn dir alles schön ausgepackt auf dem Silbertablett serviert wird.

Emilys Schützlinge hatten sich am hinteren Ende versammelt, in einigem Abstand vom Swimmingpool. Sie waren zu zwölft, saßen in ihren Deckstühlen im Halbkreis, und der Bereich, wo ich die Kettensäge schwingen würde, war mit einem Seil abgesperrt. Sicherheitsvorschriften. Mrs Durand-Deacon saß genau in der Mitte. Die alte Schachtel fächelte sich mit einer Zeitung, die sie wahrscheinlich in unserem letzten Anlaufhafen gekauft hatte, Luft ins Gesicht. Ich kannte den Grund für ihre Unpässlichkeit: Sie wollte betütert werden. Auf diesen Kreuzfahrten tummeln sich immer welche von der Sorte. »Ach, Herr Ober, ich glaube, mir ist eine Gräte in der Speiseröhre stecken geblieben. Ich kann nicht richtig schlucken. Oh, Steward, aus meinem Heißwasserhahn kommt ein schrecklicher Abwassergeruch. Ich fühl mich richtig schwach von den Dämpfen. Hallo? Ist da der Chefsteward? Ich möchte den Kapitän sprechen. Muss er die Kurven denn immer so schnell nehmen? Ich fühl mich ganz ... wie sagt man?«

Einsam. Das sagt man. Oder ungeliebt. Die arme Mrs Durand-Deacon. Wahrscheinlich war früher bei ihr alles okay, wahrscheinlich war sie mal schwer in Ordnung, aber irgendwas ist seitdem passiert. Sie hat es nicht verdient, so zu enden. Das hat keiner verdient. Inzwischen weiß ich das. Ja, ich weiß es wirklich, auch wenn ich Leute wie sie nicht besonders mag. Ich ging durch die Gruppe hindurch, stieg über das Absperrseil und breitete die Arme aus.

»Ladys, tut mir leid, dass Sie warten mussten, aber um ehrlich zu sein, ich hatte mich verlaufen.«

Sie lachten. Jeder verläuft sich auf diesen Kreuzfahrtschiffen. Weil die Teppichböden alle dieselbe Farbe haben.

»Mrs Durand-Deacon. Wie ich höre, haben Sie auch zu leiden. Unter der bösen, bösen Sonne. Was halten Sie davon, wenn ich die mal gehörig zurechtstutze?«

Noch mehr Gelächter.

»Aber im Ernst, Ladys, nachdem ich so rücksichtslos war, werde ich mir was ganz Besonderes einfallen lassen. Auch etwas Besonderes für Sie, Mrs Durand-Deacon. Vielleicht einen Riesentintenfisch mit zappelnden Armen, bereit, Sie in die Tiefe zu ziehen?« Ich hatte in meinem ganzen Leben noch keinen Tintenfisch fabriziert, aber ich machte mir da keine Sorgen. Sie schüttelte den Kopf. »Nein? Dann vielleicht einen Wal, so einen mit Buckel?« Noch mehr Kopfschütteln. Ich wusste, was sie wollte. Das, was sie immer wollen.

»Was darf's denn sein, Mrs D-D?«

Sie schluckte hörbar, als hätte sie gerade einen verschlungen. »Ein Hai.«

»Ein Hai!«

»Ein Menschenfresserhai. So ein weißer.«

»Ein Menschenfresserhai. So ein weißer. Vielleicht mit irgendwem im Maul?«

Sie nickte, als würde ihr gleich der Kopf abfallen.

»Mein Mann! Gerald!«

Allgemeines Gekreische. Ein mörderischer Haufen, diese Kreuzfahrer. Sie denken alle daran, wissen Sie, irgendwann während der Fahrt. Ein kleiner Schubs, und all ihre Probleme wären gelöst.

»Ein großer Weißer, kommt sofort. Einer, der Gerald an den lebenswichtigen Organen knabbert.«

Es konnte losgehen. Der Holzklotz lag auf zwei Böcken. Er war fast zweieinhalb Meter lang. Die Kettensäge lag obendrauf, das Schwert mit der Kette sicher in seiner Plastikhülle verstaut. Eine Ersatzkette lag zusammengerollt wie eine schlafende Boa auf einem Beistelltisch, daneben eine Schutzbrille (Sicherheitsvorschriften), ein Topf Lackfarbe für die Signierung, eine Dose alkoholfreies Bier (weitere Sicherheitsvorschriften) und ein Feuerlöscher, nur für den Fall, dass der Hai oder die Kettensäge oder Mrs Durand-Deacon spontan in Flammen aufging. Totaler Quatsch, diese Vorschriften. Ich meine, ich hatte nie auch nur einen einzigen Unfall.

Ich setzte die Brille auf, zog mit Schwung die Hülle vom Schwert und riss am Anwerfseil. Der Motor sprang stotternd an, spotz-spotz-spotz, die Kette noch ganz still und leise, als würde sie schlafen. Ich hob die Säge an, die Kette glitzerte in der Sonne, die Schneidezähne funkelten wie die Juwelen einer Lady. Dann gab ich Gas. Die Säge zuckte in meiner Hand, die Kette spuckte einen dicken Schwall Öl aus, als hätte man ihr die Eier zusammengedrückt. Ein kleines Stöhnen ertönte. Ein bisschen so wie in diesen Sexshows, die es früher in Dänemark gab. Alle hatten darauf gewartet, dass ich das Ding rausholte und rumschwenkte, und genau das tat ich jetzt. Es war noch dazu ein richtiges Prachtstück.

Sie beugten sich vor, wussten nicht, wo sie hinschauen sollten, auf die Säge oder auf mich. Sie wollten mich mit dem Ding in der Hand rumtänzeln sehen, aber sie wollten auch sehen, wie das Ding zur Sache ging, wie es Wunder wirkte an dem reglosen Klotz da unten, zuschauen, wie es etwas Unscheinbares, Gewöhnliches, Lebloses in etwas Schönes, Pralles, Lebendiges verwandelte. Genau wie sie, als sie noch schön, prall und lebendig waren.

Ich fing an. Es war nicht schwer. Ich hatte es Hunderte Male gemacht, zuerst grob den Körper formen, dann tief einschneiden, um die Flossen rauszuhauen, dann den Schwanz modellieren und den Kopf und das alles entscheidende Maul bis zum Schluss aufsparen. Um ehrlich zu sein, war ich an dem Nachmittag mit den Gedanken nicht ganz bei der Sache. Becky hinter der Bar war nicht gut auf Johnny zu sprechen, seit seine Frau auf der Hochzeit der beiden aufgetaucht war, aber er war ein raffinierter Hund. Wenn ihm genug Zeit blieb, könnte er sie zu Gott weiß was überreden. Demzufolge hatte ich es ein bisschen eilig. Nach gerade mal fünfzehn Minuten war ich schon dabei, meinem hölzernen Freund die Birne zu glätten. Und es war noch reichlich Material übrig für das Maul und was immer Mrs Durand-Deacon gern aus ihm rausragen sehen wollte.

»Wie wär's mit einem hübschen Paar von Geralds Beinen?«, fragte ich. Mrs Durand-Deacon schüttelte wieder heftig den Kopf.

»Kopf und Schultern«, sagte sie. »Die Augen weit offen,

wenn's geht. Ich möchte, dass er bis zum letzten Moment leidet.«

Ich schwang die Säge in die Luft und arretierte den Gashebel, sodass die Kette von allein lief. In zehn Minuten hätten wir Gerald über Bord, und ich könnte wieder zurück zum Turnier.

»Der Kopf, ganz, wie Sie wünschen, Mrs D-D. Aber die Ähnlichkeit wird nicht unbedingt frappierend sein, schließlich hab ich Ihren Gatten noch nie zu Gesicht bekommen.«

»Ich hab ein Foto«, rief sie.

Und dann geschah es.

Ein leichter Wind kam von irgendwoher auf, wie das auf See öfter passiert, ohne Vorwarnung. Eine plötzliche Böe, wie es so schön heißt. Kein Wölkchen am Himmel, keine Welle, die das Wasser kräuselt, aber da war sie, die Böe, ließ Liegestühle und Sonnenhüte erzittern, kippte meine Bierdose um und hob die Zeitung von Mrs Durand-Deacons Schoß, sodass sie mit flatternden Seiten durch die Luft segelte wie ein junger Schwan, der gerade fliegen gelernt hat. Sie kam angeflogen und landete direkt auf dem Haikopf, verhüllte ihn wie ein Schleier, als hätte er etwas Geheimnisvolles an sich. Ich hob die Kettensäge hoch und streckte die linke Hand aus, um die Zeitung vom Haikopf zu ziehen. Und da sah ich es, das Foto, das die ganze Innenseite einnahm und mich anstarrte. Darauf war ich nicht gefasst. Auch nicht auf die Schlagzeile darunter. Ich drückte die Hand auf die Zeitung, um die Seite ruhig zu halten, und trat einen Schritt näher, um besser lesen zu können. Ich hatte die Kettensäge ganz vergessen, hatte vergessen, dass sie in meiner anderen Hand kreischte. Ich hörte nichts außer dem Blut, das mir in den Ohren rauschte.

Und in diesem Moment ließ ich die Spitze der Säge sinken, nicht viel, aber es reichte: Die Kette erwischte den Griff des Feuerlöschers, die ganze Chose flog mir aus der Hand und landete wie verrückt kreiselnd und hüpfend auf dem Deck.

Ich weiß ja nicht, wer von Ihnen schon mal erlebt hat, wie eine Kettensäge auf einer blank polierten Oberfläche Amok läuft, aber es ist ein bisschen so wie bei den guten alten Knallfröschen, mit denen ich als kleiner Junge am Guy-Fawkes-Tag rumspielte. Die Dinger machten einen Heidenspaß. Lunte anzünden, in einen Bus werfen, in eine Schlange an der Supermarktkasse, sogar ins Wartezimmer beim Arzt, und PENG-PENG-PENG, und dann zusehen, wie alle wegsprangen. Keiner war vor ihnen sicher. Die Dinger hüpften überallhin, erst in eine Richtung, dann in die andere. Die Kettensäge war genauso, bloß mit einem wild kreisenden Gebiss. Es fraß sich durch das Bein von einem der Böcke und steuerte dann schnurstracks auf die Liegestühle zu. Meine Fresse, was waren die Frauen schnell auf den Beinen. Gut so, denn die Liegestühle waren wie Streichhölzer für eine Kettensäge dieser Größenordnung. Aber sie konnten gut springen, die alten Mädels. Ich schätze, die ganze Seilhüpferei, mit der sie früher auf dem Spielplatz die Zeit totgeschlagen hatten, zahlte sich endlich aus.

Und dann tat die Kettensäge etwas Merkwürdiges. Sie schien irgendwie Mrs Durand-Deacon ins Visier zu nehmen. Es klingt lächerlich, ich weiß, denn schließlich war die Säge bloß ein empfindungsloses Stück Metall, aber ob Sie's glauben oder nicht, genau so war's. Es kam mir vor, als wäre ich auf der Farm und würde zusehen, wie Stan Colleys Collie sich eins von seinen Schafen auskuckte. Wohin Mrs Durand-Deacon sich auch flüchtete, die Säge folgte ihr, rechts, links, zurück, vorwärts, sie ließ einfach nicht von ihr ab. Wenn Mrs Durand-Deacon nach rechts wollte, machte die Säge einen Satz nach links, wenn Mrs Durand-Deacon links antäuschte, sprang die Säge nach rechts, schnitt ihr den Fluchtweg ab, drängte sie nach hinten gegen die Reling. Emily schrie mich an, ich sollte mir das Biest schnappen, irgendwas *tun*, aber da sie selbst Künstlerin ist, hätte sie mein Zaudern eigentlich verstehen müssen. Ich meine, unsere Hände sind schließlich unsere Existenzgrundlage, oder etwa nicht? Die Säge rückte näher und näher, bis Mrs Durand-Deacon an die Reling gepresst dastand, unfähig, sich zu bewegen, während die Säge vor und zurück tänzelte, bereit, sich auf ihre Beute zu stürzen. Sie würde ihr die Füße absägen, glasklar.

Sie zögerte einen Moment, wie eine Schlange kurz vor dem tödlichen Biss. Wir hielten den Atem an. Das ganze Deck hielt den Atem an, und das Schiff balancierte auf dem Kamm einer Welle. Die Säge hätte für immer so verharren können. Dann machte sie einen Satz nach vorn. Mrs Durand-Deacon tat das Einzige, was ihr noch übrig blieb. Sie legte eine Hand auf die Reling und flankte kurzerhand hinüber, Arm gerade, Körper parallel, Beine gestreckt. Alle Achtung. Die Kettensäge schlug die Zähne in eine Metallstrebe, stotterte und starb.

Em und ich liefen zur Reling. Mrs Durand-Deacon war schon eine Viertelmeile entfernt, ruderte in unserem Kielwasser herum. Irgendwer am anderen Ende des Pools hatte ihr einen Rettungsring zugeworfen. Eine Sirene war losgegangen. Das Schiff wurde langsamer. Ich hielt mich an der Reling fest, ich zitterte wie Espenlaub.

»Alles in Ordnung«, sagte Emily. »Wir wenden.«

»Von wegen ›alles in Ordnung‹!« Ich führte sie zurück zu dem Hai. Die Zeitung klebte ihm noch immer im Gesicht.

»Siehst du das Foto da?«, sagte ich. »Das ist meine erste Frau, Audrey.«

Em sah mich an. Das Einzige, worüber wir uns in den dreieinhalb Jahren gestritten hatten, war die Heiratsfrage.

»Wie viele Ehefrauen hast du gehabt, Al?«, fragte sie.

»Okay. Okay. Meine einzige Frau. Siehst du die Schlagzeile da? Na los, lies sie.«

Sie las sie, laut.

MÖRDERIN VON UNEHELICHEM KIND
AUS GEFÄNGNIS AUSGEBROCHEN

»Ach du Schande«, sagte sie.

»Allerdings, mein Herzblatt. Lies den Rest auch noch vor. Ich hab Probleme, klar zu sehen.«

Sie strich die Zeitung glatt.

Wie heute bestätigt wurde, ist Audrey Cutlass, vormals Audrey Greenwood, die vor vier Jahren wegen Mordes an der unehelichen Tochter ihres Ehemanns zu zwanzig Jahren Haft verurteilt wurde, aus dem offenen Vollzug in Hertfordshire geflohen. Die Polizei rät dringend davon ab, sich der Flüchtigen in den Weg zu stellen.

»Ach du Schande«, sagte sie wieder.

»Das kannst du laut sagen«, bestätigte ich. »Sag Johnny, ich geb die Partie verloren. Ich muss mich hinlegen.«

# ZWEI

Wie gesagt, ich hatte Emily kennengelernt, als ich wegen etwas im Gefängnis saß, was ich nicht getan hatte. Ich hab noch nicht gesagt, *was* ich nicht getan hatte.

Sie behaupteten, ich hätte meine eigene Tochter umgebracht, Miranda, die Tochter, die ich mit einer anderen Frau als Audrey hatte. *Das* hatte ich nicht getan. Dafür hatte ich etwas anderes getan, nämlich versucht, meine Frau Audrey umzubringen, sie von einer Klippe zu stoßen, bloß dass ich stattdessen jemand anderes runterstieß. Wen, wusste ich zu der Zeit nicht, und das machte mich ganz kirre, unfähig, einen klaren Gedanken zu fassen. Sonst hätte ich vielleicht früher geschnallt, dass es Audrey war, die Miranda um die Ecke gebracht hatte, aber als ich es dann schnallte, war es zu spät, und alle dachten, ich wäre es gewesen, allen voran Detective Inspector Adam Rump, Fischliebhaber wie ich, der sich mehr für den Zustand meines Teichs interessierte als dafür, wer meine Kleine umgebracht hatte. Also marschierte ich in den Knast, während Audrey sich mit Rumps Frau Michaela auf und davon machte. Australien, Südafrika, die beiden hatten mächtig Spaß zusammen.

Aber dann, kaum zu fassen, hatte Audrey eine Art Damaskuserlebnis – nur dass sie ihre Erleuchtung nicht wie der gute Paulus irgendwo auf der Straße hatte, sondern beim Bungee-Jumping. Sie gestand die Tat, die sie begangen

gen hatte, und ich kam frei. Damit hätte die Sache eigentlich erledigt sein sollen, aber nichts da. Erstens wollte ich unbedingt wissen, wen ich von der Klippe geschubst hatte. Total bescheuert, aber was will man machen. Zweitens kreuzte plötzlich meine andere Tochter auf, die ehelich geborene, und wollte mich gleich wieder hinter Gitter bringen, weil ich zehn Jahre zuvor angeblich ihren Verlobten Robin umgebracht hatte. Sie behauptete, ich hätte ihn von einem Berg geschubst und obendrein sein Scrabble-Reiseset geklaut. Tatsächlich lag sie mit beidem richtig, aber die Genugtuung wollte ich ihr nicht gönnen. Töchter! Ein klitzekleiner Fehler, und sie tragen ihn dir bis ans Ende deiner Tage nach. Jedenfalls, kaum war Audrey im Knast, beschloss Michaela, dass es doch spaßig wäre, ihrem Ex Adam Rump seinen preisgekrönten Fisch zu klauen. Sie erpresste mich förmlich, das für sie zu erledigen, indem sie behauptete, sie wüsste, wen ich in die Tiefe gestoßen hatte, oder könnte mir helfen, es rauszufinden, und ich Volltrottel ließ mich darauf ein. Während ich gerade dabei war, die Sache durchzuziehen, sah ich Miss Prosser wieder: Sie lag am Strand, blinzelte zu mir hoch, mit einem Ausdruck im Gesicht, als hätte sie ihr ganzes Leben lang darauf gewartet, dass das passierte, und ich stand da, in der Hand die Kühltasche mit Rumps gestohlenem Fisch drin, und dachte das Gleiche. Alles andere fiel von mir ab. Ich wollte nur noch mein Leben wieder in Ordnung bringen und mit Miss Prosser im Arm abhauen. Alles Schlechte, was ich getan hatte, alles Schlechte, was ich in Zukunft tun konnte, existierte nicht mehr. Ich war endlich frei.

Und plötzlich wusste ich, wie es laufen würde. Ich würde den Fisch zurückgeben, Michaela in die Wüste schicken und neu anfangen, Neuseeland, Kanada, irgendwo weit weg. Und so wäre es auch gekommen, wenn ich nicht am nächsten Tag erfahren hätte, wen ich damals an dem Sonntagnachmittag von der Klippe gestoßen hatte. Robins Mum nämlich. Robins Mum, die die Asche ihres Sohnes nach oben zur Beule gebracht hatte, wo Carol und er einander ihre Liebe gestanden hatten. Als ich das erfuhr, war ich fix und fertig, hatte das Gefühl, als hätte ich meine eigene Mum runtergestoßen, als hätte ich die Erinnerung an sie und alles, was sie für mich getan hatte, zerstört. Deine Mum ist nun mal deine Mum. An einer Mum sollte sich keiner vergreifen.

Damit konnte ich nicht leben, erst recht nicht, wo ich doch mit Miss Prosser zusammen sein wollte, mir das mehr als alles andere auf der Welt wünschte. Also schrieb ich ihr einen Brief, in dem ich ihr alles gestand, wusste, dass es damit zu Ende wäre, noch ehe es überhaupt angefangen hatte, schickte ihn ab und ging rauf zur Beule, um auf die Bullen zu warten. Ich blieb die ganze Nacht da oben, dann noch den halben Vormittag, durchgefroren wie nie zuvor, doch sie kamen schließlich, die Jungs in Blau, genau wie ich es mir gedacht hatte, und stürzten sich geradezu aus dem Wagen, als könnten sie es nicht erwarten, mich in die Finger zu kriegen.

Ich stand auf und war drauf und dran zu rufen: »Hier bin ich! Kommt und holt mich, ihr Bullen!«, aber falls sie mich sahen, schenkten sie mir jedenfalls keine Beachtung. Hatten kein Interesse. Sie waren gar nicht meinetwegen gekommen, sondern wegen Michaela, nahmen sie mit, während sie um sich trat und schrie wie am Spieß. Rump sorgte dafür, dass sie als unerwünschte Ausländerin abgeschoben wurde. Also war Emily mit meinem Brief nicht zur Polizei gegangen. Sie hatte alles für sich behalten.

Ich konnte es nicht glauben. Ich saß da, die Sonne stieg immer höher, das Meer hinter mir war warm und blau, und mein kleiner Bungalow tief unten sah aus, als könnte ich ihn einfach mit dem Handballen zerquetschen. Auf einmal kommt ein anderes Auto, und Miss Prosser steigt aus, wie sie schon einmal ausgestiegen ist, klopft an meine Tür, wie sie schon einmal geklopft hat, geht ums Haus in den Garten, wie sie es schon einmal getan hat, steht am Teich, berührt die Nymphe, und dann, großer Gott, blickt sie hoch, blickt hoch zu der Stelle, wo ich kauere und inständig bete, dass sie mich nicht sieht. Und dann springt sie über den Zaun und kommt durch das lange Gras hochgestapft, in meine Richtung, rafft ihr hellblaues Kleid ein wenig, das über und über mit rosa und gelben Blumen bedeckt ist, und dann gibt sie Gas, stürmt durch Gras und Brombeersträucher, als könnte sie es nicht erwarten, als fürchtete sie, ich könnte nicht mehr da sein, als müsste ich gerettet werden, wird schneller und schneller, kommt näher und näher, bis sie oben steht und mich ansieht. Ihr Gesicht ist dunkelrot, ihre Brust hebt und senkt sich wie wild, die rosa und gelben Blumen hüpfen an ihr auf und ab.

»Woher wusstest du, dass ich hier bin?«, fragte ich.

Sie griff in eine kleine Tasche vorn an ihrem Kleid, holte den Brief heraus und wedelte damit herum.

»Was glaubst du wohl?«

Ich starrte darauf. Ich erkannte ihn kaum wieder.

»Ich wette, da sind dir die Cornflakes im Hals stecken geblieben.«

Sie packte die Seiten mit beiden Händen und fing an, sie zu zerreißen, ohne auch nur einmal die Augen von mir zu nehmen. Sie riss sie in kleine Stücke und warf sie dann in die Luft. Sie flogen hoch, hinaus aufs Meer.

»Es macht mir nichts aus, Al. Wirklich nicht. Es hat mir nie was ausgemacht. Weißt du das nicht?«

Sie stand da, und ihr Atem ging noch immer schnell und keuchend. Ein paar Briefschnipsel landeten in ihrem Haar – das wunderschönste Konfetti, das man sich nur vorstellen kann. Sie zupfte sie heraus, ließ sie wieder frei, als wollte sie sie nicht an sich haben.

»Weißt du, worauf du dich einlässt?«, fragte ich.

»Weißt du's?«

»Nein. Ja. Nein. Herrje, Emily.«

Ich packte ihre Schultern, hielt sie so, dass ich ihren Herzschlag spürte, dass sie meinen spürte. Da war so viel zwischen uns.

»Ich weiß nicht, was ich sagen soll«, sagte ich.

»Sag nichts«, sagte sie und fing an, mich nach unten zu ziehen.

»Lieber nicht«, sagte ich. »Nicht hier. Ich hab genug von diesen Klippen.«

»Wo denn dann? Da vorne?«

Sie nahm meine Hand und zog mich bis ganz nach oben, warf die rosa und gelben Blumen einfach von sich, streckte sich über die Kuppe, ließ Kopf und Beine herabhängen, als wäre sie Teil der Erde, und ihr gewölbter Körper reckte sich gen Himmel, weiß und rund wie ein Klumpen Porzellanton, auch weich wie Porzellanton, ganz glatt und schlüpfrig, und ich legte mich auf sie und fing an, sie zu kneten, knetete sie, als wäre sie Eva, frisch aus der Erde, und ich wäre Adam, und sie schob ihre Hand zwischen uns und fing auch an, mich zu kneten, und wir taten es dort oben, wo alle Welt uns sehen konnte, wenn sie wollte, taten es, bis wir nicht mehr konnten.

So fing das an mit uns, wir schwebten zurück den Hügel hinunter, als wären wir in einem Traum. Und so ging es auch weiter, wie im Traum, von dem Moment an, als wir über das Feld nach unten kamen, als die alte Schnüffelnase sich oben aus dem Fenster lehnte und uns mit ihrem Fernglas zuwinkte, bis zur letzten Kreuzfahrt auf der *Lady Di*. Alles schien rosig für uns zu laufen, gleich von Anfang an, wir beschlossen vom Fleck weg, dass wir alles auf eine Karte setzen würden, komme, was da wolle, ohne Kompromisse, sie würde ihren Job in dem blöden Knast aufgeben und aus London herziehen, ich würde mich bessern, und wir würden zusammen was aufbauen, eine Art Minikünstlerkolonie, nur sie und ich, malen und bildhauern und vögeln den lieben langen Tag, obwohl wir wussten, dass wir kaum genug verdienen würden, um einen Wellensittich auf Diät am Leben zu halten, aber es war uns egal, es fühlte sich einfach so verdammt herrlich an, so nebeneinanderzuliegen, Kippen zu rauchen, einander zu befummeln, daran zu denken, wie stark wir miteinander verbunden waren, ohne wirklich zu wissen, wie oder warum. Natürlich mussten wir noch irgendwas anderes machen außer malen und vögeln, ich wusste das, sie wusste das, aber wir scherten uns nicht drum. Wir wussten, es würde sich schon alles irgendwie fügen, und so war es auch, denn an einem schönen regnerischen Sonntagnachmittag lief ich im Spread Eagle Johnny Caracas über den Weg. Der war gerade zum Unterhaltungsoffizier auf der *Lady Di* gekürt worden und suchte nach neuen Talenten. Menschenskind, nach seinem dritten doppelten Gin heuerte er uns beide an, dabei hatte er Emily noch nicht mal kennengelernt, weil sie damit beschäftigt war, ihren Kram aus London herzuschaffen. Selbst das lief besser als gedacht, denn alles, was sie mitbrachte, schien irgendwie dazuzugehören, brachte wieder Leben in den Bungalow, alles war wie für ihn geschaffen, sie war wie für ihn geschaffen, sie war wie für mich geschaffen. Das war's. Alles passte. Ich passte in sie, sie passte in mich. Wir ergänzten uns perfekt, und wenn wir lachten, klang es fast wie eine Melodie, wie ein harmonisches Klimpern im Raum, wie eine Komposition von Rodgers und Hammerstein. Mit Em war alles leichter, essen, Auto fahren, sogar, sie mit meinem besten Stück zu beglücken. Ich glaube, ich hatte das vorher noch nie richtig gemacht, das, was sie Liebe nannte. Ich hatte verdammt oft etwas anderes gemacht, aber nicht das, es war, als würden wir Regenbögen runterrutschen, als hätte es kein Ende, auch keinen Anfang, als wäre es bloß Licht und Freiheit und etwas, das wir nie zu fassen bekamen. Und hier spricht nicht bloß mein Mannesstolz. Das ist die Wahrheit. Getrennt waren unsere Leben wie verlorene Puzzleteilchen gewesen, ganz durcheinander und aus dem Lot geraten, das Bild löchrig und verzerrt, aber sobald wir ein Paar wurden, fügte sich alles wie selbstverständlich zusammen, genau wie bei einem Bild. Ich hätte dem Frieden nicht trauen dürfen.

Die zehn Tage Wartezeit nach dem Kettensägenunfall, bis das Schiff in Southampton festmachte, waren eine Tortur. Das Einzige, was mich bei Laune hielt, war die Kameraaufzeichnung von Deck, auf der ich mir immer wieder ansah, wie Mrs Durand-Deacon in die Enge getrieben wurde wie ein Longhorn-Rind im O.K. Corral. Als Johnny C., einen Tag bevor wir anlegten, den Interdeck-Scrabble-Pokal über den Kopf hob, meinte er ganz richtig, dass das die mit Abstand beste Freiluftchoreografie war, die auf der *Lady Di* je geboten worden war, und wenn ich die Kettensäge nicht hätte fallen lassen, hätte Mrs D-D nicht anmutiger über die

Reling geflankt als die kleine Olympionikin Olga Korbut über den Schwebebalken, und er hätte auch nicht das Turnier gewonnen. Und dann schenkte er mir zwei Sorten von seinem Sieger-Marzipan, einmal Ananas und einmal Mexikanischer Espresso. Ziemlich sportlich von ihm, dafür, dass er keinen Funken Sportsgeist im Leib hatte. Ich schenkte sie beide Em. Ich war nicht in Stimmung für Marzipan. Ich war für nichts in Stimmung. Ich wollte bloß schnell nach Hause und rausfinden, was zum Teufel passiert war.

»Wieso war sie überhaupt im offenen Vollzug, das würde ich gern mal wissen«, sagte ich ein paar Stunden später. Em und ich waren wieder in unserer Kabine und warfen uns in Schale für den Abschlussgalaabend. Immer eine echte Horrorshow, so ein AGA, der Spaß, nach dem sie alle sich so verzweifelt sehnten, der Spaß, den sie hätten haben sollen, aber nicht hatten, nie haben würden. Eine Kreuzfahrt ist eine einzige fette Lüge. Was sie aber nicht davon abhält, Wucherpreise dafür zu zahlen. Und wir niedrigen Arbeiter, die wir unter Deck schwitzen? Wir nehmen einfach ihr Geld und versuchen, kleidungsmäßig mitzuhalten, so gut wir können.

»Und wieso hat man mich nicht verständigt? Ich meine, wer ist denn hier der Geschädigte?«

Em zwängte ihre obere Hälfte in ein grünes Chiffonpartykleid. Sie machte sich gern schick, lieber, als ich gedacht hätte.

»Hör auf zu jammern, Al. Vielleicht warten sie, bis wir an Land sind. Sie denken wahrscheinlich, du weißt noch nicht Bescheid.«

»Tja, aber ich weiß Bescheid, oder? Die ganze Scheißwelt weiß Bescheid. Audrey Greenwood läuft frei herum –«

»Cutlass«, korrigierte Em. »Audrey Cutlass.«

»Egal. Und bereitet mir damit Kopfzerbrechen«, sagte ich. »Warum ist sie ausgebrochen? Zu welchem Zweck?«

»So was machen Gefangene nun mal, oder? Erzähl mir nicht, du hättest nie dran gedacht. Komm, hilf mir mit dem Reißverschluss.« Sie drehte mir den Rücken zu. Ich blies mir auf die Finger. Das hatte ich nie machen müssen, wenn ich für Audrey das Abendkleid zuzog, aber durch ihre Haut pumpte ja auch kein warmes Blut.

»Klar hab ich dran gedacht. Das macht jeder Knacki. Wir denken an so allerhand. Wir haben ja auch sonst nichts zu tun, außer an irgendwas zu denken – Frauen, Essen, den perfekten Ausbruch, Frauen, du springst immer so von einem zum anderen. Aber wir wissen, was das alles ist – etwas, das nie passieren wird. Ich hab jeden Tag mit mir gespielt und dabei an dich gedacht, und schau, wohin das geführt hat.« Ich griff um sie herum und hielt die Hände wie zwei Waagschalen.

Sie schob mich weg. »Sehr witzig.«

»Die Sache ist die, Audrey würde nicht einfach so abhauen. Nicht ohne einen Plan, einen Grund.«

»Vielleicht hat sie ja einen.«

»Gerade das macht mir Sorgen. Ich meine, *weshalb* flieht sie?«

»Um frei zu sein?«

»Damit sie noch mehr Unheil anrichten kann, würde ich eher tippen. Du kennst sie nicht. So ein hinterhältiges Hirn wie das von Audrey gibt's nicht noch mal. Ich weiß, wovon ich rede. Ich bin dreißig Jahre lang jeden Morgen daneben aufgewacht und wusste nie, was für einen kleinen Albtraum es sich in der Nacht wieder hatte einfallen lassen. Ich bin gut mit der Welt umgegangen, bis ich Audrey kennengelernt habe.«

Em bückte sich, nahm irgendwas von der Kommode und kam dann ganz nah zu mir. Vier Jahre waren wir nun zusammen und unzertrennlich, und noch immer kam sie ganz dicht zu mir, wie am ersten Tag ...

»Und jetzt ist sie raus aus deinem Leben, du bist geläutert, und jedes Mal, wenn du mit dir spielst, wird dein Wunsch wahr. Da.« Sie steckte mir ein Stück Marzipan in den Mund. Ananas. Mexikanischer Espresso wäre mir lieber gewesen. »So, jetzt setz deine beste Miene auf und sei besonders nett zu Mrs Durand-Deacon, sonst verklagt sie dich womöglich noch. Tanz mit ihr, bitte sie, dir die Fotos von ihren Pudeln zu zeigen, erzähl ihr noch mal, dass du rüber nach Frinton fährst, sobald deine Kettensäge repariert ist, und einen Hai für ihr Badezimmer schnitzt.«

»Dieses Schickimickikaff. Das kotzt mich an.«

Sie strich mir das Haar nach hinten. Ich konnte die Wärme von ihren Armen riechen.

»Ich weiß. Und sie weiß es auch. Aber so bleibt ihre Würde erhalten. Das kannst du doch wohl für sie tun, oder?«

Wir gingen auf die Party. Ich war besonders nett zu Mrs Durand-Deacon. Ich tanzte nicht viel mit ihr, weil sie wegen des Salzwassers in den Ohren Gleichgewichtsstörungen hatte. Stattdessen saßen wir am Tisch. Ich bat sie, mir die Fotos von ihren Pudeln zu zeigen. Romulus und Remus hießen sie, was lustig war, weil ich mal eine Kellnerin in Dorchester kannte mit zwei Möpsen, die genauso hießen. Mrs Durand-Deacon erzählte mir, dass die beiden sie morgens immer weckten, indem sie ihr mit ihren nassen Nasen durchs Gesicht fuhren, und dass sie die beiden dann drückte und kitzelte, bis sie ganz außer sich waren. Das konnte ich gut nachempfinden. Später notierte ich mir den Weg nach Snobville-by-the-Sea und versprach ihr, vorbeizukommen, um ihren Hai zu schnitzen, in spätestens drei Wochen. Punkt Mitternacht haute ich ihr mit einem Luftballon auf den Kopf, ehe ich sie zu ihrer Kabine brachte und ihr einen Gutenachtkuss auf die knittrige Wange drückte. Es machte mir nichts aus. Inzwischen hatte ich einiges übrig für sie, für den Mut, den sie bewiesen hatte. Gerald hatte wahrscheinlich jeden einzelnen Haibiss verdient. Normalerweise lungere ich noch ein Weilchen herum, warte auf irgendeine Abschiedsbelohnung, krieg normalerweise auch eine, aber ich drückte sie bloß kurz und hastete zurück zur Kabine. Miss Prosser wartete auf mich, als ich hereinkam. Der Chiffonpartyfummel lag wieder in der Schachtel, sie und eine Flasche Schampus lagen zum Schäumen bereit in der unteren Koje. Für gewöhnlich machten wir es uns nach dem Galaabend noch so richtig schön, wenn die Touris längst pennten, aber nicht in dieser Nacht. Ich kletterte einfach in die obere Koje, dachte an Audrey, daran, wo sie war, was sie machte, was sie vorhatte. Schon komisch, die ganze Zeit, während sie im Knast saß, hatte ich kaum einen Gedanken an sie verschwendet, aber jetzt, wo sie draußen war, ging sie mir nicht mehr aus dem Kopf. Sie war irgendwo da draußen, da draußen in derselben Dunkelheit, auf die wir Kurs hielten. Der Morgen würde grau und nass und winterlich heraufdämmern, genau wie unser Heimatland es mag, und ich würde den Landungssteg runtergehen, als würde ich hinaus in ein unbekanntes Meer schreiten, mit dem Wissen, dass Audrey irgendwo denselben Morgen sah. Die Vorstellung war fast unerträglich.

Trotzdem war es schön, wieder nach Hause zu kommen. Das war immer so nach einer Kreuzfahrt. Es war zwar ganz nett, von Hafen zu Hafen zu fahren mit Miss Prosser im Schlepptau, aber ich persönlich konnte dieser ganzen Globetrotterei nicht viel abgewinnen. Es heißt zwar immer, Reisen erweitert den Horizont, aber Beweise hab ich dafür noch keine gesehen. Ich meine, zeigen Sie mir den Kreuzfahrer, der die *Lady Di* klüger verlässt, als er sie betreten hat. Mag ja sein, dass sie ein paar Pyramiden zu Gesicht bekommen haben oder ihnen beim Taj Mahal die Augen feucht geworden sind, aber na und? Was bringt einem ein Eierkopf-Grab, wenn man wieder zu Hause ist? Rein gar nichts. Alle machen Oh und Ah und schießen ihre Digitalfotos, aber wenn Sie die Wahl hätten, wo würden Sie lieber wohnen, in einem zugigen Marmorpalast meilenweit vom nächsten Supermarkt entfernt oder in einem Bungalow mit Zentralheizung, einem frisch eröffneten Lidl gleich um die Ecke und Doppelverglasung an allen Fenstern? Nein, wer unbedingt eine Kreuzfahrt machen muss und dabei seinen Horizont erweitern will, dem würde ich raten, sich einen bequemen Liegestuhl auf dem Promenadendeck zu suchen und seinen Hintern für die Dauer der Reise dort zu parken – außer zum Essen und für das ein oder andere therapeutische Schäferstündchen natürlich. Einfach dasitzen, raus aufs Meer schauen und den guten alten grauen Zellen ein bisschen Auslauf geben. Wenn Em mir eins beigebracht hat, dann, wie nützlich es ist, die Gedanken ab und an mal wandern zu lassen. Irgendeine verfallene Ruine irgendwo im Süden anzugaffen und sich zu fragen, wie der Römer wohl sein großes Geschäft verrichtet hat, bringt gar nichts, weil man dabei bloß an der Vergangenheit klebt. Das Meer hat keine Vergangenheit. Es hat auch keine Zukunft, und es befindet sich auch nicht in der Gegenwart. Es ist alles auf einmal, ohne Anfang und ohne Ende. Es war schon lange da, ehe wir uns auf die Hinterbeine stellten, und es wird noch da sein, wenn wir flach auf dem Rücken liegen und versuchen, uns einen neuen Satz Kiemen wachsen zu lassen. Es befreit dich irgendwie von allem, das Meer.

Als wir nach Hause kamen, hatte Mrs B alles schön gemütlich für uns gemacht. Wir hatten ihr einen Schlüssel gegeben, damit sie sich um die Fische kümmern konnte, während wir weg waren. Zu Audreys Zeiten hatten wir bloß einen Gaskamin mit Holzscheitimitaten, weil Audrey keine Lust hatte, den Rost zu säubern, aber das Erste, was Em mich machen ließ, war das Ding rauszureißen, um Platz für einen richtigen zu schaffen, damit wir uns abends davor entspannen und unterhaltsamen Möglichkeiten nachgehen konnten, uns nicht nur von den Flammen aufheizen zu lassen. Ich hatte mich in dem Bungalow noch nie so zu Hause gefühlt wie mit dem offenen Kamin und den Teppichen, die Emily mitbrachte, und den Bildern, die sie überall aufhängte, Bildern, die sie selbst gemalt hatte. Auf den älteren waren Landschaften zu sehen, Kühe, die über Zäune muhten, die neueren zeigten die Bucht und dümpelnde Boote. Es gab auch Bilder von mir, wie ich die Fische fütterte, an der *Miss Prosser* rumbastelte oder im Wintergarten ein Nickerchen machte. Sie hatte noch andere, ein bisschen privatere, aber die waren nicht zum Zeigen gedacht. Die stapelte sie bloß in der Garage, bis auf das eine im Schlafzimmer, auf dem ich splitternackt auf der bequemen Ausziehcouch liege, Tonto einsatzbereit aus dem Wigwam rauslugend. Ehrlich gesagt war mir das Bild ein bisschen peinlich, und ich nahm es immer ab und schob es unters Bett, ehe wir wegfuhren. Es wäre nicht richtig, wenn Mrs B es sähe, ganz gleich, wie viele in der Vergangenheit ihren eigenen Planwagen umzingelt hatten.

Jedenfalls, als wir den Bungalow betraten, prasselte ein hübsches Feuer im Kamin. Ich hatte mir auf der Rückfahrt so viele Zeitungen besorgt wie möglich und breitete sie vor der wohligen Wärme auf dem Boden aus, während Em Tee und Toast machte. Darauf freute ich mich bei jeder Rückkehr, auf Tee und Toast mit einer anständigen Erdbeermarmelade. Mum und ich hatten früher immer Toast mit Erdbeermarmelade gegessen, wenn wir nach einem anstrengenden Tag am Strand zurückkamen, am Fenster saßen und hinauf zur Beule schauten, uns müde und gut fühlten und wünschten, es würde immer so weitergehen. Nach ihrem Tod konnte ich Erdbeermarmelade nichts mehr abgewinnen, wie ich den meisten Dingen, die in meinem Leben gut waren, nichts mehr abgewinnen konnte. In der ersten Zeit unserer Ehe hätte ich es gerngehabt, wenn Audrey in die Fußstapfen meiner Mum getreten wäre, ich meine, tee- und toastmäßig, aber sie kriegte es nicht hin, obwohl sie von mir aus auch geschnittenes Brot hätte nehmen können. Es endete stets so wie Tonto nach einer Woche auf Malta, schlaff und ringsherum verbrannt. Aber mit Em an meiner Seite kam alles irgendwie wieder in Ordnung.

Ich blätterte die Zeitungen durch. Ich wollte mehr über Audrey rausfinden, darüber, wie sie es gemacht hatte, ob sonst noch jemand beteiligt gewesen war. Ihre ehemalige Partnerin zum Beispiel, Michaela Rump, die Frau, die mir den Diebstahl des Edelfischs ihres Mannes hatte anhängen wollen, aber sie wurde nirgends erwähnt. Über die Flucht war auch nicht viel zu finden, bloß ein paar Einzelheiten in einem der Sonntagsblätter. Offenbar war sie nach dem

Mittagessen abgehauen, als sie eigentlich im Gemüsegarten der Häftlinge ein paar Stunden hätte ackern sollen. Typisch. Anscheinend hatte kein Schwein sie vermisst, bis die Glocke zum Fünfuhrtee läutete. Aber selbst da machte sich noch niemand irgendwelche Gedanken. Wie gemunkelt wurde, war sie ziemlich oft nicht da, wo sie hätte sein sollen. Wie gemunkelt wurde, war der Grund dafür Deidre Macleod, die Gefängnisdirektorin und frühere olympische Bronzemedaillengewinnerin im Radrennfahren. Wie gemunkelt wurde, standen sich Audrey und Deidre Macleod um einiges näher, als erlaubt war, Tee im Garten der Direktorin, Spaziergänge im Park, sogar Fahrradtouren am nahen Kanal. Richtig vertraut waren die zwei gewesen.

Ich kann verstehen, wie so etwas passiert. Als ich im Knast war, hatte ich mich mit einem der Schließer angefreundet, Bernie Strutters. Er kuckte gern Western, kannte sich gut damit aus, hatte *Mein großer Freund Shane* fast genauso oft gesehen wie ich. Er verkleidete sich gern als Cowboy, zeigte mir Fotos von seiner Frau und seinem Sohn, alle in Wildwestmontur, als wären sie gerade auf dem Bock einer Wells-Fargo-Postkutsche mitgefahren, sie von Kopf bis Fuß ausstaffiert wie Calamity Jane und sein Junge in einer weißen Fransenjacke mit einem Paar Revolvern im Hüftgurt, so ähnlich, wie der Range Rider im Fernsehen aussah, als ich klein war. Genau wie ich war Bernie ein Range-Rider-Fan. Die meisten standen auf den Lone Ranger und sein arrogantes Pferd, aber wir beide konnten das nicht nachvollziehen. Mal abgesehen von seinen silbernen Angeberpatronen und seiner affigen Maske, war der Lone Ranger, wenn es hart auf hart kam, doch auf seinen alten Indianerkumpel angewiesen, den richtigen Tonto, der ihm jedes Mal aus der Patsche half, wohingegen der

Range Rider – obwohl er auch einen Kumpel hatte, einen gewissen Dick (der übrigens *im vollen Galopp* unter seinem Pferd durch schießen konnte) – gut auf sich allein aufpassen konnte, vielen Dank auch. Die Spezialität des Range Rider war, von einem Pferd auf ein anderes zu springen. Ob ein durchgegangener Gaul in eine Schlucht zu stürzen drohte, ob das Pferd eines Bankräubers zur Stadt hinauspreschte, egal, der Range Rider konnte nebenherreiten und draufspringen. Er machte das fast in jeder Folge, ein Kunststück, das ich als Teenager auf den Eselsritten am Strand von Weymouth sehr wirkungsvoll kopierte, bis es mir per Gerichtsbeschluss verboten wurde. Wenn er nicht von einem Pferd auf ein anderes hechtete, versteckte der Range Rider sich gern hinter einem geeigneten Felsen und sprang von dort auf. Genauso effektiv, aber längst nicht so reißerisch anzuschauen. Alles in allem hatte er akrobatisch mehr drauf als der Lone Ranger, was keine Überraschung war, wo doch jeder halbwegs aufgeweckte Mensch sehen konnte, dass sich unter dem hautengen Kostüm vom Lone Ranger ein albernes weißes Fischbeinkorsett verbarg, mit dem die Speckschichten des Verbrechensbekämpfers im Zaum gehalten wurden. Der Range Rider brauchte kein Korsett. Er hatte keine Speckröllchen. Er war nämlich ziemlich drahtig. Jedenfalls, Bernie Strutters war so verrückt nach ihm, dass er seinen Sohn als Ehrenbezeugung Dick getauft hatte, wovon seine bessere Hälfte nicht gerade begeistert war, als sie den Grund herausfand. Einmal, als es bei den beiden ein bisschen kriselte, lieh ich ihm kostenlos meinen alten Wohnwagen, damit er mit ihr mal einen romantischen Urlaub machen konnte, der ihn nicht gleich ein Vermögen kosten würde. Ich glaube, es lief nicht so gut, wie er gehofft hatte, weil er nämlich Landarbeiter gegen Bezahlung anheuerte, sich als Indianer zu verkleiden und sie mit Brandpfeilen anzugreifen, nachdem sie sich schlafen gelegt hatten, aber darauf kam's nicht an. Wir hatten etwas, das uns verband. Ich wollte ihm helfen. Und deshalb konnte ich mir vorstellen, dass bei Audreys radlerischem Talent und der Bronzemedaille von dieser Deidre der Funke übergesprungen war.

Em kam mit dem Teetablett herein und versuchte, die Zeitungen mit dem Fuß beiseitezuschieben. Ich strich alles hurtig wieder glatt. Ich war noch nicht fertig.

»Bestimmt wird sie bald wieder geschnappt«, sagte Em ganz heiter und beschwingt, um mich aufzumuntern. »Ich meine, sie fällt ja wohl ziemlich auf, oder?«

Wir blickten auf Audrey, die uns vom Boden aus anstarrte. Auf Fotos sah sie immer richtig fies aus. Die paar Male, die wir im Ausland Urlaub gemacht hatten, war sie bei der Passkontrolle immer genau unter die Lupe genommen worden, wegen des Verbrecherfotos in ihrem Ausweis. Sie sah schon aus wie eine kaltblütige Killerin, bevor sie eine wurde.

Em stellte den Teller mit den Toasts auf Audreys Gesicht. Ganz schön frech eigentlich.

»Was ist das?«, fragte ich mit einem leicht scharfen Unterton, den auch sie hätte hören müssen.

»Toast.«

»Nein, die Pampe obendrauf.«

Sie stupste mich an der Schulter an. Sie dachte, das sollte ein Witz sein.

»Marmelade, du Dummerchen.«

»Das seh ich, aber was für eine Sorte? Verdammt komische Farbe für Erdbeer. Hast du die etwa selbst gemacht?«

»Das ist Heidelbeer.«

»Was ist mit der Erdbeermarmelade passiert?«

»Nichts ist mit der Erdbeermarmelade passiert. Ich hab die hier im Laden gesehen. Ist aus Frankreich, glaub ich. Ich dachte, es wäre doch mal nett, was Neues auszuprobieren.«

»Ach ja? Meine Lieblingsmarmelade durch irgendeine Froschfresserpampe zu ersetzen, ohne zu wissen, ob ich die mag oder nicht? Ich meine, ich komme von der schlimmsten Kreuzfahrt meines Lebens nach Hause und muss am Kamin hocken und Wochen alte Zeitungen lesen über meine Ex, die Miranda ermordet und meine Fische erdolcht hat, und Toast mit irgendeiner blöden Marmelade drauf essen.«

Ich nahm den Teller und kippte den Toast ins Feuer.

»Al, bitte.«

»Ich will nicht drüber reden. Geh in den Laden, besorg anständige Marmelade. Aber englische bitte. Also, worauf wartest du?«

Sie stand da, mit bebenden Lippen. Manchmal konnte sie so stark sein, und dann wieder klappte sie zusammen wie ein kleines Mädchen. Genau so sah sie jetzt aus, wie ein kleines Mädchen, so klein, so unglücklich, als hätte ich alles Leben aus ihr rausgepresst. Wie konnte ich das tun? Wie konnte ich das nur tun? Erdbeermarmelade, Himmelherrgott.

»Em.«

»Ja, in Ordnung. Ich geh schon.«

»Nein, ach, Mensch. Es tut mir leid, Em. Schau mal.« Ich fischte eine Scheibe Toast aus dem Kamin, stopfte sie mir in den Mund. »Ich find's lecker, siehst du? Heidelbeer, was? Köstlich.« Ich fächelte mir Luft in den Mund, versuchte, die Flammen zu löschen.

»Al.«

»Nein, wirklich. Die ist super. Französisch, sagst du? Wundert mich nicht. Ich meine, die verstehen was von Marmelade, oder? Wie nennen sie die noch gleich?«

*»Confiture.«*

»Genau. Mrs B hat mir vor einer halben Ewigkeit mal ein bisschen Französisch beigebracht. *Confiture.* Jetzt fällt's mir wieder ein.« Ich sprang auf. *»Ça va de soi.* Weißt du, was das heißt?«

Sie schüttelte den Kopf.

»Das versteht sich von selbst. Das heißt das. Bin ich ein Vollidiot, der dich gar nicht verdient hat? *Ça va de soi.*«

Sie ließ den Kopf hängen, konnte mich nicht ansehen. Ich legte meine Hand unter ihr Kinn und hob ihr Gesicht an. Ihre Augen waren ganz feucht.

»Bitte, Schatz. Ich hab's nicht so gemeint. Ich bin bloß, na ja, die Audrey-Sache geht mir richtig an die Nieren. Ich hab gedacht, das mit ihr und mir wär endgültig vorbei, aber irgendwie werd ich sie einfach nicht los.«

Plötzlich erwachte sie wieder zum Leben, packte mich an den Armen und schüttelte mich.

»Das mit euch *ist* endgültig vorbei. Sie ist ausgebrochen, mehr nicht. Das hat mit dir nichts zu tun, Al. Es hat mit uns nichts zu tun.«

»Ich weiß. Du hast ja recht. Es ist bloß sehr schwer zu ... ich meine, sieh sie dir an.«

Wir blickten nach unten. Sie starrte uns noch immer an, als wäre sie mit im Raum, als würde sie nie weggehen wollen. Ich bückte mich, knüllte sie zu einem hässlichen, dicken Klumpen zusammen und warf sie ins Feuer. Sie loderte auf, ließ die Flammen so hochschlagen, als wollte sie den ganzen Raum in Brand setzen. Em wollte den Klumpen rausholen. Ich streckte eine Hand aus.

»Lass sie brennen. Du hast recht. Sie hat nichts mit uns zu tun.« Ich zog sie an mich, wischte ihre Wange trocken. »Komm, Miss Prosser. Wir machen neuen Toast. Leeren den Marmeladentopf. Haben intime Beziehungen am Feuer.«

Sie blickte zum Kamin.

»Was ist mit Audrey?«

»Audrey kann bleiben, wo der Pfeffer wächst. Ich bin jetzt mit dir zusammen.« Sie neigte den Kopf, zeigte ihren Hals. Ich wollte auf der Stelle hineinbeißen.

»Hauptsache, du bist dir sicher.«

»Ich bin mir sicher. Herrje, ich war mir nie sichererer.«

»Sichererer? Ich glaube, das ist zu lang.«

»Zu lang?«

»Ja. Ich glaube, es genügt, wenn du dir sicherer bist.«

»Wessen sicherer?«

Sie hob den Kopf. Ihr Gesicht war frisch und klar, als wäre sie gerade aus dem Wasser gekommen.

»Meiner sicherer. Deiner sicherer. All dessen hier sicherer.«

Sie streifte ihr Top ab. Immer faszinierend, diese Handlung, dieser Schwung, als würde sich die ganze Welt entblößen, um an sich lutschen zu lassen. Und noch dazu vor einem Feuer, wenn alles glüht und sich bewegt wie Lava. Selbst Audreys rissige Haut erwachte wieder zum Leben, wenn das Gas genug aufgedreht war. Ich streckte die Hand aus, um sie zu berühren, um die Hitze in den Händen zu wiegen. Em stieß mich weg. Sie war noch nicht fertig. Sie lehnte sich zurück, ließ mich alles bewundern.

»Und? Was ist mit dem Toast?«, fragte sie.

»Vielleicht kann der Toast warten, Miss Prosser«, sagte ich. Ich fuhr mit einem Finger vorn an ihr herab.

»Vielleicht kann er das.«

Da klingelte das Telefon. Ich hätte es klingeln lassen. Die meisten Männer hätten das so gemacht, aber Frauen sind anders. Das Telefon klingelt, sie gehen ran. Das ist ein Naturgesetz. Sie beugte sich rüber und griff nach dem Hörer. Ich wusste gleich, wer es war, als die Stimme sich meldete. Ihre Mutter Marjorie. Konnte mich nicht besonders leiden, diese Marjorie. Ihr Dad war von derselben Sorte. Ich nahm es ihnen nicht übel. Ich hätte mich auch nicht besonders leiden können an ihrer Stelle. Schließlich waren wir ungefähr gleich alt, von meiner Vergangenheit mal ganz zu schweigen. Es war in ihren Augen irgendwie nicht richtig, dass ein Mann meines Alters es mit ihrer einzigen Tochter trieb. In meinen Augen manchmal auch nicht. Em fuhr, sooft sie konnte, zu ihnen rüber und versuchte, sie zu beruhigen, aber es nützte nicht viel. Sie wussten, in was für ein Leben sie zurückfuhr. In mein Leben. Em nickte und verzog mitfühlend das Gesicht. Es sah nicht gut aus. Das tut es selten. Sie sagte nicht viel, aber das musste sie auch nicht. Ihre Mutter redete. Dann legte Em auf und hielt sich einen Arm quer vor die Brust, ganz abwehrend.

»Dad geht's nicht gut«, sagte sie.

»Was hat er denn wieder?« Mit Reg war immer irgendwas nicht in Ordnung. Nichts Ernstes, gerade genug, um den anderen alles zu vermasseln.

»Sei nicht so, Al. Er ist heute Morgen aufgewacht und hatte kein Gefühl im Bein.«

»Hätte Marjorie ihm nicht wieder etwas Gefühl verschaffen können?«

»Im Ernst, Al. Das könnte alles Mögliche sein, Herz, Kreislauf ... Mum macht sich große Sorgen. Mit Beinen ist nicht zu spaßen.«

Wer wüsste das besser als ich. Meine Tochter Carol hat

eins von ihren verloren, am australischen Great Barrier Reef, und ist seitdem nicht mehr die Alte. Em zog sich ihr Top wieder an.

»Du fährst zu ihnen, nehme ich an«, sagte ich.

»Bloß für ein oder zwei Tage. Ich pack rasch ein paar Sachen und fahr dann morgen in aller Frühe.«

»Aber wir haben nur eine Woche frei. Ich hab mich auf ein bisschen ungestörte Zeit mit dir gefreut. Auf Raum zum Atmen.«

Sie stand auf und wuschelte mir durchs Haar.

»Ich weiß, worauf du dich gefreut hast. Bloß zwei Tage, Al, mehr nicht.«

Sie packte eine Reisetasche. Der Toast blieb ungemacht, der Marmeladentopf ungeleert. Wir brieten uns ein paar Rühreier, sahen fern und gingen ins Bett. Aus den intimen Beziehungen wurde nichts. Ich lag wach, Em lag schwer in meinen Armen. Ich versuchte, nicht an Audrey zu denken, denn sie war ja jetzt Asche, aber ich wusste es die ganze Zeit: Sie lauschte auf jeden unserer Atemzüge.

Am nächsten Morgen stand ich früh auf und wusch den Citroën, ehe ich Em zum Bahnhof brachte. Ich decke ihn zwar ab, wenn wir auf Kreuzfahrt gehen, aber er wird trotzdem dreckig. Als ich ins Haus zurückkam, um Em einzuladen, holte sie das Schild hervor, das hinter der Haustür stand. Sie hatte es ein paar Tage vor unserer letzten Tour gemalt. Wir waren uns uneins gewesen. Ich hatte verloren, aber ich dachte, sie hätte es inzwischen vergessen. Falsch gedacht. Sie stellte den Pfosten auf den Teppichboden, ließ ihn einmal kreiseln und schlug ihren liebsten Tonfall an.

»Wie wär's, wenn du das Schild aufstellst, während ich weg bin?«

»Findest du das eine gute Idee«, sagte ich, »in Anbetracht meiner Gefühlslage?«

»Al. Wir waren uns doch einig, dass wir es mal probieren, wenn wir wieder da sind. Es ist alles fertig, und wir könnten das Geld gut gebrauchen. Nach dem, was passiert ist, haben wir keine Garantie, dass Johnny dich behalten kann. Am Wochenende soll's schön werden. Vielleicht kriegen wir ein paar Gäste.«

Wir hatten überlegt, Übernachtungsgäste aufzunehmen, Bed and Breakfast, um die Haushaltskasse etwas aufzubessern. Mit dem Gästezimmer samt eigenem Bad, dem Wintergarten und dem Karpfenteich noch dazu fand Em den Bungalow einfach perfekt dafür.

»Ich bin mir immer noch nicht sicher, Em. Es behagt mir nicht, dass fremde Leute durch unser Haus spazieren.«

»Sie werden nicht spazieren. Das Wohnzimmer ist nur für uns. Übrigens könnten wir auch in deinem Fischmagazin inserieren. Du hättest doch bestimmt nichts dagegen, ein paar Karpfenliebhaber zu beherbergen, oder?«

»Und ob ich was dagegen hätte, das sind Spinner, alle, wie sie da sind. Außerdem, bevor du zurück bist, läuft da sowieso nichts.«

Ich nahm ihr das Schild aus der Hand und lehnte es wieder an die Wand hinter der Tür. Sie stellte sich auf die Zehenspitzen, küsste mich auf den Mund.

»Ehrlich gesagt, doch. Ich hab schon eine Buchung angenommen.«

»Du hast was?«

»Am Tag bevor wir an Land gegangen sind. Ich hatte eine Anzeige aufgegeben, bloß um das Terrain zu sondieren. Kuck nicht so. Ist nur für eine Nacht.«

»Soll das heißen ...«

»In zwei Tagen. Ich bin bestimmt rechtzeitig zurück. Und falls doch nicht, das Bett ist gemacht, es ist alles da, was du fürs Frühstück brauchst. Was könnte schiefgehen?«

»Sie könnten auftauchen.«

Sie küsste mich auf die Wange.

»Sei nicht so muffelig. Ein bisschen Geld nebenbei, keiner merkt was, das wird kinderleicht. Ein Teller Rühreier mit Speck ist für einen Mann wie dich doch ein Klacks.«

Das ist das Problem bei Frauen wie Em. Sie wissen, wie sie einen rumkriegen.

Ich fuhr Em zum Bahnhof. Wir waren zehn Minuten zu früh da. Ich versuchte, Audrey aus meinen Gedanken zu verbannen, doch als wir ankamen, war ich wieder ein Nervenbündel. Em merkte es mir natürlich an.

»Kommst du auch klar?«, fragte sie.

Ich tätschelte ihr das Knie.

»Aber ja doch. Die Fische wollen gefüttert werden, und die alte Kiste hier muss ich auch mal wieder auf Vordermann bringen. Vielleicht werf ich sogar mal die Kettensäge an. Uns gehen langsam die Haie aus.«

Sie legte ihre Hand auf meine und drückte sie.

»Gute Idee. Und falls Audrey aufkreuzt, kannst du ihr gleich die Beine absägen. Dann haut sie nicht mehr so schnell ab.«

Sie gab mir ein Küsschen, öffnete die Tür, schwang die Beine nach draußen, und weg war sie. Ich fühlte mich unwohl. Das sah ihr gar nicht ähnlich, so was zu sagen. Daran merkte man, wie nervös auch sie war, wie ausgeliefert wir uns fühlten. Ich hab keine Ahnung, wieso, aber als ich ihren Zug aus dem Bahnhof fahren sah, fragte ich mich, wann ich sie wiedersehen würde. *Ob* ich sie wiedersehen würde.

Zwanzig Minuten später war ich hinten am Teich und streute Fischfutter aus. Ich hatte fünf Kois dadrin, keine Asagis wie Torvill und Dean, sondern andere Züchtungen, zwei Tanchos, zwei Bekkos und einen fast ganz weißen Yamabuki Ogon. Ich mochte sie ganz gern, aber sie berührten mein Innerstes nicht so wie Torvill und Dean früher, hatten nicht diese besondere Magie. Torvill hatte sie noch, die Gute, obwohl sie nur noch Haut und Füllung auf dem Kaminsims war. Manchmal, wenn ich ins Zimmer ging und die Sonne genau auf sie drauffiel, war es, als ob ich sie eben erst aus dem Teich gehoben hätte und sie es nicht erwarten könnte, wieder reingesetzt zu werden, durchs Wasser zu tanzen, mir das Herz zu brechen. Hin und wieder, ich schwöre bei Gott, sah ich sogar, wie sie den Schwanz bewegte.

Zurück im Bungalow, hatte ich eine Nachricht auf dem Anrufbeantworter. Ich hörte sie gleich ab, in der Hoffnung, es wäre Em, die es sich anders überlegt hatte und nach Hause kam, aber nein, es war König Kabeljau persönlich, Carl Stokie, der mir mitteilte, dass die *Miss Prosser* beim letzten Sturm ein bisschen ramponiert worden war, und wann ich denn mal vorbeikommen könnte, um über die Reparaturarbeiten zu sprechen? Über die Reparaturarbeiten sprechen! Darüber, wie er sich mit meinem Geld das Portemonnaie vollstopfen könnte, meinte er wohl eher. Aber das war immer noch besser, als im Bungalow rumzuhängen und an Audrey zu denken, also warum nicht? Ich ging runter zur Bucht. Da lag die *Miss Prosser* auf dem Kies, und der alte Stokie parkte daneben, gab sich alle Mühe, unschuldig auszusehen. Er war der Onkel meines Exnachbarn, ein bisschen wie Kim, aber ohne den liebenswerten weichen Kern. Er erklärte mir den Schaden. Viel hatte sie nicht abbekommen, bloß einen bösen, klaffenden Riss am Bug, als hätte jemand mit einem Hammer zugeschlagen.

»Was meinen Sie, wie das passiert ist?«, fragte ich aus reiner Neugier. Carl kratzte sich den drei Finger dicken Knochen, den er statt eines Gehirns mit sich rumtrug. »Glauben Sie, es könnte ein Wal gewesen sein, Sir?«

Ganz so leicht konnte ich mich nicht abspeisen lassen. »Was denn, in der Bucht? Um sich hier reinzuzwängen, müsste der aber schon ein echter Artist gewesen sein.«

»Genau das mein ich ja, Sir. Wenn es mal nicht so läuft, wie die sich das vorstellen, schlagen sie um sich, die Wale. Aggressive Fische.«

»Säugetiere«, rief ich ihm in Erinnerung.

»Was?«

»Wale sind Säugetiere, Carl. Sie gebären ihre Jungen.«

»Das würde es erklären, Sir, wenn das Biest trächtig war. Hat die *Miss Prosser* als Bedrohung für ihr Junges aufgefasst. Kühe verhalten sich ganz ähnlich. Aber das sind Wale ja im Grunde auch, Unterwasserkühe.«

Ich erhob keinen Einwand. Es brachte nichts, schließlich wollte ich ja, dass die *Miss Prosser* die Saison überstand. Wir wussten beide, wie es passiert war, nämlich genau so, wie den vielen anderen Booten exakt zweimal im Jahr kleine Unfälle passierten. Zum Glück ist er ja da, um sie wieder zu reparieren. Das verdammte Salz des Meeres, das ist unser Carl. Steht auch auf seinem Fischerpullover.

Trotzdem, kaputtes Boot hin oder her, es tat gut, mal wieder hier zu sein. Die Ebbe hatte eingesetzt, und ich konnte meine kleine Reihe Felsen aus dem Wasser lugen sehen, alle krumm und schief und bedeckt mit schleimigem Algengrün, »genau wie die Zähne deines Vaters«, sagte Mum immer. Wenn wir hier Ferien machten, schwamm ich raus und kletterte auf die Felsen, winkte ihr zu, während sie am Ufer saß. »Ich hab's geschafft, Ma! Jetzt bin ich ganz oben!«, rief ich dann, genau wie James Cagney in seinem Film, und sie lachte und rief zurück: »Jetzt bist du ganz oben, Al!« Und das war ich auch, bis die Ferien zu Ende waren und wir wieder nach Hause zu dem Schweinehund mussten, der mich gezeugt hatte, ganz oben, sie winkte und lächelte in ihrem leuchtend gelben Badeanzug, und ich hoffte, es würde nie zu Ende gehen, obwohl ich die ganze Zeit wusste, dass der Augenblick kommen würde. Bildhübsch war sie in den Tagen, wenn er nicht dabei war. Hätte ich damals doch das getan, was ich später tat, hätte ich doch ihn von der verfluchten Klippe gestoßen statt der armen Frau, statt Robin. Dann wäre für mich alles gut ausgegangen. Für sie vielleicht auch.

Ich schaute aufs Wasser. Ein Boot näherte sich vom offenen Meer, hielt sich auf der linken Seite der Bucht, um die Felsausläufer zu meiden, die auf der anderen Seite unter der Wasseroberfläche lauern. Die können dich ganz schön überraschen, wenn du nicht Bescheid weißt, schlitzen deinem Boot den Bauch auf. Der Skipper auf dem da wusste genau Bescheid. Doch sobald es sicher drin war, machte es einen auf kess, steuerte auf uns und auf die kleine Betonmole zu, die gleich neben uns ins Meer ragte. Am Ruder saß ein Typ so total ruhig und lässig, als wäre er der große Bruder vom Fliegenden Holländer, wie Fischer das immer machen, aber vorn am Bug stand starr eine Frau wie eine von diesen vollbusigen Galionsfiguren, in einer dunkelblauen wetterfesten Jacke, Hände in den Hüften, kräftig, robust, so einen gelben Südwester tief ins Gesicht gezogen, als wollte sie nicht gesehen werden. Aber das war es nicht, was mich auf den Trichter brachte. Es war die Art, wie sie da stand, als würden ihre Füße in Betonklötzen stecken, als wäre sie unverrückbar, als wäre sie schon immer unverrückbar gewesen, als wäre sie einer von diesen russischen Eisbrechern, als würde sie alles zermalmen, was sich ihr in den Weg stellte. Als sie näher kamen, ließ sie die Augen oben über das Kliff schweifen, als würde sie nach irgendwas Ausschau halten, fast so, als wäre sie auf der Hut. Ich konnte ihr Gesicht noch immer nicht sehen, aber das war auch nicht erforderlich. Ich erkannte den Körper, seine schreckliche, unnachgiebige Form. Verdammt, ich hatte mich oft genug daran gestoßen. Ich warf einen Blick nach hinten, rechnete halb damit, dass Rump und drei Viertel der Polizei von Dorsetshire hinter dem Bootshaus auftauchten, mit gezückten Handschellen. Sie würde geschnappt werden, und mich würden sie wegen Beihilfe drankriegen.

Ich machte einen Schritt nach vorn und rief ihren Namen. Ich konnte nicht anders.

»Audrey?«

Ihr Blick wanderte ein Stück nach unten, entdeckte mich. Ihre Hand schnellte hoch zum Mund, als hätte sie nicht damit gerechnet, mich hier zu sehen.

»Du hast echt Nerven«, rief ich. »Tu uns allen einen Gefallen. Ersäuf dich.«

»Sie ersäufen Ihre eigenen Kunden«, knurrte der alte Stokie. Er drängte sich an mir vorbei und begann, das Boot an Land zu ziehen. Audrey schob ihren Südwester nach hinten. Aber sie war es gar nicht. Es war jemand ganz anderes. Eine Frau, die dieselbe Gestalt und Größe wie Audrey hatte und mich genauso ansah, wie Audrey es immer getan hatte. Es war seltsam. Ich war erleichtert und enttäuscht zugleich.

»Mr Greenwood«, sagte sie. »Na, das ist ja eine unangenehme Überraschung.«

Ich erkannte sie nicht auf Anhieb. Man schaut alte Frauen eigentlich nicht an, nicht richtig. Warum auch? Sie sind alt. Aber die hier kam mir entfernt bekannt vor. Dann fiel der Groschen.

»Mrs Durand-Deacon! Was zum Teufel machen Sie denn hier?«

»Ich besuche meine Schwester, obwohl Sie das eigentlich nichts angeht. Sheila Coleman. Ihr gehört das Bindon Hotel. Es ist sehr bekannt hier in der Gegend, weil es Entspannung und Kultiviertheit aufs Angenehmste verbindet.«

Auch beim Gewerbeaufsichtsamt bekannt, weil Rührei mit Speck da schon am Vorabend zubereitet wird, aber das verkniff ich mir.

»Sheila hat einfach darauf bestanden, dass ich bleibe, bis ich vollständig genesen bin. Die Ärzte haben mich gewarnt, es könnte Monate dauern, das heißt, falls ich überhaupt wieder ganz gesund werde.«

Das wollte ich nicht unkommentiert lassen.

»Immerhin haben Sie Ihren Gleichgewichtssinn wieder, wie ich sehe, so wie Sie da vorhin im Boot gestanden haben. Sie sollten sich einen Job auf der Kirmes in Weymouth suchen. Sie wären wie geschaffen für die Walzerbahn, Geld entgegennehmen, Tickets aus so einer kleinen Umhängetasche ausgeben.«

Ich wollte ihr eigentlich einen reinwürgen, aber es schien ihr gar nichts auszumachen. Fast heiter kam sie mir vor.

»Ich hab das Meer im Blut, Mr Greenwood. Das Land ist allerdings eine ganz andere Sache. Wenn Sie so nett wären?«

Sie nahm Carls Arm und stieg aus dem Boot. Die beiden hoben die Hände in die Luft, als würden sie irgend so eine affige Tanznummer aus einem Jane-Austen-Roman hinlegen. Ich hatte inzwischen zig Jane-Austen-Verfilmungen auf DVD gesehen, dank Em. Sie war verrückt danach, diese Geschichten von jungen Frauen ohne einen Penny, die sich in den reichen Schnösel von nebenan verlieben. Em sagte, es ginge dabei um menschliche Befindlichkeiten und genaues Beobachten, aber für mich war Jane Austen bloß eine altmodische Schmonzettenschreiberin. Ich meine, jede von denen fängt was mit dem ortsansässigen Grafen Geldsack an, und der ist immer jung und gut aussehend, und von Tripper keine Spur? Ich meine, ist das realistisch für die damalige Zeit? Wohl kaum. Mr Darcy hat keinen Tripper, Mr Elliot trinkt kein Quecksilber wie Limo – es wimmelt nur so von denen, Buch für Buch, tripperfreie Junggesellen, die noch alle Zähne haben. Und gute Manieren? Aber hallo. Keiner von denen haut den Dörflern mal eine rein oder schwängert das Zimmermädchen oder besäuft sich und kotzt den Familien-Gainsborough voll. Sie sind alle anständig und honorig, und das Einzige, was sie regelmäßig besteigen, ist ein kräftiges Pferd. Und die Tanzerei? Alle halbe Stunde heißt es wieder: hoch, runter, hoch, runter, plauder, plauder. Die Kostümabteilung der BBC kommt voll auf ihre Kosten, aber was ist mit uns Übrigen? Das Problem bei Jane Austen ist, wenn man das Getanze und die Klamotten und die ganzen Pferde streicht, bleibt nichts übrig außer einem Haufen hysterischer Klatschweiber, die die Treppe rauf- und runterflitzen und in ihre Taschentücher flennen. Nein, wer die menschlichen Befindlichkeiten in einem realistischen Licht sehen will, der sollte auf *Nachbarn* umschalten. Okay, es ist eine australische Serie, und alle sind scheißfreundlich, aber sie vögeln und fetzen sich immerhin wie wir anderen auch.

Mrs Durand-Deacon trat auf den Kies. Sie stützte sich schwer auf Carl, tat so, als wäre sie ganz schwach und wackelig auf den Beinen, aber ich merkte ihr an, dass es ihr blendend ging. Sie holte tief Luft und klopfte sich auf die Brust. Nicht fest genug, wie ich fand.

»Ruhe und Frieden, das brauche ich. Hätte ich gewusst, dass Sie hier warten würden, Mr Greenwood, hätte ich mich vielleicht anders entschieden. Betreiben Sie das, was man heute im allgemeinen Sprachgebrauch Stalking nennt?«

»Entschuldigung! Ich wohne hier. Und das schon seit Jahren. Hören Sie, es tut mir leid, wenn ich vorhin ein wenig voreilig war. Ich hab Sie für jemand anderes gehalten.«

Sie richtete sich auf, das Gesicht seltsam erregt.

»Das dachte ich mir. Wieso sollten Sie derart beleidigend gegenüber jemandem sein, der dafür sorgen könnte, dass Sie Ihren Job verlieren und finanziell ruiniert sind? Das ergibt doch keinen Sinn, oder? Haben Sie schon mit meinem Hai angefangen?«

»Ich warte noch auf das Holz, Mrs Durand-Deacon. Das wird eingeflogen, und ich fange an, sobald es durch den Zoll ist.«

Sie hüstelte in ihre Hand.

»Ich habe noch mal darüber nachgedacht. Unter den gegebenen Umständen finde ich einen Hai nicht ganz angemessen. Ich sehe da weiteren Verhandlungsbedarf. Kommen Sie morgen um elf vorbei. Dann reden wir drüber.«

Sie sprach barsch, hatte aber so ein seltsames Lächeln im Gesicht, als würde sie sich über einen Witz amüsieren, den nur sie verstehen konnte. Das gefiel mir nicht. Es wurde Zeit, Tacheles zu reden.

»Ich seh da eigentlich keinen weiteren Verhandlungsbedarf, Mrs Durand-Deacon. Wir haben eine Abmachung. Ein Hai, nicht größer als drei Meter, nicht kleiner als zwei, mit einem Ehemann, Gerald, zwischen den Beißerchen. Wir haben das per Handschlag besiegelt.«

»Ich bin eine Frau, Mr Greenwood. Ich habe meine Meinung geändert. Ich erwarte Sie um elf. Keine Minute früher. Ich muss nach dem Aufwachen zwei Stunden ganz still liegen bleiben, um mein Gleichgewicht wiederherzustellen. Mein Arzt meint, ich könnte einen meiner Sinne verloren haben.«

»Ach ja? Und welcher soll das sein?«

»Mein Sinn für Humor.«

Sie lächelte wieder dieses Lächeln und marschierte davon; der Bursche, der sie hergebracht hatte, hastete hinter ihr her und schleppte ihre Taschen. Ich feilschte gut fünfzehn Minuten mit Carl, war aber nicht recht bei der Sache. Ich gab ihm fünfzig Mäuse Vorschuss und machte mich auf den Rückweg. Nichts fühlte sich richtig an. Es war, als ob das Meer sich plötzlich zurückgezogen hätte und ich hier gestrandet wäre, mitten im Treibgut. Fünf Minuten später kam ich am Bindon vorbei. Es ist ein hässlicher Bau, der am Hang klebt, dunkel und ausladend, wie ein Schweizer Chalet mit platten Reifen. Im ersten Stock sind ringsum Balkone, und darunter wachsen etliche Rhododendronbüsche. Als ich vorbeiging, kam Mrs Durand-Deacon heraus, in der Hand einen Gin Tonic von der Größe einer kleinen Vase. Sie sah mich und hob das Glas, winkte mir, als wäre ich ihr verschollen geglaubter Bruder. Sie würde mir Ärger bescheren, diese Mrs Durand-Deacon.

Zurück im Bungalow, fegte ich Audreys Überreste aus dem Kamin, hängte Ems Bild wieder an die Schlafzimmerwand und fuhr dann zum Supermarkt, um den Wocheneinkauf zu erledigen. Wir wechseln uns dabei ab, Miss Prosser und ich, wobei ich der risikofreudigere Einkäufer von uns beiden bin. Es galt, allerhand zu besorgen, Steaks, Riffelpommes, Eiscreme, das Lebensnotwendige eben. Einkaufen dauert allerdings seine Zeit. Ich meine, du musst zwei- oder dreimal die Gänge rauf und runter, ehe du überhaupt loslegen kannst, bloß damit du weißt, wo alles ist. Außerdem waren die zwei Klassefrauen, die in diesem Laden hinter der Fleischtheke standen, den einen oder anderen Schlenker wert. Bei der dritten Runde kaufte ich eine Kalbsschinkenpastete bei der Rothaarigen mit den Schielaugen und zehn Minuten später eine belgische Cervelatwurst bei der Brünetten mit den superlangen falschen Wimpern. Ich liebe Unechtes bei jungen Frauen, wenn sie etwas darstellen wollen, was sie nicht ganz sind. Häufig geben sie sich dann noch einen Tick mehr Mühe.

Ich verspeiste das meiste von der Pastete und die ganze kleine belgische Wurst zum Mittagessen, ging dann rüber zu Mrs B, mit der obligatorischen Flasche zollfreien Belvedere in der Tasche. Sie öffnete die Tür in einer schlabberigen Flanellhose und einem kragenlosen, weißen Hemd, auf dem vorne *Alice Doesn't Live Here Anymore* aufgedruckt war. Sie sah toll aus, locker und geschmeidig, als könnte sie ein paar Rückwärtssaltos den Flur entlang machen, ohne ein Mal Luft zu holen. Das war das Seltsame an Alice. Je älter sie wurde, desto jünger sah sie aus und desto jünger verhielt sie sich. Wir verstanden uns prima, wir zwei, seitdem ich sie die Treppe runtergeschubst hatte (was sie natürlich nicht wusste). Irgendwie war danach das Eis zwischen uns gebrochen. Sie sah die Flasche aus meiner Tasche ragen und klatschte in die Hände.

»Al, das wäre doch nicht nötig gewesen.«

»Das sagen Sie jedes Mal, Mrs B.«

»Und jedes Mal meine ich es nicht so.« Sie schnappte sich die Flasche, warf sie in die Luft wie eine Jonglierkeule. »Sie haben doch sicher das von Audrey gehört?«

»Kaum zu glauben, was sie getan hat«, sagte ich. »Ich meine, sie hat gestanden, oder? Was hat sie denn gedacht, was man mit ihr machen würde?«

»Vielleicht konnte sie es einfach nicht ertragen.«

»Oder sie hat es sich anders überlegt.« Ich versuchte, das Thema zu wechseln. »Haben die Fische sich gut benommen?«

Sie nickte. Sie mochte die Kois inzwischen fast noch lieber als ich. Was für ein Unterschied zu damals, als ich sie kennenlernte, hä? Schlimmer als Blaubart war ich in ihren Augen gewesen.

Das Thema wechseln? Träum weiter.

»Wissen Sie, wie Audrey es angestellt hat?«, fragte ich.

»Hat ein Fahrrad geklaut. Auch die Uniform einer Wärterin.«

»Und es gibt keine Spur von ihr?«

Sie schüttelte den Kopf.

»Sie dürfen nicht zu hart mit ihr sein, Al. Sie war nicht nur schlecht. Sie hat einfach die Beherrschung verloren. Das kann jedem passieren, jederzeit. Ich bin nicht sicher, ob Gefängnis für Menschen wie Audrey die Lösung ist. War es für Sie etwa die Lösung?«

Ich schüttelte den Kopf.

»Denken Sie nicht zu viel drüber nach. Für Sie ist jetzt alles anders, der Bungalow, die Gegend. Die Sachen, die Sie und Emily in letzter Zeit gemacht haben. Ehrlich, ihr habt unser Dorf in ein richtiges kleines St Ives verwandelt.«

Dank Em wusste ich über St Ives Bescheid, all die Maler und Bildhauer, die sich in dem Ort eingenistet, eine Künstlerkolonie daraus gemacht hatten, Barbara Hepworth und andere, die mir ums Verrecken nicht mehr einfallen. Gewundert hat's mich eigentlich nicht, dass Künstler sich Cornwall aussuchen, ich mein, bei der Geschichte und dem leckeren Eis und den Felsen mit Löchern drin. Ich hatte selbst eine Schwäche für Cornwall. Meine Mum kam nämlich von da. Sie hat ständig davon geredet, mal wieder hinzufahren, mir alles zu zeigen, aber wir haben es nie gemacht. Sie hatte den Bungalow und meinen Sausack von Vater und mich ungezogenen Bengel. Und dann wurde sie krank und starb. Aber als ich klein war, setzte sie sich mit mir ans Fenster, mit Blick auf die Beule, und erzählte mir Sagen von König Artus und seiner Tafelrunde und wie diese Schlampe von Guinevere der halben Ritterschaft den Kopf verdrehte, während Artus unterwegs war, um den Gral zu suchen. Der arme alte Artus. Ich schätze, auf dem Tisch der Tafelrunde ist ganz schön was abgegangen, aber über so was schweigen sich die Geschichtsbücher ja gern aus. Steht doch wohl zu vermuten, dass der gute Lancelot bei jeder sich bietenden Gelegenheit Guinevere auf den Tisch legte und seine Lanze reinsteckte. Das ist an bedeutenden Orten so üblich. Nehmen Sie das Weiße Haus, das Unterhaus bei uns, sogar die Gärten von Buckingham Palace, da finden sich für die Mächtigen versteckte Winkel für den einen oder anderen Quickie. Wieso soll das zu König Artus' Zeiten anders gewesen sein? Obwohl es damals für die Männer in der Rüstung ganz schön knifflig gewesen sein muss, ihn durchzustecken. Mum hat immer versucht, Artus als eine Art Heiligen hinzustellen, und vielleicht war er das ja auch, aber dieser Schwachsinn mit der Tafelrunde? Ich meine, er hat's doch förmlich rausgefordert. Nimm Vernunft an, Mann, stell einen anständigen Tisch auf, mit einem oberen und einem unteren Ende, wie es sich gehört, mit allen Rittern schön rechts und links in Hackordnung aufgereiht, und sag ihnen verdammt noch mal, was sie zu tun haben. Aber Mum sah das anders. Sie hatte eine Schwäche für alles aus Cornwall, König Artus, Clotted Cream und Cornish Pastys.

Mum konnte tolle Cornish Pastys machen, und die nahmen wir dann mit an den Strand und aßen sie kalt zum Lunch. Es gibt nichts Besseres, als in eins reinzubeißen, all die Zwiebeln und Steckrüben und Kartoffeln, das ganze Rindfleisch, alles schön verpackt in diesem dicken Teig, außen hart, innen weich. Sie nahm es sehr genau mit den Cornish Pastys, mit der Form und mit dem, was reinkam. Sehr genau. Ich auch. Viele Leute packen in Cornish Pastys Sachen, die da nichts zu suchen haben. Möhren sind die Hauptsünde. Ein Cornish Pasty sollte zu einer Möhre mindestens einen Abstand von einer halben Meile einhalten. Beim Anblick einer Möhre rollen sich einem echten Cornish Pasty prompt die knusprigen Ränder auf, und es stirbt. Mit Möhren drin sind es keine Cornish Pastys mehr, es sind Pastys, die irgendwelche Vollidioten gemacht haben, denen die Hände abgehackt gehören. Verstehen Sie mich nicht falsch. Ich bin durchaus liberal. Wenn Sie ein Pasty mit Fleisch und Zwiebeln und Kartoffeln und obendrein mit Möhren füllen wollen, nur zu. Ich hab damit kein Problem. Bloß unterstehen Sie sich, es Cornish Pasty zu nennen, denn es ist keins. Es ist ein Vollidioten-Pasty, von Vollidioten für Vollidioten. Es brachte Mum richtig auf die Palme, wenn sie zwei sogenannte Cornish Pastys bei irgendeinem Bäcker kaufte und dann auf jede Menge Möhren beißen musste, was wie eine persönliche Beleidigung für sie und ihre Herkunft war. Ich hab erlebt, wie sie zurück zu dem fraglichen Bäcker stürmte und ihm die Dinger über die Theke lupfte, als wären es Handgranaten. Mütter, was? Sind sie nicht einfach genial?

Alice und ich gingen nach oben in ihr Wohnzimmer. Sie stellte den Belvedere in den Kühlschrank, goss uns beiden einen steifen Gin ein – Eis, Tonic, eine Limonenspirale – und deutete auf das Tablett. Eine frisch gedrehte Blackstock spezial lag vor uns auf dem Tisch, schön dick und fett.

»Ich hab mir gedacht, dass Sie vielleicht auf einen Sprung vorbeischauen. Hab deshalb schon mal was vorbereitet.«

Ich steckte mir den Joint in den Mund. Sie zündete ihn mir mit diesem silbernen Feuerzeug an, das aussah wie Aladins Pantoffel. Wir lehnten uns zurück, blickten hinaus zur Sie-wissen-schon. Ich konnte förmlich sehen, wie der Dschinn aus ihr heraus in die Luft stieg. All die Dinge, die die Beule erzählen konnte.

»Ich möchte da oben begraben werden«, sagte sie plötzlich. »Meinen Sie, die würden das erlauben?«

Eine heikle Frage. Gut einen Meter unter der Oberfläche lag Robins Scrabble-Reiseset, samt der kleinen Botschaft, die ich aufs Brett geklebt hatte. Obwohl ein Teil von mir wusste, dass ich es längst hätte verschwinden lassen sollen, hatte ich es bisher nicht getan. Ich hatte nämlich irgendwie das Gefühl, dass ich dann den Bann brechen würde, als ob das kleine Set eine Art Macht über mich hätte, damit ich auch Gutes tat, gut blieb. Wenn ich es ausbuddelte, würde es wieder alles wachrütteln, wie eine von diesen ägyptischen Mumien, die immer in alten Horrorfilmen auftauchten. Das Scrabble-Brett war zwar nicht so verräterisch wie der Brief, den Em zerrissen hatte, aber wenn jemand es in die Finger bekäme, könnte er anfangen, nachzuforschen. Anfangen, mir Fragen zu stellen. Sogar anfangen, Em Fragen zu stellen. Weiß der Teufel, wie lange sie durchhalten würde. Nach dem ersten Mal damals hatten wir die Sache nie mehr erwähnt, nicht ein einziges Mal, nicht den Brief, nicht, was drinstand, nichts. Ich hatte getan, was ich getan hatte, und fertig aus. Wir waren seit dem Tag auch nie wieder da oben gewesen, nicht ein einziges Mal. Die Beule war wie Camelot oder die Insel, wo Artus am Ende hingebracht wurde, irgendwo weit weg, umwabert von seltsamen Nebeln und Zaubern. Sie war jetzt Voodoo, die Beule. Dass Alice Blackstock dadrin rumstocherte, hätte mir gerade noch gefehlt.

»Natürlich würden die das nicht erlauben«, erwiderte ich und reichte ihr den Selbstgedrehten.

»Nein, natürlich nicht.« Sie nahm einen tiefen Zug, hielt ihn in der Lunge, ließ ihn langsam entweichen. »Wieso eigentlich nicht? Schließlich zahl ich meine Steuern.«

»Na, ist vielleicht nicht genug Platz da. Sie könnten Olaf den Schrecklichen stören oder wen immer sie dadrin verbuddelt haben.«

Sie dachte einen Moment darüber nach. »Olaf würde sich vielleicht über ein bisschen Gesellschaft freuen. Er hat vermutlich seit über zweitausend Jahren keine Frau mehr zu Gesicht bekommen.«

Ich goss uns noch einen Gin ein. »Andererseits ist seine bessere Hälfte vielleicht schon bei ihm. Und sein Pferd, falls er eins hatte. Sie könnten in eine von diesen Dreiecksgeschichten geraten. Das würden Sie doch nicht wollen, eine Frau Ihres Rangs.«

Sie schnaubte. »Ich könnte den beiden schon noch das ein oder andere zeigen. Ich war schließlich nicht ohne Grund auf dem Cover von *Electric Ladyland*.«

Gin schwappte mir aus dem Mund.

»Wie bitte, Mrs B, hab ich richtig gehört? Ich kenn das Album ziemlich gut. Ich kann mich nicht entsinnen, Sie darauf gesehen zu haben. Wo sitzen Sie denn genau? Rückseite, Vorderseite, erste Reihe, zweite?« Ich hätte noch andere Fragen stellen können, verkniff es mir aber aus Anstand.

»Al, als ob ich Ihnen das verraten würde. Ihm gefiel das gar nicht, wissen Sie, dass wir da so splitternackt vorne drauf hockten. Er meinte, unsere Anwesenheit würde seine Musik abwerten.«

»Ich wüsste nicht, wie Ihre Anwesenheit irgendwas abwerten könnte, Mrs B.«

»Außer auf der Beule. Wieso soll ich nicht da begraben werden? Es ist schließlich ein Grabhügel, oder?« Sie fing schon wieder davon an.

»Vielleicht aber auch nur eine Beule.«

»Umso mehr Grund, sie mit irgendwem zu füllen.« Sie fing an, wie wild zu paffen. Ich wusste, wohin das führen würde. Sie war wie einer von den Bullterriern, die Micky Travers mal hatte. Sobald sie sich in was festgebissen hatte, ließ sie nicht mehr los.

»Keine Sorge, Mrs B. Wenn Sie unbedingt wollen, begrab ich Sie eigenhändig da oben. Gemeinderat hin oder her.«

»Das würden Sie tun?«

»Überlassen Sie ruhig alles mir. Woran dachten Sie denn, Fleisch und Knochen oder eher Soßenpulver?«

»Nun ja, früher hab ich mal die Staub-zu-Staub-Methode befürwortet, aber neuerdings möchte ich nicht als Rauch enden, nicht bei dem Zustand der Ozonschicht. Ich möchte begraben werden.« Sie kippte ihren Drink in sich hinein. Es ging ihr an die Nieren, dieses Gespräch über den Tod. Sie hatte darüber nachgedacht. Vielleicht zum ersten Mal in ihrem Leben hatte sie darüber nachgedacht.

»Tja, sagen Sie mir Bescheid, wenn es so weit ist, ob Sie das dann immer noch wollen, und ich bin im Nu oben mit meinem Bagger. Natürlich still und heimlich. Könnte allerdings gut sein, dass Sie vorher den Behördenweg gehen müssen. Aber ich bring Sie dahin, selbst wenn ich Sie vom Friedhof klauen und mit einer Schubkarre nach oben schaffen muss.«

Sie drückte fest meine Hand.

»Und meine Füße baumeln über den Rand. Aber ich würde Sie nicht in irgendwelche Schwierigkeiten bringen wollen, Al, nicht nach allem, was Sie durchgemacht haben. Trotzdem, wär schon irre, da oben zu liegen, was?« Sie nahm einen langen Zug und fiel dann beim Rauchauspusten leise in *Rainy Day Dream Away. »Leaning out my* Schubkarre, *diggin' ev'rything.«*

Sie hielt mir den Joint für einen letzten Zug hin.

*»And ah and you too?«*

Ich musste nach Hause. Ich hatte viel zu tun. Zuerst musste ich meine Hendrix-CD raussuchen und nachsehen, ob ich Mrs B unter den Nackedeis entdecken konnte. Fehlanzeige, aber eins von den Mädels hatte einen Körper, der mich an den von Audrey erinnerte, als sie die Rote-Bete-Diät machte, auf die die Hollywoodstars mal so abfuhren. Die Diät hatte unsere Jauchegrube damals unter entsetzlichen Stress gesetzt, aber die Braut da auf dem Albumcover machte einen ganz zufriedenen Eindruck. Audrey war einfach überall.

Ich beschloss, mit Mrs Durand-Deacons Hai anzufangen. Je früher ich ihn fertig hatte, desto früher war ich sie los. Ich schleppte die letzte Eisenbahnschwelle hinten aus der Garage, verpasste der Säge eine frische Kette und wuchtete den Klotz auf die Böcke. Dann ging ich ein paarmal drum herum, um das richtige Gefühl zu bekommen. Es sind nur Holzklötze, aber komischerweise kriegst du ein Gespür dafür, wie der Hai ausfallen wird, noch ehe du überhaupt angefangen hast. Was ich sah, gefiel mir nicht. Egal, aus welchem Blickwinkel ich mir den Klotz anschaute, ich konnte nur eine Form sehen, ein Gesicht, das mich anschaute – Audreys. Mir schwante, dass dieser Hai am Ende wie Audrey aussehen würde, auch wenn ich mir noch so viel Mühe gäbe, es zu verhindern, und wer würde so was schon gern auf der Terrasse stehen haben? Ich würde auf dem Ding sitzen bleiben. Und vielleicht war das ja erst der Anfang. Vielleicht konnte ich jetzt, wo Audrey frei herumlief, nur noch Haie zustande bringen, die aussahen wie sie. Eine Katastrophe wär das. Da konnte ich die Haiskulpturen gleich abhaken und mich stattdessen direkt auf Audrey-Statuen verlegen, sie zu Hunderten produzieren, wieder und wieder, eine Riesenarmee von Audreys übers Land verteilen, Arme verschränkt, Füße gespreizt, fest verwurzelt. Allüberall würde Audrey auf einen herunterschauen, in den Einkaufszentren, auf den Parkplätzen, sogar am Strand, wo sie den armen Eseln einen Mordsschrecken einjagen würde. Und es wäre alles meine Schuld.

Schon allein der Gedanke daran machte mich kirre. Ich gab's auf, ging ins Haus, saß im Wohnzimmer, bis es dämmerte, bis da nichts mehr war außer der leeren Flasche und der Dunkelheit. Ich ertrug das nicht mehr. Ich ging ins Bett, steckte den Kopf unter die Decke, schlief ein und träumte von Kreuzfahrten und Sonnendecks, wie ich mich über die Reling beugte, während Mrs Durand-Deacon nebenherschwamm und durch den Ring sprang, den ich ihr hinhielt, wie ein schlapper Wal.

Dann spürte ich, wie Em ins Zimmer kam. Ich konnte ihre Schritte hören. Gott sei Dank war sie nicht über Nacht bei ihren Alten geblieben. Ich hätte wissen müssen, dass sie zurückkam, wenn ich sie wirklich brauchte.

»Schatz. Ich hätte wissen müssen, dass du zurückkommst, wenn ich dich wirklich brauche«, sagte ich und drehte mich um. »Ich hatte so ein schreckliches Gefühl, als würde ich dich vielleicht nie wiedersehen.«

»Ach, Al, ich hatte ja keine Ahnung, dass ich dir noch so viel bedeute.«

Da stimmte was nicht.

Ich setzte mich auf, knipste das Licht an. Auf der Bettkante saß Audrey, eine Fahrradpumpe in der Hand.

»Ich habe Grund zu der Annahme, dass Sie getrunken haben«, sagte sie. »Würden Sie bitte hier reinblasen, Sir?«

# DREI

Ich hatte erst ein einziges Mal ins Röhrchen pusten müssen, als ich mit dem Vanden Plas von Blandford Forum kam, wo ich für eine Hochzeit als Fahrer engagiert worden war. Dem Polizisten war es todpeinlich, als er das glückliche Paar zusammengesackt auf der Rückbank sitzen sah, aber er musste die Sache durchziehen. Der Wagen stank nach Alkohol, genau wie ich, aber nur weil der Bräutigam mir gerade seine drei Flaschen Gewürztraminer über die Schulter gekotzt hatte, als wir in Winterbourne Whitechurch um den Kreisverkehr gondelten. Daher auch das unerklärliche Schlingern des Wagens, das der Bulle beobachtet hatte, als wir aus der Kurve kamen, und das er voreilig auf eine illegale Menge Alkohol in meiner Blutbahn zurückgeführt hatte. Zum Glück hatte ich keinen Tropfen angerührt. Das tat ich nie auf Hochzeiten. Die nehmen mir die Lust auf jeden leckeren Schluck.

Mit Hochzeiten lässt sich zwar gutes Geld verdienen, aber du zahlst auch einen hohen Preis, indem du zusehen musst, wie alle billigen Lachs mampfen und warmen Sekt schlürfen und auf die für alle Zeit glückliche Zukunft des Paares anstoßen. Ich meine, was soll das? Sehen Sie sich nur mal um. Das tränenreiche Ende ist doch vorprogrammiert. Dann hockst du da und drehst Däumchen, während die vielen armseligen Trottel ausnahmslos anfangen, jeder verfügbaren Frau auf der Tanzfläche die Zunge in den Hals zu stecken. Aber du darfst das nicht, selbst wenn du wolltest. Du gehörst zum Personal. Der leckerste Bissen, den du zu essen kriegst, ist ein halbes Stück Hochzeitstorte, in dem irgendwer drei Stunden zuvor seine Kippe ausgedrückt hat. Grässliches Zeug, so eine Hochzeitstorte. Von außen sieht sie ja ganz in Ordnung aus, strahlend schön, ein Märchenpalast, der sich zum Himmel reckt, doch sobald du reinbeißt, entpuppt sie sich als etwas, das eher mit einem Bungalow aus Zementstein vergleichbar ist, voll mit fadem, geschmacklosem Schaum, Schicht für Schicht für Schicht, und zwischendurch einem Spritzer Pampe, um die Monotonie etwas abzumildern. Ein bisschen wie die Ehe selbst, finde ich. Das war so ungefähr das Einzige, worin Em und ich nicht einer Meinung waren, die Ehe.

Nicht so Audrey. Audrey hatte die gleiche Einstellung zum Heiraten. Ich hatte sie nicht heiraten wollen, und sie hatte mich nicht heiraten wollen. Perfekt. Ihr Dad war es, der uns förmlich zwang, die Ringe zu tauschen, als sie mit Carol schwanger wurde, und ob Sie's glauben oder nicht, keine sieben Jahre später nibbelte der alte Mistkerl ab, herzlichen Dank auch. Ich hätte fast umgehend die Scheidung eingereicht, aber es war zu spät. Einmal verheiratet, immer verheiratet. Man ist ein Ehepaar. Selbst wenn man's nicht ist, selbst wenn man sich getrennt hat, ist man noch immer ein Ehepaar und hat die ganze gemeinsame Geschichte um den Hals gebunden. Und da war sie, Audrey, zurück in unserem ehelichen Bungalow, auf unserer ehelichen Matratze. Sie hatte die Uniform einer Gefängniswärterin an, samt Mütze. War irgendwie unnötig, fand ich, die Kopfbedeckung.

»Du hier? Was für eine Überraschung«, sagte ich. »Hübsche Kappe übrigens.«

Sie antwortete nicht. Sie betrachtete das Bild über meinem Kopf.

»Sollst du das sein?«, fragte sie.

»Wer denn sonst?«

»Wieso hat Tonto so eine komische Farbe? Sieht aus, als wäre er mit Heidelbeermarmelade bestrichen. Sind das die Spielchen, die du mit deiner Tussi treibst? Himmel, Al, Gott sei Dank ist Carol nicht da. Wenn sie das sähe! Die junge Frau, der alte Mann. Das ist doch echt erbärmlich.«

Sie hatte nicht ganz unrecht. Wie die meisten Männer schau ich meinen eigenen Tonto gern an, aber Em hatte ihn gemalt, als ob er eine Fischgräte verschluckt hätte und kaum noch Luft kriegte. Auch die Form war ulkig, wie einer von diesen Löffeln, die Uri Geller immer mit seiner Geisteskraft verbog. Dennoch, ich würde mir von Audrey keine Vorträge über Miss Prossers Pinseltechnik gefallen lassen. So sah Em ihn nun mal, wie kurz vor dem Platzen, als würde er gleich ersticken, das wusste ich. Oder vielleicht *wollte* sie ihn so sehen. Wer weiß? Ich meine, ich sah Tonto nur von meinem Standpunkt aus, ein verdammt stattlicher Saukerl, der kein Pardon kannte. Em als Frau hatte höchstwahrscheinlich eine andere Sicht auf ihn. Darum geht's in der Kunst ja gerade, oder? Interpretation, Perspektive. Audrey hatte ja keine Ahnung.

»Erbärmlich, ja? Nicht so erbärmlich wie du, die du an den Ort deines Verbrechens zurückkehrst. Wie bist du überhaupt hergekommen?«

»Ich hab von der Gefängnisweinbar aus telefonisch ein Taxi bestellt, Al, was dachtest du denn?« Sie beugte sich näher. Ich konnte ihren Körpermief riechen. »Ich bin den ganzen Weg Fahrrad gefahren, meistens nachts. Ich hab mich drei Tage lang in deinem Wohnwagen versteckt, hab gewartet, dass du zurückkommst. Menschenskind, machst du dadrin denn nie mal sauber?«

Sie spielte Theater, aber dahinter war noch irgendwas, etwas, das ich bei ihr nie zuvor gesehen hatte. Ich streckte eine Hand aus. Die Jacke war klatschnass. Audrey war durchnässt bis auf die Knochen. Und kalt war ihr auch, kalt wie nie zuvor. Ich bemühte mich, kein Mitleid für sie zu empfinden.

»Auf mich gewartet?«, sagte ich schneidend. »Warum ich, Audrey? Womit hab ich das verdient? Hast du mir nicht schon genug angetan?« Es war, als hätte ich eine Nadel in sie reingestochen. Ich konnte förmlich hören, wie die Luft rausströmte.

»Ach, Al«, sagte sie, ganz zusammengeschrumpft. »Wo hätte ich denn sonst hingekonnt?«

Wenn ich sie doch nur postwendend hätte rausschmeißen können. Keine Ahnung, warum ich das nicht tat. Es wär nicht schwer gewesen. Ich wollte es tun, und trotzdem tat ich es nicht. Sie war schließlich Audrey, Menschenskind noch mal. Oh ja, ich wusste, was sie getan hatte, aber hatte ich nicht auch so einiges getan? Hatten wir nicht manches davon zusammen getan, selbst wenn wir es nicht getan hatten? Und ich hatte mich verändert, hatte das alles hinter mir gelassen. Vielleicht hatte sie das ja auch.

»Schlimm, der Knast, was?«

»Die Hölle.«

Ich nickte. Ich wusste, was sie meinte.

»Ich dachte, es würde mir nichts ausmachen, für das zu bezahlen, was ich getan hatte. Aber als ich dann weggesperrt war, hat es mir was ausgemacht. Alles andere wäre mir lieber gewesen. Tatsache, es wäre mir lieber gewesen, du hättest mich von der Klippe gestoßen. So war doch der Plan, nicht?«

Sie sagte das ganz ruhig, ohne jede Bitterkeit. Was konnte ich sagen?

»Du musst aus den Klamotten raus, Audrey, sonst holst du dir noch den Tod. Nimm ein Bad, wärm dich schön auf. Wo das Badezimmer ist, wirst du ja wohl noch wissen, oder? Am Ende des Bettes links. In der unteren Schublade da findest du einen Haufen alter Sachen von mir. Bedien dich.«

Sie blickte verstimmt.

»Ich hatte noch ein paar Klamotten hiergelassen, im Gästezimmer. Ich hatte gehofft ...«

»Ich hab alles verbrannt. Komisch eigentlich. Also entweder Sachen von mir oder gar nichts. Emilys Zeug würde dir nicht passen. Sie ist ein klein bisschen jünger als du.«

»Wer hätte das gedacht. Ich wette, sie ist nicht so fit wie ich. Hast du was zu essen da? Ich bin halb verhungert. Noch was, das in deinem Wohnwagen fehlt. Ein ordentlich gefüllter Kühlschrank.«

Sie klopfte sich auf den Bauch, als wäre er eine leere Trommel. Na, halb verhungert oder nicht, mein Spitzenstück Aberdeen-Rind würde sie nicht in die Finger kriegen.

»Es ist noch eine halbe Kalbsschinkenpastete da, wenn du willst. Dazu könnte ich dir ein Erdnussbuttersandwich anbieten. Das Brot ist schon ein bisschen alt, aber wenn man Hunger hat ...«

»Ist das alles?«

»Tut mir leid, Audrey. Ich wusste nicht, dass das hier ein Gästehaus für entflohene Sträflinge ist. Was würde Madame denn munden?«

»Irgendwas ordentlich Heißes und Scharfes, ein richtiger Sattmacher. Jetzt weiß ich. Für ein Curry könnte ich gerade glatt jemanden umbringen.« Nicht die sensibelste Formulierung unter den gegebenen Umständen, aber ich ließ sie durchgehen.

»Um diese Uhrzeit? Das ist meilenweit weg. Was hast du denn gegen eine Kalbsschinkenpastete?«

»Die ist kalt und laff, das hab ich dagegen. Mensch, Al, du hast versucht, mich von der Klippe zu stoßen. Mir ein Curry zu holen ist doch wohl das Mindeste, was du tun könntest. Mr Singhs Laden gibt's doch noch, nehm ich an?«

»Keine Ahnung. Ich war schon länger nicht mehr da.« Ich versuchte, das möglichst beiläufig zu sagen, aber sie begriff sofort.

»Ist wohl eher ein Curry-Weichei, deine kleine Miss van Gogh, was?« Sie setzte ihr typisches Besserwissergrinsen auf. »Wie viele Monate ist es denn her, seit du zuletzt anständig zugelangt hast? Zwei, drei?«

Ich sagte es ihr nicht, aber es war drei Jahre her, fast auf den Tag genau. Ich hatte Em eingeladen, um mit ihr den Verkauf meines ersten Hais zu feiern. Ich hatte gedacht, sie würde meinem Beispiel folgen und alle Hemmungen fallen lassen, Vindaloo-verrückt werden, bei dem Selbstmord-Pickle richtig hinlangen, Bier in sich reinschütten, aber nein, sie hatte sich mit einem Glas Wein begnügt, dazu eine Schale Linsen und eine von diesen schrecklichen Joghurt-Sahne-Pampen, von denen nicht mal ein neugeborenes Baby Blähungen kriegen würde. Es war peinlich, Mr Singhs Gesicht zu sehen, wie er meinen Blick mied, während er ihre Bestellung aufnahm, peinlich für mich, ihr gegenüberzusitzen, während sie es sich schmecken ließ. Es sah unnatürlich aus, wie sie sich die Lippen leckte, als wäre das klebrige weiße Zeug eine Art Nektar, fast pervers, sündhaft, wie es ihr am Kinn runterlief, als hätte sie Gandhi einen geblasen. Wir gingen nie wieder hin.

»Ich hab sie nicht gezählt«, sagte ich so leichthin, wie ich konnte. »Die Zeiten ändern sich, Audrey. Sie und ich haben andere Vorlieben als wir zwei damals.«

Sie schnaubte, als wüsste sie genau, was ich ihr verschwieg.

»Also seit einer Ewigkeit nicht mehr. Ich wette, du schmachtest danach. Ich wette, du träumst davon, hä? Wachst mitten in der Nacht auf, kannst es kaum erwarten, dir mal wieder eins zu gönnen?«

Ich weiß nicht, woher sie es wusste, aber es stimmte. Seit einigen Monaten träumte ich immer mal wieder von Currys, ausgebreitet auf schneeweißen Tischdecken, schön scharf und dampfend und umgeben von schäumenden Gläsern Cobra, die schimmerten wie Säulen in einem goldenen Tempel. Und im Traum nahm ich einen Bissen und noch einen, und dann streckte ich die Hand nach einem eiskalten Schluck aus, packte das Glas so fest, dass ich das kühle Nass fühlen konnte, hob es an den Mund und wurde schlagartig wach, spürte dann dieses schreckliche Brennen, das sich untenrum ausbreitete wie ein Buschfeuer, als hätte ich Mr Singhs Lime-Pickle auf mir verteilt. Manchmal musste ich aufstehen und nach draußen zur Nymphe gehen, ihre kalten Rundungen berühren, nur um mich wieder zu beruhigen. Funktionierte aber nicht immer. Sie war schon was Besonderes, die Nymphe.

Audrey zupfte an meinem Federbett.

»Na los, Al, mach dich auf die Socken. In zwanzig Minuten schließt der Laden. Ich ruf an und geb die Bestellung durch, während du im Auto sitzt.«

Sie wollte die Decke wegziehen. Ich riss sie zurück, rasch.

»Ein bisschen Taktgefühl, Audrey, wenn ich bitten darf. Ich bin kein Freund von Nachtwäsche, wie du dich vielleicht erinnerst.«

Sie griff nach oben, setzte mir ihre Mütze auf den Kopf.

»Du liebe Zeit«, sagte sie und zog sie mir über die Augen, »was sind wir denn auf einmal so genant.«

Sie stand vom Bett auf, bog nach links ins Bad. Ich konnte hören, wie das Wasser in die Wanne lief, ihre Hand darin herumfuhr, die Uniform zu Boden fiel. Sie fing an zu pfeifen, einen von den Songs aus *Oklahoma!*. Als wäre sie nie weg gewesen.

Ich zog mich an, fuhr zu Mr Singh's Curry House. Es war ein angenehmer Abend, die Straße völlig ruhig, und eine dünne Mondscheibe lugte durch die Bäume. Ich hätte es genossen, wenn nicht Audrey neben mir gesessen hätte, im Geiste zumindest. Sie wusste also, was ich getan hatte, was ich versucht hatte. Michaela Rump musste es ihr gesteckt haben, schätzte ich. Gott sei Dank wusste Audrey nicht, wen ich runtergeschubst hatte oder wie das mit Robin gewesen war. Nicht auszudenken, was sie machen würde, wenn sie das alles rausfand.

Ich bog auf den Parkplatz. Mr Singh kam hinter dem Tresen hervorgehastet, zwei Papiertüten in den Händen. Er sah so dick und knuddelig aus wie immer. Aber er hatte neue schicke Slipper an den Füßen, mit nach oben gebogener Spitze. Em und ich würden supertoll darin aussehen, in unserer kleinen Galerie. Superkünstlerisch. Authentisch. Ich öffnete die Tür, atmete tief ein. Ich fühlte mich wie im Himmel.

»Mr Al«, rief er und strahlte dabei übers ganze Gesicht,

hell wie der Mond. »Sie böser Mann. Wir haben Sie seit Jahren nicht gesehen. Nicht mehr seit dem ganzen juristischen Wirbel.« Sein Gesicht glühte.

»Das Vergnügen ist ganz meinerseits, Mr Singh, das versichere ich Ihnen.« Ich deutete nach unten. »Hätte mir von denen da auch ein Paar bestellen sollen. Die würden prima an mir aussehen, wenn ich arbeite. Wo haben Sie die her?«

»Handgemacht, Mr Al. Ein sehr cleverer jüngerer Cousin, sehr geschickt mit den Händen. Anzüge, Hausjacken, Flitterwochengarderobe.«

»Also nicht billig, würde ich tippen. Trotzdem, vielleicht könnten wir uns da irgendwie einig werden. Ich bin jetzt Bildhauer, überwiegend Fische. Ich könnte Ihnen einen kleinen Fisch ins Foyer stellen oder hier draußen auf den Parkplatz, ihm einen Turban aufsetzen oder so. Dafür besorgen Sie mir zwei Paar von denen da. Was sagen Sie dazu?«

Er sagte nichts dazu, reichte mir bloß die Tüten. Ich hätte einen Esel mitbringen sollen.

»Die Bestellung, die Madam aufgegeben hat«, sagte er und zählte alles auf. »Alle Ihre Lieblinge. Einmal Fisch-Jalfrezi, zweimal Hammel-Vindaloo, einmal Riesengarnelen-Chili-Masala, vier Zwiebel-Bhajis, zweimal Naan ohne alles, einmal Pilawreis, sechs Dosen Cobra Lager und zwölf Papadams.«

»Sagten Sie zwölf?«

Er schüttelte den Kopf.

»Eins ist gratis, als Glücksbringer! Außerdem …«, er tippte sich an die Nase, »… ein Glas von meinem Lime-Pickle. Mrs Al war immer ganz verrückt nach meinem Lime-Pickle. Der einzige Mensch, den ich kenne, der es pur löffeln konnte.«

Ich wusste, was er meinte. Wusste auch, worauf er anspielte.

»Schade, dass sie jetzt nichts davon essen wird, wo sie doch nicht da ist.«

»Jammerschade. Treibt mir richtig die Tränen in die Augen.«

Er legte den Kopf auf eine Seite und kicherte.

Ich gab ihm vierzig Mäuse, wehrte das Wechselgeld mit einem Winken ab und fuhr los. Ich dachte, sie hätte bestimmt schon den Tisch gedeckt, die Teller vorgewärmt, die Biergläser hingestellt, doch als ich zurückkam, war die Küche leer.

»Audrey?«

Keine Antwort. Ich ging ins Schlafzimmer. Sie lag auf der Seite, in einem Erste-Klasse-Bademantel von der *Lady Di* mit dem Schriftzug EIGENTUM DER REEDEREI quer über die Schultern gestickt. Ich wedelte mit einer der Tüten.

»Futter!«

Keine Reaktion. Sie war im Tiefschlaf. Ich zog ihr die Bettdecke bis unters Kinn, stellte das Essen weg und ging ins Wohnzimmer. Auf dem Sideboard stand eine Flasche Whisky. Ich brach das Siegel auf und goss mir ein Glas voll, trank es in einem Zug aus, ohne es zu merken. Ich hätte den ganzen Bungalow leer saufen können, und es hätte nichts geändert.

Audrey war zurück.

Was zum Henker sollte ich jetzt machen?

Als ich aufwachte, duftete es nach brutzelndem Schinkenspeck. Der beste Geruch der Welt, solange man nicht selbst am Herd steht. Mein Hals war ganz steif, die Beine auch.

Ich war auf dem Sofa eingenickt, hatte die ganze Nacht da gelegen. Einen Moment lang konnte ich mich nicht genau erinnern, warum ich nicht im Bett lag, und dann sah ich die Gefängniswärtermütze auf dem Tisch vor mir.

Ich rubbelte mir die Beine wach und ging in die Küche. Audrey stand am Herd. Sie hatte beide Bratpfannen in Betrieb, eine voll mit meinem besten Schinkenspeck, die andere vollgestopft mit Brotscheiben. Sie hatte schon immer eine Schwäche für gebratenes Brot gehabt.

»Morgen, Schlafmütze«, sagte sie. »Ein oder zwei Eier?«

Ich ging zum Fenster über der Spüle, zerrte das Rollo runter.

»Was fällt dir ein? Es könnte dich jemand von der Straße aus sehen. Dein Gesicht ist hier in der Gegend bekannt. Du bringst uns noch alle in den Knast.«

Sie wedelte mit dem Pfannenheber.

»Ich würde meinen, ein Rollo, das morgens als Erstes runtergezogen wird, erregt bestimmt genauso viel Aufmerksamkeit. Außerdem seh ich anders aus, als die mich hier in Erinnerung haben.«

Da war was dran. Ich hatte gewusst, wie sie aussah, klar, weil sie mich damals im Knast besucht hatte, aber in dieser Umgebung hier, mit dem Blondhaar und der muskulöseren, schlankeren Figur, war sie fast ein anderer Mensch. Das heißt, solange sie nicht den Mund aufmachte.

»Also?«, sagte sie.

»Also was?«

»Ein oder zwei Eier?«

»Zwei. Aber so, dass ...«

»... sie schön flüssig sind, ja, ich weiß.« Sie nickte Richtung Frühstückstheke. »Kaffee ist fertig, bedien dich.«

»Kaffee auch? Ich wusste gar nicht, dass du das kannst.«

Ich setzte mich an die Theke und goss mir eine Tasse ein. Nicht schlecht. Sie knallte den Teller hin und stellte sich mir gegenüber. Wir hatten allerhand zu bereden, aber das konnte warten. Ich schnitt ein Ei in der Mitte durch, ließ den Dotter in das gebratene Brot laufen, spießte die Sauerei mit der Gabel auf und gab noch ein Stück Schwein dazu. Dann schob ich mir den Bissen in den Mund. Sie hatte den Schinkenspeck anbrennen lassen.

»Das ist ja hier alles sehr modern«, sagte sie und sah sich um, »sehr schwedisch. Sitzt ihr beide echt auf diesen Dingern, wie zwei verliebte Tauben?«

Ehrlich gesagt, nein. Sie waren nicht besonders bequem, die Hocker. Erstens musste man draufspringen, als würde man auf ein Pferd steigen, und zweitens merkte man, wenn man es sich gerade gemütlich gemacht hatte, dass sie nach oben gewölbt waren und man mit dem Hintern langsam nach vorne rutschte, als wäre die Sitzfläche mit Butter eingeschmiert. Mrs B hatte sich mal auf einen gesetzt und gemeint, man müsste vielleicht die Beckenbodenmuskulatur anspannen, aber ich hatte ihr erklärt, das käme überhaupt nicht infrage, und sie hatte nicht weiter gedrängt. Immerhin sahen sie gut aus.

»Du meinst die Frühstückstheke? Die war Ems Idee, für das Bed and Breakfast, das wir planen. Wir peilen den jüngeren Markt an, Leute, die noch nicht ganz so festgefahren sind in ihren Gewohnheiten. Wir hätten auch was Entspannenderes nehmen können, aber man will sie ja auch nicht stundenlang hier rumhängen haben, oder? Das ist eine Pension, kein Erholungsheim. Abends spätestens um zehn in die Heia, Frühstück am nächsten Morgen um Punkt acht, um neun raus ins Freie.«

»Das solltet ihr in eure Broschüre setzen«, sagte Audrey,

die auf ihrer Speckschwarte kaute. »Was ist, wenn es regnet?«

»Wir haben im Gästezimmer zwei Stühle aus Docs Wartezimmer aufgestellt, außerdem ein Radio und ein Goldfischglas.« Sie zog die Augenbrauen hoch.

»Hätte ich mir denken können. Noch mehr Fische.«

»Fische haben eine therapeutische Wirkung. Das weiß jeder. Es kommen sicher Pärchen her, die den Urlaub ihres Lebens erwarten, die brauchen was, das sie wieder beruhigt, wenn sich die ersten Risse zeigen. Das Letzte, was wir wollen, sind Romeo und Julia, die sich auf der anderen Seite der Wandverkleidung fetzen, sechzig Mäuse die Nacht hin oder her.«

»Was ist mit Sex?«

»Was ist mit Sex?«

»Dürfen sie für ihre sechzig Mäuse Sex haben? Das kann genauso geräuschvoll sein. Und junge Pärchen? Es heißt, die halten stundenlang ohne Pause durch, gönnen sich zwischendurch höchstens mal einen Schluck Wasser. Vielleicht solltet ihr ein Schild über dem Bett anbringen: ›Kopulation über 25 Dezibel strengstens verboten‹, oder wie wär's mit ›Kein Gefummel nach halb elf‹? Grundregeln. Ganz wichtig. Die sollten rechtzeitig aufgestellt werden, damit erst gar keine Missverständnisse aufkommen.« Sie widmete sich wieder dem Schinkenspeck. Sie hatte recht.

»Da ist was dran, Audrey.«

Sie wedelte mit der Gabel.

»Und Spiegel. Von Ganzkörperspiegeln an den Wänden ist dringend abzuraten. Nicht mal im Bad. Ganzkörperspiegel bringen sie auf alle möglichen Ideen. Ältere Paare, kein Problem, Ganzkörperspiegel lassen sie auf der Stelle versteinern, aber jüngere? Im Urlaub? Fremde Bettwäsche? Damit holst du dir jede Menge Ärger ins Haus.«

»Weißt du, was? Daran hab ich gar nicht gedacht.«

»Vorausplanung zahlt sich aus, Al, für alle Eventualitäten. Das hätte die Erfahrung dich inzwischen lehren müssen, aber vielleicht ist Denken ja nicht mehr deine Stärke, seit die kleine Miss Hilton in dein Leben getreten ist. Wann kommt sie zurück?«

»Sie heißt Emily, und ich wäre dir dankbar, wenn du dir ihren Namen merken würdest. Aber genau daran dachte ich auch eben. Du solltest weg sein, wenn sie zurückkommt. Je weniger Leute wissen, dass du hier warst, desto besser. Ich kann dir etwas Geld leihen, fürs Erste. Wo willst du hin?«

Sie steckte sich eine Scheibe gebratenes Brot in den Mund und zermalmte sie. Mit das Beste und auch mit das Schlimmste an Audrey, ihr Mund.

»Ich hab mich noch nicht entschieden«, sagte sie und sprühte dabei Ems Bademantel mit Krümeln voll. »Ich muss erst wieder zu Kräften kommen. Und du musst mir anständige Klamotten besorgen. Hier, ich hab eine Liste gemacht.«

Sie zog einen alten Briefumschlag aus der Tasche, schob ihn über die Theke. Ich las gar nicht erst, schob ihn einfach zurück.

»Audrey! Was hast du vor? Die werden nicht nur dich mitnehmen, wenn sie dich hier erwischen, hast du mal daran gedacht? Natürlich nicht. Scheiße, wenn ich auch nur halbwegs bei Verstand wäre, würde ich jetzt Adam Rump anrufen und dich sofort wieder einkassieren lassen.«

»Nur zu, wenn du dich dann besser fühlst. Ich werde dich nicht daran hindern.«

»Ich tu's nicht. Das weißt du. Deshalb bist du ja auch hergekommen. Aber ich hab jetzt mein eigenes Leben, Audrey, eins, das richtig prima läuft. Das hier ist nicht mehr dein Bungalow. Und ich bin nicht mehr dein Ehemann.«

»Das warst du sowieso nie richtig.«

»Audrey.«

»Schon gut, schon gut. Ich hätte nicht herkommen sollen. Ich hätte nicht ausbrechen sollen. Aber das bin ich nun mal, beides. Also, wie sieht's aus? Hilfst du mir oder nicht?«

Was sollte ich sagen? Ich konnte nicht ablehnen, konnte sie nicht vor die Tür setzen. Ich hatte keine Wahl.

»Ein Tag, okay? Ein Tag, und dann bist du weg, auf dich allein gestellt. Mit ein bisschen Glück kommt Em erst morgen wieder, also bleibt das hier unser kleines Geheimnis. Nicht wahr?«

»War es das nicht immer?« Sie lächelte.

Ich nahm den Briefumschlag. Röcke, Pullover, Hosen, Trainingsanzüge, du liebe Zeit, das war ja ein ganzer Kleiderschrank. Ich würde Stunden brauchen, um das Zeug einzukaufen, und raten Sie mal, wer die Rechnung übernehmen würde? Unten auf die Liste hatte sie ›Sportgeschäft‹ geschrieben und darunter: ›anständige Radmontur‹.

»War sicher ganz schön anstrengend«, sagte ich, als ich die Liste zusammengefaltet in die Tasche steckte, »der weite Weg mit dem Rad?«

Sie streckte ein Bein aus. Es war mit Muskeln bepackt.

»Nicht, solange ich in Bewegung war«, sagte sie und wackelte mit den Zehen. »Die Pause tagsüber war das Problem. Ich bin ansonsten sehr gut in Form. Das Fahrrad war auch nicht schlecht.«

»Wo steht es jetzt? Doch hoffentlich nicht draußen am Wohnwagen?«

Sie schlug die Hand vor den Mund.

»Ich hab's am Teich abgestellt. Ich wollte es reinbringen, aber ...«

Ich ging in den Wintergarten. Das Fahrrad lehnte an der Hüfte der Nymphe, als würde sie sich jeden Moment auf den Sattel schwingen und davonstrampeln, à la Lady Godiva. Es brachte irgendwas in ihr zur Geltung, verlieh ihr eine Art Spannung, die sie nie zuvor gehabt hatte. Vor fünf Jahren hätte ich das nicht gesehen, das, was Em die immerwährende Ambiguität zwischen Fleisch und Maschine nennt, aber jetzt, mit meinem Künstlerauge, sehe ich solche Dinge andauernd. Audrey war mir gefolgt.

»Sieht total sexy aus«, sagte ich, »wie es da so an ihrem Hintern lehnt.«

»Wenn du meinst. Was soll das hässliche Riesending daneben darstellen?«

»Das ist einer von meinen Haien. Ich bin jetzt Bildhauer, wusstest du das nicht? Ein kleinerer steht da an der Tür hinter dir, siehst du?«

Sie drehte sich um, musterte ihn und legte einen Finger auf die Signatur auf der Flosse.

»Wer ist Al Greco, wenn ich fragen darf?«, sagte sie.

»Das ist der Name, unter dem ich bildhauere; was früher der Meißel war, ist heute die Kettensäge. Clever, was?«

»Eher Verarschung, würd ich sagen.«

»Du kannst denken, was du willst, Audrey, aber es ist nun mal eine Tatsache, dass ich in der Kunstszene keine unbekannte Größe mehr bin. Heute Vormittag bin ich unten in der Bucht mit einer namhaften Förderin der Künste verabredet, um die Modalitäten meiner nächsten Auftragsarbeit zu besprechen. Sie war es übrigens, die Damien Hirst überhaupt erst auf den Trichter gebracht hat, als er ihre toten Haustiere einbalsamiert hat. Katzen, Hunde, Hamster, was auch immer, er hat sie halbiert und in Formaldehyd gesteckt. Ohne sie wäre er nichts.«

Sie hörte gar nicht zu. Sie starrte hinüber zu der Nymphe und dem Teich, der zu ihren Füßen blubberte. Als sie das letzte Mal hier gewesen war, hatte ich versucht, sie darin zu ertränken. Erinnerungen über Erinnerungen.

Ein Koi durchbrach das Wasser.

»Also schon wieder Karpfen.«

»Eine andere Sorte. Hast du Torvill schon gesehen? Sie steht auf dem Kaminsims.«

Audrey kuckte verwirrt.

»Ja, ich hab sie ausstopfen lassen, wusstest du das nicht? Ist nicht so leicht loszuwerden, wie du gedacht hast. Schau sie dir mal an. Sie sieht richtig gut aus, dafür, dass sie tot ist. Sie und Dean und Miranda, alle tot, dank dir.«

Sie starrte weiter nach draußen.

»Du hattest wohl gar nichts damit zu tun«, sagte sie, mit einer Stimme, die irgendwie ausdruckslos klang. »Ich hab das eigentlich nicht gewollt, Al, nichts davon. Bloß ... in der Hitze des Gefechts tut man Dinge, die sich nicht rückgängig machen lassen. Miranda hatte das nicht verdient. Torvill und Dean hatten das nicht verdient. Ich hatte dich nicht verdient. Du hattest mich nicht verdient. Aber so war nun mal die Lage. Wir konnten nur nicht gut damit umgehen, oder?«

Ich hatte recht gehabt. Sie empfand Reue, genau wie ich. Und doch, wenn nichts davon passiert wäre, wäre ich nicht ins Gefängnis gekommen und hätte Em nicht kennengelernt. Ich wäre kein Künstler, der Haie raushaute, als stünde er bei Ford am Fließband. Ich wäre noch mit Audrey zusammen. Wir würden uns streiten, wie gerade eben fast wieder. Und doch, sie war aus dem Gefängnis ausgebrochen und meilenweit auf dem Fahrrad hergestrampelt, zu mir, dem Typen, der versucht hatte, sie umzubringen. War das etwa nichts? Dass ich nach allem, was ich in der Vergangenheit getan hatte, der Einzige war, dem sie vertrauen konnte. Es rührte mich irgendwie.

»Das Rad sieht spitze aus«, sagte ich. »Es hat einen Rennlenker.«

Sie trat dicht an mich ran, und etwas Leben kehrte in ihre Stimme zurück.

»Es hat noch sehr viel mehr, Al. Carbonfelgen, Kettenumwerfer und -schaltung, akkubetrieben und servogestützt, Radsätze der Extraklasse. Es ist ein Rennrad. Pflanz deinen Hintern drauf, und du weißt Bescheid. Es gehört der Gefängnisdirektorin.«

»Und sie hat's dir geliehen, nehme ich an.«

»Wen hätte sie sonst bitten sollen, drauf aufzupassen? Ich kenn mich mit solchen Dingern aus. Sechs Monate hab ich gebraucht, um ihr Vertrauen zu gewinnen, aber dann ...« Sie boxte mich in den Arm. »Bonsai! Sie hat mir aus der Hand gefressen. Danach war's ein Kinderspiel.«

Ich schmunzelte. Bonsai! Das Wort hatte ich seit Jahren nicht gehört.

»Tja, stell es lieber weg, bevor die alte Schnüffelnase es spitzkriegt«, sagte ich. »Sie weiß genau Bescheid darüber, wie du abgehauen bist. Das ganze verdammte County weiß Bescheid.«

»*Du* stellst es besser weg, wenn du Angst hast, ich könnte gesehen werden. Ich brat mir noch ein Ei.«

Ich ging nach draußen, nahm das Fahrrad und verstaute es über der Garage, deckte es mit einer Plane ab. Es war kein perfektes Versteck, eigentlich war es gar kein Versteck, aber für mehr hatte ich keine Zeit. Später würde ich es nach oben auf die Beule schieben und von der Klippe werfen. Jetzt musste ich mich etwas rausputzen und zu meiner Verabredung mit Mrs Durand-Deacon fahren. Danach musste ich die Einkäufe für Audrey erledigen. Und zwischendurch musste ich die Gefängniswärteruniform loswerden und Em anrufen, um auf Nummer sicher zu gehen, dass sie heute Abend nicht zurückkam. Ich wusste nicht, wie sie reagieren würde, wenn sie Audrey hier antraf. In Sachen Loyalität würde ich niemandem mehr trauen als ihr, aber jetzt, wo Audrey da war und im Bungalow in Ems höchstpersönlichem Bademantel herumspazierte, den ich auf unserer ersten gemeinsamen Kreuzfahrt stibitzt hatte? Schwer zu sagen.

Ich fuhr rüber zum Bindon, parkte auf dem abschüssigen Vorplatz. Das Hotel war leer. Mrs Durand-Deacon war in der Kaffeelounge im Foyer: wuchtige, zum Versinken tiefe Sessel rund um die mit Teppich belegte Treppe, die nach oben in die erste Etage führte. Sie saß etwas abseits, ein Bein auf einem Fußhocker. Für das andere Bein war kein Platz, doch es wollte offensichtlich auch da rauf, so wie es sich auf dem Teppich hin und her bewegte. Audreys Hund Monty hatte das gleiche Problem mit seiner Hütte gehabt. Audrey hatte sie selbst gebaut, aber sie war nicht breit genug für den kleinen Kerl. Er konnte zwar Kopf und Körper gut reinzwängen, aber von den Hinterbeinen brachte er immer nur eins unter. Im Sommer war das kein Problem, aber sobald der Winter kam, schickte Audrey mich nach draußen, damit ich ein Stück alten Teppichboden über das andere legte. Der Hund war ihr Ein und Alles.

Mrs Durand-Deacon balancierte einen Teller Kekse und

eine Tasse Irgendwas auf der Armlehne ihres Polstersessels. Zeit, der alten Schachtel Honig ums Maul zu schmieren.

»Mrs Durand-Deacon. Da bin ich. Der Bildhauer der Sieben Meere!«

Sie blickte zu mir hoch und zog den Teller näher an sich ran. Sie sah nicht besonders erfreut aus.

»Sie sind zwanzig Minuten zu früh«, sagte sie. »Das Mädchen ist noch nicht mit Putzen fertig. Ich möchte nicht, dass uns jemand stört.«

»Konnte mich einfach nicht länger zügeln, Mrs Durand-Deacon. Die Aussicht, Gerald dreidimensional in Form zu bringen, hat die kreativen Säfte so richtig in Wallung gebracht. Eine Herausforderung, für uns Kreative das Lebenselixier. Ich werde aus diesem Hai das böseste Biest im Ozean machen.«

Sie nahm einen Keks, tunkte ihn in die Tasse. Kaffee.

»Ist mir egal, wie böse Sie ihn machen«, sagte sie und lutschte das durchweichte Ende ab. »Das reicht nicht. Ich hab überlegt, was sonst noch möglich wäre. Eigentlich ist es ein echter Glücksfall, dass wir uns so kennengelernt haben.«

Also darum ging es. Sie wollte mehr.

»Na ja, ich weiß nicht, ob ich auf zwei kostenlose Haie erhöhen kann. Die Haibildhauerei ist ein teures Metier. Ich verwende eine ganz exklusive Sorte Eisenbahnschwellen, eine große Strapaze für die wolframcarbidgehärtete Kettensäge, eine große Strapaze für den Zweitaktmotor, von dem Stress für die guten alten grauen Zellen ganz zu schweigen. Und haben Sie überhaupt eine Ahnung, wie hoch der Stundensatz für einen Bildhauer der Spitzenklasse ist? Darf ich?«

Ich streckte die Hand aus und nahm mir einen schokoladenbeschichteten Vollkornkeks. Sie wechselte den Teller auf die andere Armlehne.

»Diese ›Haie‹, die Sie machen«, sagte sie. »Das sind doch Holzbalken, aus denen Sie grobe Stücke raushacken? Ich meine, sie sind nicht gerade das Produkt von nennenswertem künstlerischem Können, oder? Eher ein Beispiel für jemanden, dessen Talent, wenn man es denn so nennen will, im Grunde grob und brutal ist.«

Allerliebst. Ich ließ mich nicht beirren.

»Haben Sie schon mal an ein Porträt von Ihnen selbst gedacht, Mrs Durand-Deacon? Wir könnten eins dazugeben, wenn Sie möchten, schnell und gratis. Miss Prosser macht ganz passable Kopf- und Schulterporträts. Sie ist spezialisiert auf reifere Motive.«

Das gefiel ihr gar nicht.

»Was soll das heißen, ›reifer‹?«

»Na ja, nehmen Sie ein Gemälde von einer jungen Frau mit makelloser Haut, rosiger Frische, mit Glanz, Klarheit, Hoffnung, noch so ganz ohne unansehnliche Warzen und Falten. Abgesehen von der Vollkommenheit hat es doch gar nichts, oder? Wenn ein halbwegs anständiges Porträt etwas Bedeutsames an sich haben soll, braucht man jemanden, den drei oder vier Jahrzehnte Alkohol und Depressionen so richtig geschunden haben, ein Gesicht, das das alles durchgemacht hat. So eins wie Ihres.«

»Wollen Sie mich absichtlich beleidigen, Mr Greenwood, oder ist das einfach Ihre Art?«

»Ein Porträt braucht ein Gesicht, das Charakter hat, Mrs Durand-Deacon, Stahl und Tiefe. Tiefe ist sehr wichtig. Sie haben Tiefe. Sie haben so viel Tiefe, wie die Arktis Pinguine hat.«

Sie legte die Fingerspitzen aneinander und dachte nach. Bei der Aussicht, irgendwas für lau zu kriegen, können sie einfach nicht widerstehen, diese Touris.

»Ich meine, ein Porträt könnte eine Überlegung wert sein. Ganzkörper natürlich. Etwas für oben auf dem Flur.«

Ganzkörper! Das ist die Krankheit unserer Zeit: Gier.

»*Oben* auf dem Flur? Ich dachte, Frinton wäre voller Bungalows.«

Sie schnaubte. »Sehe ich aus wie jemand, der in einem Bungalow wohnt?«

»Ich hatte mich auch schon gewundert, dass Sie überhaupt in Frinton wohnen. Ich kann mir halbwegs vorstellen, dass Sie auf einer Bungalowterrasse die Pflanzen gießen, ich kann mir halbwegs vorstellen, dass Sie im Bungalowwintergarten sitzen und Wohnmagazine lesen, aber dass Sie im Nachthemd auf derselben Etage herumspazieren, wo Sie Speis und Trank zu sich nehmen? Nie im Leben. Sie haben ein zweistöckiges Haus, nehme ich an.«

»Und einen Keller. Als Einzige, glaub ich. Nun gut.« Sie begann, an den Fingern abzuzählen. »Ein Hai, ein Ganzkörperporträt und die kostenlose Zehn-Tage-Kreuzfahrt für zwei, wenn die *Lady Diana* das nächste Mal in See sticht, oder eine andere nach meiner Wahl.«

»Ich wusste gar nicht, dass die Ihnen das angeboten haben. Das ist ja schon in einer Woche.«

»Ist offenbar heute Morgen entschieden worden. Aber ich weiß nicht, ob ich dann schon wieder bei Kräften bin. Es kommt also einiges zusammen. Bleibt die Frage: Genügt das?«

Sie tunkte den Keks wieder ein. Ich hoffte, das Ende würde ihr auf den Schoß fallen, aber nein. Sie war Expertin, diese Mrs Durand-Deacon.

»Da ist nur noch eine Kleinigkeit, die ich gern von Ihnen erledigt hätte, und dann wären wir wohl so einigermaßen quitt.«

»Raus mit der Sprache«, sagte ich, »überraschen Sie mich.«

Der Rest des Kekses tauchte ein. Diesmal kam er nicht wieder heraus, aber das schien sie nicht zu stören. Sie hob einfach die Tasse, den kleinen Finger sehr vornehm in die Luft gestreckt, und kippte sich den Inhalt in den Mund.

»Ich möchte, dass Sie Gerald beseitigen, Mr Greenwood. Das dürfte ja wohl kein allzu großes Problem sein für einen nicht verurteilten Mörder der Spitzenklasse.«

# VIER

So läuft das, wenn du einen gewissen Ruf hast. Da kannst du dich noch so sehr bemühen, ihn loszuwerden, da kannst du noch so gute Absichten haben, das Leben lässt dich einfach nicht in Ruhe. Irgendwer oder irgendwas tippt dir immer auf die Schulter und erinnert dich daran, wer du nach wie vor zu sein hast. Alan Ladd erging es in *Mein großer Freund Shane* genauso. Shane wollte doch bloß in seiner Fransenwildlederkluft über die weite Dingsda reiten, sich um seinen eigenen Kram kümmern, Revolver schön friedlich im Holster, als hätte er ihn schon seit einem Jahr nicht mehr gestreichelt, aber ließen die Zivilisation und Jean Arthur ihn etwa? Pustekuchen. Er musste ihn immer wieder zücken und die Hälfte der Viehtreiber in ganz Wyoming umlegen. Er wollte gar nicht, aber er tat es trotzdem. Er hatte keine Wahl. Mit diesem moralischen Dilemma haben es geläuterte Typen, die auf dem Pfad der Tugend bleiben wollen, andauernd zu tun. Und jetzt war ich dran. Ich war Gott weiß wie viele Jahre brav gewesen, und trotzdem klopfte plötzlich und unerwartet meine Vergangenheit an die Tür.

»Ich glaube, ich kann Ihnen nicht ganz folgen, Mrs Durand-Deacon«, sagte ich.

»Die Sache ist die, Gerald, der Mann, den Sie aus dem Weg schaffen werden, ist sehr gut mit dem Direktor unseres örtlichen Gefängnisses befreundet, Brian de Coveley.

Die beiden gehen zusammen angeln. Als Gerald ihm erzählte, was mir auf der *Lady Di* passiert ist, und Sie namentlich als den Verursacher erwähnte, setzte Brian sich auf, als ob ihm, um meinen Mann zu zitieren, ›jemand eine Sprungfeder in den Allerwertesten gesteckt hätte‹. Brian war über Sie im Bilde. Sie scheinen in Gefängniskreisen ziemlich bekannt zu sein. Jeder weiß, dass Sie *irgendwas* Mörderisches auf dem Kerbholz haben, es kann nur keiner genau sagen, was. Also hab ich selbst ein wenig im Internet recherchiert. Als Erstes stieß ich auf Ihren Prozess damals und Ihre seltsame Verteidigung, Sie wären zur Tatzeit damit beschäftigt gewesen, jemand anderen zu töten, wüssten aber nicht genau, wen. Und dann entdeckte ich auch noch diese merkwürdige Sache von vor vielen Jahren, als der Verlobte Ihrer Tochter bei einer Bergwanderung abstürzte. Wie hieß er noch gleich?«

»Hab ich vergessen.«

»Robin. Offenbar ein überaus talentierter junger Mann. Und je mehr ich über Sie las, desto mehr dachte ich, es war vorherbestimmt, dass Sie die Kettensäge auf mich loslassen sollten, genau wie ich aus Angst um mein Leben über die Reling springen sollte, dass Sie und ich irgendwie ein unerfülltes Schicksal teilen. Und dann warteten Sie auf mich, als ich gestern aus dem Boot stieg, und als mein Fuß Land berührte, wusste ich auf einmal, was das für ein Schicksal war. Ständig nehmen irgendwelche Leute um Sie herum ein böses Ende, und ich dachte, warum nicht Gerald? Ein Mensch mehr, der von einer Klippe fällt, ist für einen Mann wie Sie doch eine Kleinigkeit, aber mir würde es viel bedeuten. Keks?«

Sie hielt mir den Teller hin. Ich hatte keinen Appetit mehr.

»Das ist verrücktes Gerede, Mrs Durand-Deacon«, sagte ich. »Ich kenne Ihren Gerald nicht, und zum Glück ist er derzeit ja gar nicht in der Gegend.«

Es war keine besonders tolle Verteidigung, ich weiß, aber ich konnte nicht klar denken.

»Aber bald. Er kommt für ein paar Tage her, um zu sehen, wie's mir geht. Er ist leidenschaftlicher Schmetterlingssammler, wissen Sie. Drück ihm ein Netz in die Hand, und weg ist er, vergisst alles um sich herum. Und ich bin sicher, er will die Umgebung erkunden, solange er hier ist, ein bisschen von der stärkenden Luft oben auf dem Kliff schnuppern.«

Ich behielt es für mich, aber komischerweise hatte das Kliff tatsächlich eine besondere Art von Schmetterling vorzuweisen, der nur in unserer Region heimisch war. Er hieß Blue Bindon, sehr selten, sehr zart, und man konnte leicht auf ihn draufrollen, wenn man einer knackigen jungen Tagesausflüglerin die Aussicht zeigte. Doch das würde ich Mrs Durand-Deacon auf keinen Fall verraten. Ich meine, sie war die Kaltblütigkeit in Person! Der alte Knabe tat mir schon richtig leid.

»Ich glaube, Sie haben einen völlig falschen Eindruck von mir, Mrs Durand-Deacon. Ich bin bloß ein Künstler, der versucht, sich mit dem bisschen Talent über Wasser zu halten, das in diesen bescheidenen Händen steckt.«

Sie beugte sich vor und packte die linke.

»Töten, das steckt in ihnen, das spür ich. Chaos und Mord. Guter Mann, ich seh es in Ihren Augen. Morgens aufstehen, frühstücken, jemanden von irgendwas Hohem in die Tiefe stoßen, das ist Ihr üblicher Tagesablauf, oder? Sie haben es eine Weile nicht mehr getan, zugegeben. Aber Sie würden es wahrscheinlich gern noch einmal tun, nur um sich zu beweisen, dass Sie es immer noch können, wenn's drauf ankommt. Nun, hier ist Ihre Gelegenheit, in Übung zu bleiben. Es wird nicht schwierig sein. Ich schlage vor, Sie fahren jetzt nach Hause und schlafen drüber.«

»Ich muss nicht drüber schlafen, Mrs Durand-Deacon. Ich mache es nicht. Kommt gar nicht in die Tüte. Dieses Gespräch hat nie stattgefunden. Und dafür sollten Sie mir dankbar sein. Eigentlich hätte ich jetzt schon längst die Polizei anrufen und Sie anzeigen müssen.«

Du liebe Zeit, da hatte ich was gesagt, was ich nie für möglich gehalten hätte, schon das zweite Mal an einem Vormittag. Wie Audrey wirkte sie in keiner Weise entrüstet, nahm bloß einen weiteren Schluck Kaffee.

»Entweder Sie tun's, oder Sie können sich auf eine gründliche Untersuchung Ihrer finsteren Vergangenheit gefasst machen sowie auf Ihren nahezu sicheren Bankrott, Mr Greenwood. Meinen Anwälten juckt es schon in den Fingern, Sie sich vorzuknöpfen. Was? Wegen Ihrer Fahrlässigkeit musste eine Exrichterin sieben Stockwerke tief in den Atlantischen Ozean springen? Die Höhenangst, unter der sie seitdem leidet? Das Wiedereinrenken der Wirbel vier, fünf und sechs? Die psychischen Probleme, die sie jetzt mit Wasser hat, selbst mit dem in der Badewanne? Kaum vorstellbar. Wissen Sie, was Ihr Bungalow inzwischen wert ist? Ein hübsches Sümmchen, würde ich wetten.« Sie betupfte sich die Augen mit einer Serviette. »Na los, gehen Sie. Kommen Sie morgen um die gleiche Zeit mit Ihrer Antwort wieder. Und übrigens, nur zu Ihrer Information, Pinguine gibt es nur in der Antarktis. Die Arktis ist für Eisbären reserviert.«

Ja, und ich hätte nichts dagegen, dich mit so einem zusammen auf einem Eisberg abzusetzen.

Ich fuhr nach Salisbury, um die neuen Klamotten für Audrey zu besorgen. Ich dachte, es würde mir was ausmachen, im Auto zu sitzen und Zeit zu verschwenden, wo um mich herum die Hölle ausbrach, aber in Wahrheit war es genau das, was ich brauchte. Ich konnte spüren, wie sich mit jeder Meile, die der Wagen zurücklegte, etwas bei mir veränderte. Es war, als wäre ich von einer dieser australischen Trichternetzspinnen gebissen worden, von denen Carol immer Ansichtskarten schickte; der Al von einst kroch mir an den Beinen hoch, lief die Wirbelsäule entlang und stach mir ins Gehirn. Ich konnte es förmlich sehen, wie seine Kraft mir an den Armen runter in die Hände lief, spürte meine Augen blinzeln, als würden sie brennen, begriff, dass es der alte Al war, der da jetzt auf die Straße starrte. Sogar unter der Gürtellinie fühlte sich alles anders an, hing da ganz schwer und locker, wie zum Einsatz bereit. Es war der alte Al, der gebraucht wurde, wenn der neue Al überleben wollte. Der neue Al hatte nicht die richtigen Qualifikationen für so was. Er war zu sehr damit beschäftigt, an Kunst und andere Leute zu denken. Der alte Al dachte nie an Kunst und andere Leute. Er dachte nur an Al und an das, was für ihn wichtig war, seine Mum und die Tochter, die er nie seine Tochter nennen konnte. Er war allein, genau wie Shane allein war. Selbst wenn er mit jemandem zusammen war, war er allein. Es war besser so.

Ich schloss den Citroën ab, ging ins nächste Kaufhaus, winkte auf dem Weg zur Rolltreppe den Mädels hinter der Parfümtheke zu. Als ich die Damenabteilung in der dritten Etage betrat, war es, als wäre ich nie weg gewesen.

Es hat irgendwas Unpassendes an sich, wenn Männer Frauenklamotten kaufen, irgendwas Ungesundes. Du fällst auf, da kannst du machen, was du willst. Du gehörst nicht dahin. Sie wollen dich da nicht haben. Du willst selbst nicht da sein, nicht ohne Begleitung, wie du da so von einem Kleiderständer zum nächsten trudelst wie ein Boot, das sich aus der Verankerung gelöst hat, und gegen Sachen stößt, zu denen du mindestens fünfzig Meter Abstand halten solltest. Ich meine, sie zu befingern, wenn jemand drinsteckt, ist eine Sache, sie leer zu befingern eine ganz andere.

Alle nahmen mich ins Visier, sobald ich von der Rolltreppe kam, die Kundinnen, die Abteilungsleiterin, das nicht ausgelastete Personal. Jeder Versuch, mich unauffällig zu bewegen, wäre sinnlos gewesen. Also steuerte ich zielstrebig auf eine junge Verkäuferin zu, die hinter einer Theke stand. Sie war höchstens zweiundzwanzig, hatte blaue, verträumte Augen, Sommersprossen auf der Stirn, die zart war wie ein Vogelei. Keine Engländerin. Das Haar hatte sie straff über die Kopfhaut nach hinten gebunden. Sie war schüchtern und aufreizend zugleich. Clevere Masche. Sie faltete die Hände vor dem Körper, als ich auf sie zukam. Sie würde mich mögen, das konnte ich sehen. Mich sehr mögen.

Ich legte die Hände auf die Theke, erzählte ihr irgendeinen Stuss: Ich wollte Klamotten für meine Schwester kaufen, die frisch aus Südafrika zurückgekommen war und ihr ganzes Gepäck auf der Überfahrt verloren hatte. Typisch Familie, was? Sie lächelte. Ich gab ihr Audreys Liste mit den Beschreibungen und Größen. Sie fuhr mit einem Finger daran entlang, blickte dann wieder mich an, die blauen Augen ganz groß und offen. Die konnten einen umhauen wie zwei Kanonenkugeln, diese Augen.

»Ihre Schwester erwähnt nicht, was für Farben sie gern hätte«, sagte sie ganz vorsichtig, als hätte sie den Satz im Kopf geprobt, ehe sie ihn aussprach. Sie hatte einen Akzent, klaro. Nicht Französisch. Nicht Deutsch. Irgendwas anderes, irgendwas Faszinierendes, irgendwas, das ich gern öfter hören würde. Verkäuferinnen. Die gefährlichsten Frauen der Welt. Ich tat überrascht.

»Sind Sie sicher?«

»Ja. Sehen Sie?«

Sie drehte den Briefumschlag halb herum, sodass wir beide ihn lesen konnten. Ich beugte mich näher zu ihr hin. Eine Welle Parfüm schlug über meinem Kopf zusammen.

»Sehr nachlässig von ihr, meinen Sie nicht auch?«, sagte ich.

»Vielleicht auch nicht. Vielleicht möchte sie von Ihnen überrascht werden.«

»Das könnte sein. Sie mag Überraschungen. Solange es angenehme sind. Na, wer mag keine angenehme Überraschung an einem Montagnachmittag? Ich jedenfalls mag sie.«

Ich sah sie gleich wieder an. Sie hatte ein kleines Namensschildchen an ihrer linken Sie-wissen-schon hängen. Die sollten so etwas nicht machen. Die Kanonenkugeln kamen dicht und schnell angeschossen.

»Also, mit welcher Farbe sollen wir sie überraschen, Trudi?«

Sie blinzelte beim Klang ihres Namens, sie wusste, wo ich hingeschaut hatte.

»Mit ihrer Lieblingsfarbe? Jede Frau hat eine Lieblingsfarbe.«

Frau. Wenn sie dieses eine Wort zu einem Mann sagen,

setzt das gleich alles Mögliche in Gang. Sie spielte mit mir. Zweiundzwanzig Jahre alt, und sie spielte mit mir.

»Tatsächlich?«, sagte ich. »Und welche könnte Trudis sein?« Als wenn ich das nicht wüsste.

»Trudis ist Blau.«

»Aber heute nicht, wie ich sehe.«

»Nein, heute trage ich meine Arbeitsuniform.«

»Und sie passt Ihnen wie angegossen, wenn ich das sagen darf.«

Sie senkte die Augen, hob den Blick dann wieder. Oooh. Dieses kribbelige Gefühl.

»Und wenn Trudis Kostüm blau wäre statt schwarz, würde es Trudi dann besser gefallen?«

»Ich glaube nicht. Es ist eine Arbeitsmontur. Die soll keinen Spaß machen.«

»Macht sie aber, aus meiner Perspektive.« Ich ließ die Worte eine Weile in der Luft schweben, dann holte ich sie zurück in die Wirklichkeit. »Tja, ich hab keine Ahnung, was die Lieblingsfarbe meiner Schwester ist, aber ich weiß meine. Rot. Wie wär's, wenn wir mit einem hübschen roten Rock für sie anfangen? Je mehr Rüschen, desto besser.«

Ich trat zurück, richtete mich auf und drehte die Liste wieder zu ihr um. Sie zog einen kleinen Bleistift aus der Tasche und leckte die Spitze an. Ich hätte nicht gedacht, dass es noch Leute gab, die so was machten. Gab es vielleicht auch nicht. Vielleicht träumte ich bloß.

»Dann Rot für den Rock. Was ist mit den anderen Teilen? Blusen, Hosen, die ... die Unterwäsche.«

Ich hielt ihrem Blick stand. Sie versuchte, nicht rot zu werden, die Gute.

»Auch rot.«

»Alles?«

»Wieso nicht? Ich hab eine Schwäche für Rot.«

»Aber sie hätte vielleicht gern auch eine andere Farbe.«

»Vielleicht. Aber sie kriegt keine. Es ist eine Überraschung, schon vergessen? Wo sind Sie her, Trudi?«

»Amsterdam.«

»Trudi aus Amsterdam. Klingt wie ein Song. Und, wie ich auf Ihrem Schildchen sehe, noch dazu mit ›i‹ statt ›y‹.«

»Ja, meistens mit ›i‹, obwohl die meisten Engländer eher das ›y‹ erwarten würden.«

»Also, Trudi aus Amsterdam mit ›i‹, ich würde vorschlagen, Sie laufen jetzt los, suchen alle roten Teile zusammen, die Sie finden können, und packen sie in eine große Tüte. Und denken Sie an das Elastan-Outfit. Das gibt es in der Sportabteilung, oder? Es soll auch rot sein. Ich bleib hier und schau zu, wie Sie hin und her wuseln auf diesen hübschen langen Beinen, die Sie da versteckt haben. Also, ab mit Ihnen.«

Trudi flitzte davon. Ich schaute zu, wie sie hin und her wuselte auf diesen hübschen langen Beinen, die sie da versteckt hatte. Sie waren nicht schlecht. Ab und an warf sie mir einen Blick zu, irgendwas Rotes über den Arm gehängt, und ich winkte kurz zu ihr rüber. Vielleicht würde ich ihr auch was Rotes kaufen. Vielleicht würde ich ihr helfen, es anzuziehen. Vielleicht würde ich ihr helfen, es auszuziehen. Sie kam mit drei Tüten wieder, nicht mit einer.

»Wissen Sie, dass es ein englisches Kinderlied über ein schwarzes Schaf mit drei Tüten gibt?«, sagte ich. »Aber Sie sind ja kein schwarzes Schaf, oder vielleicht doch?«

Sie schüttelte den Kopf, wusste nicht, wovon ich sprach.

»Wirklich alles schön rot?«

Sie nickte. Sie war selbst ein bisschen rot. Sie hatte darüber nachgedacht, was ich als Nächstes tun würde.

»Möchten Sie sich überzeugen?«, sagte sie.

Auf keinen Fall.

»Bloß die Rechnung, Trudi.«

345 Pfund. Fast zweieinviertel Haie. Ich gab ihr meine Kreditkarte. Das Gerät wurde hin- und hergereicht, unsere Finger berührten einander. Ich nahm die Quittung und steckte sie in die Tasche.

»Kann ich noch etwas für Sie tun?«, fragte sie.

»Oh, das nenn ich eine gute Idee. Würden Sie das denn gern?«

»Dafür bin ich da.«

»Stimmt auch wieder. Ehrlich gesagt, es ist ein Riesenglücksfall, dass Sie da sind, weil ich mich nämlich mit dem Gedanken trage, nach Amsterdam zu fahren, ob Sie's glauben oder nicht.«

»Tatsächlich?«

»Ja. Die vielen Grachten, die vielen Fahrräder, die vielen jungen Beine, die kräftig in die Pedale treten. Irgendwie so frei, nicht? Ach, Amsterdam, wo alles möglich ist. Genau meine Stadt. Und ich hab mir gedacht, wenn ich Sie zu einem späten Lunch einladen würde, könnten Sie diese hübschen Beine unterm Tisch ausstrecken und mir alles über die schlimmen Etablissements dort erzählen, die jemand, der so unschuldig ist wie ich, meiden sollte. Als Fremdenführerin für Arglose sozusagen. Was meinen Sie?«

Es entstand eine lange Pause, und die blauen Augen richteten sich wie Scheinwerfer auf mich.

»Al Greenwood, das gibt's doch gar nicht. Was machst du denn hier?«

Ich drehte mich um. Tina Newdick steuerte auf mich zu und winkte mit einem Lampenschirm. Sie war mit Ian Newdick verheiratet gewesen, meinem einstigen Taxipartner, bis er sein eigenes Geschäft aufmachte, um meins zu ruinieren. Später, als er sie verließ und zurück nach Schottland ging, hatte Tina sich mit Audrey zusammengetan, und die beiden schmissen den Laden gemeinsam, während ich im Gefängnis verfaulte. Das währte aber nicht lange, weil Audrey alles verkaufte und nach Südafrika abhaute, mit Michaela Rump. Ich wusste nicht, was danach aus Tina geworden war. Interessierte mich auch nicht. Und jetzt war sie hier, in einem kessen kleinen Zweiteiler, mit kessen kleinen Knöpfen, einem kessen kleinen Lächeln auf den Lippen. Das war unsere Tina, wie sie leibte und lebte. Eine kesse Nervensäge.

Sie kam näher, zu eifrig, zu nahe. Sie war schon immer so gewesen, so aufdringlich. Und sie trug noch dasselbe Parfüm wie damals.

»Schau an, schau an, wer hätte das gedacht«, sagte sie mit einem halben Lachen. »Al Greenwood kauft Frauenkleidung. Du musst verliebt sein.«

Ich lachte verkrampft und vermied es, Trudi anzusehen.

»Nein, da liegst du völlig falsch, Tina. Die Sachen sind für meine Schwester. Hat ihr Gepäck verloren.«

»Ich wusste gar nicht, dass du eine Schwester hast. Audrey hat immer gesagt, du wärst ein Einzelkind. Du hast gehört, was sie gemacht hat, nehme ich an?«

»Klar.«

Trudi hielt die Tüten wie erstarrt. Tina war jetzt richtig in Fahrt.

»Du bist nicht mehr im Taxigeschäft, wie ich höre«, sagte sie.

»Nein. Ich hab mich entschieden, lieber zu leben.«

»Das Geschäft lief gut, bis Audrey weggegangen ist. Aber ich nehm es ihr nicht übel, dass sie ein neues Leben gesucht hat, ehrlich. Wer will das nicht? Wir hatten eine gute Zeit zusammen, sie und ich, bis sie ausgetickt ist. Sie hat Ian sogar einen Hetzbrief geschrieben, von wegen, ich würde es mit unseren Kunden treiben. Obwohl wir da noch zusammen Golf gespielt haben. Wusstest du das?«

Und ob ich das wusste. Ich fand es damals sogar ziemlich gut. Tina und ihr Mann hatten verdient, was sie gekriegt hatten. Ich deutete auf den Lampenschirm in ihrer Hand.

»Willst du den auf dem Kopf tragen?«

Sie kicherte. Flirten war noch nie ihre Stärke gewesen.

»Al! Der ist für meine Praxis. Ich bin jetzt Life-Balance-Therapeutin.«

»Wie schön.«

Sie kam noch näher und tippte mir auf die Nasenspitze.

»Du weißt gar nicht, was Life-Balance ist, oder? Das ist das, was Männer wie du brauchen. Arbeit, Spaß, emotionale Entwicklung. Ich helfe, alles wieder in eine richtige Perspektive zu rücken, Bedürfnisse nach ihrer Priorität zu ordnen. Verstehst du?«

Sie kramte in ihrer Handtasche und zog eine kleine Karte heraus. Darauf war das Bild von einem Fisch. Sah aus wie ein Karpfen. Das gefiel mir nicht. Darunter stand: *Tina Newdick. Life-Balance-Therapie. Der Sturm vor der Ruhe*, alles in Schnörkelschrift, darunter ihre Adresse in Wareham samt Telefonnummer. Ich steckte die Karte ein.

»Allerdings«, sagte sie, schob ihren Finger in eine der Tüten und zog einen BH-Träger heraus, »sind deine Bedürfnisse ziemlich offensichtlich.«

»Tina, ich hab doch gesagt …«

»Ich weiß, was du gesagt hast. Und ich weiß, wofür die Sachen hier sind.« Sie klopfte auf meine Tasche mit ihrer

Karte drin. »Ruf mich an. Die erste Sitzung ist gratis. Ich könnte dir guttun.«

Wir schauten ihr nach, als sie ging. Wenigstens ich tat das. Trudi nicht. Trudi sah mich an, das spürte ich. Ich holte tief Luft und drehte mich um, als wäre nichts gewesen.

»Also dann, Trudi«, sagte ich. »Ein kleiner Happen irgendwo, wo's ruhiger ist? Was meinen Sie?«

Trudis Augen waren groß und rund und offen.

»Ich glaube, diese Sachen sind nicht für Ihre Schwester«, sagte sie.

»Nein?«

»Nein. Ich glaube, sie sind für jemanden, der Ihnen nähersteht. Und ich glaube, Sie sollten vielleicht lieber mit ihr was essen gehen.«

Und sie reichte mir die Tüten.

Das war's. Ich zuckte mit den Schultern und ging. Jeder weitere Überredungsversuch hätte nichts gebracht. Wenn solche Frauen sich einmal eine Meinung über dich gebildet haben, ist es sehr schwierig, sie umzustimmen. Selbst wenn es mir gelungen wäre, hätte es keinen Spaß gemacht. Sie wäre misstrauisch gewesen, und hat sich so ein kleiner Zweifel erst einmal eingenistet, hast du verloren. Also wendete ich den Wagen, fuhr nach Hause, machte unterwegs einen kleinen Abstecher zur kommunalen Abfallentsorgung und warf die Gefängniswärteruniform in den Reißwolf. Es war ein richtig erleichternder Anblick, wie die Zähne sie zusammen mit all dem anderen Müll zerfetzten, ein paar alte Kleider, Matratzen, kaputte Fensterrahmen. Wenn ich doch nur Mrs Durand-Deacon und Audrey da reinstecken könnte, dann hätte ich mein Leben ungehindert wieder auf Kurs bringen können. Ich stand lange da und fragte mich, ob ich das fertigbrächte, sie beide loszuwerden. Wem würde es denn eigentlich was ausmachen? Mr Durand-Deacon? Michaela? Vielleicht könnte ich die beiden miteinander bekannt machen. Südafrika wimmelt doch nur so von Schmetterlingen.

Großer Gott, was hatte ich denn für Gedanken? Ich stieg ins Auto, fuhr davon, trank ein paar Biere im Red Lion, um mich wieder zu beruhigen. Als ich im Bungalow ankam, lag Audrey ausgestreckt auf der bequemen Ausziehcouch und las in einer unserer Kreuzfahrtbroschüren. Sie trug noch immer Ems Bademantel, hatte aber wieder ihre Gefängniswärtermütze aufgesetzt, weit nach hinten geschoben. Ich sag das nur ungern, aber bei Tageslicht stand sie ihr richtig gut.

»Wo zum Teufel hast du gesteckt?«, sagte sie und warf die Broschüre beiseite. »Ich fühl mich wie ein gerupftes Huhn, wie ich hier hocke und die Wände anstarre mit nichts an. Was, wenn ich überstürzt das Haus hätte verlassen müssen?«

»Was, wenn du aufhören würdest zu meckern? Ich hab die Klamotten für dich besorgt, oder?« Ich reichte ihr die Tüten. »Na los, probier sie an. Sie haben alle die richtige Größe.«

Sie zog eine Bluse heraus, rot, vorne mit einer fluffigen Spitzenrüsche über die ganze Länge. Rüschiger ging's nicht.

»Was bitte schön ist das denn?«

»Das ist eine Bluse, Audrey.«

Sie warf sie auf den Boden, holte eine weitere hervor.

»Die ist ja auch rot.«

»Aber mit weniger Rüschen, wie du zugeben musst.«

Sie fing an, die Sachen nacheinander herauszuziehen, genau wie ich es als Kind bei einem Zauberer im Fernsehen gesehen hatte, der Fähnchen an einer Schnur aus einem Zylinder zog: BHs, Blusen, Röcke, Schlüpfer, Hosen, was das Herz begehrte. Trudi hatte sich mächtig ins Zeug gelegt. Ein Jammer, dass sie das nicht auch bei mir getan hatte. Schließlich lag alles auf einem Haufen. Audrey streckte ein Bein aus und rührte mit dem Fuß in den Sachen herum. Sie hatte sich die Zehennägel lackiert. Auf der Flucht, ohne zu wissen, wohin, und sie hatte sich die Zehennägel lackiert. Noch dazu mit Ems bestem Nagellack.

»Eine Frage, Al«, sagte sie. »Erkennst du bei diesen Artikeln einen gemeinsamen Nenner?«

»Wie meinst du das?«

»Na, ob sie zum Beispiel alle irgendwas gemeinsam haben?«

»Du meinst, ob es zum Beispiel alles Frauenklamotten sind, die mich ein kleines Vermögen gekostet haben?«

»Nein. Ich meine, ob sie zum Beispiel alle rot sind.«

»Jetzt, wo du es sagst, ja, das sind sie in der Tat. Worauf willst du hinaus?«

»Ich will darauf hinaus, dass ich in diesen Klamotten aussehen werde wie eine rote Ampel. Kannst du mir sagen, was du damit bezweckst?«

»Ich bezwecke gar nichts damit, Audrey. Du warst in Sachen Farbe nicht sehr präzise. Wenn du kein Rot gewollt hättest, hättest du es sagen sollen.«

Sie nahm einen Pullover, drehte ihn ein- oder zweimal herum, hielt ihn in den Fingern, als würde er schlecht riechen.

»Ich hätte wissen müssen, dass du so was Bescheuertes machen würdest.«

»Gib mir nicht die Schuld, Audrey. Gib deiner blöden Liste die Schuld. Oder der blöden Verkäuferin. Die war Ausländerin, hat mich wahrscheinlich nicht richtig verstanden. Oder sie hat's mit Absicht getan. Wenn ich's recht überlege, hatte sie so ein komisches Grinsen im Gesicht, fast die ganze Zeit. Und verschlagene Augen hatte sie auch.«

»Hast du ihr denn nicht auf die Finger gesehen?«

»Hätte ich, klar, aber du errätst nie im Leben, wer noch im Laden war. Die bescheuerte Tina Newdick höchstpersönlich, und sie stellt mir Fragen, trottet ständig hinter mir her wie ein liebeskranker Collie. Da konnte ich mir ja wohl schlecht anmerken lassen, warum ich da war, was ich da wollte, oder? Sie ist nicht gerade dein größter Fan, wie du weißt. Gib ihr die Schuld, wenn du willst. Gib Trudi die Schuld. Aber nicht mir.«

Sie wurde schlagartig hellhörig.

»Wer zum Teufel ist Trudi?«

»Hab ich Trudi gesagt?«

»Das ist die Verkäuferin, nicht?« Sie warf den Pullover nach mir. »Scheiße, Al. Du warst so damit beschäftigt, die Verkäuferin anzubaggern, dass du nicht mitgekriegt hast, was die macht. Herrje, du änderst dich auch nie, was?«

Sie nahm einen Armvoll Klamotten und stürmte ins Schlafzimmer. Fünfzehn Minuten später stand sie wieder vor mir, eine Hand auf die Hüfte gestemmt. Ich hatte ja schon Mühe, nicht loszuprusten, aber Torvill fiel fast vom Kaminsims.

»Und?«

»Es passt alles, wie du zugeben musst, Audrey. Wie angegossen. Ein bisschen viel Rot vielleicht, aber es sitzt gut.«

»Ich seh aus, als wäre ich von einem Rummelplatz geflohen.«

»Nun ja, vielleicht solltest du die Rugbysocken nicht über der Strumpfhose tragen. Ich meine, das ist ein bisschen extrem, Audrey. Entweder oder.«

»Hast du dir die Strumpfhose mal genauer angesehen?«

»Nein. Was ist damit?«

»Der Weihnachtsmann klettert an ihren Beinen hoch und runter, das ist damit. In den Klamotten fall ich doch auf wie ein roter Hund.«

»Ja, aber überleg doch mal, Audrey. Alle, die nach dir suchen, halten bestimmt Ausschau nach jemandem, der möglichst unauffällig wirkt. Audrey inkognito. Audrey, die mit der Masse verschmilzt. Aber Audrey, die aussieht wie Rudolph the Red-Nosed Reindeer? Wohl kaum. Das ist nicht gerade die Kleidung, die sich eine durchschnittliche Ausbrecherin aussuchen würde, oder? Mit deinen Stachelhaaren und deiner muskulösen Statur könntest du in der Aufmachung einen Monat lang vor dem Knast in Dorchester auf und ab marschieren, und kein Schwein würde dich erkennen. Weißt du, was? Lass es uns ausprobieren.«

»Hä?«

»Lass es uns ausprobieren. Wir spazieren zur Bucht und wieder zurück. Trinken ein Tässchen Tee.«

Mir war der Gedanke gekommen, dass Audrey in leuchtend roten Klamotten gar keine schlechte Idee war. Ich würde sie nicht verpfeifen, aber falls sie geschnappt wurde, wäre es nicht meine Schuld. Es wäre Schicksal. Schicksal in Rot. Die Polizei würde mich zwar festnehmen und versuchen, mich wegen Beihilfe dranzukriegen, aber ich würde sagen, Audrey hätte mich gezwungen, hätte gedroht, Emily umzubringen, wenn ich nicht tat, was sie verlangte. In Anbetracht von Audreys früheren Leistungen würden sie mir garantiert glauben. Ja, ich könnte sogar behaupten, ich hätte die roten Klamotten absichtlich gekauft, um die Aufmerksamkeit auf sie zu lenken. Vielleicht bekäme ich am Ende noch eine Belohnung.

Sie starrte mich forschend an. Ich hatte den Ausdruck schon mal gesehen.

»Du staffierst mich aus wie eine Lichterkette und willst mit mir am helllichten Tag zu einem der beliebtesten Ausflugsziele von ganz Dorsetshire spazieren? Man könnte meinen, du willst mich wieder in den Knast bringen.«

»Audrey! Ich hab gesagt, ich würde dir helfen, und genau das tue ich. Aber vierundzwanzig Stunden und keine Sekunde länger.«

Sie strich sich vorn über die Bluse. Die elektrostatische Aufladung von dem Nylon ließ den Rüschenbesatz gleich wieder hochspringen, als stände er unter Strom. Sie musste ihn wieder nach unten drücken, um darüber hinwegschauen zu können.

»Ich brauch dich aber länger. Du musst mir helfen, außer Landes zu kommen. Das kann doch so schwierig nicht sein. Südafrika, da will ich hin. Michaela wartet auf mich.«

»Ich hab mich schon gefragt, wann die auf den Plan tritt. Wieso ist sie jetzt nicht da, um dir zu helfen?«

»Ich konnte sie ja wohl kaum anrufen und ihr sagen, dass ich die Biege machen würde, oder? Sie weiß, dass ich mich melde, wenn ich kann. Im Augenblick liegt leider alles bei dir. Du kannst das. Ich weiß, dass du das kannst.«

»Das Süßholzgeraspel kannst du dir sparen. Ich hab mich entschieden. Diese Nacht noch, und dann musst du weg. Ich kann es mir nicht leisten, da reingezogen zu werden.«

»Du bist schon mittendrin. Außerdem hast du gar keine Wahl.«

»Wie bitte?«

»Entweder du hilfst mir zu fliehen, oder ich schicke Adam Rump den Brief, den du geschrieben hast.«

»Brief? Was für ein Brief?«

Audrey ordnete wieder die Rüschen an ihrer Bluse. Sie sah aus, als wäre sie auf dem Tanzparkett und wartete darauf, dass jemand sie herumwirbelte.

»Der Brief, den du Emily geschrieben hast, in dem du alles gestehst, das mit mir, Robin, seiner armen Mutter. Ich war überrascht, ihn so leicht zu finden. Hast du nicht daran gedacht, dass ich das Haus durchstöbern könnte, sobald du weg bist? So, so, seine Mutter hast du also auch von einer Klippe gestoßen.«

Ein kalter Hauch kam über mich, wie damals, als Mum mich dabei erwischt hatte, dass ich Kleingeld aus ihrem Portemonnaie klaute, als würde sich alles, was ich zu sein versuchte, vor meinen Augen in Luft auflösen. Sie konnte den Brief einfach nicht gefunden haben. Emily hatte ihn doch direkt vor meiner Nase zerrissen, in tausend Stücke, oben auf dem Kliff, und in den Wind geworfen. Das ergab keinen Sinn.

Ich setzte mich. Audrey baute sich vor mir auf.

»Hab mir gedacht, dass dich das umhauen würde. Keine Sorge, Al. Ich verpfeif dich nicht, nicht, wenn du dich benimmst und das Richtige tust. Ich bin alles andere als nachtragend, wenn die Umstände es erfordern. Schön, du hast unserer einzigen Tochter den Weg zum Glück vermasselt, aber wer weiß, ob Robin am Ende die richtige Wahl gewesen wäre? Wer weiß, ob Carols Flucht nach Australien, wo wir sie nie zu Gesicht kriegen und wo sie obendrein ein Bein verloren hat, nicht die bessere Alternative war? Und dann noch Robins Mutter, eine unschuldige Frau, die allem Anschein nach ein untadeliges und frommes Leben geführt hat und zum Todestag ihres Sohnes an den Ort gekommen war, wo er so viele glückliche Stunden verbracht hatte, um seine Asche zu verstreuen. So scheint es zumindest. Tja, ich war es jedenfalls nicht in der gelben Öljacke, und das ist die Hauptsache. Ich bin noch da, gesund und munter – mit kräftigen Radlerwaden. Du hast die beiden auf dem Gewissen, und ich Miranda und deine beiden Fische, was zugegebenermaßen eine unnötige Vergeltungstat war. Aber hey, so war ich damals. So warst du damals. Und jetzt können wir entweder unsere Differenzen beilegen und wie zivilisierte Menschen zusammen an einer Lösung für mein Problem arbeiten, oder wir können uns gegenseitig in den Abgrund ziehen, die Entscheidung liegt bei dir. Vor ein paar Jahren hättest du dich für Letzteres entschieden, nur um mich am Boden zu sehen, aber ich glaube, jetzt, wo die kleine Künstlerin in dein Leben getreten ist, bist du anders. Ich will mein neues Leben, und du willst deins, so einfach ist das. Was den Brief angeht, betrachte ihn als unseren Vertrag. Also, was sagst du?«

Ich wusste nicht, was ich sagen sollte. Erst Mrs Durand-Deacon und jetzt Audrey, und beide machten mich fertig. Was haben Frauen bloß, dass sie mich so behandeln? Als spanischer Esel wäre ich besser dran.

»Wo ist der Brief jetzt?«

»Oh ja, das erzähl ich dir sofort, und dann leg ich mich vors Auto. Obwohl nicht uninteressant ist, wo ich ihn gefunden habe.«

»Wo hast du ihn gefunden?«

Sie kam zu mir und tätschelte mir den Kopf.

»Ich weiß nicht, vielleicht sollte ich das auch lieber für mich behalten. Ein solcher Verstoß könnte deine Grundeinstellung zu den Dingen verändern, zu Dingen, die dir sehr am Herzen liegen. Bevor ich dir irgendwas sage, muss ich eins wissen. Haben wir eine Abmachung?«

»Audrey, ich ...«

Es klingelte an der Haustür. Audrey riss den Vorhang ein Stück zur Seite, ließ ihn rasch wieder zurückfallen. Ihr Gesicht war finster und grollend, wie wenn Donnerwolken aufziehen.

»Du Saukerl!«, fauchte sie. »Konntest es nicht abwarten, was? Hast erst Trudi angebaggert und mich dann verpfiffen. Ja, das passt zu dir! Tja, jetzt hast du dich selbst in die Pfanne gehauen, Al Greenwood. Morgen um diese Zeit sind wir beide wieder hinter Schloss und Riegel. Und weißt du, was? Ich werde behaupten, ich bin ausgebrochen, um dich deiner gerechten Strafe zuzuführen.« Sie lachte, hart und hohl. »Dafür krieg ich wahrscheinlich Strafminderung. Und du, du kommst den Rest deines Lebens nicht mehr raus.«

»Was redest du da?« Ich riss selbst den Vorhang ein Stück beiseite. Detective Adam Rump lag auf den Knien, spähte durch den Briefkastenschlitz, und hinter ihm auf der Straße parkte einer von diesen schnuckeligen kleinen Polizeiwagen. Der Briefkastendeckel schlug auf und zu.

»Hallo? Ist jemand zu Hause?«

»Nach allem, was du versprochen hast, Al. Ich schwöre, das hier wird deine Beerdigung.«

Sie machte einen Schritt Richtung Flur. Ich packte sie am Arm, riss sie zurück.

»Audrey, hör zu! Ich hab ihn nicht angerufen, ehrlich. Ich hab überhaupt niemanden angerufen. Denkst du etwa, ich würde meine eigene Frau an so einen wie Adam Rump verpfeifen? Das hätte ich auch schon gestern Abend tun können, als du geschlafen hast, oder? Aber das hab ich nicht. Ich hab dir ein Curry geholt, das du übrigens noch nicht gegessen hast. Ich hol dir ein neues, wenn du willst. Wir setzen uns zusammen hin, bequatschen alles. Ich besorg dir jeden Abend eins, wenn du willst, schmiede Pläne, organisiere was, helf dir, tu alles, um dich außer Landes zu schmuggeln. Er ist nicht gekommen, weil ich ihn angerufen hab, Audrey. Er ist gekommen, weil du ausgebrochen bist.«

Es klingelte wieder.

»Glaubst du, ich bin scharf drauf, die Polizei hier wieder rumschnüffeln zu haben? Wohl kaum. Pass auf. Wir ziehen das hier durch, wir haben eine Abmachung. Ich helf dir außer Landes, egal, wo du hinwillst. Falls nicht, kannst du mich mit in den Abgrund reißen. Ist das okay?«

Sie starrte mich an, durchforschte mein Gesicht.

»Abgemacht?«

Sie nickte.

»Okay.«

»Gut. Du verschwindest jetzt besser. Lauf hoch zur Klippe. Wir treffen uns im Wohnwagen, wenn er wieder weg ist.«

Sie blieb stehen, die Beine leicht gespreizt, wie in alten Zeiten. Sie würde nirgendwo hingehen.

»In diesem Aufzug? Wenn Rump mich nicht sieht, dann auf jeden Fall der erstbeste Bulle auf der Weide.«

»Mr Greenwood«, rief Rump. »Sind Sie da? Wir müssen uns unterhalten.« In seiner Stimme schwang Ungeduld mit.

»Was schlägst du dann vor? Das ist ein Bungalow, Audrey. Hier gibt es keine Verstecke. Du könntest versuchen, die Nymphe nachzuahmen, dich ausziehen und auf die andere

Seite vom Teich stellen, aber du hast die falsche Farbe, hattest du zumindest, als ich dich zuletzt gesehen hab.«

Sie hob den Arm, um den Vorschlag mit einem Winken abzutun, stockte aber mitten in der Bewegung.

»Komm mit«, sagte sie und lief in den Wintergarten. Ems Zeichenblock und die Dose mit Bleistiften lagen auf der Chaiselongue.

»Perfekt«, sagte sie und fing an, sich die rote Bluse aufzuknöpfen.

»Audrey. Was soll der Quatsch?«

»Du bist doch Künstler, oder? Und ich bin jetzt dein Modell, klar?« Sie zog die Bluse aus und dann Rock und Strumpfhose. »Wenn er hier rumschnüffeln will, wird er nicht damit rechnen, mich direkt vor der Nase zu haben, splitterfasernackt.«

»Auch wenn er nicht damit rechnet, wird er dich erkennen. Du kannst unmöglich ...«

Sie konnte. Sie stand vor mir, ganz rosa und trotzig.

»Al, das da ist Adam Rump, schon vergessen? Der menschliche Fisch. Er wird sich nicht mal trauen, in meine Richtung zu schauen. So, jetzt rück die Staffelei da mitten in den Raum und geh die Tür aufmachen. Tu so, als wärst du aus der künstlerischen Arbeit gerissen worden.«

Ich stand da und sah sie eindringlich an. Ich hatte sie schon nackt gesehen, klar, aber nicht so. Sie sah nicht einfach bloß fitter aus, nein, es war eher so, als wüsste ihr Körper endlich, wer sie war. Sie war anders, irgendwie vollständiger, wenn Sie verstehen, was ich meine. Selbst jetzt, wo Rump die Handschellen so gut wie gezückt hatte, war da irgendetwas Starkes in ihr drin, das niemand, weder ich noch Rump noch Michaela, anrühren konnte. Sie hatte etwas gelernt.

»Was ist los, Al?«, sagte sie.

»Nichts, es ist bloß …«

»Dass du mich zum ersten Mal siehst, stimmt's? So, wie ich wirklich bin.«

Es klingelte wieder, diesmal lange. Sie trat vor, küsste mich auf den Mund und gab mir einen kleinen Schubs.

»Keine Sorge. Wir schaffen das.«

Sie war zärtlich, fast wie eine Geliebte, als würde sie sich an die Zeit erinnern, als es bloß uns zwei gab, als wir jung waren, ganz am Anfang standen. Ja, wir hatten uns meistens gestritten wie die Kesselflicker, aber es hatte auch Momente gegeben, in denen wir beide erahnten, was hätte sein können, wenn ich nicht ich und sie nicht sie gewesen wäre.

Ich rückte Ems Staffelei mitten in den Raum, schnappte mir einen Bleistift und band mir Ems Schürze um die Taille, während ich zur Tür hastete. Die Schürze war ein bisschen knapp, aber egal. Uns Künstlertypen stört so was nicht, oder? Ich öffnete die Tür. Rump stand da in seinem grässlichen Regenmantel und versuchte, durchs Fenster zu spähen. Es war Sommer, und er war angezogen wie im Februar. Diese Polizisten haben einfach keinen Sinn für Mode.

»Hallo, Adam«, sagte ich. »Was für eine angenehme Überraschung. Da haben Sie aber Glück, dass ich heute im Atelier arbeite.«

Er drehte sich um und blickte schuldig aus der Wäsche. Er hustete.

»Darf ich reinkommen, Mr Greenwood?«

»Mr Greenwood? Warum so förmlich? Mannomann, was hab ich bloß wieder angestellt? Wenn es darum geht, dass ich mal wieder bei Lidl auf dem Behindertenparkplatz geparkt hab …« Ich trat beiseite. Rump trat ein, nahm seinen Hut ab und drehte ihn mit den Fingern.

»Wie geht's denn so?«, fragte ich.

»Gut.«

»Und was treibt Mutter Teresa? Macht sie Ihnen noch immer die Hölle heiß?«

Mutter Teresa war sein preisgekrönter Koi. Hatte Flecken genau an den richtigen Stellen, aber ein hochnäsigerer Karpfen als sie war mir noch nie untergekommen. Streng bis zum Gehtnichtmehr. Missbilligte das lockere Leben in jeder Form, bunte Shorts, Hamburger essen, die Rennergebnisse hören. Trinken war am schlimmsten. Näherte sich Rump dem Teich auch nur mit einer minimalen Alkoholfahne, war sie schneller unter dem japanischen Wasserfall verschwunden als der Hochgeschwindigkeitszug, den die da drüben haben. Ich meine, was hast du von einem preisgekrönten Koi, wenn du dich nicht mit einer Dose Löwenbräu an seiner Anmut und Würde erfreuen kannst? Rump verzog das Gesicht, als hätte ich ihm eins auf die Nase gegeben.

»Sie leidet zurzeit an einer bösen Kropfgeschwulst.« Ich unterdrückte ein Lächeln.

»Das tut mir leid. Die sind so unansehnlich.«

»Danke. Hören Sie, ich bin nicht privat hier. Sie haben es wahrscheinlich schon gehört. Ihre Frau ist aus dem Gefängnis ausgebrochen.«

»Ich habe keine Frau.«

»Ihre *Ex*frau, Audrey.«

Ich starrte ihn ausdruckslos an.

»Sie müssen sich doch an Audrey erinnern, Mr Greenwood.«

»Natürlich erinnere ich mich an sie. Und ja, ich hab davon gehört. Aber ich muss sagen, ich bin ein wenig enttäuscht, Adam, wenn man bedenkt, was Sie mir schon alles zugemutet haben. Ich hätte doch gedacht, dass Sie sich gleich an die Strippe hängen und mich warnen.«

Ich ging Richtung Wohnzimmer. Torvill funkelte ihn vom Kaminsims aus an, als er mir ins Zimmer folgte. Auch sie kann ganz schön streng sein, wenn sie will.

»Ich nehme an, Sie wollen sich umsehen«, sagte ich und drehte mich zu ihm um. »Deshalb sind Sie doch gekommen, nicht? Sie denken, sie könnte hier sein, ich könnte ihr helfen. Menschenskind, Adam, ich *der* Frau helfen, nach allem, was sie mir angetan hat?«

Er scharrte mit den Füßen. »Wir haben heute Mittag einen Tipp bekommen. Frauenstimme. Meine Vorgesetzten wollten schon das Überfallkommando schicken, bis ich mich eingeschaltet habe. ›Jetzt mal halblang‹, hab ich gesagt. ›Al Greenwood soll die Frau verstecken, die seine Asagis ermordet hat?‹«

»Und Miranda«, rief ich ihm in Erinnerung. Er winkte ab.

»Natürlich, die auch. Also haben wir uns auf einen Kompromiss geeinigt. Ich würde unangekündigt bei Ihnen auftauchen und Haus und Grundstück professionell unter die Lupe nehmen, aber ohne das übliche Tamtam mit Hunden und Durchsuchungsbeschlüssen und so weiter. Dann wären die da oben zufrieden, und wir hätten mit der nötigen Sensibilität gehandelt, was Ihre Vergangenheit betrifft.«

Er wirkte rundum zufrieden mit sich.

»Haben Sie sich das ganz allein ausgedacht, Adam?«

»Na, besser ich als sonst wer, finden Sie nicht?«

Ich gab ihm einen Klaps auf den Rücken.

»Bin Ihnen sehr verbunden. Unter uns Fischliebhabern

gibt's so was wie einen Kodex, nicht? Das Gesetz des Teiches oder so, eine Flosse wäscht die andere. Schauen Sie sich um. Nur zu. Sie werden nicht lange brauchen. Ich bin im Wintergarten, wenn Sie fertig sind. Ich greife in letzter Zeit viel zum guten alten Bleistift, wussten Sie das?«

»Nein.«

»Ja. Zweidimensionale Kunst. Die hat auch allerhand zu bieten, zumindest als Vorarbeit fürs Dreidimensionale. Tiefe ohne Tiefe, wenn Sie mir folgen können.«

Ich schlenderte zurück. Audrey stand mit dem Gesicht zur Wand und balancierte den Terrakottablumentopf auf dem Kopf, wie eine holde Maid von früher, die am Brunnen Wasser holt. Die richtigen Schultern dafür hatte sie jedenfalls. Eine Hand hatte sie auf der Hüfte, die andere hielt den Blumentopf fest.

»Meine Fresse, Audrey, das ist aber ein bisschen extrem. Und wo ist Ems Pflanze?«

»Im Holzofen«, flüsterte sie. »Mit dem Riesending drin war der Topf viel zu schwer. Hast du schon mit Zeichnen angefangen?«

Ich nahm ein frisches Blatt Papier und fing an zu kritzeln. Wir hörten Rump herumgehen, zuerst ins Schlafzimmer, dann ins Gästezimmer und ins angrenzende Bad.

»Ich muss schon sagen, Audrey, ich bin beeindruckt. Das letzte Mal, dass du dich in meinem Beisein so schnell entblättert hast, war, als dein Dad nur mal eben Zigaretten holen gegangen ist und wir ein Zeitfenster von genau achteinhalb Minuten hatten, um uns eine Runde fleischlicher Ekstase zu gönnen, ohne Spuren zu hinterlassen.«

»Ohne Spuren, bis er anschließend deine Unterhose über dem Fernseher hängen sah.«

»Ich konnte nicht mehr klar denken.«

»Dann denk wenigstens jetzt klar. Und hör auf, mich Audrey zu nennen.«

Schritte kamen durch den Flur angepoltert. Rump marschierte gut gelaunt herein und rieb sich die Hände, als wäre es tiefster Winter.

»Es scheint alles in …« Er verstummte, als hätte ihm jemand den Stecker rausgezogen.

»Ach ja. Ich hätte Sie vorwarnen sollen, Adam. Das ist …« Ja, genau. Wer zum Teufel war sie? Ich sagte den ersten Namen, der mir einfiel.

»Das ist Mrs Durand-Deacon, Inspector. Mrs Durand-Deacon kommt aus Frinton. Sie bildhauert, genau wie ich.«

»Hoffentlich keine Löcher-im-Körper-Fanatikerin wie so manche?«, sagte er lachend.

Audrey winkte ab. Der Blumentopf wackelte bedenklich.

»Ich halte auch nichts davon«, sagte er. »Begreife nicht, was das soll. Schön, ich bin kein Experte in sogenannter moderner Kunst, aber eins kann ich Ihnen versichern, ich weiß, was Hand und Fuß hat und was nicht. Löcher in Dingen haben meiner Ansicht nach weder Hand noch Fuß. Ich meine, wie häufig sieht man Frauen mit Löchern drin herumliegen?«

Was sollte man darauf sagen?

»Oder auch Männer«, fügte er hinzu.

»Bäume«, warf ich ein. »Bäume haben Löcher drin. Für die Eulen.«

An diesem Punkt kam das Gespräch kurz zum Erliegen.

»Also, was bildhauern Sie denn so?« Adam Rump war die Höflichkeit in Person. Ich schaltete mich erneut ein.

»Zurzeit bildhauert sie mich, und ich bildhauere sie. Wir nennen das gegenseitige Inspiration hinsichtlich der künstlerischen Deutung der menschlichen Gestalt. Mrs Durand-Deacon schwingt virtuos Hammer und Meißel, das heißt, wenn sie nicht gerade von meiner Wenigkeit beäugt wird. Ich meine, sie ist hübsch anzusehen, da werden Sie mir zustimmen.«

Er nickte. Als er Audrey zuletzt gesehen hatte, hatte sie gute zwanzig Pfund zu viel auf den Rippen gehabt.

»Das da nennt man eine klassische Pose, Adam, worauf die Griechen so standen. Deshalb der Blumentopf. Wenn ich ein paar Trauben im Haus hätte, könnte ich ihr welche zwischen die Zehen klemmen, als würde sie Retsina machen. Das war bei den Griechen so Usus, wissen Sie, Wein machen im Adams- und Evaskostüm.«

»Ach ja?« Rump nestelte an seinem Kragen. Er hatte anscheinend Atemprobleme.

»Ja. Wenn ich ihre Skulptur fertig habe, stelle ich sie vielleicht am Teich auf und rangier die Nymphe aus. Ihr kaputtes Knie, Sie wissen schon, das wird immer schlimmer.«

»Im Ernst? Ich mag Ihre Nymphe nämlich sehr, nicht dass ...«, er wurde ganz konfus, »... nicht dass Mrs Durand-Deacon nicht reizend aussehen würde in dem hohen Gras, mit Blick nach unten auf die Fische. Sie würde doch wohl nicht mit dem Rücken zu ihnen stehen, oder?«

»Nein, nein. Wenn Sie gegangen sind, bitte ich sie, sich mal da draußen hinzustellen, frontal, um einen Eindruck zu bekommen, wie sie in situ aussieht, wie wir sagen. In dem Topf, den sie trägt, könnte auch Wasser drin sein für die Fische, oder Futter. Die Nymphe interessiert sich eigentlich gar nicht für die Fische. Die interessiert sich mehr dafür, wen sie bezirzen kann. Mrs Durand-Deacon wird einen engeren Bezug zu ihnen haben. Sie mag Fische, vor allem Karpfen.«

»Tatsächlich?« Er betrachtete sie mit gesteigertem Interesse.

»Ist ganz vernarrt in sie. Der Gedanke, dass eine Abbildung ihres nackten Körpers tagaus, tagein in nächster Nähe zu ihnen ist, nun, der gibt ihr das Gefühl, vollständig zu sein. Ungewöhnlich, ich weiß, aber so eine Frau ist sie. Rein interessehalber, hatte sie Helfer?«

»Wer?« Rump stierte noch immer.

»Audrey. Ich dachte da an Michaela, Ihre Ex. Sie ist doch nicht wieder an unseren glücklichen Gestaden gelandet und richtet noch mehr Unheil an? Ehrlich, Adam, die Frauen, die wir uns aussuchen ...«

Er nickte beipflichtend.

»Halt dich an deine Karpfen, das ist mein Motto. Sie hat also gar nicht versucht, Kontakt zu Ihnen aufzunehmen?«

»Warum sollte sie? Sie weiß, was ich von ihr halte.«

»Völlig richtig. Und falls sie sich doch meldet ...«

»Bin ich so schnell am Telefon, als hätte ich im Lotto gewonnen. Also, sind wir hier fertig? Ich würde nämlich gern weitermachen. Ist nicht einfach, so eine Pose lange zu halten.«

»Nein, das seh ich.« Er räusperte sich. »Ich hab mich bloß gefragt, ob ich mal kurz zum Teich dürfte, einen Blick auf die Fische werfen?«

»Bitte sehr. Mein Karpfen ist dein Karpfen, das ist mein Motto.«

»Schön. Dann verabschiede ich mich mal.«

Er setzte seinen Hut auf, rührte sich aber nicht von der Stelle.

»Schön.«

»Ja. Kein Grund, noch länger hierzubleiben.«

»Eigentlich nicht.«

»Nein. Also dann, auf Wiedersehen.« Er tippte sich an den Hut, mit Blick auf Audreys Hinterteil.

»Sie traut sich nicht zu sprechen«, sagte ich. »Das könnte die Komposition durcheinanderbringen. Die Arbeit des ganzen Morgens ruinieren.«

»Natürlich.« Er hob die Stimme. »Es war sehr nett, Mrs Durand-Deacon kennenzulernen. Sehr nett. Auch wenn wir uns nicht mal die Hände geschüttelt haben oder so. Oder geredet. Aber es war ein Vergnügen, Sie zu sehen – nicht dass ich hingeschaut hätte, Sie verstehen. Überhaupt nicht. Aber ich fand sehr interessant, was Sie nicht über Fische gesagt haben. Sehr interessant. Vielleicht würden Sie gern mal meine Fische sehen? Hm?«

Der Topf wackelte.

»Fabelhaft. So, jetzt noch einen kurzen Abstecher zum Teich, und weg bin ich.«

Er schlüpfte durch die Terrassentür nach draußen, lief hinunter zum Teich, warf einen kurzen Blick hinein, ging dann den Gartenweg hoch und ums Haus herum zu dem Polizeiwagen. Ich hatte geschwiegen, seit er draußen war.

»Was macht er jetzt?«, sagte Audrey. »Mir fällt gleich der Arm ab.«

»Schleicht noch immer am Teich herum. Nicht umdrehen. Ich muss sagen, du warst toll, Audrey, echt toll. Ich meine, du hast nicht mal gezittert. Ich konnte kaum den Bleistift gerade halten.«

»Danke, Al.«

»Gern geschehen.«

Ich setzte mich auf den Hocker und steckte mir eine Zigarette an. Es war schön, einfach so dazusitzen, Audrey anzuschauen, nichts tun zu müssen, nichts sagen zu müssen, während sie da in der Ecke stand, wie Gott sie geschaffen hatte. Als Kind musste ich in der Klasse ständig in der Ecke stehen. Mann, ich hatte die halbe Schulzeit mit dem Gesicht zur Wand gestanden und mir angehört, wie die Lehrerin dem Rest der Klasse erzählte, was für ein schlechtes Beispiel ich doch abgab. Es machte mir nichts aus, ich fand es eigentlich gar nicht schlecht, die Backsteine zu zählen, an den Hundehaufen zu denken, den ich ihr am Abend durch den Briefschlitz schieben würde, an die Zeit, wenn ich die Schule endlich hinter mir hätte, daran, dass ich dann frei wäre, frei, am Strand rumzulaufen, zur See zu fahren, einfach abzuhauen. Und was tat ich? Ich heiratete Audrey. Und jetzt stand sie hier in der Ecke.

»Ist er endlich weg?«, fragte sie.

»Noch nicht. Er glotzt noch immer die Fische an. Ehrlich, Audrey, du hättest sein Gesicht sehen sollen, als er dich sah. Von wegen, er würde nicht mal in deine Richtung schauen. Der konnte die Augen nicht von dir losreißen.«

»Ehrlich?« Ihre Stimme hatte so einen gewissen Unterton. Es war ihr nicht unangenehm. »Was macht er jetzt?«

»Kuckt noch immer die Fische an. Nein, lass mich nicht lügen. Er winkt mir zu. Ja, ich zeichne sie noch immer, du Schwachkopf.«

»Al. Fordere unser Glück nicht heraus.«

»Wie sich die Zeiten ändern, was? Als Rump dich das letzte Mal ohne Klamotten gesehen hat, war ich gerade dabei, dich im Teich zu ersäufen, und er hat mich von dir weggezogen, versucht, dich vor mir zu retten. Jetzt versuche ich, dich vor ihm zu retten. So ändern sich die Zeiten.«

»Machst du das denn auch wirklich? Wenn ich mir doch bloß sicher sein könnte.«

»Natürlich mach ich das. Ich besorg dir ein paar andere Klamotten, keine Sorge. Ich konnte nicht klar denken, weil

Tina Erbsenhirn mir auf der Pelle hing. Hast du gehört, was Rump gesagt hat von wegen, er hätte einen Tipp gekriegt? Das muss sie gewesen sein. Steckt ihre Titten in Sachen, die sie nichts angehen.«

»Ich hab mich schon gefragt, wann die auf den Plan treten. Du warst doch immer scharf auf Tina.«

»Wie kommst du denn darauf? Ich kann die Frau nicht ausstehen.«

»Wann hat dich das je abgehalten? Tut mir leid. Tut mir leid. Das ist alles lange vorbei. Also, du wirst mir helfen.«

»Sieht ganz so aus, oder? Dreh dich um.«

»Und wenn er mich erkennt?«

»Ich hab dich angelogen, Audrey, nur um der alten Zeiten willen. Er ist längst weg. Ich wollte dich einfach noch ein bisschen anschauen.«

»Ach ja?«

»Ja. Ich schau dich gern an, Audrey. Du würdest ein gutes Modell abgeben – du hast etwas, auf das Künstler richtig abfahren –, lustvoll und lebendig und verkorkst, alles in einem. Wenn sie dich anschauen, wollen sie nicht immer nur ihren Pinsel in der Hand halten.«

»Al!« Sie wandte den Kopf, ohne dass sich der Blumentopf auch nur einen Zentimeter bewegte, und blickte über die Schulter. Sie sah prachtvoll aus, als wäre sie selbst eine Statue. Ich glaube, es war das allererste Mal, dass ich das über sie dachte, aber es stimmte.

»Vielleicht kann ich ein richtiges Modell für dich werden«, sagte sie. »Eine Frau statt Haien. Was hast du gesagt, wie ich hieße?«

»Mrs Durand-Deacon. Sie war eine Passagierin auf unserer letzten Kreuzfahrt und hatte einen kleinen Zusammenstoß mit meiner Kettensäge.« Ich fing ihren Blick auf. »Frag lieber nicht. Ihr Name ist mir spontan eingefallen, obwohl du eigentlich etwas verdient hättest, was ein bisschen exotischer ist, Ruby oder so, wie eine Treibhausblume, voller Verheißung.«

»Voller Verheißung. Das gefällt mir.«

Sie stand da und sah mich an, ohne sich zu bewegen. Ich tat dasselbe.

»Das alles scheint dich gar nicht zu beunruhigen«, sagte ich.

»Tut es auch nicht mehr. Dich?«

»Nicht so sehr, wie es sollte. Ich hab das Gefühl, als wäre schon alles für uns vorbereitet, egal, was wir machen, als wären wir wieder aneinander gebunden, komme, was wolle. Na los. Dreh dich um. Ich will alles sehen, diesmal richtig.«

Sie stellte den Topf hin und drehte sich um.

»Und wenn er zurückkommt?«, sagte sie.

»Dann muss ich mich auf dich drauflegen.«

»Auf wen drauflegen?«

Wir drehten uns um. Emily stand in der Tür.

Sind Überraschungen nicht was Herrliches?

# FÜNF

Als ich klein war, legte meine Mum mir immer die Sachen hin, die ich anziehen sollte: Socken, Unterwäsche, Hemd, Hose, Pullover, alles schön aufgereiht auf der Bettkante, in einer bestimmten Reihenfolge. So habe ich das selbst auch immer gehandhabt, sogar wenn die Klamotten in der engen Ferienwohnung von irgendeiner Braut auf dem Boden lagen oder auf einen Haufen geworfen auf dem Vordersitz des Vanden Plas, während ich auf der Rückbank meine Notbremstechnik demonstrierte. Die Reihenfolge ist wie gehabt, egal wo: Socken, Unterwäsche, Hemd, Hose und was sonst noch da ist. Es ist sinnvoll, mit den Füßen anzufangen. Und außerdem gefällt es mir. Wenn ich die Socken angezogen habe, stehe ich oft noch ein oder zwei Minuten da und koste das Gefühl aus, wie ich so dastehe mit nichts anderem an als meinen Socken. Ich weiß nicht, warum, aber irgendwie fühle ich mich dann fast noch nackter, als wenn ich gar nichts anhätte. Irgendwas daran ist ein bisschen kess, ein bisschen sexy, als würde ich auf dem Präsentierteller stehen. Auch der gute Tonto fühlt sich dann wichtiger, als wäre er für irgendwas fein gemacht worden. Manchmal spazier ich eine Weile durch den Bungalow, Küche, Wintergarten, Wohnzimmer, wohin ich gerade Lust habe, nur ich und meine Socken. Ich weiß nicht, wieso, aber ich fühl mich dann wild und mächtig zugleich, wie ein Höhlenmensch in seiner Höhle, bereit, sich mit allem anzulegen. Säbelzahntiger? Miss Neandertal 120 000 v. Chr.? Homo-Besserwisser-sapiens, der an der Wasserstelle mit seinem Rad angibt? Her mit ihnen. Ich zeig's ihnen allen.

Ich schätze, die meisten Leute haben ihre gewohnte Reihenfolge beim Anziehen, Männer und Frauen. Frauen haben natürlich eine größere Auswahl. Em, obwohl in manch anderer Hinsicht ein Freigeist, hatte ihre Klamotten gern schön ordentlich, aber beim Anziehen ließ sie sich davon leiten, was gerade in Reichweite war. Wenn sie sich auszog und es nicht gerade richtig eilig hatte, legte sie sie schön akkurat gefaltet auf einen Stuhl oder manchmal auf die Ausziehcouch. Audrey dagegen war der Typ, der seine Klamotten auszieht und in die Ecke schmeißt. Monty der Hund räumte früher immer hinter ihr her, packte die Sachen mit den Zähnen und trug sie in sein Körbchen, wo er die ganze Nacht auf ihnen schlief, sie für Audrey schön warm hielt bis zum nächsten Morgen. Das Problem war nur, wenn er sich langweilte, fing er an, auf dem herumzukauen, was seinen Zähnen am nächsten war. Kostete mich ein Vermögen, bis ich ihn mit einem Fußtritt nach draußen beförderte. Und dann überfuhr ich ihn mit dem Wagen. Ein Jammer.

Hier nun hatte Audrey, ganz die Alte, ihre Klamotten überallhin geschmissen, Chaiselongue, Yuccapflanze, Fußboden. Em hatte eine von ihren roten Socken, die über dem Juniorhai hingen, genommen und hielt sie an der Spitze fest wie einen toten Fisch.

»Emily, mein Herzblatt! Darf ich dir Audrey, meine Exfrau, vorstellen? Du hast ihr Foto doch in der Zeitung gesehen? Sie ist den ganzen Weg hierher mit dem Fahrrad gekommen.«

»Aber nicht so, denke ich mal.«

»Nein, mein Liebes. Das war eine spontane Entscheidung, ausgelöst durch die unerwünschte Ankunft der Polizei. Adam Rump, um genau zu sein. Du erinnerst dich an Adam? Er war mal hier, um sich die Fische anzusehen, hat dabei sein Handy in den Teich plumpsen lassen.«

»War er das in dem Polizeiwagen, der mir eben entgegengekommen ist?«

»Vermutlich. Fleckiges rotes Gesicht, schütteres Haar, alberner Hut?«

»Ich hab mich nicht dafür interessiert, wie er aussah, ich hatte andere Dinge im Kopf, nämlich dass ich früher als gedacht nach Hause komme, um dich zu überraschen, nicht, um überrascht zu werden. Da.« Sie hielt Audrey die Socke hin. »Vielleicht sollten Sie sich anziehen.«

Audrey trat vor, nahm sie. Ich wollte es nicht aussprechen, aber das ist der Haken bei Überraschungen. Sie gehen schon mal nach hinten los.

»Er sieht aus wie ein Fisch«, sagte Audrey. »Rump.« Sie beugte sich vor, angelte die andere Socke vom Rücken des Hais. Sie war völlig ungeniert. Das macht der Knast mit einem.

»Weißt du, was, Audrey? Das ist mir noch nie aufgefallen, aber jetzt, wo du's sagst, er sieht wirklich ein bisschen so aus wie einer von diesen dicken Hässlichen, mit Rot im Gesicht. Keine Meeräsche, sondern …«

»Knurrhahn«, sagte Audrey. »Ein glupschäugiger Knurrhahn.«

Sie fing an, sich anzuziehen, krempelte eine Socke auf, balancierte dann auf einem Bein, schob sich die Socke über den Fuß und rollte sie die Wade hoch. Wenn sie früher versucht hatte, so etwas zu machen, kippte sie für gewöhnlich um. Ich hatte mir immer einen Ast gelacht. Aber jetzt machte sie das ohne das leiseste Beinzittern, wie eine waschechte Turnerin auf dem Schwebebalken, erst das eine Bein und dann das andere, während Emily und ich gebannt zuschauten. Sie richtete sich auf, nackt, beide Füße auf dem Boden, und wackelte mit den Zehen in der Wolle. Sie fühlte sich toll, das merkte ich ihr an, sah auch toll aus, und blickte uns in die Augen, als wollte sie sagen, ja, seht mich an, seht, wie toll ich bin, wie verdammt stark und attraktiv. Em starrte sie genauso an wie ich, konnte die Augen nicht von ihr losreißen, und mir kam der Gedanke, dass Audrey sich ebenso sehr Emily präsentierte wie mir. Ich spürte förmlich, wie elektrische Ströme zwischen uns dreien hin und her schwirrten.

Emily brach das Schweigen.

»Ich verstehe immer noch nicht«, sagte sie. »Was soll das alles?«

Audrey deutete auf die Staffelei.

»Al hat so getan, als wäre er Künstler«, sagte sie. »Und ich war sein Modell. Das war die einzige Möglichkeit, Rump abzulenken.«

Ich sah mich genötigt, sie zu korrigieren.

»Entschuldige, Audrey. Ich habe nicht so getan, als wäre ich Künstler. Ich bin einer.«

»Ach ja? Hast du dir deine Zeichnung mal angesehen?« Sie ging umher, hob Rock und Unterwäsche auf.

»So seltsam das auch klingt, aber ich war mit den Gedanken nicht bei meinem Bleistift. Ich hab eher daran gedacht, ob wir die Nacht im Knast von Dorchester verbringen werden oder nicht.«

»Und wer dann die Fische füttern würde, ja, ich weiß. Also ...« Sie wandte sich Emily zu, BH und Rock wieder an, und musterte sie von oben bis unten. »Das ist also mein Ersatz, was?« Sie streckte die Hand aus. »Na, lieber Sie als ich, Emily. Obwohl ich glaube, dass er im Augenblick nicht besonders gut auf Sie zu sprechen ist. Ich hol uns mal eine kleine Stärkung. Ich denke, die können wir alle gebrauchen.«

Sie schnappte sich den Rest der Klamotten und marschierte rüber ins Wohnzimmer. Ich hörte, wie der Barschrank aufging und Gläser herausgenommen wurden. Em hatte sich kaum gerührt.

»Wie geht's deinem Dad?«, sagte ich. »Das Bein ist wieder zum Leben erwacht, nehm ich an.«

»Es geht ihm einigermaßen. Aber das ist jetzt nicht das Thema. Was zum Teufel macht sie hier?«

»Was glaubst du wohl, Em? Sie will, dass wir ihr helfen. Sie außer Landes schaffen.«

»Na, ich hoffe, du hast Nein gesagt.«

»Das habe ich allerdings, mein Schatz, und zwar klar und deutlich, gleich als sie gestern Abend hier aufgekreuzt ist. Und seitdem immer wieder. Ich hab mich sogar ganz wacker geschlagen, beim unmissverständlichen Neinsagen, bis sie etwas von dir gefunden hat, das meine Position ein wenig geschwächt hat.«

»Etwas von mir?«

»Etwas, das ich dir vor längerer Zeit mal geschickt habe. Etwas Persönliches, etwas, das uns beiden ziemlich kostbar war, so dachte ich, wie eine Art geheimer Talisman oder Wotans Zauberring oder wie das Schwert, das der junge König Artus aus dem Scheißfelsen gezogen hat. Schon eine Ahnung, wovon ich rede?«

»Al. Ich bin nicht in Stimmung für alberne Spielchen. Wovon zum Teufel redest du?«

»Ich rede von dem Brief, mein Herzblatt, dem Brief, den ich dir vor Jahren per Post geschickt habe, den du gelesen und in die Tasche von deinem hübschen geblümten Kleid gesteckt hast, mit dem du in dein Auto gestiegen, hierhergefahren und hinauf zur Beule spaziert bist, wo ich gewartet habe, bereit, mich für den Rest meiner Tage in den Knast bringen zu lassen. Der Brief, den du aus dem geblümten Kleid genommen und vor meinen Augen in kleine Stücke zerrissen hast, die der Wind davontrug, bevor du mich da oben auf der Beule vernascht hast, schön in Sichtweite der alten Schnüffelnase mit ihrem Fernglas.«

»Ach so. *Der* Brief.«

»Genau. *Der* Brief. Auf diesen Papierfetzen haben wir unser gemeinsames Leben aufgebaut. Dachte ich zumindest.«

»Und das haben wir auch, Al! Aber ich hab nie gesagt, dass es der richtige Brief war, oder? Ich hab ihn symbolisch für dich zerrissen, um zu demonstrieren, dass das, was du getan hast, der Vergangenheit angehört, dass es keine Bedeutung für mich hat, dass ich dir vergeben habe. Was ich da vor deinen Augen zerrissen habe, waren ein paar Blätter Papier. Du hast nur angenommen, dass es der Brief war.«

»Emily. Das hört sich gar nicht nach dir an.«

»Stimmt. Was ich getan hab, war mir ernst, Al. Aber eine Frau braucht irgendeine Art von Versicherung. Ich meine, ich will schließlich nicht von einem Schiff fallen oder so.«

»Das war unwürdig von dir, Em. Mir nicht die Wahrheit zu sagen. Ich meine, das ist die Basis unserer Beziehung. Wahrheit.«

»Du warst vorbestraft, Al. Ich wollte nicht auch so enden. Den Brief zu behalten war eine reine Vorsichtsmaßnahme.«

»Was hast du dir denn da zurechtgedacht? Ich wusste doch gar nicht, dass du den Brief behalten hast. Wenn ich dich hätte loswerden wollen, hätte ich das in voller Ahnungslosigkeit getan. Eine Vorsichtsmaßnahme wäre es gewesen, wenn du mir gesagt hättest, dass du den Brief deinem Anwalt gegeben oder bei der Bank hinterlegt hast und dass er im Falle deines Todes geöffnet wird. Dann hättest du sicher sein können, dass dir nichts passiert.«

»Es ist mir nichts passiert.«

»Ja, aber nicht wegen meines Briefes. Wegen mir. Wegen dem, was ich von dir halte. Wegen dem, der ich jetzt bin.« Ich erzählte ihr nicht, dass ich mich zurückverwandelt hatte. Das wäre nicht fair gewesen.

»Ich hab auch nie ernsthaft geglaubt, dass du mir was antun würdest. Das war bloß ... eine Absicherung.«

»Ja, aber wie ich dir gerade begreiflich machen will, Liebste, war es gar keine Absicherung, so wie du vorgegangen bist, nicht wahr? Du hast bloß zweierlei getan, nämlich a) du hast mich hintergangen, und b) du hast den Brief irgendwo rumliegen lassen, sodass Audrey ihn in ihre diebischen Hände kriegen konnte. Wenn es irgendwas hätte bringen sollen, hättest du mir von dem Brief erzählen müssen.«

»Das konnte ich nicht. Das wäre so gewesen, als hätte ich dir gesagt, dass ich dir nicht vertraue.«

»Aber das hast du ja auch nicht.«

»Du klingst sauer.«

»Bin ich auch ein bisschen. Das war unehrenhaft von dir, Em. Keine gute Grundlage für etwas, das ich für eine das Leben bereichernde Beziehung gehalten habe. Wo hast du ihn aufbewahrt, rein interessehalber? Audrey ist in der Hinsicht seltsam zurückhaltend.«

Em wirkte selbst auch seltsam zurückhaltend. Sie hüstelte.

»In Torvills Hinterteil, um ehrlich zu sein. Etwas von ihrer Füllung war rausgefallen. Es war ein bisschen hohl dadrin. Sie war für mich eine Art Totem. Ich konnte sie jeden Tag ansehen und denken, dass deine ganze Geschichte im Innern deines geliebten Fisches ruht. Du hast sie einmal die Woche abgestaubt, und du hast den Brief nicht gesehen, als ob du ihn nicht sehen *könntest*. Ich hatte das Gefühl, solange er dadrin ist, könnte mir nichts passieren. Könnte *uns* nichts passieren.«

»Tja, jetzt ist er nicht mehr drin, und uns kann was passieren. Mein Gott, Em. Was hast du dir bloß dabei gedacht?«

»Jedenfalls nicht, dass deine Exfrau aus dem Gefängnis ausbrechen und hier auftauchen würde. Geschweige denn, dass sie Torvill umdrehen und eine doch eigentlich sehr kleine Öffnung unter die Lupe nehmen würde.«

Ich sagte ihr nicht, dass ich selbst Audrey gesagt hatte, sie solle sich Torvill doch mal genauer ansehen, bloß um sie daran zu erinnern, was sie getan hatte. Damit würde ich Em nur ein wenig entlasten, und das hatte sie nicht verdient. Was sie getan hatte, war nicht einfach nur schlimm. Es war clever. Es zeigte, dass sie die Art von Verstand hatte, die ich bei ihr nicht vermutet hätte, nämlich einen durchtriebenen Verstand.

Audrey rief aus dem Wohnzimmer.

»Kommt was trinken!«

Emily warf die Hände hoch. »Das darf nicht wahr sein. Als ob sie hier zu Hause wäre.«

»War sie auch mal. Hör mal, wir müssen sie bei Laune halten, dank dir. Keine Sorge. Ich regel das. Spiel du einfach mit, okay?«

Wir gingen hinein. Audrey saß auf der Ausziehcouch, drei große Bloody Marys vor sich auf dem Beistelltisch, daneben eine Schale Erdnüsse und ein Glaskrug mit reichlich zum Nachschenken. In den Gläsern steckten diese Umrührstäbchen, die ich mal für sie gekauft hatte, mit tanzenden hawaiianischen Hula-Hula-Mädchen obendrauf. Ich hatte gar nicht gewusst, dass die noch irgendwo rumlagen. Audrey hatte sich ordentlich Lippenstift ins Gesicht geschmiert, dick und rot, als wollte sie losziehen und die Sau rauslassen. Sie sah großartig aus, beinahe majestätisch, eine Art heilige Verführerin, Papst Vampirin die Erste. Die meisten Männer würden das Weite suchen. Aber ich bin nicht die meisten Männer. Ich bin Al Greenwood. Audrey war für mich das reinste Labsal.

»Ich hoffe, du hast sie schön stark gemacht«, sagte ich.

Sie leckte sich die Lippen und warf mir einen Blick zu. Sie hatte sich schon ordentlich einen gegönnt, bevor sie uns reinrief, das merkte ich ihr an. Ich setzte mich in den weißen Liegesessel gegenüber, Em in den Fernsehsessel neben ihr. Em hatte meine Sitzmöbel ausrangieren wollen, weil sie sie stillos fand, doch ich hatte zu bedenken gegeben, dass sie vielleicht stillos waren, aber dafür superbequem und wie geschaffen für einen Quickie zwischendurch. Spiel, Satz und Sieg, würde ich sagen.

Es war nicht richtig, aber ich konnte nicht anders, als sie zu vergleichen, Audrey in Feuerrot, üppig und kühn und scharf, und Em in einem ihrer verschossenen geblümten Fummel, als ob sie gerade vom Kühemelken reingekommen wäre oder sich einen Gänseblümchenkranz geflochten hätte. Ich meine, ich weiß, wer besser aussah, wer jünger war, ehrlicher, gutmütiger, wer niemanden ermordet hatte, aber als ich die zwei da sah, Seite an Seite, erinnerte ich mich an das, was Audrey und ich so alles getan hatten, wie wir es getan hatten, ohne Pardon. Em war eine Klassefrau, nicht dass Sie mich falsch verstehen, aber sie war sicher, stabil, einfach in der Handhabung, Audrey dagegen, Audrey war ungefähr so stabil wie eine überhitzte Stange Dynamit, in einem Moment noch supernett, im nächsten KAWUMM! Okay, Emily hatte mich mit dem Brief übers Ohr gehauen, aber das war läppisch im Vergleich zu dem, was Audrey sich einfallen lassen konnte. Ich meine, Emily hatte den Brief vier Jahre lang aufbewahrt und rein gar nichts damit angestellt, wohingegen Audrey ihn gerade mal vier Stunden in den Fingern hatte und schon damit drohte wie mit der Atombombe. Genau das war es, wissen Sie, diese Unberechenbarkeit. Die hatte uns zusammengehalten. Zugegeben, ich hatte versucht, sie aus dem Weg zu räumen, aber selbst das war nicht so gelaufen wie geplant. Bei Audrey lief nie irgendwas wie geplant. Du wusstest nie, wann es richtig abging. Oder, noch besser, manchmal wusstest du es. Manchmal planten wir es, wie die Fußballhooligans das tun, abends losziehen und Randale machen. Es gab nichts Schöneres für uns, als wenn irgend so ein Trottel aufkreuzte und meinte, wir sollten nicht so rumschreien oder ich sollte sie mit mehr Respekt behandeln. Das war wie bei dem Pfarrer, der sich zwischen einen Löwen und sein Weibchen stellte. Er wurde zerfleischt. Ich nahm einen langen Schluck und versuchte, nicht daran zu denken. Auch das war ein Punkt zu ihren Gunsten. Sie konnte einen anständigen Drink mixen. Der hier hätte Buzz Aldrin auf den Mond und wieder zurück befördern können.

»Emily, meine Liebe, ich musste mir Ihren besten Lippenstift ausborgen«, sagte Audrey. »Ich weiß, ich hätte erst fragen sollen, aber ich konnte einfach nicht widerstehen. Im Gefängnis hat man immer nur so ein tristes Outfit.«

»Davon kann Em auch ein Liedchen singen, was, Em?«, sagte ich. »Du hast dich im Gefängnis immer trist angezogen, damit wir nicht auf dumme Gedanken kommen. Als ich wieder frei war, hab ich mir gleich als Erstes ein paar knallige Klamotten gekauft. Audrey ging es genauso.«

»Hatten sie keine anderen Farben im Angebot?«, fragte Emily. Audrey hob kurz den Hintern an und zog ihren Rock ein bisschen tiefer.

»Rot steht mir. Rot ist meine Lieblingsfarbe, nicht wahr, Al?«

»Tatsächlich?«

»Solltest du eigentlich wissen. Ich hab's oft genug getragen. Und, Emily, wenn ich's nicht getragen hab, hatte er auch nichts dagegen, wenn Sie verstehen, was ich meine. Stimmt doch, Al, oder?«

»Audrey!«

»Ach, wir sind doch alle erwachsen, oder? Außerdem ist mir egal, was du heutzutage noch zu bieten hast. Vorbei ist vorbei.« Sie hob ihr Glas. »Cheers.«

Sie trank einen großen Schluck. Ich auch. Torvill hockte auf dem Kaminsims und blickte mich an. Nicht zu glauben, dass sie meinen Brief die letzten vier Jahre im Hintern gehabt hatte. Sie hatte manchmal ein bisschen unwohl auf mich gewirkt, aber ich wäre nie auf die Idee gekommen, dass mein Geständnis der Grund dafür gewesen sein könnte. Ich dachte einfach, ihr würde das Wasser fehlen. Sie hätte was sagen sollen.

»Wer hätte was sagen sollen?«

Hatte ich das laut ausgesprochen? Audrey sah mich an.

»Ich meine, du hättest Bescheid sagen sollen, dass du

kommst«, sagte ich. »Dann hätte ich einen Kuchen gebacken.«

»Einen vergifteten wahrscheinlich. Und das Bild über dem Bett versteckt.« Sie lutschte an dem Umrührstäbchen. »Sagen Sie, Emily, haben sich alle Gefangenen so malen lassen?«

»Audrey! Benimm dich!«

»Du musst sie nicht beschützen, Al. Sie kann selbst auf sich aufpassen, nicht wahr, meine Liebe?«

»Ich denke schon.«

Em sprach ruhig, aber ich spürte, dass sie innerlich aufgewühlt war. Ich war ihr auf die Schliche gekommen, und meine Ex war zurück im Bungalow, spielte sich auf, drohte, uns beide in Schwierigkeiten zu bringen. Em saß zwischen zwei Mördern, die auf eine ganz besondere Art zusammengehört hatten oder noch immer zusammengehörten. Audrey und ich waren über dreißig Jahre verheiratet gewesen und hatten einige der schlimmsten Dinge getan, die ein Mann und eine Frau tun können. Das Schlimmste, was Emily je getan hatte, war, Tonto aussehen zu lassen, als hätte er eine Erdnussallergie. Audrey rührte in ihrem Glas.

»Klar können Sie das. Das müssen wir Frauen ja auch, solange es Männer wie Al gibt. Im Grunde ist er ein Reptil, wissen Sie, wie einer von diesen Alligatoren da drüben in Florida, die im Sumpfwasser treiben, mit diesem Grinsen, das aussieht, als wäre es mit einem Brotmesser reingeschnitten worden, und bloß drauf lauern, schnapp, schnapp, schnapp zu machen, sobald du ihnen zu nahe kommst. Aber genau das hat Sie ja gerade zu ihm hingezogen, nicht? Genau das macht Sie an, dieses Grinsen, dieses Schnapp, Schnapp, Schnapp. Ich wette, Sie werden schon ganz wuschig, wenn Sie nur dran denken.« Sie schlug die

Beine übereinander. »Wo ist das Curry, Al? Hast du alles allein aufgegessen?«

»Curry?« Emily sah mich an. Audrey lehnte sich zurück und legte einen Arm auf die Rückenlehne der Couch. Nackter Arm, nackte Schulter, dünner roter Träger. Ich konnte förmlich spüren, wie meine Finger nach unten glitten, unterstützten, das Gewicht erkundeten.

»Al hat mir gestern Abend ein Curry geholt, genauer gesagt, uns beiden, alle unsere alten Lieblingsgerichte, aber als er zurückkam, lag ich schon im Bett. Du hast es doch nicht weggeworfen, Al, das Curry?«

»Natürlich nicht. Es steht am üblichen Platz.«

»Ihr habt einen üblichen Platz für Curry-Reste?« Emily wurde langsam gereizt. Ihre eigenen vier Wände, und sie kannte sich nicht mehr aus.

»Der Trockenschrank«, erklärte ich. »Da bleibt es über Nacht schön warm. Wenn man es in den Kühlschrank packt, schmeckt alles nach Vindaloo. Im Trockenschrank bleibt es genau, wie es sein soll.«

»Frühstücksfertig, wenn man so will«, warf Audrey ein. »Ist aber nicht nach Ihrem Geschmack, wie ich höre. Al hat mir erzählt, ihr zwei geht nicht oft Curry essen«, sagte sie.

»Hat er das?«

»Er hatte so einen sehnsüchtigen Ausdruck in den Augen, wie ein Verdurstender in der Wüste. Einmal die Woche haben wir uns eins gegönnt in der Anfangszeit, zweimal, wenn wir in Stimmung waren. Es ist nicht gut, Manner nicht trinken zu lassen, wenn sie in Stimmung sind, vor allem bei jemandem wie unserem Al.«

Em lächelte.

»Al isst dank mir inzwischen alles Mögliche, Obst, Salat, Nussbraten. Das hat seinen Energiepegel ganz beträchtlich erhöht, was immer wichtig ist, wenn eine jüngere Frau im Spiel ist. Es hat außerdem auch noch andere Organe stimuliert, zum Beispiel sein Gehirn, das leider ziemlich schlapp war, als wir uns kennenlernten.«

Sie lehnte sich zurück, schob sich eine Erdnuss in den Mund. Na also. Sie ließ sich doch nicht so leicht unterbuttern, wie ich gedacht hatte. Ich war beeindruckt.

»Er war im Gefängnis, als Sie ihn kennenlernten«, rief Audrey ihr in Erinnerung. »Und ich war es, die ihm zur Freiheit verholfen hat, nicht Sie.« Sie beugte sich vor und zog den Krug zu sich rüber. Ich hielt ihr mein Glas hin.

»Und was ist mit dir, Audrey? Wie stellst du dir vor, dass wir dir zur Freiheit verhelfen?«

Audrey goss langsam ein, füllte zuerst ihr Glas, dann meins. Emily hatte ihres kaum angerührt.

»Ich hatte gedacht, das wäre offensichtlich«, sagte sie. »Ihr arbeitet doch zusammen auf einem Kreuzfahrtschiff, oder? Ihr schmuggelt mich an Bord. Bringt mich zu einem Hafen, von wo ich lossegeln kann. Es gibt doch bestimmt noch eine freie Kabine, in der ihr mich verstecken könntet. Wenn's sein muss, auch in eurer. Wohin geht die nächste Fahrt?«

»Griechische Inseln. In fünf Tagen. Du verlangst eine Menge, Audrey. Unsere Haupterwerbsquelle steht hier auf dem Spiel.«

»Falls du überhaupt noch eine hast«, sagte Em, »nach dem, was letztes Mal passiert ist.«

»Das kommt erschwerend hinzu. Die Geschäftsleitung ist nicht gerade gut auf mich zu sprechen. Übrigens, Em, rate mal, wer im Bindon abgestiegen ist. Ausgerechnet die dusselige Mrs Durand-Deacon. Sie ist wahrhaftig Sheilas Schwester und wohnt da, bis sie den Schock überwunden hat. Ich war auch ganz schön geschockt, als ich sie ans Ufer waten sah, das kann ich dir flüstern. Wenn hier einer Erholung braucht, dann ich.«

»Hat sie dich gesehen?«

»Klar hat sie mich gesehen. Ich schnitze gerade einen Hai für sie. Könnte sein, dass du auch was beisteuern musst, ein Porträt. Sie zickt ziemlich rum.«

»Mrs Durand-Deacon.« Audrey prustete den Namen in die Luft. »Wo ich auch hinkomme, höre ich den Namen Durand-Deacon. Allmählich reicht's mir.« Sie klatschte in die Hände. »Na los, her damit.«

»Womit?«

»Mit dem Curry, Al. Nun mach schon.«

Ich ging zum Trockenschrank und holte die Tüten. Keine Ahnung, was an Mr Singhs kleinen Schachteln dran ist, aber sie waren noch richtig schön warm. Ich trug sie zum Tisch, holte noch mehr Gläser, nahm das Bier aus dem Kühlschrank. Ich stellte drei Teller hin, ließ die Dosen zischen und machte die Schachteln auf. Die Papadams taugten nichts mehr, aber das war ja klar. Alles andere war prima, schön warm, wie Blut. Ich schaufelte einen Berg Hammel-Vindaloo, zwei Chili-Riesengarnelen und ein Stück Fisch auf einen Teller und reichte ihn Audrey. Ich wollte das Gleiche für Em machen, doch sie nahm mir den Teller aus der Hand und tat sich selbst auf. Richtig kläglich, was schließlich auf dem Teller landete: eine Garnele, ein Zwiebel-Bhaji und ein Löffelchen Reis. Selbst Torvill hätte mehr geschafft. Ich dagegen packte meinen Teller randvoll. Es roch so gut.

»Großer Gott«, sagte Audrey und lud sich eine Gabel voll. »Allein dafür lohnt es sich, aus dem Gefängnis auszubrechen. Reich mir das Pickle.«

Sie riss sich ein Stück Naan ab, verteilte das Pickle darauf, nahm einen Bissen und rollte ihn auf der Zunge hin und her. Mann, das nenn ich Feuer da unten. Em stupste ihre Riesengarnele über den Teller, als wollte sie ihr schwimmen beibringen.

»Probier das Hammelfleisch, Schatz, wenn dir das da nicht schmeckt«, sagte ich zu ihr. »Es ist nur zu scharf, wenn du denkst, es ist zu scharf. So ein Curry ist reine Kopfsache. Hab ich nicht recht, Audrey? Der Geist kontrolliert die Eingeweide.«

Audrey wischte sich den Schweiß von der Stirn und steckte sich ein ganzes Zwiebel-Bhaji in den Mund. Ein altes Kunststückchen von ihr. Sie schob es von einer Wange in die andere und schluckte es dann runter, wie eine Schlange ein Ei verschluckt. Es kam vor, dass Leute das Restaurant verließen, nachdem sie das ein paarmal gemacht hatte. Ich dagegen war immer stolz auf sie gewesen. Sie schlug sich auf die Brust, um die Luft rauszubefördern, die Augen gebannt auf Emily und ihren mangelnden Appetit geheftet. Audreys Performance machte auch ihr zu schafen.

»Hätte ich ein Streichholz gehabt, hätte ich den Rülpser anzünden können«, sagte ich.

»Das hätte Emily die Wimpern versengt.« Sie wischte sich mit dem nackten Unterarm über den Mund. »Reich mir den Fisch.«

Ich reichte ihr den Fisch. Sie schaufelte die Hälfte davon zusammen mit dem Rest Naan auf ihren Teller, stopfte sich den Mund voll und lutschte die Finger ab. Das war typisch Audrey. Wenn sie einmal angefangen hatte, kannte sie kein Halten mehr.

»Ich wette, das hat gutgetan«, sagte ich.

»Das kannst du laut sagen.« Sie richtete den Blick auf Em. »Sie sind wirklich kein Curry-Typ, was, meine Liebe?«

Das konnte ich nicht so stehen lassen.

»Emily hat eher eine Vorliebe für die europäische Küche als für die kulinarischen Geheimnisse des Ostens«, warf ich ein. »Französische Küche. Spanische. Sie macht eine tolle Paella.«

Ihre Paella war in Wahrheit eine Katastrophe, aber ich versuchte mein Bestes. Wir aßen eine Weile weiter. Eine ganze Weile, genauer gesagt. So ist das bei Currys. Sie lassen einen alles andere vergessen.

»Wir haben mal in Spanien Urlaub gemacht, nicht, Al?«, brach Audrey das Schweigen. »Fuengirola.«

»Wir sind auch sonst schon ein bisschen rumgekommen«, rief ich ihr in Erinnerung. »›Nie wieder‹ lautete dein Motto.«

»Völlig überbewertet, Urlaub im Ausland.« Sie tappte in die Falle.

»Ein Jammer, dass du dort den Rest deines Lebens verbringen wirst.«

»Das ist doch was ganz anderes. Erstens wird es kein Urlaub sein, und zweitens wird jemand bei mir sein, dem ich wirklich was bedeute.« Sie schob den Teller beiseite. Blitzeblank. »Also. Kriegt ihr das hin? Es muss ja nicht weit weg sein. Ich hab mir was überlegt. Ich kann Michaela telegrafieren, wenn ich erst mal irgendwo in Sicherheit bin. Den Rest kann sie dann erledigen. Ihr müsst mich bloß hier rausbringen. Dann seht ihr mich nie wieder.«

Als sie das sagte, drehte sich mir der Magen um. Sie nie wiedersehen? Hatte ich das nicht immer gewollt? Natürlich. Sie sahen mich beide an.

»Was, wenn du geschnappt wirst?«

»Dann werde ich versuchen, euch nicht mit reinzuziehen. Mehr kann ich nicht versprechen, oder?«

»Und der Brief?«

»Den gebe ich Emily, sobald ich an Bord bin. Es ist *ihr* Brief. Sie kann damit machen, was sie will. Sie sind doch hoffentlich noch nicht mit ihm verheiratet, oder?«

Em rutschte auf ihrem Stuhl hin und her. »Noch nicht.«

»Das würde ich auch schön bleiben lassen, wenn ich Sie wäre.«

»Sind Sie aber nicht.«

»Wie wahr.« Sie füllte ihr Glas neu und stand auf. »Schön. Ich geh ins Bett. Der erste Gast in eurem neuen Bed and Breakfast, wenn auch kein zahlender, fürchte ich. Aber vorher nehm ich noch ein schönes, langes, heißes Bad. Wenn ihr wüsstet, wie ich das vermisst habe.«

Ich wusste es nur zu gut. Du kannst so gut wie alles im Gefängnis kriegen, wenn du die richtigen Leute kennst, Alkohol, Drogen, sogar eine schnelle Nummer mit irgendwem, wenn du den Schließern genug bezahlst, damit sie wegschauen, aber ein schönes, langes, heißes Bad und dazu ein Drink deiner Wahl? Vergiss es.

Sie ging. Ich räumte den Tisch ab. Als ich ins Schlafzimmer kam, war Em schon im Bett und starrte mit versteinerter Miene an die Decke. Ich legte mich neben sie, fuhr mit der Hand an ihr hoch und runter, wie sie es gernhatte, aber sie war wie eingefroren.

»Es ist bald vorbei, Em, versprochen. Wir werden sie schnell los, und dann ist bei uns alles wieder beim Alten. Nur wir zwei.« Ich streckte wieder die Hand aus, aber sie stieß sie weg.

»Du konntest den Blick ja kaum von ihr losreißen«, sagte sie. »Den ganzen Abend. Und sie genauso. Ihr und eure dämlichen Currys. Dann geh doch zu ihr, wenn es dir so viel bedeutet. Ich werd dich nicht aufhalten.«

Sie zog sich die Bettdecke um die Schultern, drehte mir den Rücken zu.

»Em. Sei nicht albern. Wieso sollte ich sie wollen, wenn ich dich habe? Wer hat mich glücklich gemacht, hä, du oder sie? Wem vertraue ich, wem hab ich die letzten Jahre vertraut? Audrey macht nichts als Ärger, das war schon immer so. Und das will ich nicht, Em. Warum sollte ich?«

Weil ich gerade ein Curry gegessen hatte, darum. Früher lag ich manchmal auf ihr, fühlte die Curry-Hitze von ihrer Haut abstrahlen, ihre Augen ganz heiß auf mir wie glühende Kohlen. Ich konnte diese Hitze auch jetzt förmlich spüren, wie sie durch die Wände drang, die Luft infizierte, konnte sie förmlich da liegen sehen, wie sie auf mich wartete, lang ausgestreckt, die Bettdecke beiseitegeworfen.

»Em!«, sagte ich wieder. »Warum sollte ich?«, aber es half nichts.

Wir lagen die ganze Nacht wach, Em und ich, aber es war, als wären wir in verschiedenen Räumen. Ich hörte, dass sie wach war, und sie hörte, dass ich wach war. Ich konnte hören, wie sich die Gedanken in ihrem Kopf überschlugen, so wie sie meine hören konnte, und wir beide dachten an dasselbe, an die Frau im Nebenzimmer, die schnarchte wie ein Weltmeister. Ihr Körperbau mochte sich verändert haben, aber ihre Nebenhöhlen waren noch die Alten.

Cheers.

# SECHS

Ich wachte früh auf. Em war nicht mehr im Bett und auch nicht im Bungalow. Ihr ganzes Malzeug war aus dem Wintergarten verschwunden, außerdem Klamotten aus dem Kleiderschrank. Ich sah draußen nach. Ihr scheußlicher bunter japanischer Flitzer stand nicht mehr in der Einfahrt, was an sich kein Verlust war, aber dennoch ein schlechtes Zeichen. Das hatte sie noch nie getan, einfach so die Biege gemacht, aber wir hatten uns ja auch noch nie so gezofft. Es gefiel mir gar nicht, ehrlich gesagt. Ich fühlte mich, als wäre ich aus der Verankerung gerissen worden und wüsste nicht mehr richtig, wo ich stand. Audrey und ich, wir hatten uns ständig gezofft, aber bei Em hatte ich gedacht, damit wäre Schluss. Aber nein, jetzt war ich schon wieder in Ungnade gefallen. Und wem hatte ich das zu verdanken? Audrey. Manche Dinge ändern sich nie.

Die Eisenbahnschwelle ruhte noch immer unberührt auf den zwei Böcken. Ich hatte sie links liegen gelassen, dabei hatte ich eins mit den Jahren gelernt: Wenn da etwas auf dich wartet, das Gestalt annehmen will, darfst du es nicht einfach links liegen lassen. Es will, dass du dich ranmachst, dass du es in das verwandelst, was es werden soll. Du denkst vielleicht, es liegt einfach bloß gelangweilt da rum, aber von wegen. Es ist ungeduldig. Es will, dass du endlich loslegst. Mrs B sagt, alles strahlt eine Art Energie von dem aus, was es ist, Wellen, wenn Sie so wollen, genau wie der Radar bei Schiffen und Flugzeugen. Ein Stuhl strahlt demnach Stuhlwellen aus, ein Tisch Tischwellen. Sie meint, alles bombardiert einen pausenlos mit dem, was es ist. Ich hab das immer für ausgemachten Schwachsinn gehalten. Ich meine, Wodka, der Wodkawellen ausstrahlt, meinetwegen. Gelangweilte achtundzwanzigjährige Barfrauen, die mich auf Teufel komm raus mit Gelangweilte-achtundzwanzigjährige-Barfrauen-Wellen bestrahlen, Mann, das konnte ich mir vorstellen. Aber ein Stuhl? Hör mir auf. Das war mal ein Baum, bis die gute alte Axt vorbeigekommen ist, und jetzt ist es ein Stuhl. Ende, aus. Aber seit ich Künstler geworden bin, sehe ich die Dinge anders. Ich kann jetzt verstehen, was Mrs B meint. Nehmen Sie zum Beispiel meine Kettensäge. Die wirft die ganze Zeit mit Kettensägenwellen nur so um sich, und nicht bloß mit klitzekleinen, wie sie unten in der Bucht rumplätschern. Das sind echte Kaventsmänner, die über mich hinwegkrachen wie das Meer am Chesil Beach. Ich kann sie jedes Mal hören, wenn ich in ihre Nähe komme. »Fang endlich an, du fauler Sack, und lass mich von der Leine«, ruft die Säge. »Ich will was richtig schön Hartes zerkleinern.« Jetzt, wo ich auf den Holzblock blickte, wusste ich plötzlich, was ich mit ihm anstellen sollte. Seit ich mit Mrs B über St Ives gesprochen hatte, ging mir das Bild von einem von Mums Cornish Pastys einfach nicht mehr aus dem Kopf. Ich hatte nicht übel Lust, eins von den Dingern zu machen, ein zwei Meter großes Cornish Pasty, das goldbraun in der Sonne schimmerte. Wer würde sich so was nicht wünschen? Ich könnte auf der Stelle anfangen. Audrey würde wohl kaum davon wach werden, obwohl sie eins nicht abkonnte, nämlich ohne zwingenden Grund aus ihrem Schönheitsschlaf geweckt zu werden. Klar, wenn ich sie in alten Zeiten weckte, dann immer aus einem durchaus zwingenden Grund, aber sie sah das nie so. Und außerdem, falls Em zurückkam, während ich daran arbeitete, würde sie sehen, worauf ich mich konzentrierte, nicht auf Audrey, sondern auf uns, unsere gemeinsame Zukunft, als Mann und Frau, Bildhauer und Malerin.

Ich ging näher ran. Zugegeben, die Eisenbahnschwelle hatte eigentlich nicht die richtige Form für ein Cornish Pasty. Sie war lang, aber nicht breit genug, und wenn Cornish Pastys eins brauchen, dann ist das Fülle. Sie sind im Grunde wie Mägen, diese Cornish Pastys, Mägen aus Teig, zum Platzen voll mit klein gehackten Fressalien. Wenn ich die Schwelle in der Mitte durchsägte, könnte ich zwei kleine Cornish Pastys machen, sozusagen für sie und ihn, wie sie sich beispielsweise ein Pärchen im Urlaub gern zum Lunch gönnen würde, aber zwei kleine wären kein solches Statement wie so ein Monsterteil, und Em wird niemals müde, mir zu verklickern, dass es in der Kunst heutzutage nur um Statements geht. Es spielt keine Rolle, was für ein Statement, Hauptsache, es ist eins da, das dir in die Lauscher brüllt wie samstagnachts ein Besoffener, der auf seine Fish 'n' Chips wartet.

Ich drehte mich um. Audrey stand in der Tür zum Wintergarten und beobachtete mich. Sie hatte sich ein Badetuch umgewickelt, einen von den Zipfeln schön ordentlich oben reingesteckt. Wenn ich das mache, rutscht mir das Ding immer runter, sobald ich ausatme, aber Frauen sind anscheinend imstande, sich die Dinger umzubinden und gefahrlos Fandango drin zu tanzen.

»Ich will ja nicht dauernd meckern«, sagte Audrey, »aber im Gästebad ist keine Seife. Eure Gäste werden Seife brauchen, oder hast du vor, sie jeden Morgen mit dem Gartenschlauch abzuspritzen wie deine Nymphe?«

Das machte ich gern im Sommer, spritzte die Nymphe fast jeden Morgen ab, zuerst einen satten Strahl auf ihre Ecken und Ritzen, dann einen etwas feinfühligeren für den Rest. Hielt Moos und Vogeldreck fern. Außerdem war es angenehm fürs Auge, zuzusehen, wie das Wasser an ihrem wohlgeformten Körper herablief. Sie sandte auch Wellen aus. Nymphenwellen.

»Die haben wir bloß noch nicht hingelegt. Wir hatten nicht mit dir gerechnet. Im Bad vom Schlafzimmer liegt ein Reservestück. Avocado. Das kannst du nehmen.«

»Avocado, soso.« Sie sah sich um. »Ist Emily noch nicht auf?«

»Zeichnen gegangen«, sagte ich schnell, ein bisschen zu schnell. »Sie mag das Morgenlicht. Passt zu ihrer Arbeit. Sanft und frisch.« Ich versuchte, mir nichts anmerken zu lassen, aber ich war besorgt. Je mehr ich darüber nachdachte, desto weniger behagte es mir, dass Em nicht da war. Audrey entging meine Stimmung nicht.

»Ich hoffe, du behandelst sie besser, als du mich behandelt hast. Sie scheint eine nette Frau zu sein.«

»Scheint?«

»Der äußere Schein, Al. Wir sind nie ganz so, wie wir scheinen, oder? Wer hätte das von ihr gedacht, dass sie deinen Brief im Hintern der armen kleinen Torvill versteckt.«

Sie verschwand Richtung Schlafzimmer. Sie hatte recht. Ich konnte es noch immer nicht fassen, dass ich meinen Brief nicht aus Torvills Hinterteil hatte lugen sehen, wobei ich den Bereich natürlich nie so genau inspiziert hatte. So was macht man einfach nicht, schon allein aus Respekt vor ihren Gefühlen. Audrey kam zurück, warf das Seifenstück – es hatte auch die Form einer Avocado – von einer Hand in die andere. Sie lächelte das überhebliche Besserwisserlächeln, das unsere Ehe zum Spaßpalast des Jahrhunderts gemacht hatte.

»Hast du heute Morgen dein Bild gesehen? Das überm Bett?«

»Fängst du schon wieder an? Was Em damit darstellen will, ist persönlich, privat. Das geht dich nichts an.«

Sie hob die Augenbrauen.

»Wie du meinst. Ich dachte bloß, du würdest es vielleicht gern wissen: Tonto ist verschwunden.«

»Was soll das heißen?«

»Kuck selbst nach.«

Ich marschierte ins Haus. Ich hatte es nicht bemerkt, als ich aufgestanden war, aber sie hatte recht. Von der unteren rechten Seite bis hoch zur Mitte zog sich ein böses, fettes Loch, wo mein Tonto hingehört hätte. Irgendwer hatte ihn mit einem Teppichmesser rausgeschnitten.

»Siehst du, was ich meine?« Audrey stand neben mir, die Arme verschränkt, den Kopf zur Seite geneigt, als wären wir in einer von diesen piekfeinen Kunstgalerien.

Ich starrte ein paar Minuten lang auf das Bild. Es war merkwürdig. Er war weg, klar, aber wegen der Form des Ausschnitts war er auf irgendeine komische Art noch immer da, vielleicht sogar noch mehr als vorher. Das ist auch so ein Problem, mit dem es der Künstler zu tun hat. Was er auf einem Bild darstellt und was er weglässt. Was weggelassen wird, steckt häufig trotzdem drin, ob es da ist oder nicht, gerade weil es nicht da ist. Und wer nicht im Bilde ist, ist es eben oft doch. Wir Künstler nennen das die ewige Dichotomie zwischen Form und Motiv. Audrey grinste von einem Ohr zum anderen.

»Was, denkst du, ist das für ein Statement?«, fragte sie. »Hass auf die männliche Potenz? Oder bloß auf deine?«

»Audrey! Lass gut sein.«

»Hast du denn nichts gehört? Sie muss doch direkt über dir gestanden haben, als sie da zugange war. Ich hoffe, sie hat ihn vorher betäubt. Der Schnitt am Ansatz sieht ganz schön zackig aus.« Sie schlug sich die Hand vor den Mund und prustete los.

»Du scheinst dir ja sehr sicher zu sein, wer das war«, sagte ich. »Aber du könntest es genauso gut gewesen sein.«

»Ich könnte es gewesen sein, stimmt. Du hast mir weiß Gott genug Gründe geliefert in all den Jahren. Aber wenn ich es gewesen wäre, hätte ich ihn mit Sicherheit nicht nebenan in der Toilette schwimmen lassen«, sagte sie. »Ich hätte ihn ertränkt und fertig.«

Ich hastete ins Bad, Audrey hinterdrein. Es war ein bisschen eng, wie wir beide da mit der Kloschüssel zwischen uns standen, aber darum geht es ja in der Kunst. Du musst Widerstände durchbrechen, um zu erkennen, was der ganze Wirbel soll. Tonto trieb auf dem Wasser, gewissermaßen mit dem Gesicht nach oben. Er sah irgendwie traurig aus, wie er mit dem Kopf gegen das Porzellan stieß. Als fühlte er sich nicht besonders wohl.

»Fisch ihn lieber raus, sonst verstopft er dir noch alles«, sagte sie.

Ich trat einen Schritt zurück. »Ich fass da nicht mit der Hand rein.«

Audrey verschränkte die Arme. »Schön, wenn du nicht willst.«

Sie legte eine Hand an den Spülgriff.

»Nein, warte«, sagte ich und lief in die Küche, nahm die Küchenzange aus der Schublade und rannte zurück.

»Hier, damit wird's gehen.« Ich bückte mich, spreizte die Zange und schob einen Greifer ganz vorsichtig zwischen Tonto und die Kloschüssel, ein Manöver, das ich auf der Kirmes in Weymouth am Hebel des Greifarmautomaten gelernt hatte – braucht echt Talent, diese spezielle Fertigkeit. Ich schloss die Zange langsam, hob Tonto heraus und legte ihn über den Rand der Brille. Er hing ganz schlaff da, und Farbe lief ihm aus dem Auge.

»Was willst du jetzt mit ihm machen?«, fragte Audrey. »Ihn wieder drankleben?«

Ich schüttelte den Kopf, ging zurück ins Schlafzimmer und nahm das Bild von der Wand.

»Das bring ich in unsere Galerie«, sagte ich. »Häng's an die Wand und klatsch einen irrwitzigen Preis dran.«

»Was ist mit dir?«

»Was soll mit mir sein?«

»Das ist dein Gesicht da vorne drauf, Al, und daher auch dein fehlender Tonto. Du weißt, wie im Dorf getratscht wird. Du wirst nie mehr einen Fuß ins Spread Eagle setzen können.«

»Ich vorne drauf? Bist du sicher?«

Ich nahm Torvill vom Kaminsims, stellte das Bild an ihre Stelle und trat zwei grüblerische Schritte zurück. So macht man das, wenn man ein Bild betrachtet, man tritt zwei Schritte zurück. Ich musste zugeben, im unversehrten Zustand war es ein bisschen peinlich gewesen, Ems Bild, sogar in unserem eigenen Schlafzimmer. Aber ohne Tonto sah es toll aus. Provokativ. Schonungslos. Ein Statement, und was für eins. Und ich? Ich war gar nicht da. Ich war bloß ein Mann. Irgendein Mann. Ein Mann ohne seinen Tonto.

»Schau hin«, sagte ich zu Audrey. »Ich lehne mich zurück und denke über das anstehende Problem nach. Du siehst bloß mein Kinn und meine Nasenspitze, und mein Kinn ist nicht anders als das von allen anderen.«

»Außer dass du deins öfter vorschiebst als die meisten.«

»Ja, aber ich will damit sagen, es wird mich keiner erkennen, es sei denn, jemand verpfeift mich.«

Sie sah mich an.

»Ja, ich weiß, du könntest das, aber du wirst es nicht tun, weil ich dich nämlich außer Landes schaffe und du mir ewig dankbar sein wirst.«

»Werde ich das?«

»Natürlich. Wenn das Bild verkauft wird, hast du deinen Hintern längst auf einen Rennsattel gepflanzt und strampelst irgendwo in Transvaal herum, mit Michaela Rump im Schlepptau.«

»Wenn ich das bloß glauben könnte.«

»Du musst es nicht glauben. Ich glaube es. Ich bring dich hier raus, Audrey, nur um dir zu beweisen, dass ich nicht nur schlecht bin. Es nie war. Für dich und mich ist es bloß schlecht gelaufen. Ich bring dich raus, aber du musst tun, was ich sage. Du musst mir vertrauen.«

Sie schnaubte.

»Ich mein es ernst. Sonst klappt das nicht. Das weißt du. Und Emily weiß es auch. Sie ist ein patentes Mädchen. Das sieht man an dem Bild. Sie hat was drauf. So wie du was draufhattest.«

Audreys Miene versteinerte.

»Wie du was draufhast, Audrey, was draufhast. Aber du musst tun, was ich sage, ohne zu fragen, auch wenn dir das total gegen den Strich geht. Also, das Wichtigste zuerst. Du kannst nicht hierbleiben.«

»Al! Ich dachte, wir wären uns einig ...«

Ich hob eine Hand, unterbrach sie.

»Ich will sagen, du kannst nicht hier im *Bungalow* bleiben. Wir sind ein Mal davongekommen, gut und schön, aber ein zweites Mal? Dann ist da noch Mrs B. Sie klopft schon lange nicht mehr an, wenn sie vorbeischaut. Sie kommt garantiert in nächster Zeit reingeschneit, und was machen wir, wenn sie dich sieht? Sie die Treppe runterschubsen?«

»Wir haben keine Treppe.«

*Wir?* Das gab mir zu denken.

»Audrey, wir müssen dich irgendwo anders verstecken, irgendwo, wo dich keiner findet.«

»Ich verkriech mich nicht wieder im Wohnwagen, wenn du das denkst. Da ist es nicht sicherer als hier.«

»Das weiß ich. Ich hab an das Vogelschutzgebiet gedacht, ein Stück die Küste runter. Em und ich fahren da manchmal hin, wenn wir ein bisschen Ruhe und Frieden haben wollen. Zwei Stunden mit der *Miss Prosser*, mehr nicht. Es ist verboten, dort an Land zu gehen, damit unsere Freunde, die Möwen, nicht gestört werden. Das ist hervorragend, total abgeschieden. Von den Klippen aus kommst du nicht dahin, nur vom Meer aus. Ganz hinten ist eine schön große Höhle, wo du schlafen könntest. Em und ich haben schon zigmal da übernachtet, wenn uns die Lust überkam. Lagerfeuer, kleiner Grill, Schlafsäcke. Wie Schiffbrüchige auf einer verlassenen Insel fühlen wir uns da immer. Wenn wir dich da hinschaffen könnten, mit anständig Proviant, Wasser und Essen und so, kannst du so lange wie nötig da bleiben, ohne Probleme und ohne dass irgendwer was merkt.«

»Du meinst, wie Robinson Crusoe.«

»Aber ohne Freitag. Oder sonst eine Menschenseele. Aber darum geht's ja.«

»Und woher weiß ich, dass du mich nicht einfach für alle Zeit da hocken lässt?«

»Als ob ich so was machen würde. Weißt du, was? Ich kauf dir ein Handy. So kannst du dich jederzeit melden, notfalls fremde Hilfe rufen. Das ist nicht perfekt, zugegeben, und wenn du eine bessere Idee hast, raus damit. Aber Rump wird hier bald wieder aufkreuzen, da bin ich mir sicher. Und das ganze Dorf redet inzwischen über dich. Wenn nur einer was wittert, stürzen die sich auf uns, wie Monty damals auf den Pekinesen am Ende der Straße – du erinnerst dich, hinterher gab's Post von seinem Anwalt. Unmündiger Hund, nicht zu glauben. Wir haben keine andere Wahl.«

Sie schauderte. »Da wird's nachts garantiert kalt.«

»Na und? Mach ein Feuer, brat dir eine Wurst. Die Höhle ist schön trocken. Eine Toilette gibt's natürlich nicht, aber eine Schaufel mit einem langen Griff dran tut's doch auch. Ich geb dir sogar noch einen Eimer dazu. Wenn dir langweilig wird, kannst du Sandburgen bauen, das bringt dich auf andere Gedanken.«

»Ich weiß nicht. Das hört sich alles ein bisschen extrem an. Ich meine, wenn ich erst mal da bin, sitze ich komplett in der Falle.«

Ja, genau, meine Teuerste. Wie Finger in einer Wäschemangel.

»Hier etwa nicht? Denk mal in Ruhe drüber nach, während ich dieses Meisterwerk runter zur Bucht bringe. Ich muss auch noch mal bei dieser Durand-Deacon vorbeischauen und besprechen, was ich für sie bildhauern soll. Total pingelig ist die. Wir reden weiter, wenn ich wieder da bin. Vielleicht hat mein Plan bis dahin auch schon konkretere Formen angenommen.«

Sie trat näher. »Dann hast du also eine Idee? Sag schon!«

»Noch nicht. Ich will dir keine falschen Hoffnungen machen. Es ist alles noch ein bisschen unausgegoren. Aber ich seh da vielleicht eine Möglichkeit.«

»Al.« Noch näher. »Hierherzukommen war ein Wagnis, weißt du? Es wäre durchaus möglich gewesen, dass du mich verpfeifst, nach dem, was ich getan hab. Ich bin fast überrascht, dass du das nicht gemacht hast.«

»Weißt du, was? Ich auch. Schon seltsam, nicht, wie alles gekommen ist. Vielleicht haben wir ja unser Leben lang darauf hingearbeitet, auf diesen Augenblick, in dem wir beide uns gegenseitig unter die Arme greifen.«

»Du greifst mir unter die Arme. Aber was tue ich für dich?«

Das war eine gute Frage. Was tat sie für mich? Ich mochte sie nicht, hatte sie noch nie gemocht. Sie war mir vom allerersten Moment an auf die Nerven gefallen, wie ein Juckreiz, der einem keine Ruhe lässt. Ich hatte versucht, sie loszuwerden, und selbst jetzt überlegte ich, wie ich ihr einen reinwürgen konnte. Das war wie ein Reflex. Und doch gab es noch einen anderen Teil von mir, der sie ansah und packen wollte, mit den Zähnen über sie streichen, alles öffnen. Wenn ich ihr zur Freiheit verhalf, vielleicht wäre ich dann ja auch endlich frei. Frei von ihr. Frei von mir.

»Du lässt mich wieder ich selbst sein«, sagte ich. »Ob das gut ist oder schlecht, wer weiß? Aber was soll ich machen? Du bist Audrey. Ich bin Al.«

Eine Pause trat ein, als wüssten wir beide, wohin das führen könnte.

»Du siehst gut aus in dem Badetuch«, sagte ich.

»Ach ja?«

»Irgendwie majestätisch. Wie Kleopatra.«

»Die war in einen Teppich eingewickelt.«

»Ja, und sie haben sie ausgepackt wie ein Geschenk.«

»Willst du das, mich auspacken wie ein Geschenk?«

Wollte ich das? Ehrlich gesagt, ich wusste es nicht. Ich wollte es und auch wieder nicht. Audrey spürte mein Zaudern.

»Sieht dir gar nicht ähnlich, Al, bei so was Nein zu sagen.«

»Ich wusste nicht, dass es ein Angebot war.«

»War es auch nicht. Ich wollte dich bloß testen.«

»Worauf?«

»Ich weiß nicht. Verkehrssicherheit. Du warst richtig scharf auf mich gestern Abend.«

»Stimmt. Und was war mit dir?«

»Ich hab ein Curry verputzt. Ich hatte seit Jahren keins mehr gehabt.«

»Du hast so einiges seit Jahren nicht mehr gehabt.«

»Meinst du wirklich? Himmel, Al. Du hast echt keinen Schimmer. Hattest du nie. Das war schon immer dein Problem. Leichtgewicht, in jeder Hinsicht. Ich konnte dich immer locker in die Tasche stecken, wenn ich wollte.«

»Tust du das jetzt auch?«

»Nein. Ich frage mich bloß, ob du dich überhaupt verändert hast. Das arme Mädel musste mit ansehen, wie du bei ein paar Papadams schmachtende Augen kriegst. Sie fragt sich wahrscheinlich gerade dasselbe. So, jetzt wird's aber Zeit, dass ich mich anziehe. Heute mal in Rot, denke ich.«

Sie ging ins Gästezimmer. Ich wickelte Ems Bild ein und fuhr runter zur Bucht. Ich hoffte, Em wäre da und ich könnte ihr zeigen, dass ich sie verstand. Audrey hatte natürlich recht mit gestern Abend. Ich hatte mich Em gegenüber nicht richtig verhalten, sie beinahe ignoriert, sie behandelt, als wäre sie *weniger* wert als wir, wo sie doch in Wahrheit *mehr* wert war als wir beide zusammen. Aber sie war nicht da.

In der Bucht war es still. Es war ein trister Tag, trüb und windig, und da unten kann man nicht viel tun als auf dem Kies sitzen und sich Sorgen um seine Füße machen. Deshalb läuft unser kleiner Kunstladen auch so erfolgreich. Ich schloss die Tür auf und ging hinein. Es roch gut, nach frischem Holz von den Bilderrahmen, Salz vom Meer, nach einem Hauch Teer, den meine beiden Haie in der Ecke verströmten. Ich nahm eins von Ems großen Bildern in der Mitte ab, auf dem der alte Stokie seine Hummerkörbe reinigte, und hängte das eindrucksvolle aus dem Schlafzimmer hin. Es sah fabelhaft aus, mitten zwischen all den hübschen Bootsszenen, wie ein jäher Schlag in den Magen. Verstehen Sie mich nicht falsch. Kein Mensch hatte mehr Respekt vor Emilys Talent als meine Wenigkeit, aber was sie malte, war nicht gerade bahnbrechend. Sollte es auch gar nicht sein. Maltechnisch war Emily mir überlegen, keine Frage, aber wenn es darum ging, die Grenzen künstlerischen Schaffens zu erweitern, der Tradition mal ordentlich eins auf die Nase zu geben? Meine Haie sagten alles. Aber jetzt hatte sie, ohne sich dessen bewusst zu sein, mit ihrem Porträt von mir etwas gemacht, was um Klassen besser war.

»Bonsai!«, sagte ich. »Da kuckst du, Damien!«

Ich hörte schlurfende Schritte. Ich drehte mich um. So ein alter Knacker stand direkt hinter mir, groß, fuchsrotes Haar, jedenfalls das, was noch da war, der Hals gekrümmt, als hätte er zu lange Kartoffeln gepflanzt. Ich hatte ihn noch nie gesehen, aber mit seiner Tweedjacke und dem fleckigen Taschentuch und der Hose, die er sich in die Socken gesteckt hatte, wirkte er nicht wie ein stinknormaler Urlauber. Er war drahtig, sah aus, als könnte er den Eiger mit einem dicken Wanderstab raufstapfen. Ich wollte es nicht, aber ich spürte, wie ich rot wurde, als hätte ich irgendwas Ungehöriges an die Wand geschmiert.

»Interessant«, sagte er und trat neben mich, ein bisschen zu nah für meinen Geschmack. »Äußerst kühn.«

»Nun ja, es ist ein Statement«, erwiderte ich. »Es wirft Fragen auf.«

Das kommt immer gut. Meine Haie werfen andauernd Fragen auf. Er legte eine Hand ans Kinn, nickte wie ein Wackeldackel auf der Hutablage.

»Unbedingt. Wir stehen vor einer Krise, wir Männer. Ich meine, wer sind wir? Wer können wir sein, in dieser vom Geschlechterkampf geprägten Welt? Und in diesem Bild wird uns unsere Männlichkeit regelrecht vom Körper gerissen. Eindrucksvoll. Höchst eindrucksvoll.« Er legte mir eine Hand auf die Schulter. »Wo ist unsere Männlichkeit heutzutage? Wo ist meine? Wo ist Ihre?«

Genau da, wo deine ebenfalls sein sollte, Freundchen, in der Hose. Und da wird sie auch schön bleiben, vielen herzlichen Dank.

»Sagen Sie«, sagte er, ohne seine Hand wegzunehmen, »haben Sie das Bild gemalt?«

»Wohl kaum«, sagte ich. »Eine sehr talentierte junge Künstlerin. Finger am Puls des künstlerischen Gegenwartsdenkens. Sie ist eine Schülerin von Henry Moore, wissen Sie. Er hat Löcher in seine Skulpturen gemacht, und jetzt macht sie Löcher in ihre Bilder.«

»Verstehe.« Er trat zurück, um besser sehen zu können,

nahm seine Hand mit. »Hat sie diese künstlerische Ader noch in andere Werke einfließen lassen?«

»Sie meinen blutrünstige Sachen?«

»Ich meine Werke mit ähnlichen Sujets?«

»Gut und gerne an die dreißig«, sagte ich und dachte an Ems Zeug in der Garage. Als ich ihr zum ersten Mal Modell saß, musste ich geschlagene zwanzig Minuten bei der Stange bleiben, bis sie ihn endlich aufs Papier gebannt hatte.

»Alle von Männern, nehme ich an.«

»Nur von einem Mann. Ziemlich geheimnisumwittert, der Typ, wer er war, was er gemacht hat. Hat sie ihn so in Erinnerung, oder *will* sie ihn so in Erinnerung behalten? War sie ihm mit Haut und Haaren verfallen, oder war es bloß ... Sie wissen schon ...«

Ich verschränkte die Arme. Der alte Knabe trat von einem Bein aufs andere. Ich wurde langsam richtig gut.

»Ist es nicht erstaunlich«, sagte er, »wie das Auge noch stärker auf den Phallus gelenkt wird, dadurch, dass er gar nicht da ist, wie er förmlich aufragt, das Bild beherrscht?«

Ich nickte.

»Tja, so sind sie nun mal, nicht? Ziehen das Rampenlicht auf sich, sobald sie sich zeigen.«

Zumindest meiner tut das.

»Hat das Bild einen Titel?«

Es fiel mir spontan ein.

»Tontos letztes Gefecht.«

»Sogar noch ein Schuss Humor. Und der Name der Künstlerin?«

Und da war er wieder, direkt auf meiner Zunge. Ich hätte ihn mir nicht verkneifen können, selbst wenn ich es versucht hätte.

»Durand-Deacon. Barbara. Barbara Durand-Deacon.«

Der Mann machte einen Satz nach vorn, als hätte er von hinten einen kräftigen Schubs bekommen.

»Sagten Sie Durand-Deacon?« Seine Stimme war ganz hoch und piepsig geworden.

»Ja.«

»Unglaublich. Das ist der Name meiner Frau, wissen Sie.«

»Was?«

»Durand-Deacon. So heißt meine Frau. Sie macht hier zurzeit eine Erholungskur. Sie ist von einem Schiff gefallen. Iiiiiieh! Platsch!« Er grinste ein so breites Grinsen, als hätte er nie etwas Schöneres gehört, dann riss er sich zusammen. »Entsetzlich, natürlich. Mit so etwas rechnet man nicht auf einer Kreuzfahrt.«

»Wohl eher nicht.«

»Zum Glück kann sie schwimmen. Sonst ...« Er hatte so einen sehnsüchtigen Ausdruck in den Augen. »Sie ist sehr willensstark. Sieben Stockwerke eines Ozeanriesen und drei Meter hohe Atlantikwellen konnten sie nicht unterkriegen. Oh nein. Vielleicht sind die beiden verwandt. Hilary und ...«

»Barbara«, erinnerte ich ihn. »Wer weiß? Sie spricht nicht über ihre Vergangenheit, das ist das Problem. Sehr zurückgezogen.«

»Trotzdem, es ist ein ungewöhnlicher Name, den meine Frau aus ihrer ersten Ehe behalten hat.«

»Ach ja? Was ist denn mit Gatte Nummer eins passiert? Doch nicht mit ihr zusammen über Bord gefallen?«

Er lächelte wieder. Er hatte ein nettes Lächeln, als würde es ihn von dem ganzen Mist in seinem Leben befreien.

»Lebensmittelvergiftung. Er ist Pilze sammeln gegangen. Sie hat daraus ein Omelett gemacht. Auch das hat sie knapp überlebt.«

»Da hat sie ja richtig Schwein gehabt.«

»Kann man wohl sagen.«

Er trat wieder zurück, ging hin und her. Leute, die was von Kunst verstehen, machen das gern, erst in die eine Richtung gehen und dann in die andere.

»Hat es einen Preis?«

»Eintausend«, sagte ich, ohne mit der Wimper zu zucken. Es ist wichtig, keine Angst zu zeigen. Er kratzte sich hinterm Ohr. War kein bisschen schockiert. Ich hätte das Doppelte verlangen sollen.

»Es ist eindrucksvoll, aber möchte man so was zu Hause an der Wand haben?«

»Kommt natürlich auf die Wand an«, sagte ich prompt. »Ich meine, nehmen Sie zum Beispiel meine Haie. Die sehen aus, als würden sie einem am liebsten die Eingeweide rausreißen, aber Sie würden sich wundern, wie viele Leute sie sich in die Dusche stellen oder unters Bett im Kinderzimmer schieben.«

»*Ihre* Haie?«

»Ja. Ich bin Bildhauer, wissen Sie. Ich mache hauptsächlich Fische, überlege aber in letzter Zeit, mein thematisches Repertoire zu erweitern, in Richtung Gebäck.«

»Und Sie sind ...«, er sah sich um, suchte nach meiner Signatur, »Al ...?«

»Greco.«

Er streckte mir seine Hand entgegen.

»Sehr erfreut, Sie kennenzulernen, Mr Greco. Wirklich sehr erfreut. Mein Name ist Gerald. Gerald Palmerstone. Ich muss sagen, es ist überaus wohltuend, in einer kulturell derart unterentwickelten Gegend etwas so Bemerkenswertes zu entdecken ...« Er befingerte sein Taschentuch. »Nun denn, ich muss weiter, mache einen Spaziergang hoch zum Kliff. Ist das der Weg gleich hinter der Bucht?«

»Der breite Kreidepfad, ja. Führt schnurstracks bis ganz nach oben.«

»Und auch durch das hohe Gras?«

»Das bietet eher der Trampelpfad hintenherum. Schmaler, weniger ausgebaut. Sie könnten den hier für den Aufstieg nehmen, den anderen für den Abstieg, dann haben Sie beides.«

»Das werde ich. Danke. Ich bin sicher, wir laufen uns noch mal über den Weg.«

»Das wäre nett. Ich gehe übrigens auch manchmal da hoch. Ein bisschen wandern. Blumen, Vögel, Natur *au naturel*. Sie wissen es vielleicht nicht, aber in unserer Gegend flattert ein sehr seltener Schmetterling herum, der Blue Bindon. Zart wie ein Stück Knochenporzellan.«

Er wirbelte blitzschnell herum, die Augen auf mich gerichtet wie Suchscheinwerfer.

»Haben Sie ihn schon mal gesehen?«

»Nicht jeden Tag, aber wenn man weiß, wo man ihn findet ... Man sollte allerdings aufpassen, wo man hintritt, vor allem, wenn man sozusagen abseits der Piste unterwegs ist. Es gibt nichts Schlimmeres, als abends die Schuhe auszuziehen und zwei, drei von den kleinen Kerlen an der Gummisohle kleben zu sehen.«

»Aber Sie wissen, wo man suchen muss?«

»Ich weiß, wo ich welche gesehen habe, falls Sie das meinen.«

»Genau das meine ich. Ich bin nämlich ein ziemlicher Schmetterlingsfanatiker, müssen Sie wissen.«

»Wer hätte das gedacht?«

»Mein Netz lehnt draußen neben der Tür. Ich hab mein Netz immer dabei.«

»Tja, das gehört sich auch so für einen Fanatiker, was?«

»Vielleicht hätten Sie ja mal Zeit, solange ich hier bin, mir zu zeigen, wo sie leben.«

»Ich wüsste nicht, was dagegenspräche. Wir könnten auch noch mal über das Bild reden, zu einer Einigung kommen, falls Sie interessiert sind.«

»Durchaus. Es ist viel Geld, aber meiner Erfahrung nach ist ein Mann in der richtigen Gemütsverfassung zu fast allem bereit. So, jetzt muss ich aber los. Bis dann.«

Er ging. Ich wartete noch ein bisschen und schloss dann ab. Was war er? Anwalt? Banker? Zeit für meinen nächsten Besuch bei der Gattin. Vielleicht würde sie es mir verraten.

Mrs Durand-Deacon saß in derselben Lounge, als hätte sie sich zwischendurch nicht von der Stelle gerührt. Derselbe Sessel, dieselbe Tasse samt Tellerchen neben sich. Nur die Kekse fehlten.

»Sie kommen zu spät«, sagte sie.

»Ich bin da«, sagte ich. »Reicht das nicht?«

»Kommt drauf an«, sagte sie. Sie hatte ein Stückchen Salat im Mundwinkel kleben, wie ein Frosch, der an einem Teich hockt. Es würde unser ganzes Gespräch lang da kleben bleiben. Wie ich sie kannte, hatte sie es sich wahrscheinlich mit Absicht dahin gepappt, nur um mich abzulenken. Ich versuchte, nicht hinzusehen. Sie stellte sich die Tasse samt Tellerchen auf den Schoß, rückte sie zurecht wie einen kleinen Hund.

»Haben Sie über meinen Vorschlag nachgedacht?«, fragte sie.

»Das habe ich.«

»Und?«

»Auf so etwas lässt man sich nicht leichtfertig ein, Mrs Durand-Deacon. Sie denken ...« Ich sah mich um, vergewisserte mich, dass niemand lauschte. »Sie denken, jemanden abzuservieren liegt mir quasi im Blut. Aber das stimmt nicht. Es muss eine Bedeutung haben, eine, die mich berührt, hier.« Ich schlug mir aufs Herz. »Ich bau vielleicht Mist, Mrs Durand-Deacon, aber nur, wenn's um meinen eigenen Kram geht. Nicht im Auftrag von jemand anderem. Wenn Sie Ihren Mann loswerden wollen, sollten Sie jemanden engagieren, der diesbezüglich keine Skrupel hat, der so etwas erledigt, wie ein Fensterputzer Fenster putzt.«

Sie nahm einen Schluck. Tee umspülte den Frosch. Er rührte sich nicht.

»Wie soll ich denn einen Fensterputzer finden?«, sagte sie. »Das Schicksal hat mir Sie beschert, Mr Greenwood, und das werde ich für meine Zwecke nutzen. Gerald muss verschwinden, und Sie sind der Mann fürs Grobe, der das erledigen wird.«

Ihre Schultern bebten leicht. Sie genoss es, genoss die Vorstellung. Menschenskind, Gerald, du hättest sie nie heiraten sollen.

»Sie lassen mir keine große Wahl.«

»Gar keine, wenn ich das richtig sehe. Also, lassen Sie hören, wie wollen Sie vorgehen? Nein, sagen Sie nichts. Es ist am besten, wenn ich nichts weiß. Aber Sie müssen sich schnell was einfallen lassen. Er wird bald hier sein.«

»Dann ist er noch gar nicht hier?«

»Er kommt, wann es ihm passt. So einer ist er. Morgen spätestens. Meinen Sie, er könnte dann übermorgen tot sein, oder überübermorgen? Vielleicht beim Versuch, auf eurem Kliff so einen albernen Schmetterling zu jagen. Das würde sich doch anbieten.«

»Es ist zurzeit ganz schön voll da oben, Mrs Durand-Deacon, wo die Urlaubszeit schon fast angefangen hat. Hätten Sie vielleicht noch einen Vorschlag, wie er das Zeitliche segnen sollte? Nur interessehalber.«

»Entscheiden Sie das. Hauptsache, er segnet es. Aber es wäre schön, wenn ich nicht dabei sein muss. Ich kann einen Gedenkgottesdienst verkraften, in angemessenem Abstand, wenn alles vorbei ist, aber über einem richtigen Leichnam weinen?« Ihre Nase kräuselte sich angewidert.

»Sie meinen, wenn er zum Beispiel auf See verschollen wäre?«

Ihr Gesicht leuchtete auf, als hätte ich eine Feuerwerksrakete gezündet.

»Genau! Wissen Sie, dass er nicht schwimmen kann? Überlegen Sie mal, wenn Ihre Kettensäge auf ihn statt auf mich losgegangen wäre ...«

»Ich kann das schwerlich ein zweites Mal machen, Mrs Durand-Deacon, nicht bei zwei Mitgliedern derselben Familie. Das wäre ein Muster, und wenn die Bullen auf irgendwas stehen, dann auf Muster. Erleichtert es ihnen erheblich, den Übeltäter zu schnappen. Außerdem ist eine Kettensäge nicht unbedingt das, was man als lebendiges Wesen bezeichnen würde. Ich kann sie nicht dazu abrichten, das noch einmal zu machen. Es war sozusagen, entschuldigen Sie die Formulierung, ein glücklicher Zufall. Aber was ist mit diesen Gratistickets, die Sie erwähnten? Für zwei, sagten Sie.«

»Für mich und einen Gast.«

»Wie wär's, wenn Sie ihn mitnehmen?«

»Gerald?«

»Ganz recht. Nehmen Sie ihn mit. Auf die nächste Kreuzfahrt. Ich bin auch an Bord. Und dann überlassen Sie einfach alles mir.«

»Die nächste? Viel zu früh. Mein Körper ist noch nicht so weit.«

»Kommen Sie, Mrs Durand-Deacon, wir alle wissen, dass Sie es könnten, wenn Sie wollten. Sobald Sie an Bord wären, wäre es natürlich ratsam, wenn Sie sich im Hintergrund halten würden. Ein verstauchter Fuß oder eine kleine, beklagenswerte Lebensmittelvergiftung könnte Sie zwingen, die meiste Zeit in Ihrer Kabine zu bleiben.«

»Lebensmittelvergiftung?« Sie tauchte den Löffel in ihren Tee. Er klapperte gegen die Tassenwand.

»Ja doch. Kommt auf der *Lady Di* häufiger vor. Hähnchen, Schweinefleisch, Schnittbrot. Sogar Pilze.«

Die Tasse hüpfte auf dem Tellerchen, wie ein Zug, der über mehrere Weichen fährt. Das brachte sie aus dem Gleichgewicht.

»Das wäre aber doch Verschwendung«, sagte sie in dem Versuch, Boden gutzumachen, »ich eingesperrt in einer Kabine, während alle anderen sich an Deck amüsieren. Die Fahrt soll eine Entschädigung für das letzte Mal sein, keine Wiederauflage.«

»Sie müssen an das große Ganze denken, Mrs Durand-Deacon, an den eigentlichen Grund, weshalb Sie an Bord sind. Eigentlich fände ich es sogar am besten, wenn Sie gar nicht an Bord wären.«

»Gar nicht?«

»Dann wären Sie fein raus, nur für den Fall, dass irgendwas schiefgeht. Jemand anders sollte Ihren Platz einnehmen. Dann kann kein Verdacht auf Sie fallen.«

»Jemand, der sich als ich ausgibt?«

»Wieso nicht?«

Sie überlegte einen Moment.

»Nun, Gerald mag zwar nicht gerade der Aufmerksamste sein, was seine Gattin betrifft, aber meinen Sie nicht, er würde merken, dass die Person, die neben ihm sitzt und auf den Namen Hilary hört, gar nicht seine Frau ist?«

Daran hatte ich nicht gedacht.

»Guter Einwand, Mrs Durand-Deacon. Das muss noch etwas ausgefeilt werden. Sagen Sie, was das Hobby Ihres Mannes anbelangt: Ist er da so was wie ein Experte?«

»Er hat ein ganzes Buch über diese scheußlichen Viecher geschrieben. *Schmetterlinge im Nationalpark Brecon Beacons.* Drei Jahre hat er dafür gebraucht.«

»Dann könnte er Vorträge halten. Die *Lady Di* ist immer auf der Suche nach irgendwelchen Hobbyexperten, Leuten, die die Passagiere zu Tode langweilen. Ein kleiner Vortrag über walisische Schmetterlinge könnte genau das Richtige sein.«

»Dann müsste ich meine Gratistickets ja doch nicht verwenden.«

»Im Gegenteil, Hilary. Ich darf Sie doch Hilary nennen? Ich denke, Sie müssten sie vielleicht sogar völlig in den Wind schreiben. Ich werde nämlich Hilfe brauchen, wissen Sie, jemanden, der Gerald im günstigen Moment an Deck lockt, eine *Lady in Red* sozusagen.«

»Solange sie ihn nicht woanders hinlockt.«

»Da machen Sie sich mal keine Sorgen. Die *Lady in Red*, die ich im Sinn habe, hätte ihn längst über Bord und ins Meer befördert, ehe er sich auch nur die Hände anwärmen kann. Sie haben wohl nicht zufällig den Brief bei sich, den von der *Lady Di* mit dem Gratisangebot? Ich dachte bloß, es wäre vielleicht eine gute Idee, wenn ich das mit den Tickets gleich regele.«

»Den Brief bringt Gerald mit, zusammen mit all meinen übrigen Sachen. Ich hatte vor, meine Schwester einzuladen. Wir wollten uns während meines Aufenthaltes hier überlegen, wo wir hinfahren.«

»Sehr aufmerksam von Ihnen, Mrs Durand-Deacon. Sehr aufmerksam, wo Sheila doch so frisch verwitwet ist und das Hotel rund um die Uhr allein betreiben muss. Mit welcher Hingabe sie ihren armen Mann gepflegt hat, ihm den Sabber abgewischt, sinnlose kleine Ausflüge mit ihm unternommen hat, Salisbury, Dorchester, Poole. Ich hab sie viel herumkutschiert, wissen Sie, bevor ich den Ärger am Hals hatte. Ständig hat sie sich irgendwelche Beschäftigungen für ihn ausgedacht. Ich weiß noch, einmal hat sie ihn sogar auf der Kirmes in Weymouth in einen Autoscooter gesetzt. Er konnte ums Verrecken nicht lenken, aber das spielt bei Autoscootern ja auch keine Rolle. Mit anderen zusammenkrachen ist ja gerade Sinn der Sache.«

Obwohl das eigentlich nicht stimmte. Wenn Kirmesleute eines hassen, dann sind das Kunden, die ihnen ihre kostbaren Autoscooter fast zu Schrott fahren, aber warum soll man sich sonst in einen reinsetzen? Wer will schon andauernd in derselben Richtung im Kreis fahren wie ein motorisierter Hamster? Ich nicht. Dem pickeligen Blödmann mit der Brille ordentlich in die Breitseite rauschen oder den Typen mit der attraktiven Schnecke volle Pulle von hinten rammen und beiden ein Schleudertrauma verpassen, darum geht's doch im Grunde, genau wie samstagabends auf der Tanzfläche. Donald wurde an dem Tag jedenfalls mächtig durchgeschüttelt. Sheila fielen vor lauter Lachen die Zähne raus. Mrs Durand-Deacon blickte verwirrt.

»Wie meinen Sie das, herumkutschiert?«

»Ich war Taxifahrer hier in der Gegend, wussten Sie das nicht? Wenn ich mir inzwischen nicht einen Namen als Künstler gemacht hätte, würde ich wahrscheinlich wieder in die Branche einsteigen, wo es im Dorf doch keinen einzigen Taxifahrer mehr gibt.«

»Sie meinen, die Leute haben Sie dafür bezahlt, sie zu fahren? Sie erstaunen mich.«

Ich überging das.

»Wissen Sie, wann mit Ihrem Gerald morgen zu rechnen ist?«, fragte ich. »Je schneller wir das nämlich mit den Tickets geregelt haben, desto besser.«

»Gegen Mittag, hat er gesagt. Morgen früh hat er noch einen Termin in der Stadt.«

»Dann komm ich wohl am besten nachmittags wieder her. Sie könnten ihn nach dem Lunch rauf aufs Kliff schicken, das heißt, falls es nicht regnet. Damit wir uns ungestört treffen können.«

»Ach, Regen stört ihn nicht, wenn es um Schmetterlinge geht. Er will bestimmt mit seinem kleinen Netz da hoch, ob ich ihm das vorschlage oder nicht. Ich verstehe aber immer noch nicht, warum ich meine Tickets abgeben muss.«

»Vielleicht müssen Sie das ja auch nicht. Vielleicht können Sie und Ihre Schwester sie ja doch verwenden. Ich gehe bloß alle Möglichkeiten durch, Mrs Durand-Deacon, die diversen Fallgruben, in die Sie stürzen könnten, wenn wir nicht aufpassen. Und selbst wenn Sie die Tickets abgeben müssen, denken Sie doch nur an die Zeit danach. Ich weiß, es ist ein großes Opfer für Sie, aber Sie müssen zugeben, es wäre besser, ihn weit draußen auf hoher See loszuwerden als am Fuße einer Kreideklippe, wo die erstklassige Polizei von Dorchester herumschnüffelt.«

Sie schnaubte.

»So gut kann die nicht sein. Es ist schließlich bloß Provinzpolizei.«

»Von wegen Provinz, die ist erste Sahne«, sagte ich. »Da ist ein Bursche dabei, Adam Rump, bei dem kriegen die Bösewichte schon Ausschlag, wenn sie bloß seinen Namen hören. Der Henry Moore der Kriminalbranche, das ist er. Du begehst ein Verbrechen, er haut die Löcher rein. Mit einem Mann wie Rump sollten wir es uns lieber nicht verderben.«

Mrs Durand-Deacon strich ihren Rock glatt und stand auf.

»Nun denn. Mittwochnachmittag. Dann gebe ich Ihnen die Unterlagen. Danach ist es wahrscheinlich besser, wenn wir uns nicht mehr in der Öffentlichkeit treffen.«

»Das hier ist nicht die Öffentlichkeit, Mrs Durand-Deacon. Das hier ist das Hotel Ihrer Schwester. Hier kommt doch kein Mensch mehr her, wenn er nicht muss.«

Sie winkte mich weg, stieg die Treppe hinauf. Sie hatte erstaunlich schlanke Fesseln für eine Frau von ihrer Statur. Die Tür zur Veranda flog auf.

»Da sind Sie ja!«

Ich blickte mich um. Mrs Durand-Deacon auch. Adam Rump stand in der Tür, in voller Polizeigalauniform. Er hielt eine Statue in der Hand, nicht direkt eine Statue, eine Skulptur. Silber, wie es aussah. Von einem Fisch.

# SIEBEN

»Adam! Hätte nicht gedacht, Sie schon so bald wiederzusehen.«

Ich wirbelte zu ihm herum, wedelte mit der linken Hand hinter meinem Rücken in der Hoffnung, Mrs Durand-Deacon würde schnallen, was ich damit meinte, und sich schleunigst vom Acker machen. Ich packte Rump am rechten Arm und bugsierte ihn zum Fenster. Es war ein seltsames Gefühl, einen Polizisten so zu führen. Sein Körper war völlig verkrampft, als stände er unter Hochspannung.

»Mrs Blackstock hat mir erzählt, sie hätte Sie in diese Richtung fahren sehen«, sagte er. »Ich wollte am Strand nachschauen, aber dann hab ich Ihren Wagen entdeckt. Wer war denn die Frau, mit der Sie sich unterhalten haben?«

»Die? Noch eine Bildhauerkollegin, Barbara Hepworth. Ist hergekommen, um sich meine Haie anzusehen und ein bisschen zu fachsimpeln. Also, was ist los? Sagen Sie mir nicht, Sie haben Audrey gefunden.«

»Audrey? Nein, ihretwegen bin ich nicht hier.« Er blickte nach unten auf seine Füße, dann wieder mich an. »Ehrlich gesagt, Al, ich war sehr angetan von der Frau, die ich gestern in Ihrem Bungalow kennengelernt habe, die, die völlig unbekleidet in der Ecke stand. Mrs Durand-Deacon war ihr Name. Sehr angetan.«

»Ernsthaft?«

»Ja. Um ehrlich zu sein, kann ich an nichts anderes mehr denken, seit ich sie gesehen habe. Sie werden es kaum glauben, aber heute Morgen war ich so damit beschäftigt, genügend Mut aufzubringen, um zu ihr zu fahren, dass ich tatsächlich vergessen habe, Mutter Teresa ihr Spezialfutter zu geben. Ich war schon auf halbem Weg zum Gericht in Dorchester, wo mein Erscheinen in einem besonders unerquicklichen Fall von bewaffnetem Raub dringend erforderlich war, als es mir einfiel und ich umkehren musste. Was blieb mir anderes übrig?«

»Ja, es ist nun mal ein unauflösliches Band, ein Mann und sein Koi.«

Sein Kopf wippte auf und ab, wie auf einer Sprungfeder.

»Ich wusste, Sie würden das verstehen. Um ehrlich zu sein …« Er schluckte. »Ich bin verliebt. Ich weiß, das klingt albern, ein Mann wie ich, drauf und dran, sein Leben und seine Fische zum zweiten Mal in die Hände einer einfachen Frau zu geben, aber so ist es. Liebe ist nicht rational, hab ich nicht recht? Sie ist töricht, leichtsinnig, verwegen. So fühle ich mich, wissen Sie, verwegen, bereit, die Grenzen des Anstands zu durchbrechen, das heißt, wenn sie mich lässt. Ja, es mag frevelhaft klingen, aber ich wäre sogar bereit, das Gesetz zu brechen, wenn es nötig wäre, um Mrs Durand-Deacons Herz zu erobern.«

»Was Sie da sagen, ist gefährlich, Adam. Wenn Ihre Vorgesetzten das hören …«

»Sollen sie ruhig. Ich möchte die Handschellen sprengen, die das Leben uns anlegt, mich der Frau meiner Träume hingeben. Durand-Deacon ist so ein vornehm klingender Name. Ich könnte sie kurz Dee-Dee nennen. Dee-Dee, tu dies. Dee-Dee, tu das. Das hat doch was, finden Sie nicht?«

»Ist das nicht doch ein wenig überstürzt? Ich meine, Sie hat kaum mit Ihnen gesprochen.«

»Ich weiß! Einfach wunderbar, wie sie kommuniziert hat, ohne ein Wort zu sagen! Und die ganze Zeit still gehalten hat! Man könnte sich eine Tasse Tee kochen oder die Zeitung lesen, und sie wäre noch immer da, wenn man Lust hätte, einen Blick auf sie zu werfen. Und dann noch die Zuneigung zu Ihren Fischen, wie sie sich danach gesehnt hat, ihren Körper ganz nah an Ihrem Teich zu wissen. Na, verzeihen Sie, wenn ich Sie darauf hinweise, aber mein Teich ist viel größer als der Ihre. Und sauberer. Sie könnte sich darin auf den Rücken legen und Mutter Teresa an ihren Füßen knabbern lassen. Die hat nämlich eine Vorliebe für tote Haut. Mir ist rein zufällig aufgefallen, dass Mrs Durand-Deacon eine ganze Menge davon an der linken Ferse hat. Wissen Sie vielleicht, wie sie mit Vornamen heißt?«

»Hilary, glaube ich. Hässlicher Name, nicht?«

»Es ist der schönste Name der Welt, und ich danke Ihnen, dass Sie ihn sich gemerkt haben. Und da wäre noch etwas.«

»Was denn?«

»Es hat mir gar nicht gefallen, wie Sie sie beäugt haben, als sie nichts anhatte. Das gehört sich nicht. Jetzt, wo sie meine Verlobte ist ...« Er hob eine Hand. »Ja, Sie haben richtig gehört. Es ist nur eine Frage der Zeit, Al, ich kann es tief in meinem Inneren spüren. Die Sache ist die, als meine Verlobte, oder, falls Ihnen das lieber ist, meine zukünftige Verlobte, sollte sie ausschließlich von mir beäugt werden. Es ist keineswegs angemessen, dass sie sich Ihnen zeigt, wie Gott sie schuf, wann immer Ihnen danach ist. Deshalb verbiete ich Ihnen das ab sofort. Besorgen Sie sich eine andere, wenn es unbedingt sein muss. Die alte Schachtel, die da vorhin die Treppe hochgegangen ist. Wie war noch gleich ihr Name?«

»Hepworth.«

»Gut, beäugen Sie die stattdessen und lassen Sie meine Hilary aus dem Spiel. Das ist alles, was ich zu der Angelegenheit zu sagen habe. Also, wo ist sie?«

»Wie meinen Sie das?«

»Ich meine, wo ist sie? Ich muss sie sehen. Ich möchte ihr das hier geben.« Er wedelte mit der Statue. »Sie kann sie sich ans Bett stellen, als Zeichen meiner Gefühle, zumindest bis ich sie zurückhaben will. Sie ist sozusagen der Stern meiner Sammlung.«

»Das kann ich mir vorstellen.«

»Also? Wohnt sie hier in der Nähe? Ich hab es schon bei Ihnen am Bungalow versucht, aber da war niemand. Zumindest hatte es den Anschein, obwohl ich meinte, Geräusche zu hören, als ich durch den Briefschlitz geschaut habe. Wenn ich es nicht besser wüsste, hätte ich denken können, es wäre jemand da, der mich meiden wollte.«

»Das muss Ems Kaninchen gewesen sein«, sagte ich. »Henry Moore. Er ist so eine Art Hundeersatz. Wenn er von Zimmer zu Zimmer hoppelt, hört es sich so an, als wäre jemand zu Hause. Bei all den teuren Kunstwerken, die bei uns rumliegen, ist Sicherheit oberstes Gebot. Was Hilary betrifft, weiß ich ehrlich gesagt nicht genau, wo sie sich rumtreibt. Sie ist ein echter Freigeist. Heute Morgen ist sie einfach verschwunden, ohne ein Wort zu sagen.«

»Sie haben sie mit Ihrer Gafferei verscheucht, das trifft es wohl eher.«

»Sie werden sich daran gewöhnen müssen, Adam. Nacktheit ist für eine Frau wie Mrs Durand-Deacon das Normalste von der Welt. Wir Künstler brauchen die nackte Form wie die Luft zum Atmen. Wir können nicht darauf verzichten. Ein Maler, der nicht regelmäßig einen hübschen Nackedei zu Gesicht bekommt, fühlt sich, als wären ihm die Borsten an seinen Pinseln abgeschnippelt worden. Statt ihr zu sagen, sie soll ihre Kleidung anbehalten, sollten Sie lieber lernen, Ihre auszuziehen, Sie sollten durchs Haus spazieren mit nicht mehr am Leib als ein Paar Socken, Mutter Teresa buchstäblich im *Adams*kostüm füttern.«

Er hätte fast die Statue fallen lassen.

»Sind Sie verrückt geworden? Sie mag es ja nicht mal, wenn Fische des anderen Geschlechts an ihr vorbeischwimmen. Ich hab schon überlegt, ob sie nicht irgendwas tragen sollten, was ihre Blöße bedeckt, obwohl Badekleidung für Fische bestimmt nicht käuflich zu erwerben ist. Aber ich selbst mit nichts am Leib? Der Anblick wäre vermutlich ihr Ende.«

»Ja, da könnten Sie recht haben, aber ansonsten, was Hilary betrifft, ist Nacktheit das A und O. Außerdem, ich möchte Ihre Begeisterung ja nicht dämpfen, Adam, aber ist Ihnen schon mal der Gedanke gekommen, dass sie in festen Händen sein könnte? Mrs Durand-Deacon? *Mrs?*«

Er schüttelte den Kopf und lächelte.

»Meine Güte, Al. Für einen Mann von Welt sind Sie manchmal erstaunlich naiv. Das ist doch wohl offensichtlich, oder? Sie ist nicht den weiten Weg hierhergekommen, um sich von Ihnen bildhauern zu lassen. Sogar ich kann sehen, dass Sie als Bildhauer eher in die Kategorie unbegabter Dilettant gehören. Nein, sie war wegen Ihrer Fische hier, um in ihrer Nähe zu sein. Das haben Sie selbst gesagt. Wenn ihr Mann Fische hielte, hätte sie wohl kaum herkommen müssen, oder? Ganz offensichtlich hält er keine. Ganz offensichtlich ist er ein Waschlappen, den ich mit Leichtigkeit von seinem hohen Ross stoßen kann, oder sollte ich sagen, in meinen Teich stoßen?«

Er lachte, so wie wahnsinnige Wissenschaftler lachen, wurde dann ernst, weil sein Handy piepsend eine Nachricht signalisierte. Er brauchte eine Weile, um rauszukriegen, wie er die Mailbox abhören konnte, und tippte wild auf der Tastatur herum. Dann drehte er mir den Rücken zu, das Handy ans Ohr gedrückt. Die Art, wie er die Schultern anspannte, verriet mir, dass ihm nicht gefiel, was er da hörte.

»Zur Hölle mit der Frau«, sagte er und nahm das Handy vom Ohr. »Es geht um Audrey. Sie ist gesehen worden.«

Ach du Scheiße. Und ich hatte ihr noch eingeschärft, die Rollos unten zu lassen.

»Lassen Sie mich raten. Sie ist bei mir eingebrochen, kaum dass ich aus dem Haus war. Verdammt, ich bin höchstens eine Stunde weg.«

»Nicht bei Ihnen. Oben auf der Klippe. Wir haben soeben einen Anruf erhalten. Ob wir wüssten, dass Al Greenwoods Frau oben am Kliff auf und ab läuft, die Hände ringt und einen lebensmüden Eindruck macht? Es sind jetzt ein paar Männer von uns da oben. Vielleicht sollten Sie auch mitkommen. Wenn einer sie davon abbringen kann ...«

»Aber sie hasst mich.«

Er tippte sich an die Schläfe.

»Psychologie, Al. Psychologie. Sie sagen ihr, sie soll springen, und zwar dalli, und weil sie Sie hasst, wird sie's nicht tun. Sie wird genau das Gegenteil tun und sich festnehmen lassen. Das ist eine gängige Verhandlungsstrategie im Umgang mit psychisch labilen Personen. Telly Savalas hat sie oft angewandt mit seinem Lolli.«

Ich folgte Rump in meinem Wagen. Audrey konnte also nicht mehr. Vier Jahre im Gefängnis hatte sie verkraftet. Aber zwei Tage in unserem Bungalow, und sie kriegte einen Koller. Vielleicht war das Curry schuld, hatte sie innerlich ganz wuschig und nervös gemacht. Dafür waren Mr Singhs Currys bekannt. Und so, wie sie gestern reingehauen hatte, musste es danach in ihr geschäumt haben wie in einer fest verkorkten Flasche Schampus. Vielleicht dachte sie, dass ein Hechtsprung ins Nichts die einzige Lösung war. Was für eine Ironie des Schicksals, dass ausgerechnet ich, der ich einige Jahre zuvor versucht hatte, sie von der Klippe zu stoßen, jetzt verhindern sollte, dass sie es freiwillig tat.

Wir parkten am Kassenhäuschen vom Parkplatz und gingen zu Fuß weiter. Ich war seit Jahren nicht mehr da oben gewesen, nicht, seit Em und ich zueinanderfanden. Es war nicht gut. Jeder Schritt, der mich diesem Hügel näher brachte, brachte mich meiner Vergangenheit näher, dem, was ich getan hatte, womit ich davongekommen war. Ich sah ihn drohend vor mir aufragen und hatte das Gefühl, dass der Moment der Abrechnung gekommen war, dass da oben alle auf mich warteten, um mit dem Finger auf mich zu zeigen: Robin, Carol, Robins Mum, sogar Alice Blackstock mit einem blutigen Verband um den Kopf. Robins kleines Scrabble-Set würde ausgegraben werden, die Botschaft darauf klar und unmissverständlich, und auch mein Brief an Em wäre da, fest in Audreys Hand wie ein Steckbrief. Alle wären sie da und warteten nicht etwa auf Audrey, sondern auf mich. Schließlich wusste ich bloß von Rump, was los war, und was ist das Wort eines Polizisten heutzutage noch wert? Was war das Wort eines Polizisten überhaupt je wert?

Als wir oben ankamen, hatten sechs Beamte in einer Reihe am Fuß der Beule Stellung bezogen. Sie sahen aus wie Kegel, die darauf warteten, umgestoßen zu werden. Rump bedeutete mir, stehen zu bleiben, ging weiter und palaverte mit einem seiner Leute. Dann kam er zurück.

»Sie steht dicht am Rand«, sagte er. »Die Kollegen haben sie aufgefordert, ganz ruhig mitzukommen, aber anscheinend hat sie ziemlich barsch reagiert, hat gesagt, sie sollen sich verpissen, unter anderem.« Er schüttelte den Kopf. »So was müssen wir Polizisten uns tagtäglich gefallen lassen, Al, unnötige Beleidigungen.«

Hieß das, es gab auch nötige?

Ich ging durch die Reihe hindurch und um die Beule herum. Sie stand da und starrte hinaus aufs Meer, in einer gelben Öljacke, verdammt noch mal. Ich hatte sie schon einmal so mit dem Rücken zu mir stehen sehen, aber diesmal, selbst mit der Öljacke an, sahen ihre Beine noch besser aus. In dem Moment wurde mir klar, dass ich es nicht so enden lassen wollte. Ich hatte darüber nachgedacht, ja, wie ich sie aufs Kreuz legen, mich revanchieren könnte, aber das wollte ich nicht mehr. Ich wollte einen Zauberstab schwingen und sie in Sicherheit bringen. Und wenn das nicht ging, sollte ich vielleicht zu ihr laufen, ihre Hand fassen und mit ihr zusammen springen, wir zwei im Tod verbunden, wie wir es im Leben gewesen waren. Denn natürlich waren wir das gewesen, Audrey und ich, aneinander gebunden, ohne jeden Zweifel, seit es mit uns angefangen hatte. Ich meine, nehmen Sie zum Beispiel das Taxiunternehmen von ihrem Dad. Ja, ich fing bei ihm an und tat wie geheißen, und, ja, ich legte seine Tochter flach und heiratete sie, und, ja, nachdem ich eine Ewigkeit die zweite Geige gespielt hatte, wurde er krank, und ich nahm die Zügel in die Hand, aber Moment, *er kam wieder auf die Beine*, wollte alles zurück, wieder den Big Boss markieren, wieder aufs hohe Ross, nachdem ich so viel Arbeit in das Geschäft gesteckt hatte, zusätzliche Kunden aufgerissen und den Vanden Plas auf eigene Kosten aufgepeppt hatte, wollte den Laden wieder schmeißen, obwohl er ein Zucken im Gesicht und ein leicht hängendes linkes Auge zurückbehalten hatte. Ehrlich, der hätte gar nicht wieder auf die Straße gedurft, basta, aber nein, scheiß drauf, er wollte alles zurück, platzte eines Morgens damit heraus, als er gerade losziehen wollte, sich sein Frühstück besorgen. In der Hinsicht war er wie ich, mochte seine Brötchen frisch aus dem Ofen, mochte es, sie selbst zu holen und ein bisschen mit Harry dem Bäcker zu plaudern, auch wenn seine bessere Hälfte ihm davon abriet und sagte, in seinem Zustand wäre es unvorsichtig, dass er den ganzen Weg zu Fuß ging und am Ende die steilen Steinstufen hochsteigen musste, und dass ich das doch bestimmt gern für ihn erledigen würde, oder nicht? Ja doch, selbstverständlich. Aber nein, er wollte sich nichts sagen lassen. Und wieso nicht? Weil er ein sturer alter Sack war, der sich an alles in seinem Leben klammerte wie ein Blutegel an einen Hintern. Und da war er, kam an dem Morgen aus seinem kotzgrünen Bungalow, zog sofort eine Fresse, als er mich sah, und ging dann vor mir her, als wäre ich gar nicht da. Er war ein kleiner Mann, der schnell aus der Haut fuhr. Er hatte lange Arme und O-Beine und ein Gesicht zum Reinschlagen. Er spazierte gemächlich die Straße runter. Wir hatten noch keine zehn Schritte hinter uns, als er loslegte.

»Du hast an meinem Motor rumgepfuscht«, sagte er.

»Sprichst du mit mir, Gil?«, sagte ich. »Ich bin nämlich hinter dir.«

»Du hast ihn frisiert, einen Scheißrennwagen draus gemacht. Und diese bescheuerten neumodischen Reifen. Wofür hältst du dich? Juan Dingsbums Fangio?«

»Er lief nicht ganz rund. Ich wollte bloß ...«

»... meinen Platz einnehmen und mich aufs Altenteil abschieben. Tja, Freundchen, jetzt hör mir mal gut zu. Nur weil du in wilder Ehe mit meiner Tochter lebst, die genauso wenig Verstand zwischen den Ohren hat wie zwischen den Beinen, nur weil du bei ihr das Sagen hast, hast du es bei mir noch lange nicht. Außerdem riskierst du 'ne kesse Lippe bei den Kunden, wie ich höre. Jawohl. Ich war ein Weilchen außer Gefecht gesetzt, aber deswegen krieg ich trotzdem noch alles mit. So ist das nun mal im Dorf, Al. Die Leute quatschen. Und die allgemeine Ansicht ist, dass der Vanden Plas dich als das entlarvt hat, was du wirklich bist – ein Mann, der viel mehr Schein als Sein ist.«

Er hatte die oberste Steinstufe vor der Bäckerei erreicht und drehte sich zu mir um, sah mich mit einem boshaften Grinsen an. Er hatte es genossen, das zu sagen, hatte es sich genüsslich auf der Zunge zergehen lassen.

»Das hast du einstudiert«, sagte ich, »das merk ich. Es war sehr hübsch, sehr gut vorgetragen, schön gerundete Vokale, gute Haltung, abgesehen von den O-Beinen natürlich. Kommt da noch mehr, oder kann ich jetzt gehen und in mein Croissant heulen?«

»Es kommt noch mehr. Sogar noch allerhand mehr.« Er verschränkte die Hände vor seinem Schritt. Seine Hose war da ordentlich ausgebeult. Unnatürlich für einen Mann mit seinen vertikalen Maßen. »Ich denke, ich sollte mich ganz von dir trennen«, sagte er, und sein hämisches Grinsen wurde mit jeder Sekunde breiter. »Wollen doch mal sehen, wie lange du auf dich allein gestellt durchhältst.«

Das war gemein. Es war hart da draußen. Außerdem war der Vanden Plas jetzt mein Wagen. Ich liebte es, wenn er schwerelos dahinschwebte, wie auf Wolken, liebte das Gefühl, in ihm zu versinken, aber doch aufrecht zu sitzen, als säße ich im Sattel, als säße ich auf einem Pferd und würde weit über die Prärie schauen. Mit so einem Auto konntest du überall hinfahren, wo du wolltest. Konntest sein, wer du wolltest.

»Was ist mit Audrey?«, sagte ich, so zaghaft und sanft wie nur was. »Wenn du mich auf die Straße setzt, musst du auch an sie denken. Sie ist genauso betroffen.«

»Audrey ist dein Problem. Und du bist ihres. Ich hab genug von euch beiden. Und wenn ich du wäre, würde ich die Branche wechseln. Du bist sowieso kein guter Fahrer.« Er deutete auf meine Jacke. »Das sieht man schon an diesen albernen Handschuhen.«

Ich fasste mir an die Seite. Da waren sie, lugten aus der Tasche. Ich nahm sie damals überallhin mit. Aus leichtem Schweinsleder waren sie, mit Löchern über den Knöcheln und einem kleinen Knopfverschluss innen am Handgelenk. Glitten dir über die Finger wie eine zweite Haut.

»Was stört dich an denen?«

»Sie versuchen, den Eindruck von etwas zu erwecken, was du nicht bist – kultiviert, elegant, erfahren.« Er lachte. »Mensch, du kannst ja nicht mal richtig Kurven fahren, kannst nicht vernünftig runterschalten. Ich bin selber schuld. Ich hätte dich gar nicht einstellen sollen. Einen Affen hätte ich besser abrichten können als dich.«

Und er wandte sich von mir ab und wollte die Stufen runter, und auf einmal war er holterdiepolter unten, viel schneller, als er gedacht hatte. Zum Glück war ich ja in der

Nähe, um gleich fünfzehn Minuten später den Krankenwagen zu rufen, was aber nichts mehr nutzte.

Der Vanden Plas folgte dem Leichenwagen bis zur Kirche, ich hinterm Lenkrad, die Schweinslederhandschuhe an, den Spiegel leicht schräg, damit ich einen guten Blick auf Audrey hatte, die mit ihrer Mutter auf der Rückbank saß und so zufrieden aus der Wäsche kuckte, als hätte sie ein Ei gelegt. Am Abend vorher hatte ich den Wagen stundenlang extra gründlich gewienert, die neuen Weißwandreifen aufgezogen, die Felgen poliert. Er sah großartig aus, wie alle sagten, eine angemessene Respektbekundung. Die Sache ist die: Audrey stellte keine Fragen, wie es passiert war, sie hielt einfach meine Hand während des ganzen Gottesdienstes, drückte sie jedes Mal fest, wenn erwähnt wurde, wie ihr Dad zu Tode gekommen war. Sie hatte ihn nie besonders leiden können, und dass er mich noch weniger hatte leiden können, brachte uns überhaupt erst zusammen. Deshalb machte sie es auch so gern hinter seinem Rücken. Er war der Reiz, nicht ich. Auch am Abend nach der Trauerfeier war sie so drauf, als würde sie sich vorstellen, dass er uns von oben zuschaute. Ihr Trauerkleid war hochgeschoben bis zum Bauch, und ihre Augen starrten mich an wie Scheinwerfer, die mir in die Seele leuchteten. Ja, wir waren aneinander gebunden, gleich von Anfang an. Und so würde es immer sein, das wurde mir jetzt klar.

Ich trat einen Schritt näher. Das Meer tief unten klatschte gegen die Felsen, es sah aus wie zwei wollüstige Leiber. Ich konnte den Schweiß von ihnen klebrig im Nacken spüren.

»Hallo«, sagte ich. »Was für eine Überraschung, dich hier zu sehen.«

Sie drehte sich um.

Es war gar nicht Audrey. Es war Em. Al Greenwoods Frau, von wegen!

»Em! Was zum Teufel machst du denn hier?«

Sie zeigte auf die Bullen, die hinter mir aufgereiht waren.

»Frag lieber, was die hier machen. Ich bin hier oben, will über so einiges nachdenken und werd plötzlich umzingelt. Was ist los? Ich darf doch wohl hierhin, oder nicht?«

»Natürlich darfst du das. Bloß ...« Ich lachte. »Irgendein Wichtigtuer aus dem Dorf hat dich hier oben gesehen, gedacht, du wolltest dich runterstürzen, und hat der Polizei erzählt, du wärst meine Frau.«

»Aber das bin ich nicht.«

»Das weiß ich. Du kannst es werden, wenn du willst.«

Hatte ich das gesagt? Sie war genauso überrascht.

»Wie meinst du das?«

»Wenn du willst. Wir können es auf der nächsten Kreuzfahrt machen, wenn du möchtest.«

»Ist das dein Ernst? Auf der *Lady Di?*«

»Was spricht dagegen? Und danach hören wir auf mit der Rumschipperei.«

»Was dagegenspricht? Alles ...«, sie blickte rüber zu den Polizisten, »... was gerade so los ist. Ich glaube, du hast wieder Geschmack an anderen Dingen gefunden. Ich hab das Gefühl, ich werde eigentlich nicht mehr gebraucht.«

»Natürlich wirst du das. Ist das der Grund, warum du ohne ein Wort verschwunden bist? Das blöde Curry? Wenn du willst, ess ich kein einziges mehr, solange ich lebe, Em. Ehrlich. Ich pfeif auf Currys. Ich pfeif auch auf Audrey. Worauf ich allerdings nicht pfeife, ist das Bild, das du mit dem Messer bearbeitet hast.«

»Du hast es gesehen?«

»Ja, klar. Ist ja auch kaum zu übersehen. Es hat mir viel bedeutet, das Bild.«

Sie biss sich auf die Lippe. »Ich hätte das nicht tun sollen.«

»Doch, doch. Dir war eben danach. Ich finde sogar, du hättest bei allen was ausschneiden sollen, auch bei den anderen, die wir in der Garage verstaut haben. Okay, nicht jedes Mal Tonto, das würde dann klischeehaft, aber vielleicht etwas von seinen nahen Verwandten und Nachbarn. Damit würdest du ein Statement machen, über Leben und Zusammenleben, Männer und Frauen.«

»Findest du, das war ein Statement? Ich dachte, ich wäre bloß wütend.«

»Natürlich war das eins. Das weißt du genauso gut wie ich. Es sollen ruhig alle sehen. Ich sag dir was. Ich kauf dir ein nagelneues Teppichmesser. Dann kannst du gleich mit dem Schlitzen anfangen, wenn du wieder nach Hause kommst. Du kommst doch wieder nach Hause, oder?«

»Ich weiß nicht. Es ist alles so anders, wegen ...« Der Name hing wieder in der Luft.

»Em. Ich hab in dieser Sache keine Wahl, dank dem Brief. Wenn du ihn weggeworfen hättest, wie ich geglaubt hatte ...«

»Das hätte nichts geändert. Sie wäre trotzdem da, und ich wäre trotzdem hier. Sie wird den Brief nicht gegen dich verwenden, genauso wie du sie nicht der Polizei ausliefern wirst. Das ist ein Spiel zwischen euch, mehr nicht, so geht ihr nun mal miteinander um.« Sie winkte in Richtung der Polizisten. »Pfeif sie zurück, Al. Ich fahr für eine Weile zu Mum und Dad. Keine Bange, ich erzähl keinem was. Ich muss nur zu einer Entscheidung kommen, so oder so.«

Ich tat, wie mir geheißen. Rump hatte sein Handy am Ohr.

»Sehr krank«, sagte er gerade. »Sie müssen heute Abend zu mir rauskommen, sich ihre Kiemen ansehen. Da sickert irgendwas ziemlich Unangenehmes raus.« Er sah mich und sagte »Einen Moment bitte« ins Telefon.

»Sie können die Leute zurückpfeifen«, sagte ich zu ihm. »Das ist nicht Audrey.«

»Sind Sie sicher?« Er klang sauer.

»Ziemlich. Sieht mir eher nach Miss Prosser aus, wissen Sie, der Frau, mit der ich seit Jahren zusammenlebe. Schauen Sie selbst nach, wenn Sie mir nicht glauben. Sie wollte hier oben in Ruhe nachdenken, und dann sind Ihre Leute aufgekreuzt. Sie ist in letzter Zeit ein bisschen überreizt. Wegen der Fische. Sie wird leicht eifersüchtig.«

Er nickte. »Wissen Sie, das weibliche Geschlecht neigt dazu, Fische als Konkurrenz zu betrachten, und bei manchen von ihnen ist diese Neigung besonders ausgeprägt. Zum Glück ist meine Hilary ja nicht so. Glauben Sie, es würde sie freuen, wenn ich einen meiner Kois nach ihr benenne?«

»Welch größere Ehre könnte eine Frau sich je erhoffen?«

»Genau meine Meinung. Ich werde einen passenden aussuchen, vielleicht ein Foto machen, das kann ich ihr dann zeigen, wenn ich um ihre Hand anhalte.«

»Da wird sie nicht Nein sagen können, ganz sicher. Besser als ein Ring.«

»Und preisgünstiger. Also, nicht vergessen, sobald sie sich meldet, sagen Sie mir Bescheid. Ich will sie zu mir einladen, ihr einen Vorgeschmack geben, wie das Leben *chez Rump* sein wird. Wir könnten zusammen das Teichwasser ablassen, damit sie sich richtig zu Hause fühlt.«

Er hob wieder das Handy ans Ohr, und weg war er.

Ich begleitete Em zum Wohnwagen, wo sie ihr Auto geparkt hatte. Ihre kleine Reisetasche lag auf dem Rücksitz, neben ihrem Zeichenblock. Ich zog meinen Schlüsselbund aus der Tasche und klimperte ihr damit vor der Nase herum.

»Ich wette, du weißt nicht, was hier für ein Schlüssel dabei ist«, sagte ich. Sie schüttelte den Kopf.

»Der Schlüssel zu diesem Wohnwagen«, sagte ich. »Der gehört mir.«

»Das hast du mir nie erzählt.«

»Na, wir gehen ja auch nie hier rauf aufs Kliff. Gefahr. Blindgänger und so. Kuck mal ...«

Ich steckte den Schlüssel in die Tür, merkte dann, dass das gar nicht nötig war. Audrey hatte das Schloss aufgebrochen. Ich trat ein. Auf dem Abtropfständer lag zusammengeknüllt ein schmutziger Spüllappen, den Audrey anscheinend in den drei Tagen, die sie hier gewesen war, kräftig zum Einsatz gebracht hatte. Tja, es hatte sich gelohnt. Em kam hinter mir rein und stieß prompt mit dem Kopf an die Reihe aufgehängter Tassen, als sie sich an mir vorbei in den Sitzbereich schob. Sie streckte die Arme aus.

»Geräumiger, als man meint. Auch heller.«

»Ja, nicht? Ich war früher oft hier«, sagte ich, »um mal von allem wegzukommen. Hier hast du die Wiese und die Aussicht aufs Meer, als wär alles extra für dich so schön friedlich ausgebreitet. Nachts kamen immer Alan Sparrows Schafe an und kratzten sich am Wohnwagen den Hintern. Fühlte sich an, als wäre die Flut gekommen und hätte uns weggeschwemmt.«

»Uns?«

»Den Wohnwagen und mich. Hör mal, fahr nicht zu deiner Mum. Bleib hier. Morgens frische Milch und Eier von der Farm. Ich bring eine Gasflasche hoch, sorg dafür, dass die Heizung und der Herd funktionieren. Du könntest hier oben wunderbar malen.«

»Ich dachte, ich sollte unten im Bungalow das Teppichmesser schwingen.«

»Das auch. Ich hab's in der Galerie aufgehängt, weißt du, das, das du schon fertig hast. Irgend so ein alter Knacker hätte fast tausend Pfund dafür rausgerückt.«

»Al!«

»Ich weiß. Clever, nicht? Ich finde, wir sollten alle rausholen und sie einen Nachmittag lang verstümmeln, bei einer schönen Flasche Wein. Die ganze Galerie damit vollhängen. Wir könnten ein Vermögen machen.«

»Du bist unmöglich«, sagte sie, drehte sich um, blickte zum Fenster hinaus und trommelte mit den Fingern auf die Resopaltischplatte. »Obwohl es irgendwie keine schlechte Idee ist.«

»Genau wie das hier.« Ich trat hinter sie, schlang die Arme um sie, legte meinen Kopf an ihren Hals. Sie war einfach zauberhaft, meine Miss Prosser. Sie zog meine Hände auseinander, sanft, aber bestimmt.

»Nicht jetzt, Al. Vielleicht, wenn alles vorbei ist, aber nicht jetzt. Letzte Nacht war es so, als wäre sie für dich nie weg gewesen. Ich konnte es spüren, in dem Raum, im Bett. Du hast nicht neben mir gelegen. Du hast neben ihr gelegen.«

Ich konnte nichts sagen.

»Vielleicht geht es vorbei, vielleicht nicht. Ich weiß es nicht. Ich glaube, du weißt es auch nicht.«

»Ich weiß es, Em. Natürlich weiß ich es ...«

»Sie ist schon fast dein ganzes Leben lang da, ich bin nur

die Neue. Mum hatte recht. Ich sollte eigentlich nicht mit dir zusammen sein. Aber du hast irgendwas an dir, das ich nicht loslassen kann. Als ich dich das erste Mal gesehen hab, wie du da mit gesenktem Kopf den Klumpen Ton bearbeitet hast, so getan hast, als hättest du gar keine Lust dazu, aber doch nicht verbergen konntest, wie sehr du es genossen hast, dieses glitschige Nass in den Fingern zu spüren, da wusste ich gleich, was du warst, Lügen und Ausflüchte und deine Hände überall, und ich wusste, dass ich sie auch auf mir spüren wollte. Ich bin nämlich längst nicht so perfekt, wie alle glauben. Wäre ich sonst mit dir zusammen? Ich mag auch die ganze Spannung, Al, dein Leben, auf der *Lady Di* und hier, wie du die Kettensäge schwingst, fette Stücke aus dem Leben schneidest. Was du machst, erregt mich. Du hättest gestern Nacht mit mir schlafen sollen, wenn Audrey nebenan alles mitgekriegt hätte. Ich hätte schon dafür gesorgt, dass sie uns hört. Du hättest mit mir schlafen sollen oder rübergehen und sie vögeln, entweder oder, Nägel mit Köpfen machen. Aber du hast keins von beidem getan. Vielleicht schwächelst du.«

Sie drehte sich zu mir um.

»Na los, lass mich allein. Du hast recht. Es ist schön hier oben. Vielleicht hättest du mich früher mit hierhernehmen sollen, schließlich ist ganz in der Nähe der Schauplatz deines Verbrechens, oder? – Zumindest einer von ihnen. Gott, zugezogene Vorhänge, flackernde Gaslampe, das Rauschen des Meeres tief unten, wir hätten bis zum Äußersten gehen können und wieder zurück. Genau hier.«

Ich brauchte einen Drink. Ich fuhr zum Spread Eagle. Doc Holiday saß auf seinem Hocker in der Ecke und zeigte Doreen der Barfrau, wie sich aus der Abendzeitung ein dreieckiger Hut falten ließ. Er winkte mir, ich solle rüberkommen, aber ich hatte keine Lust. Ich verzog mich in eine andere Ecke. Es war ganz still, abgesehen von dem maschinengewehrartigen Frauenlachen, das aus dem kleinen Raum kam, wo gegessen wird. Es klang wie ein Specht, der mit dem Schnabel auf die Rinde einhackt, ha-ha-ha-ha-ha. Nervig. Jedes Mal, wenn du dachtest, es hätte aufgehört, fing es wieder an. Ich war kurz davor, in mein Glas zu beißen, wenn ich bloß dran dachte. Ich stand auf, nahm das Glas mit, nur für den Fall, dass ich es über jemandem auskippen musste. Doc sah mich an und hielt beide Daumen hoch. Das Letzte, was du in einem Pub wie dem Spread Eagle haben willst, sind Fremde, die sich amüsieren. Gerald Palmerstone saß in trauter Zweisamkeit mit einer Tussi zusammen, die gerade dabei war, irgendwas Unanständiges in den Schaum von seinem Guinness zu zeichnen. Er sah mich in der Tür stehen.

»Mr Greco! So eine Überraschung! Kommen Sie, ich möchte Ihnen meine Frau vorstellen.«

Mrs Durand-Deacon Nummer zwei leckte sich den Finger ab und blickte durch das längste Paar Wimpern, das ich diesseits von Dusty Springfield je gesehen hatte, zu mir hoch. Sie hatte auch Haare wie Dusty Springfield, einen richtigen Berg auf dem Kopf, und ihr Pullover war ähnlich gut gefüllt. Das Einzige, was fehlte, war das Mikrofon, aber ich hatte keinen Zweifel, dass sie zu gegebener Zeit einen Ersatz in die Hände bekommen würde.

»Sehr erfreut, Sie kennenzulernen, Mrs Durand-Deacon«, sagte ich. »Sehr erfreut. Es kommt nicht oft vor, dass sich ein Doppelname hier ins Spread verirrt. Falls Sie noch mal herkommen, wischen die vielleicht sogar ausnahmsweise den Linoleumboden für Sie.« Sie lachte hinter vorgehaltener Hand. Sie hatte Humor, diese Version.

»Die Gegend hier ist ziemlich reizlos«, sagte Gerald. »Ich wundere mich, dass ihr überhaupt Touristen habt.«

»Gerade dafür ist unser Dorf bekannt«, erwiderte ich. »Seine Reizlosigkeit. Aber Sie haben ja die bezaubernde Mrs Durand-Deacon mitgebracht, die das alles wettmacht. Ich bin sicher, ihre Reize reichen für die ganze Region, ganz zu schweigen von einem Dorf wie dem unseren. Schon allein ihr Lachen. Wir sollten sie hier auf einen Felsen setzen, dann bräuchten wir unser Feuerschiff *Shambles* nicht mehr, wenn Nebel aufkommt.«

»Das liegt an ihren Mandeln«, sagte er. »Sind übergroß. Wie eine Stimmgabel.«

Sie wurde rot.

»Ich geh mir mal die Nase pudern«, sagte sie, stand auf, balancierte sich auf den Absätzen aus und stöckelte davon.

»Ich wusste nicht, dass Frauen so was noch sagen«, sagte ich.

»Ich glaub auch nicht, dass sie so was noch tun«, erwiderte er. »Sie sagen das bloß, damit wir Sechzigjährigen uns wohlfühlen.«

»Wieso fühl ich mich dann nicht wohl, jetzt, wo sie es gesagt hat?«

»Weil Sie wissen, dass sie nicht meine Frau ist.«

»Woher sollte ich?«

»Weil Ihr richtiger Name Al Greenwood ist und es Ihre Kettensäge war, die meine Frau übers halbe Promenadendeck der *Lady Di* gejagt und sie zu einer nahezu lebensgefährlichen Flucht gezwungen hat.«

Er beugte sich vor, streckte seine Hand aus.

»Schlagen Sie ein, mein Freund. Wie ich schon sagte, es ist ein Vergnügen, Sie kennenzulernen.«

Er nahm meine Hand, schüttelte sie so heftig, dass Lager auf den Boden schwappte.

»Dann wissen Sie also Bescheid?«, fragte ich ein bisschen kleinlaut.

»Gleich als ich Sie das erste Mal sah. Hab Sie von einem Foto wiedererkannt. Ich kann mir Gesichter sehr gut merken.«

»Ach ja? Ihre Frau scheint das anders zu sehen.«

»Dann haben Sie schon mit ihr gesprochen?«

»Ich war am Strand, als sie ankam. Sie dachte, ich würde ihr auflauern.«

»Sie fährt wieder bei einer Ihrer Kreuzfahrten mit, wussten Sie das? Zusammen mit ihrer Schwester.« Er klopfte sich auf die Tasche. »Ich hab die Unterlagen dabei, die sie braucht.«

»Sie hat was in der Richtung erwähnt, ja.«

»Ich finde es jedenfalls seltsam, nach der Erfahrung, die sie zuletzt gemacht hat. Als wollte sie das Schicksal herausfordern, meinen Sie nicht auch? Sie erwartet mich morgen.«

»Verstehe.«

»Wir sind zum Lunch verabredet, obwohl ich mir gut vorstellen könnte, sie zu enttäuschen und erst später aufzutauchen. Am Nachmittag wahrscheinlich. Die Geschäfte, Sie wissen schon. Ich spendier ihr dann ein frühes Abendessen als Wiedergutmachung.«

»Das Essen im Bindon ist ganz passabel. Manche essen es, aber wer halbwegs bei Trost ist, verzichtet lieber.«

Er lächelte. Er wusste, wovon ich redete.

»Ich hatte gehofft, ich könnte vorher vielleicht auf Ihr Angebot zurückkommen, mir zu zeigen, wo der Blue Bindon seine zarten Flügel flattern lässt. Bei der Gelegenheit könnten wir uns weiter drüber unterhalten.«

»Worüber weiter unterhalten?«

»Über Veränderungen, Mr Greenwood. Wie das Leben sich von einem Zustand zum nächsten entwickelt. Treffen wir uns doch morgen Nachmittag oben am Kliff und schauen mal, was sich mit dem geschickten Einsatz meines Schmetterlingsnetzes fangen lässt. Wer weiß, wenn ich einen fange, könnten Sie mich vielleicht überzeugen, das Gemälde zu kaufen. Ah, mein Schatz. Die Nase sieht ja gründlich gepudert aus.«

Ich ging wieder in den Schankraum und gesellte mich zu Doc an der Bar. Ich verbrachte einen ganz passablen Abend damit, zu lernen, wie sich aus einer Zeitung ein dreieckiger Hut falten ließ. Als ich den Dreh raushatte, gab's für mich kein Halten mehr. Ich bastelte einen für mich, einen für Doc und einen für den Hirsch an der Wand. Es war spät, als wir Schluss machten, sehr spät. Das ist das einzig Gute am Spread Eagle. Die Sperrstundenuhr ist um 1947 herum stehen geblieben. Der letzte Hut, den ich bastelte, war fast wasserdicht, zumindest dem Anschein nach, bis wir ihn mit Bier füllten und Doreen dazu brachten, ihn auf dem Kopf zu balancieren. Den Rest, der hinterher noch drin war, kippte sie mir vorn übers Hemd. Sie war eben eine richtige Barfrau, diese Doreen.

Als ich nach Hause kam, war der Bungalow in Dunkelheit gehüllt. Ich nahm den Papierhut ab, zog die Schuhe aus, schlich zum Gästezimmer und legte das Ohr an die Tür. Ich konnte Atmen hören, und zwar reichlich. Audrey Schnarchnase, flach auf dem Rücken. Ich geriet nicht in

Versuchung, überhaupt nicht. Ich ging in den Wirtschaftsraum, stopfte meine bierbesudelten Klamotten in die Waschmaschine und haute mich ins Bett.

»Nur für den Fall, dass du auf dumme Gedanken kommst«, sagte jemand. »Ich hab die Fahrradpumpe griffbereit neben mir.«

Ich knipste das Licht an. Audrey lag ausgestreckt auf der Bettdecke, in ihrem roten BH und der Weihnachtsmannstrumpfhose.

»Du hast getrunken«, sagte sie. »Ich hab's gleich gerochen, als du zur Haustür reingekommen bist. Manche Dinge ändern sich nie.« Sie wedelte mit einer Hand vor ihrem Gesicht herum. Alles nur Show. Ich hatte bloß sieben große Bier intus.

»Sehr wichtige Besprechung«, sagte ich, »hinsichtlich deiner bevorstehenden Flucht. Doc meint, du solltest dich verkleiden. Am besten als Mann.«

»Du hast nie und nimmer mit ihm drüber gesprochen.«

»Nur rein theoretisch, Audrey, darüber, was wir tun sollten, falls du so blöd wärest, herzukommen und um Hilfe zu bitten. Es gab doch mal diesen Dr. Crippen, der seine Frau umgebracht hat, nicht? Die Geliebte von ihm hieß Ethel Soundso, und die hat sich auch als Mann verkleidet, als die zwei nach Kanada fliehen wollten.«

»Ich will aber nicht nach Kanada fliehen.«

»Das weiß ich ja, aber das heißt doch nicht, dass du dich nicht als Mann verkleiden kannst. Männer gibt's überall, Kanada, Australien, im staubigen Transvaal von Südafrika. Eine Verkleidung als Mann wäre optimal.«

»Ach ja?« Sie ließ einen ihrer BH-Träger schnappen. «Und was ist hiermit?«

»Na, dann bist du eben ein moppeliger Mann, einer, der

als Junge von seiner Mutter zu viel Kuchen und Klöße bekommen hat, ein Mann, der dringend eine Diät und sportliche Betätigung braucht.«

Ich ließ den anderen schnappen. Sie stieß meine Hand weg.

»Ich hab noch nie im Leben so etwas Lächerliches gehört. Ich werde nirgendwohin fliehen als Mann. Außerdem wurde Ethel Soundso doch geschnappt, oder?«

»Darum geht's nicht. Entscheidend ist, sie konnte sich als Mann verkleidet an Bord eines Schiffs schmuggeln.«

»Und wurde noch an Bord des Schiffs verhaftet. Du bist betrunken.«

»Ich bin nicht betrunken, Audrey. Ich überlege, was am besten ist in dieser heiklen Situation, die heikler nicht sein könnte.«

Ich legte mich wieder hin und versuchte, einen klaren Gedanken zu fassen. Irgendwas stimmte nicht ganz. Es war zum Greifen nahe, aber jedes Mal, wenn ich die Hand danach ausstreckte, entwischte es. Ich schloss die Augen und versuchte rauszukriegen, was es war.

Und plötzlich wusste ich es. Ich setzte mich auf, schlagartig wach. Es war helllichter Tag, die Sonne strömte über Audreys Rücken. Dann hörte ich es. Ein Husten. Ich rüttelte sie wach. Sie rollte sich herum.

»Was ist denn?«, fragte sie und rieb sich die Augen. Sie hatte toll ausgesehen, wie sie da im Wintergarten gestanden hatte, mit Rump im Nacken, oder wie sie regelrecht hingegossen auf der Ausziehcouch gelegen hatte, das Blut in Wallung, aber in dem Licht jetzt sah ihre Haut aus, als wäre sie vor drei Monaten gestorben. Das macht das Gefängnis mit dem Körper, es raubt ihm das Leben.

Ich hörte es wieder. Schleim tief in der Kehle.

»Sag mir, ob ich spinne, Audrey, aber ich meine, da nebenan jemand zu hören.«

Sie nickte zustimmend.

»Und nicht nur einen Jemand. Zwei Jemande.« Sie setzte sich auf und fummelte an ihren Haaren rum.

»Bekannte von dir?«

»Deine ersten Pensionsgäste. Ich hab ihnen gestern Abend einen Kakao gemacht. Fettarm. Mit einem Keks dazu.« Sie wirkte rundum zufrieden mit sich. Das konnte doch nicht wahr sein.

»Höre ich richtig? Du hat zwei Fremde in meinen Bungalow gelassen, ohne meine Erlaubnis, während du auf der Flucht bist und dich hier versteckt hältst?«

»Psst«, sagte sie. »Nicht so laut. Was hätte ich denn machen sollen? Sie haben geklingelt.«

»Und da bietet sich zum Beispiel die Möglichkeit an, nicht aufzumachen. Das nennt man Entscheidungsfreiheit, Audrey, eine der Eigenschaften, die uns von den Tieren unterscheiden.«

»Sie hatten mich gesehen.«

»Du hast vergessen, die Rollos runterzuziehen. Also ehrlich!«

»Nein, ich war im Garten. Ich wollte ... ich wollte die Fische sehen.«

»Herrgott noch mal, Weib!«

»Ich weiß. Ich weiß. Es war dumm von mir. Ich wollte sie einfach sehen. Alice war aus dem Haus gegangen, daher dachte ich, es wäre nichts dabei. Also bin ich raus zum Teich und hab ihnen mit den Fingern Futter ausgestreut, wie früher, als wir Torvill und Dean noch nicht lange hatten, weißt du, bevor du so eifersüchtig und besitzergreifend wurdest wegen der beiden. Ich weiß nicht, es war, als wäre ich nie weg gewesen, als wäre nichts passiert, obwohl es ja gar nicht die beiden waren, die ich da fütterte. Und als ich gerade wieder reinging und mich irgendwie ganz normal fühlte, als ob der Bungalow noch immer mir gehörte und du mit dem Taxi unterwegs wärest und es zwischen uns gar nicht so schlecht stände, da klingelte es an der Tür. Also hab ich aufgemacht. Ohne zu überlegen. Es war so was wie dieser, wie heißt das noch gleich, Palawa-Reflex. Ich hab die Tür aufgemacht, genau wie früher immer.«

»Nein, das hast du früher nicht immer gemacht. Bei uns hat nie einer geklingelt. Wenn ich mich recht erinnere, hatten wir nicht mal eine Klingel.«

»Natürlich hatten wir eine Klingel. Also wirklich, Al, dein Gedächtnis. Manchmal glaube ich, du wirst senil.«

»Wer ist denn hier an die Tür gegangen, du oder ich?«

»Ja, schon gut, das war ich. Und da standen sie, die zwei, direkt vor mir. ›Entschuldigen Sie die Verspätung‹, hat er gesagt, ›aber wir hatten so viel Spaß, dass wir die Zeit völlig vergessen haben. Wir haben reserviert.‹ Und schwups kam er reinspaziert!«

Das hatte ich ganz vergessen. Die verflixte Reservierung, die Em angenommen hatte, ohne mir Bescheid zu sagen.

»Du hättest immer noch Nein sagen können. Irgendwas von Doppelbelegung erzählen oder so. Was ist mit dir, mit deiner Sicherheit? Meiner Sicherheit?«

»Es war zu spät, sie waren beide schon drin, Koffer in der Diele geparkt. Ich konnte nichts mehr sagen. Es sah nach Regen aus. Außerdem haben sie mich gar nicht beachtet. Sie konnten kaum die Finger voneinander lassen. Deshalb hab ich ihnen den Baldrian, den ich im Badezimmerschränkchen gefunden hab, in den Kakao gerührt. Die hätten uns sonst die ganze Nacht wach gehalten.«

»War das klug, Audrey? Am Ende spricht sich noch rum, dass wir unsere Gäste mit Medikamenten betäuben.«

»Baldrian ist doch kein richtiges Medikament, eher was Homöopathisches, oder? Ich vermute, es gehört Em. Du hast immer geschlafen wie ein Stein. Jedenfalls hat es gewirkt. Sie haben mich den ganzen Abend nicht mehr gestört, und heute Morgen kriegen sie mich nicht zu Gesicht. Du kannst ihnen Frühstück machen, und dann sind sie auch schon weg. Und die einhundertzwanzig Pfund, die ich ihnen abgeknöpft habe, fließen in meine Reisekasse.«

»Wie viel?«

»Ich weiß. Großartig, was? So verzweifelt waren sie.« Sie beugte sich vor, schnüffelte nach meinem Atem.

»Du stinkst immer noch nach Bier. An deiner Stelle würde ich ein Hustenbonbon lutschen, bevor du zu ihnen rausgehst. Und duschen. Was hast du gestern Abend gemacht? Drin gebadet?«

»Hallo!« Eine Stimme dröhnte aus der Küche. »Jemand da? Es ist zehn vor sieben, und hier sind zwei hungrige Reisende, die eine kleine morgendliche Stärkung brauchen.«

Audrey schob mich aus dem Bett. »Na los. An die Arbeit. Und bleib auf Abstand.«

Was blieb mir anderes übrig?

Ich zog mir meinen Bademantel über und ging in die Küche. Gerald Palmerstone saß auf einem Barhocker und inspizierte meinen dreieckigen Hut. Er schien kein bisschen überrascht, mich zu sehen.

»Haben Sie den gemacht?«, sagte er. »Gar nicht schlecht.«

# ACHT

Gerald. Von allen Bed and Breakfasts in allen Bungalows in Dorset mussten Sie sich ausgerechnet dieses aussuchen. Wenn ich gewusst hätte, dass Sie kommen, hätte ich eine Kleinigkeit vorbereitet. Eine sehr kleine Kleinigkeit.«

Er legte meinen Hut zurück auf die Theke.

»Die Welt ist klein, was? Oder sollte ich sagen, der Tisch ist klein?«

»Das ist kein Tisch, Gerald, das ist eine Frühstücksbar. Ganz nach dem Geschmack des modernen Urlaubers.«

Ich setzte Wasser auf und schüttete Kaffeepulver in die Kanne. Er beobachtete mich mit so einem Lächeln, das du am liebsten mit einem Baseballschläger aus dem Gesicht wischen würdest.

»Also«, sagte er und schwang die Beine herum, »Sie betreiben ein Bed and Breakfast, wenn Sie nicht gerade Haie sägen oder meine Frau von Ozeandampfern jagen. Ein richtiger Tausendsassa.«

»Gerald, ich hatte nie die Absicht …«

Er winkte ab.

»Mr Palmerstone, wenn ich bitten darf, solange ich in diesem Haus bin. Gerald geht von mir aus, wenn wir unter der Sonne alle gleich sind, aber hier sind wir das nicht, oder? Ist Ihre werte Frau noch nicht aufgestanden?«

»Nach Bournemouth gefahren«, sagte ich und hoffte,

dass Audrey nicht irgendwas Blödes tat, wie die Dusche aufdrehen oder die Klospülung drücken. »Braucht einen neuen Malkittel.« Ich knallte die Kaffeekanne hin.

»Ach ja, sie ist auch Künstlerin, nicht? Emily Prosser, richtig?«

»Das ist ihr Künstlername, ihr *Nom de Pinsel* sozusagen.«

Er deutete in Richtung Wintergarten.

»Hab mir einen kleinen Blick erlaubt. Hoffe, es stört Sie nicht.« Er war durch den Bungalow spaziert, ohne vorher gefragt zu haben. Störte es mich?

»Das sind ihre privaten Arbeiten«, sagte ich. »Deshalb bewahren wir sie in unserem privaten Wintergarten auf. Weil sie privat sind. Damit nicht jeder x-Beliebige seine Nase reinsteckt.«

Er überging das und goss sich eine Tasse ein. Schwarz, ein Stück Zucker.

»Aber vom Stil her erinnern sie mich stark an die junge Künstlerin, von der Sie in Ihrer Galerie am Strand einen provokanten Akt aufgehängt haben, eine Namensvetterin meiner Frau, Miss ... wie hieß sie noch gleich?«

»Barbara«, sagte ich. »Kurz Babs.«

»Ach ja. Ich wusste, es war irgendwas gleich am Anfang des Alphabets. Dann sind sie gar nicht verwandt, Barbara und ... Ihre Emily ...?«

»Prosser. Nein.«

»Wissen Sie, als ich vorhin die Bilder in Ihrer Privatsammlung gesehen hab, da hab ich mich gefragt, ob es überhaupt eine Barbara Durand-Deacon gibt, ob Ihnen der Name nicht bloß spontan eingefallen ist, um die richtige Künstlerin zu schützen. Was denken Sie?«

Er nahm den Löffel und rührte den Kaffee wieder und wieder um, genau wie seine richtige Frau das tat.

»Ich denke, Sie sind ein kleiner Schlaukopf, Mr Palmerstone«, sagte ich. »Vielleicht sogar ein großer.«

Er hob die Hände.

»Bekenne mich schuldig. Ich bin ein schlauer, gut aussehender und ziemlich wohlhabender Schlaukopf, mit einer der größten Schmetterlingssammlungen Großbritanniens, um nur eine weitere Attraktion zu nennen.«

Ich fragte nicht, was die anderen waren. Er nahm einen Schluck, kostete ihn prüfend. Damit hatte er nicht gerechnet, das sah ich ihm an.

»Nicht schlecht.« Er klang überrascht.

»Der Beste in der ganzen Gegend«, sagte ich. »Kaffee hat sich in diesem Winkel der Welt noch nicht richtig durchgesetzt. Dafür haben wir aber einen fantastischen Schinkenspeck.«

»Ein Mann wie Sie kriegt wahrscheinlich auch ein gutes Spiegelei hin.«

»Und ich nehme an, ein Mann wie Sie möchte, dass ich eins für ihn in die Pfanne haue.«

»Zwei, genauer gesagt. Eins für mich und eins für ...«

»Dusty Springfield.«

Er zog die Augenbrauen hoch.

»Der Lidschatten«, erklärte ich. »Und die Figur natürlich.«

»Ja, sie ist ein Sechzigerjahre-Typ, nicht wahr? Verschafft mir wieder richtig Schwung und Spannkraft, jedenfalls wo es erforderlich ist. Apropos, würde es Ihnen sehr viel ausmachen, wenn wir im Bett frühstücken? Ich bin nämlich nicht sicher, ob wir da nicht noch was zu erledigen haben. Wir sind ziemlich unerwartet eingeschlafen.«

Er setzte ein selbstgefälliges Grinsen auf. Den Zahn würde ich ihm gleich mal ziehen.

»Tja, das ist nur natürlich«, sagte ich. »Liegt am Altersunterschied. Der überfällt einen ganz unerwartet. Toast dazu? Und Orangenmarmelade?«

»Wer könnte da Nein sagen?« Und weg war er.

Ich legte Speckscheiben in eine Pfanne, drehte den Herd auf klein, zog mir den Regenmantel über den Bademantel und flitzte zur Bäckerei, nur mit Pantoffeln an den Füßen. Als ich zurückkam, war der Speck schön knusprig. Dann warf ich, zack, die Brotscheiben in die Pfanne, und als die fertig waren, die Eier, zwei pro Person. Na, wieso nicht? In Sachen Frühstück muss ein Mann tun, was ein Mann tun muss.

Ich holte den Servierwagen, den Em als Gag auf dem Flohmarkt gekauft hatte, hängte zwei Geschirrtücher drüber, um die Rostflecken zu kaschieren, arrangierte alles darauf, stellte frischen Kaffee und Papierservietten dazu und rollte das gute Stück den Flur hinunter.

Sie saßen beide kerzengerade im Bett, die Münder aufgesperrt wie zwei Küken im Nest, obwohl er weniger niedlich aussah als sie, um ehrlich zu sein. Sie sah sogar echt spitze aus, nicht perfekt, wohlgemerkt, aber echt spitze, als wüsste sie genau, was für eine sie war, billig und anpassungsfähig, und wäre auch noch stolz drauf. Der Bienenkorb völlig aus der Form, die Schultern jung und nackt und die Wölbung weiter unten so ausgeprägt, dass meine Servierwagenräder anfingen zu quietschen. Ich knallte zuerst Gerald seinen Teller hin, weil er auf der Türseite des Bettes saß, dann rollte ich rüber auf die andere Seite. Ich war ihr fast so nah wie er. Egal, was ich zuvor gedacht hatte, diese Serviererei hatte einiges für sich.

»Guten Morgen, Mrs Durand-Deacon«, sagte ich. »Ich hoffe, Sie hatten eine angenehme Nacht?«

»Größtenteils befriedigend, danke«, sagte sie und kicherte los. Sie hatte eine Stimme wie eine Katze, die mit einer stumpfen Klinge geschoren wird, aber störte mich das? »Größtenteils«, hatte sie gesagt. Das war wie Balsam für meine Seele. Sie rutschte ein wenig hin und her und zog sich die dünne Decke obenrum noch ein winziges bisschen enger. Wunderbar, danke.

»Weil man in fremden Betten unruhiger schläft, nicht? Zu Hause ist es doch immer noch am schönsten.«

Ich nahm ihren Teller und stellte ihn ihr langsam und vorsichtig auf den Schoß, als wäre ich der Teller, als würde ich mich dort niederlassen. Den Trick hatte ich am Steuer des Vanden Plas gelernt, die Fühler ausstrecken im Beisein der Konkurrenz, des Gatten, des Auserkorenen, des gigantischen Fehlers. Da stehen sie drauf, jedenfalls einige. Genau deshalb tut man's ja. Der hier gefiel es. Sie sah zu mir hoch und strahlte mich an.

Ich nahm die Kaffeekanne. »Darf ich einschenken?«

Gerald war unerbittlich.

»Nein. Rollen Sie den Wagen auf diese Seite. Wissen Sie, was Sie noch tun können? Die Reservierung auf vier Nächte verlängern.«

»Aber Audrey hat gesagt ...« Ich stockte. Er hatte nichts gemerkt.

»Ich weiß. Aber wir haben so viel Spaß zusammen, es wäre ein Jammer, so stimulierende Gelegenheiten vorzeitig abzubrechen. Hab ich nicht recht, meine Liebe?«

Sie nahm ihre Scheibe gebratenes Brot und warf sie auf seinen Teller, leckte sich dann nacheinander die Finger ab. Es war wirklich schrecklich, was das mit mir anstellte. Ich knallte mit dem Servierwagen gegen das Fußende des Bettes.

»Ich weiß nicht, ob sich das machen lässt«, sagte ich. »Andere Reservierungen und so.«

Gerald wedelte mit seiner Gabel herum.

»Und dann ist da das Bild in der Galerie. Ich zermartere mir noch immer den Kopf, soll ich, soll ich nicht? Eintausend Pfund, sagten Sie? Oben im Flur wäre ein wunderbares Fleckchen, wo es meinen Freunden in Frinton Denkanstöße geben würde.«

»Was Sie nicht sagen!«

»Ja, ich sage so manches. Ich bin dafür bekannt, mit meiner Meinung nicht hinterm Berg zu halten. Und ich habe noch einiges mehr zu sagen, wenn wir uns heute Nachmittag oben am Kliff treffen. Drei Uhr hatten wir vereinbart, glaube ich.«

»Ach ja?«

»Da bin ich mir ganz sicher. So, wenn Sie sich jetzt bitte zurückziehen würden, Mr Greenwood, Charity und ich müssen uns auf unser leibliches Wohl konzentrieren.«

Es war zum Verrücktwerden. Ich konnte nicht zulassen, dass sie sich noch weitere drei Nächte einfach so in meinem Haus verlustierten. Das war nicht gut für meinen Seelenfrieden, von Audreys Sicherheit ganz zu schweigen. Ich schlüpfte in meine zerschlissensten Shorts, ging nach draußen, zog die Schutzhülle von der Kettensäge und ölte die Kette. Die Eisenbahnschwelle lag da und sah mich an, als wollte sie sagen: »Vergiss die scharfe Tussi im Haus. Lass mich stattdessen deine Magie spüren. Ich bin ein ganz anderes Kaliber.« Sie lag damit natürlich goldrichtig, aber meine Augen huschten trotzdem immer wieder zum Gästezimmerfenster auf der anderen Seite des Wintergartens, wo die Vorhänge noch immer zugezogen waren. Audrey hatte recht. Wir würden nicht drum rumkommen, Schilder aufzuhängen, die ihnen sagten, wie sie sich zu benehmen hatten: über dem Bett, über dem Spiegel, vielleicht würden wir sogar das Klopapier mit Benimmregeln bedrucken lassen. Beruhigungsmittel im Kakao waren auch keine schlechte Idee. Ebenso wenig wie koffeinfreier Kaffee am Morgen. Schluss mit diesem kräftigen, aufputschenden Unsinn, den ich ihnen vorhin in den Hals gekippt hatte.

Ich nahm einen von den dicken schwarzen Markierstiften, die ich griffbereit in einem Blumentopf aufbewahrte, und zeichnete das Konterfei eines Cornish Pasty aufs Holz. Ich fand es durchaus gelungen. Wie ein hochschwangeres D, jawohl, so sehen Cornish Pastys aus, und der gewölbte Teil ist an den Rändern, wo Ober- und Unterseite zusammentreffen, ganz kraus. Ein bisschen wie Schwangerschaftsstreifen, würde ich meinen, nur mit einer Gabel gemacht. Ich nahm die Kettensäge, schmiss sie an und spielte mit ihrem Gashebel, während ich herumging, das Motorgeräusch so laut, als würde einer von diesen Formel-1-Idioten seinen Rennwagen auf Touren bringen. War mir schon immer ein Rätsel, dieser Formel-1-Schwachsinn. Verstehen Sie mich nicht falsch. Ich mag Autos, wie sie sich anfühlen, auch wie sie aussehen. Ein schöner, kehliger Motor, eine edle Polsterung, zwei bequeme Vordersitze, die sich nach hinten kippen lassen, damit ich mich austoben kann. Aber Rennwagen sind keine richtigen Autos, oder? Es sind Sprit fressende Schrotthaufen, die von überteuerten Schwachköpfen gesteuert werden, die sich verkleiden, als wollten sie die nächste Bank überfallen. Und dann diese ganze Champagnerschüttelei am Ende, was soll das? Ich meine, wir wissen, was das soll, klar, aber soweit ich weiß, ist so ein Verhalten in der Öffentlichkeit für gewöhnlich nicht erlaubt, nicht mal in der Eurozone.

Ich trat an die Eisenbahnschwelle und fing an, das Pasty herauszuarbeiten, dicke Stücke überflüssige Eisenbahnschwelle flogen in alle Richtungen, die Kette peitschte durch die Luft, als würde sie von einem der drei Musketiere geschwungen. Es packte mich so richtig. Tja, so ist das nun mal, wenn du Künstler bist. Es soll dich so richtig packen, darum geht's schließlich. Du denkst, du bist frei, aber das bist du nicht. Du steckst in dem, wie Em es nennt, »immerwährenden Widerstreit zwischen der Intention der Kunst und ihrer Form«, dem ewigen Kampf zwischen Ordnung und Chaos, mit Vincent van Trottel mittendrin, unsicher, ob er festhalten oder loslassen soll, ob das Bild, das am Ende hinten rauskommt, beschissen ist oder nicht.

Und in dem Moment hatte ich losgelassen. Ich dachte nicht an Audrey oder Mrs Durand-Deacon oder die zwei, die fröhlich im Gästezimmer pimperten, mit meinem kräftigenden Frühstück im Bauch. Ich schwebte frei im Land der Cornish Pastys. Ich hatte sie wieder so vor Augen, wie sie damals in meiner Kindheit waren, ordentlich gestapelt in der Speisekammer, wie ein kleines Kartenhaus, acht oder zehn an der Zahl, am Tag zuvor von meiner Mum gebacken, schön glänzend goldbraun, als hätten sie den ganzen Tag am Strand gelegen, um die richtige Farbe zu bekommen, und sie sahen mich alle an, als würden sie mit ihren gekräuselten Mündern lächeln, als würden sie sagen: »Mehr Glück kannst du nicht haben, Junge, auch wenn du's versuchst«, und ihr Fleischduft erfüllte mein Herz, als wüsste ich, dass sie recht hatten. Sie waren so real, fast lebendig. Da draußen auf der Terrasse konnte ich spüren, wie sich mir allein bei dem Gedanken an sie sehnsüchtig der Magen zusammenzog, ich konnte wieder ihre alte Wärme in der Hand spüren und ihr Gewicht. Mums Cornish Pastys waren groß, lagen in der Hand wie ein hübsch geformter Steinbrocken, als wärest du David und drauf und dran, Goliath eine zu verpassen. Was konnte schon schiefgehen, wenn deine Finger eins von ihnen umschlossen? Bei so einem Cornish Pasty wusstest du, woran du warst, was dich erwartete. Und als ich so dastand und das erste heraussägte, als ich sah, wie eins von Mums Cornish Pastys vor meinen Augen Gestalt annahm, da wurde mir bewusst, dass ich noch nie irgendwas für meine Mum gemacht hatte, seit ich Künstler geworden war, noch nicht mal dran gedacht hatte, kein einziges Mal. Aber jetzt war ich dabei, etwas extra für sie zu formen, so gut ich konnte. Ich, Al Greenwood, machte meiner Mum ein Cornish Pasty! Allein der Gedanke daran brachte mein Herz schier zum Bersten.

Dann traf mich etwas fest am Hinterkopf. Ein Stück überschüssiges Holz, gut gezielt. Genau, wie ich's geplant hatte. Ich vergraulte Gerald seine Postfrühstücksnummer. Ich drehte mich um, lächelnd, um zu signalisieren, dass mich das nicht die Bohne störte, doch stattdessen sah ich, wie Alice Blackstock hinter ihrem schützenden Zaun schon mit einem weiteren Wurfgeschoss ausholte. Sie winkte und gestikulierte, ich sollte zu ihr kommen. Ich stellte den Motor ab, ging hinüber. Ich war sowieso fast fertig.

»Al«, sagte sie. »Ich hab mir eine Ewigkeit die Lunge aus dem Hals gebrüllt. Ist alles in Ordnung? Sie haben einen Höllenlärm veranstaltet.«

»Tut mir leid, Alice. Hab ich Sie geweckt? Das kommt von der blöden Kette. Die Zähne müssten mal wieder geschärft werden.«

»Ich meine nicht die Säge«, sagte sie. »Ich meine, ob mit Ihnen alles in Ordnung ist. Sie wirken etwas bekümmert.«

»Ich?« Ich blinzelte, wischte mir mit dem Handrücken über die Augen. Sie waren ganz nass. Die Wangen auch. Ach du Schande, ich hatte geflennt wie ein Neugeborenes und es nicht mal gemerkt.

»Das kommt vom Kettenöl«, sagte ich. »Hätte die Schutzbrille aufsetzen sollen.« Ich deutete auf das Kunstwerk. »Wie finden Sie's?«

Sie sah mich streng an, als würde sie mir kein Wort glauben, nahm dann *Cornish Pasty No. 1* in Augenschein. Das war typisch Mrs B. Du wusstest nie, wie viel sie wusste.

»Sagenhaft!«, sagte sie. »Einfach sagenhaft. Was ist das?«

»Was meinen Sie denn wohl? Ein Cornish Pasty natürlich. Ich erweitere mein Repertoire. Haie stehen mir inzwischen bis hier. Ich verlege mich auf Stillleben.«

Sie nickte, starrte noch immer auf mein Werk. In meinen Augen war offensichtlich, was es darstellte, es schrie ja förmlich Cornish Pasty, aber Alice ließ sich Zeit. Ich hatte kein Problem damit. Das machen Leute schon mal bei der Avantgarde.

»Wieso dann nicht primitive Totempfahlformen?«, sagte sie nach einer Weile. »Oder vielleicht ein urtümlicher Akt, wie Ihre Nymphe da, nur mit besserer Körperhaltung. Auf so was fahren die meisten Leute ab.«

»Weil das jeder macht, deshalb. Ich beschreite hier neue Wege, Mrs B. Damien Vierauge nicht mitgezählt, hat vor mir keiner in Haien gemacht, und Sie können Gift drauf nehmen, dass vor mir noch nie einer Cornish Pastys gemacht hat.«

»Stimmt.«

»Ich überlege, eine ganze Sammlung von ihnen herzustellen, wie man sie in einem richtigen Laden findet, für den Anfang aus Holz, aber später vielleicht aus Stein oder Beton. Ich bin ein echter Betonfan. Beton ist dauerhafter, ein hübscher Gegensatz zum eigentlichen Cornish Pasty, das schon allein dadurch, dass es binnen weniger Stunden nach Herstellung verputzt wird, etwas Vergängliches hat.«

Sie klatschte in die Hände. Sie spürte, dass ich einen richtigen Höhenflug hatte.

»Sehr scharfsinnig von Ihnen, Al. Allmählich erfassen Sie die Dichotomie zwischen Realität und Fantasie. Und je besser ein Cornish Pasty ist, desto vergänglicher ist es natürlich auch. Das heißt, je besser Ihre Skulptur aussieht, desto länger sollte sie Bestand haben. Geben Sie mir einen Kuss, Sie kluger Mann!«

Ich gab ihr einen Kuss. Sie hatte heute Morgen selbst schon einige Höhenflüge gehabt. Das roch ich an ihrem Atem. Na und, wieso nicht?

»Ich wusste, dass Sie einen Blick dafür haben. Da steckt allerhand Potenzial drin. Vielleicht könnte ich das kornische Fremdenverkehrsamt überzeugen, einen ganzen Haufen zu bestellen, dann hätten sie was zum Aufstellen vor den Informationsbüros. Direkt neben den Schildern mit der Aufschrift: ›Willkommen in Cornwall. Heimat des Cornish Pasty.‹«

»Steht das auf vielen von den Schildern?«

»Nein, aber es könnte draufstehen, mit so einem Prachtexemplar gleich daneben. Ich denke hier weit voraus, Mrs B. Den Möglichkeiten sind keine Grenzen gesetzt. Ich könnte zum Beispiel eins am Lizard Point aufstellen, dann wäre das Erste, was Johnny Matrose von Land's End zu sehen kriegt, ein scheißfettes Cornish Pasty, entschuldigen Sie meine Ausdrucksweise.«

Sie machte vor Aufregung einen kleinen Hüpfer. Auch das war typisch Alice Blackstock. Sie war leicht zu begeistern. Kannte kein Halten.

»Vielleicht könnte sich der Angel of the North eins unter den Flügel stecken.«

»Wer?«

»Sie wissen schon, die Antony-Gormley-Skulptur bei Newcastle.«

»Ach die.«

Em war ganz begeistert von Antony Fatzke Gormley, kriegte jedes Mal leuchtende Augen, wenn er in der Glotze auftauchte und mit seinem neuesten Werk angab, für gewöhnlich eine weitere Skulptur von Raten-Sie-mal-wem? So viel zum Thema männliche Selbstbespiegelung. Ich selbst konnte nicht nachvollziehen, was sie an ihm fand. Außerdem hatte sie doch schon einen bahnbrechenden Bildhauer, der sie antörnte.

»Ich denke nicht«, sagte ich mit deutlichem Nachdruck. »Der ist Nordengländer, und sein Engel würde ein ordentliches Pasty wahrscheinlich selbst dann nicht erkennen, wenn es ihm durch den Heiligenschein plumpste. Aber ein Pasty auf dem Bauch von einer von Henry Moores liegenden Aktfiguren, als wäre die drauf und dran, es zu verdrücken, na, das nenn ich eine gute Idee.«

Jemand räusperte sich. Audrey stand in der Tür zwischen Wintergarten und Wohnzimmer. Ich glaubte zwar nicht, dass Alice sie von da, wo sie stand, sehen konnte, aber sie ging ein ganz schönes Risiko ein.

»Muss wieder rein, Mrs B«, sagte ich. »Unsere ersten zahlenden Gäste, wissen Sie.«

»Und ob. Ich hab sie gestern ankommen sehen. Fand es sehr interessant.«

Ich sah zu den noch immer zugezogenen Vorhängen hinüber. Die zwei wollten es mir wohl so richtig zeigen.

»Na ja, ihre Essgewohnheiten lassen einiges zu wünschen übrig, und sie ist ein bisschen zu jung für ihn, aber leben und leben lassen, das ist mein Motto. Ich meine, wie kämen wir dazu, uns über andere ein Urteil zu erlauben?«

Sie schüttelte ungeduldig den Kopf.

»Das meine ich nicht. Ich hab mich gefragt, wer ihnen die Tür aufgemacht hat.«

Sie legte den Kopf schief, die Neugier in Person. Wie ich ungestraft davongekommen bin, nachdem ich sie damals die Treppe runtergestoßen hatte, wird mir ein ewiges Rätsel bleiben.

»Wie meinen Sie das?«

»Na ja, Em war schon mit ihrem Auto weggefahren, und Sie mit Ihrem. Und trotzdem hat jemand sie reingelassen.«

Sie inspizierte ihre Finger, wartete auf eine Antwort. Nicht zum ersten Mal wurde ich daran erinnert, warum ich ihr damals ein Bein gestellt hatte, sodass sie die Treppe runterpurzelte. Nicht dass ich ihr übelwollte, damit das klar ist, nicht jetzt, und damals eigentlich auch nicht. Aber ich hatte ihr den Namen »Schnüffelnase« nicht ohne Grund verpasst. Sondern weil sie schnüffelte. Immer genau dann, wenn es einem am wenigsten in den Kram passte. Es steckte ihr im Blut, zusammen mit dem Roten Libanesen.

»Dann kann das nur mein neues Künstlermodell gewesen sein«, sagte ich geistesgegenwärtig. »Ich will mich auch auf Akte verlegen, was Urtümliches, wie Sie vorhin sagten, die ältere Höhlenfrau, die am Feuer kauert, hüllenlos, Trauben stampft, Bärenfelle flickt, ein bisschen was backt, für ihren Mann, wenn er vom Jagen nach Hause kommt.«

Sie verzog das Gesicht. Sie konnte mitunter unnötig kritisch sein.

»Hört sich für mich nicht sehr urtümlich an.«

»Nein? Dann warten Sie mal, bis Sie sehen, womit sie ihn begrüßt. Einem Steinzeit-Donut in der einen Hand und einer Keule in der anderen, für den Fall, dass er sich danebenbenimmt.« Ich schaute mich wieder um. Audrey gestikulierte wie wild. »Hören Sie, ich muss jetzt wirklich rein. Wir unterhalten uns später weiter.«

Ich ging ins Haus, machte die Tür fest hinter mir zu. Audrey trug den roten Rüschenrock und den flauschigen Pullover. Tadaa!

»Machst du einen auf Cheerleader?«, fragte ich und ging rasch auf sie zu. Ich packte sie am Arm und zog sie Richtung Dielentür. »Was zum Teufel ziehst du hier ab?«, zischte ich. »Geh wieder ins Schlafzimmer und bleib da. Ich sag dir Bescheid, wenn die Luft rein ist.«

Sie schüttelte mich ab. Sogar ziemlich mühelos. Früher waren wir beim Armdrücken mehr oder weniger ebenbürtig gewesen. Jetzt war ich mir da nicht mehr so sicher.

»Die Luft ist völlig rein«, sagte sie, und ihre Stimme hallte von den Wänden wider wie eine Bahnhofsdurchsage. »Deine Gäste sind nämlich weg.«

»Was, ohne zu bezahlen? Saupack!« Ich lief ins Gästezimmer. Leer, bis auf ein Männertaschentuch auf dem Bett. Ich nahm es. »Sieh dir das an. Das ist alles, was er hiergelassen hat. Ein dreckiges Taschentuch. Wo ist mein Scheißautoschlüssel? Die können noch nicht weit sein. Wenn ich den Kerl erwische, stopf ich ihm seine Rotzfahne in den Hals.«

Jetzt war sie es, die mich bremste.

»Reg dich ab, Al. Ihre Sachen sind hier, in der Diele. Er hat dir eine Nachricht hinterlassen. Sieh mal da.«

Mein dreieckiger Hut lag auf dem Kaminsims, und in der Krempe steckte ein Zettel. Ich ging hin, zog ihn raus.

»*Diesmal haben Sie gewonnen*«, stand da. »*Revanche um drei heute Nachmittag. Seien Sie pünktlich. Ohne Gepäck, einschließlich Ehefrauen, natürlich.*«

»Soll heißen?«, blaffte Audrey. Sie war im Suchscheinwerfermodus.

»Er spielt Spielchen mit mir, siehst du das nicht?«

»Was für Spielchen?«

»Das hat mit seinem Alter zu tun, Audrey, mit seiner Frau, mit der Frau, die er für meine hält. Er war derjenige, der das Bild gut fand, das ich in der Galerie aufgehängt hab, du weißt schon, das ohne? Zumindest hat er das behauptet. Könnte natürlich auch wieder eins von seinen Spielchen sein.«

Sie schien gar nicht zuzuhören.

»Und du, Al? Was spielst du für Spielchen? Ich hab noch immer nicht gehört, wie du mich an Bord schaffen willst. Und die Idee mit dem einsamen Strand gefällt mir auch nicht. Ich kann mir nicht vorstellen, dass es in ganz Dorset kein anderes Versteck gibt. Wie wär's draußen auf dem Artilleriegelände? Wieso kann ich mich nicht da verstecken, in einer von den Ruinen? Derzeit sind doch keine Schießübungen.«

Das Artilleriegelände lag auf der anderen Talseite. Wir waren früher nach Einbruch der Dunkelheit oft dort gewesen, Audrey und ich, waren über den Drahtzaun geklettert, zu den zerschossenen Hütten gelaufen und hatten uns die Seele aus dem Leib geschrien, wenn die Granaten keine halbe Meile entfernt einschlugen. Die Erde unter uns hatte gebebt. Gut zwanzig Jahre später hatte sie meine Miranda dort entsorgt, mit eingeschlagenem Schädel.

»Wie schön, dass du immer noch so sensibel bist«, sagte ich zu ihr. »Mein Gott, Audrey, was denkst du dir bloß? Aber keine Sorge, das mit dem Strand ist vom Tisch. Du bleibst besser hier. Es sind nur noch ein paar Tage, bis wir in See stechen.«

»Mit mir an Bord?«

»Ich arbeite dran, Audrey. Es ist nicht einfach.«

Sie fing an, auf und ab zu tigern.

»Ich weiß nicht. Es ist, als wäre ich nie weg gewesen. Ich hab keine Ahnung, was du denkst, was du machst, wen du ... Ich bin einfach hier eingesperrt, genau wie damals, hantier in der Küche rum, tigere auf dem Scheißteppich hin und her. Menschenskind, ich hätte vorhin fast gesaugt. Ich meine, stell dir vor, ich wollte deinen dämlichen Zottelteppich saugen. Genau davon wollte ich doch weg, von dir, von dem Ganzen hier. Und ich renn noch immer in diesem bescheuerten Rot rum.«

Ihre Fäuste waren geballt, ihr Gesicht verkrampft. Ich hatte so was im Knast gesehen, wenn die Wände einfach zu viel wurden und dir nichts anderes blieb, als um dich zu schlagen. Aber sie war ja nun nicht im Gefängnis, oder? Sie war in ihrem früheren Zuhause, mit ihrem früheren Mann, der um sie herumscharwenzelte. Manche Leute wissen einfach nicht, was für ein Glück sie haben.

»Audrey, beruhig dich. Nächste Woche um diese Zeit sieht alles ganz anders aus.«

Ich nahm die Autoschlüssel vom Tisch. Sie fing an, mit dem Fuß zu wippen.

»Wo willst du denn jetzt schon wieder hin?«

»Ich muss Sachen erledigen, Audrey, mit Leuten reden, Pläne anleiern. Ich bin wieder da, wenn ich wieder da bin. Vielleicht ein bisschen später.«

»Siehst du?«, sagte sie und wurde puterrot im Gesicht. »Du machst es schon wieder. Lässt mich zu Hause schmoren, ohne mir zu sagen, was zum Teufel los ist. Sachen erledigen, mit Leuten reden. Was für Sachen? Was für Leute?«

Ich legte die Finger an die Lippen. Es war eine Sache, ihr aus der Klemme zu helfen. Es war eine ganz andere, die natürliche Ordnung der Dinge durcheinanderzubringen. Ich war Al, der große Jäger und Sammler, und sie, sie war da, wo sie hingehörte, an Heim und Herd, wo sie sich nützlich machen sollte.

»Apropos Teppich«, sagte ich. »Der könnte wirklich mal gründlich gesaugt werden. Und weißt du, was? Wenn du damit fertig bist, könntest du uns doch einen leckeren Biskuitkuchen backen, für später, wenn ich wieder da bin. Wir haben da eine köstliche Heidelbeermarmelade im Kühlschrank.«

Ich ging, ehe sie ein weiteres Wort sagen konnte. Als ich davonfuhr, konnte ich etwas hören, das ich seit Jahren nicht gehört hatte, das Geräusch, wie Audrey Töpfe und Pfannen über den Küchenboden kickte. Mrs B konnte es garantiert auch hören. Ich wusste, ich hätte es mir verkneifen sollen, weil es nicht komisch war, aber ich musste einfach lachen.

Ich fuhr zum Kaufhaus. Ich hatte einiges zu besorgen. Neue Klamotten für die bevorstehende Kreuzfahrt. Der äußere Schein war auf einem Schiff wie der *Lady Di* genauso wichtig wie früher am Steuer des Vanden Plas. Du musst schick aussehen, seriös, das brauchen sie, damit sie sich wunders was drauf einbilden können, wie toll sie doch sind und was für erfolgreiche Sprösslinge sie haben, nur dass die sich schon längst vom Acker gemacht haben. Aber nichts für Audrey, und wenn sie noch so sehr bettelte. Sie sollte keinerlei Anlass haben, die Kabine zu verlassen. Je röter die Klamotten, desto geringer die Wahrscheinlichkeit, dass sie sie in der Öffentlichkeit tragen wollte. Ich schaute trotzdem in der Damenabteilung vorbei, nur auf gut Glück, aber Trudi war nicht da. Ich war ein wenig enttäuscht. Ich hätte es gern noch mal bei ihr versucht.

Ich kaufte ein paar Hemden, verstaute das Zeug im Auto und machte mich auf die Suche nach was Essbarem. Von der Arbeit an der Pasty-Skulptur knurrte mir der Magen. Ich hatte seit dem Aufstehen noch nichts gegessen. Ich dachte nicht konkret an Pastys, jedenfalls nicht bewusst, aber dann sah ich sie, schön gestapelt auf der Theke von so einer Bäckerei. Sie sahen nicht ganz so toll aus wie die von Mum, aber das war ja auch unmöglich. Sie hatte sie schließlich nicht gebacken. Dennoch, das Verlangen überkam mich. Ich betrat den Laden. Der Bäcker fuhrwerkte hinter der Theke herum, ein rundlicher kleiner Miesmacher mit einer von diesen schlaffen weißen Mützen auf dem Schädel, um uns zu zeigen, dass er Bäcker war. Ich mein, ich hätte nie was anderes vermutet, allein schon wegen der vierzehn unterschiedlich geformten Brotlaibe hinter ihm im Regal.

»Guten Morgen, Bäckermeister«, sagte ich schön laut und munter und griff nach meinem Portemonnaie. »Ich nehme sieben von Ihren besten Cornish Pastys, wenn ich darf.«

Er sah auf den Stapel, bewegte die Lippen beim Zählen.

»Dann ist nur noch eins übrig«, sagte er ein wenig verstimmt. Es war zwar nicht der beste Auftakt, aber ich war guter Laune. Fragen Sie mich nicht, warum. Ich öffnete die Hand, die Großzügigkeit in Person, so bin ich nun mal.

»Dann nehme ich alle. Sonst fühlt sich das letzte Pasty noch einsam.«

Kaum hatte ich das gesagt, kam mir ein Song in den Sinn, den Mum dauernd gehört hatte. Sie hatte mich dabei in den Armen gehalten, mich hin und her gewiegt, den Text laut mitgesungen, *Oh, what a lonely boy, Oh, what a lonely boy*, als hätte sie gewusst, dass ich auch einer werden würde, als hätte sie es von Anfang an gewusst. Mannomann. Der Bäckermeister setzte eine finstere Miene auf, als hätte ich etwas Unhöfliches gesagt. Da sehen Sie's, da versucht man mal, nett zu sein, und keiner weiß es zu schätzen.

»Ich meinte eigentlich, was ist dann mit meinen Stammkunden? Was sollen die essen?«

»Bin ich hier in einer Ratesendung? Ich hab keine Ahnung, was Ihre Stammkunden essen sollen. Und es interessiert mich auch nicht.« Das war wenig hilfreich. Aber das sollte es ja auch nicht sein. Er drückte sich mit den Fingern die Nase. Sehr hygienisch.

»Mich aber. Es sind meine Stammkunden. Die erwarten ihre Pastys. Sie essen sie zum Lunch.« Er plusterte sich auf, verteidigte sein Revier. Das hatte mir noch gefehlt, ein Bäcker, der frech wurde.

»Oh, Entschuldigung. Vielleicht brauch ich ja eine Brille.« Ich spähte genauer hin. »Weil ich nämlich an keinem von denen ein Schildchen sehe, auf dem steht: ›Dieses Cornish Pasty ist für den ehrenhaften Bürgermeister von Dreckskaff-am-See oder irgendeinen anderen Würdenträger reserviert.‹ Vielleicht sind sie ja abgefallen. Gab's hier in letzter Zeit irgendwelche Erdbeben?«

Er sagte nichts, scharrte bloß mit den Füßen, sah die Frau an, die hinter mir stand. Oh gut. Ich hatte Publikum.

»Nein? Na, dann drängt sich einem als Zugereister in dieser Gegend die Frage auf, wenn sie reserviert sind, warum liegen sie überhaupt auf der Theke? Bloß um uns Neulinge zu verwirren oder damit wir uns unerwünscht fühlen? Was ist mit den Hefeteilchen da? Oder den Cremeschnecken? Sind die auch tabu? Ich meine, ich Dummerchen. Da geh ich in eine Bäckerei und erwarte tatsächlich, etwas kaufen zu können, das auf der Theke liegt. Ich meine, wie kann man nur so blöd sein. Aber ich bin ja auch bloß ein ungebildeter Bauer vom Lande. Wahrscheinlich hab ich sogar Stroh im Hintern.«

Er holte tief Luft.

»Hören Sie, die Pastys sind natürlich nicht alle reserviert. Ein paar können Sie haben.«

Ich entspannte mich. Er wusste es nicht, aber ich hatte schon fast gewonnen.

»Ich muss sagen, das ist sehr anständig von Ihnen. Wie viele würden Sie vorschlagen?«

Er dachte, er käme damit durch.

»Ich kann Ihnen fünf geben. Ja, fünf wären in Ordnung.«

»Fünf. Verstehe. Und was sage ich dem behinderten Jungen im Bus? Dass sein Freund mit der Beinschiene, der neben ihm sitzt, eins haben kann, er aber nicht?«

»Wie bitte?«

»Der Ausflug, für den ich einkaufe, eine Busladung Kinder, behindert, obwohl wir das Wort nicht gern benutzen, Sie verstehen. Was soll ich denen sagen? Dass Eric eins haben kann, Charlie aber nicht? Oder soll ich ihnen nur kleine Pasty-Stücke geben, als würden sie kein ganzes verdienen, weil sie querschnittsgelähmt sind und so?«

»Nein, ich würde doch nicht ...«

»Ich meine, ich hab nichts dagegen, wenn Ihre feinen

Kunden mit ihren zwei Armen und zwei Beinen und allem anderen, was wir für selbstverständlich halten, jeden verdammten Tag in der Woche, ob es regnet oder die Sonne scheint, ihre Cornish Pastys kriegen, oh nein, aber wenn ein paar benachteiligte Kinder einmal im Jahr einen Ausflug ans Meer machen – dann sagt Bäcker Rabenaas, nein, verpisst auch, ihr Spastis, lutscht von mir aus ein paar Algen. Ich mach Ihnen einen Vorschlag. Vielleicht haben Sie ja zufällig noch ein paar vergammelte Wurstbrötchen von gestern übrig, die ich aufteilen kann?«

»Bitte. Ich hatte doch keine Ahnung, dass ...«

»Nein, allerdings nicht, was? Ich möchte sie einzeln eingepackt, wenn es Ihnen nichts ausmacht, und am Schluss alle in eine große Tüte. Das letzte können Sie uneingepackt obendrauf legen, das koste ich dann auf der Fahrt zum Strand. Bin gespannt, was Ihren Stammkunden entgeht. Und eine Tüte Donuts können Sie gratis dazugeben, als persönliche Spende.«

Er konnte gar nicht schnell genug alles einpacken, um mich aus dem Laden zu kriegen. Ich ging hochzufrieden, schwang die Tüten hin und her. Acht Cornish Pastys müssten für Audreys Lunch in unserer Kabine reichen, bis wir sie endlich loswurden, obwohl sie, wie ich sie kannte, nicht widerstehen können und auf Anhieb zwei oder drei verputzen würde. Trotzdem, Kabinenservice konnte sie sich abschminken, hundertpro. Ich hatte ihr das noch nicht gesagt. Sie würde es früh genug merken.

Zurück auf dem Parkplatz, stieg ich in den Citroën und steuerte gemächlich Richtung Parkplatzausfahrt, die beiden Tüten auf dem Beifahrersitz. Als ich an der Ausfahrt warten musste, fiel mir das Cornish Pasty ein, das ich vom Bäckermeister nicht hatte einpacken lassen, um zu kosten, was er draufhatte. Ich wollte es probieren, bevor ich nach Hause kam, denn wenn die Pastys wirklich gut waren, wäre es eigentlich ein Jammer, sie an Audrey zu vergeuden, die offen gestanden ein echtes Cornish Pasty nicht von irgendwas Belgischem unterscheiden konnte. Stattdessen würde ich die ganze Bande einfrieren und mir jederzeit eins genehmigen, wenn ich beim Bildhauern oder so Appetit drauf bekam. Audrey konnte sich auch mit ein paar Dosen Corned Beef und einem Dosenöffner begnügen.

Ich öffnete die Tüte, kramte herum, bis ich fündig wurde, und holte das Pasty raus. Ich musste noch warten, bis so ein blöder Volvo Kombi vor mir endlich in die Gänge kam, und nahm schon mal einen Bissen, ganz vorsichtig, um den Sitz nicht vollzukrümeln. Wenn ich eins in einem Fahrzeug nicht abkann, dann sind das Krümel auf dem Sitz. Ich weiß nicht, was es war, ob ich es schmeckte oder ob ich es bloß sah, dieses Fleckchen verräterisches Orange aus dem Augenwinkel, leuchtend wie ein fuchsrotes Schamhaar, das in einer Schüssel Vanillepudding schwamm. Genau genommen traf keines von beidem zu. Ich glaube, ich roch ihn, sobald meine Zähne sich in den Teig bohrten, den unverkennbaren Gestank von MÖHREN. Wie auch immer, ein Biss hinein, und es kam alles raus, Fleisch, Kartoffeln, das klein gewürfelte Unaussprechliche, plitsch, platsch, spritzte nicht nur an die Windschutzscheibe, nein, auch aufs Lenkrad und das halbe Armaturenbrett, und der Rest von der Schweinerei fiel mir zwischen die Beine und auf den Sitz.

Kein Wunder, dass der Schock mich aus der Fassung brachte. Als ich mich ein Stück vom Sitz abdrücken wollte, um die gröbste Pseudo-Pasty-Sauerei aus der Umgebung meines Schritts zu beseitigen, trat ich aus Versehen aufs Gaspedal, der Citroën machte einen Satz nach vorn und krachte Madame Volvo hinten rein. So, wie sie aus dem Wagen sprang, auf ihre kleine Göre zeigte, die sich auf der Rückbank die blutende Nase hielt *(na, sie hätte sich anschnallen sollen, Madam, wie es im sicherheitsbewussten Schweden Vorschrift ist)*, hätte man meinen können, ich hätte ernsthaften Schaden angerichtet, dabei war bloß das Rücklicht kaputt, mehr nicht, plus die Beule im Kotflügel und das Blut auf dem Polster. Aber sie kam regelrecht rausgeschossen (hübsches kleines Kraftpaket, stramm, kompakt, wahrscheinlich fitnessstudiogestählt) und beschimpfte mich mit Ausdrücken, die ihre kleine Göre noch mindestens zwei Jahre nicht hören sollte und schon gar nicht auf dem Weg zum Nachmittagsballettunterricht, von wegen, ob ich Arschloch keine Augen im Kopf hätte, wieso zum Henker ich überhaupt mit so einer albernen französischen Dreckskarre rumkutschieren würde, und ich würde zu gegebener Zeit von ihrem Mann hören, der zufälligerweise beim Straßenverkehrsamt arbeitete und bestens mit dem stellvertretenden Polizeichef befreundet wäre. Sagenhaft, nicht? Diese Autofahrerinnen, so selbstbewusst.

Ich rollte mich zur Fahrertür hinaus.

»Es tut mir schrecklich leid, Madam«, sagte ich, krümmte mich und hielt mir den Bauch. »Aber ich glaube, ich bin gerade vergiftet worden.«

»Vergiftet?« Sie brach ihre Schimpftirade jäh ab und kam näher.

»Der Bäcker ein Stück die Straße runter ...« Ich deutete auf die Tüten auf dem Sitz. »Ich hab heute Morgen eins von seinen Scheiß-Pastys gegessen, entschuldigen Sie den Ausdruck, und ... oh, mir wird ganz schwindelig.«

Ich lehnte mich gegen die Motorhaube des Citroën.

»Bäcker?«, sagte sie. Sie spähte in den Wagen und sah die Tüten. »Angus McWhirtle?«

»Genau der. Ich hätte gewarnt sein müssen, bei so einem Namen. Wenn Sie in den letzten paar Tagen bei ihm was gekauft haben, dann gute Nacht …«

Ich krümmte mich wieder und spuckte ihr die letzten kornischen Spritzer auf die Sandalen.

»Ach du je.« Sie sprang zurück, bemüht, sich nicht dran zu stören. »Sie Ärmster. Kann ich irgendwas tun?«

Ich hielt mir wieder den Bauch. Konnte sie irgendwas tun?

»Wo geht's denn zum nächsten Krankenhaus? Ich glaube, die Notaufnahme wäre jetzt das Richtige.« Ich würgte trocken. Sie hielt ihre Füße diesmal sicher auf Abstand.

»Das ist gleich die Straße hoch, nach dem zweiten Kreisverkehr links. Soll ich Sie hinfahren?«

Ich lächelte, schwach, aber tapfer, wie Admiral Nelson auf der *HMS Victory*.

»Nein. Kümmern Sie sich um die kleine Ballerina da. Nicht dass sie noch mehr Blut aufs Tutu bekommt, oder? Wenn Sie nur so nett wären, Ihren Wagen beiseitezusetzen. Volvo Kombi, hä? Die sind spitze, nicht? So sicher.«

Und sie tat es, die Gute, vergaß das Rücklicht und den Kotflügel und die blutende Nase ihrer Göre und fuhr den Volvo an den Straßenrand. Als sie sich an den Schaden erinnerte, den ich angerichtet hatte, war ich längst um den ersten Kreisverkehr herum und gondelte die Straße runter, wo Bäckermeister Angus McWhirtle sein Unwesen trieb. Ich parkte eine Querstraße weiter, machte mich mit Geralds blödem Taschentuch wieder präsentabel und stieg aus. Und er war noch immer da, hantierte in Schürze und

Deppenmütze herum. Ich riss die Ladentür auf und knallte die Tüten auf die Theke.

»Angus! Erinnern Sie sich an mich? Der Mann mit den acht Cornish Pastys, von denen Ihre Stammkunden nicht genug kriegen können? Sagen Sie, ist das da hinter Ihnen eine Hochzeitstorte?«

Er wandte den Kopf, um einen stolzen Blick darauf zu werfen.

»Ist Ihnen aufgefallen, was? Ja. Für eine Hochzeit morgen. Reizende Familie. Kenne die Braut schon, seit sie ganz klein war.«

»Ein Prachtexemplar. Mit all den Zutaten, die reingehören, was? Mehl, Eier und so weiter?«

»Mit einer Mandelcremefüllung. Wir backen eine ganz besondere Hochzeitstorte.«

»Ohne Möhren, nehme ich an?«

»Möhren?«

»Ja, Sie wissen schon, die langen, spitz zulaufenden Dinger, in der Farbe Ihrer Haare.«

»Nein, selbstverständlich ohne Möhren.« Er blickte seiner letzten Kundin nach, die gerade zur Tür hinaushastete.

»Nein. Ich Dummerchen. Natürlich nicht. Ich meine, welcher Bäcker, der was auf sich hält, würde Möhren in eine Hochzeitstorte tun? Und die Donuts da? Ich nehme an, die sind auch möhrenfrei, bloß Erdbeermarmelade und was weiß ich nicht alles.«

»Natürlich. Was soll die Fragerei?«

»Und Ihre Stammkunden, die bei Ihnen Pastys kaufen. Ich meine, die sind nicht benachteiligt oder so, wie meine kleinen Jungs, haben nicht den Sinn ihrer Geschmacksknospen verloren oder so. Ich meine, ich weiß, meinen Kids fehlen ein paar Drachmen zum Euro, aber trotzdem ...«

Ich holte das angebissene Pasty hervor und öffnete es noch ein bisschen mehr.

»Sehen Sie das da? Eric hätte sich das fast in den Mund gesteckt. Er ist ein sensibler Junge, wenn er einen guten Tag hat.«

Er sah genauer hin.

»Wo liegt das Problem?«

Ich zeigte darauf. Es sah aus wie etwas, womit Sigourney Weaver sich rumgeschlagen hatte.

»Das bereits erwähnte Gemüse«, sagte ich. »Möhren, um die jedes andere Backwerk in Ihrem Laden einen großen Bogen gemacht hat, da liegt das Problem.«

»Ist der Kleine allergisch gegen Möhren?«

»Nein. Er ist allergisch gegen etwas, das sich Cornish Pasty nennt, obwohl es keins ist.«

Er trat zurück, sah mir in die Augen.

»Ich hab sie nicht Cornish Pastys genannt.«

»Wie bitte?«

»Ich hab sie nicht Cornish Pastys genannt. Das haben Sie getan. Ich nenne sie bloß Pastys.«

Ich räusperte mich. Hier bestand Klärungsbedarf.

»Entschuldigen Sie, aber habe ich nicht dieses Geschäft betreten und mein Portemonnaie gezückt mit den Worten, ich möchte acht von Ihren besten Cornish Pastys, und haben Sie dann nicht mit der Diskussion angefangen, wie viele ich haben könnte und wie viele nicht? Sie haben nicht gesagt, es tut mir schrecklich leid, guter Mann, aber das sind keine kornischen Pastys, wie es auf den ersten Blick scheinen mag, sondern es sind komische Pastys, die ich für irgendwelche saublöden Dummköpfe zusammenklatsche, die keine Ahnung haben, oder? Nein. Sie haben zugelassen, dass ich sie in dem Glauben kaufte, es wären anständige, echte Cornish Pastys, obwohl sie genau wussten, dass es keine sind.«

»Natürlich wusste ich, dass es keine sind.«

»Ach ja?«

»Nur Bäcker in Cornwall dürfen ihre Pastys Cornish nennen.«

Der Mann hatte echt Nerven. Er stand da, ohne einen Funken Besorgnis im Gesicht.

»Wo ist dann das Warnschild mit der Aufschrift: ›Achtung! Hier gibt es nur komische Pastys zu kaufen. Wenn Sie kornische wollen, ab nach Truro.‹«

»Ich brauche kein Schild. Wir sind hier nicht in Cornwall, und deshalb können es logischerweise auch keine Cornish Pastys sein. So lautet das Gesetz.«

Er lächelte, richtig zufrieden mit sich.

»Echt wahr? Das wusste ich nicht.«

»Ja, ganz offensichtlich.« Dann fügte er hinzu: »Obwohl meine Pastys in jeder Hinsicht Cornish Pastys sind, bis auf die Tatsache, dass sie in Dorset gebacken werden. Echt blöd eigentlich. Ich meine, was ist so besonders an Cornwall?«

Er grinste. Was ist so besonders an Cornwall? Er hätte genauso gut auf Mums Grab tanzen können.

»Meine Mum stammte aus Cornwall«, sagte ich leise. »War sehr stolz darauf. Sie ist leider schon tot.«

Er wirkte beunruhigt.

»Ich wollte nicht …«

»Sehr stolz auf ihre Vergangenheit, ihre Herkunft, Land's End, den kornischen Blumentanz, König Artus. Der hat die Cornish Pastys übrigens erfunden, König Artus, ließ sie von Königin Guinevere für die Tafelrunde auftischen, damit die Ritter was Nahrhaftes zu beißen hatten, während sie durch die Gegend galoppierten und nach dem Heiligen Gral suchten. Er war sehr pingelig, was die Zutaten anging. Ist ja auch kein Wunder, wo er doch König war. Er hat Guinevere das Rezept um die Schürze gehängt, damit sie keinen Fehler machte – eine Art kornischer Keuschheitsgürtel, wenn man so will. Und da stand, siehe, mein Cornish Pasty soll ungefähr zwanzig Prozent rohes Rinderhack und zu gleichen Teilen Kartoffeln und Steckrüben und gehackte Zwiebeln enthalten, und alles soll gründlich miteinander vermischt und leicht mit Salz und Pfeffer gewürzt werden, ehe es mit einem festen, aber geschmeidigen Teig umhüllt wird, der nach dem Backen vom Turm der Burg Tintagel hinab auf die Felsen geworfen werden kann, ohne auch nur einen einzigen Riss zu zeigen, doch niemals, unter keinen Umständen, nicht einmal, wenn Sir Lancelot dir eine Runde auf seinem Pogostab verspricht, sollst du etwas von dem vermaledeiten Gemüse namens Möhre hinzufügen, weil Möhren mich an die furchtbaren rothaarigen Schotten erinnern, die Pferdefutter zum Frühstück essen und KULINARISCHE BANAUSEN sind!«

Er sah ein wenig blass aus. Ich holte meinen Stift raus, hielt ihm den unter die Nase.

»Soll ich Ihnen meinen Kuli leihen, damit Sie sich das Rezept auf den Handrücken schreiben können?«

»Hören Sie, wenn Sie nicht auf der Stelle gehen ...«

»Okay. Ich hab eine Idee, Sie Schlaumeier. Sie essen sie.«

Ich ging zur Tür, drehte das Geschlossen-Schild um und legte den Riegel vor. Er hatte gerade sein Handy aus der Tasche gekramt, als ich wieder bei ihm war. Ich riss ihm die Mütze vom Kopf und warf das Handy hinein, kippte noch ein paar Cremeschnecken hinterher, schüttelte alles gut durch.

»Also dann.«

Ich legte sie alle in einer Reihe hin. Sie waren prall, aufgebläht, wie etwas, das man tot am Strand angeschwemmt findet.

»Sie können mich nicht zwingen, die alle zu essen.«

»Genau das hat Eric auch gesagt, in seinem Rollstuhl. Aber er hat sie ja auch nicht gebacken, oder? Na los. Je eher Sie anfangen, desto schneller sind Sie fertig.«

Ich brach eins in der Mitte durch und warf ihm eine Hälfte zu. Er stopfte sie sich in den Mund und machte sich an die Arbeit. Er hatte Backen wie ein Streifenhörnchen. Mampf, mampf, mampf. Als er mit Nummer eins fertig war, schob ich ihm Nummer zwei hin. Das verdrückte er fast noch schneller als das erste. Bei Nummer drei schwächelte er. Es blieb lange in seinem Mund, wie sich Zement in einer Mischmaschine dreht, von einer Seite zur anderen. Er bat mich um ein Glas Wasser, aber ich sagte Nein, das Zeug runterzuspülen wäre zu einfach. Er sollte nie vergessen, wie schrecklich es schmeckte, und sollte sein Unrecht einsehen. Nummer vier legte ich auf die Theke und kostete derweil ein paar von seinen Makronen und einen halben Schmalzkuchen, aber ehrlich gesagt, so wie er sich den Bauch hielt und seine armen Augen mich anflehten, schlug mir das auf den Appetit. Nummer fünf und sechs erließ ich ihm, verlangte bloß, dass er drauf rumtrampelte, bis sie nur noch Matsch auf dem Boden waren, und sich dann drin wälzte wie der dreckige Hund, der er war. Das letzte packte ich wieder ein. Das konnte Audrey zum Abendessen haben. Ich würde den Anblick genießen, wie sie so eine Sauerei aß. Ich drehte das Schild an der Tür wieder um und verschwand nach draußen.

Als ich nach Hause kam, war es achtundzwanzig Minuten vor drei. Audrey beobachtete mich vom Fenster aus, mit irgendwas Rotem und Glänzendem an, aber ich nahm sie gar nicht richtig zur Kenntnis. Ich war mit den Gedanken bei Gerald und der Beule. Ich wollte nicht hin, aber irgendetwas sagte mir, dass ich musste.

Ich ging den Hügel hinauf, setzte mich oben hin. Seit dem Nachmittag, als Em mich gerettet hatte, war ich nicht mehr richtig dort gewesen. Ich hatte auf dem Weg nach oben ein paar Fliegen gesehen, auch ein paar schläfrige Bienen, aber keine Schmetterlinge. Das Gras war so, wie es auf dem Hügel immer war, irgendwie glatt, als ob Olaf der Schreckliche jeden Morgen aus seinem Grabhügel gesprungen käme und einmal kurz mit dem Luftkissenmäher drüberginge. Irgendwo darunter lag Robins kleines Scrabble-Set vergraben. Ich dachte, ich wüsste ziemlich genau, wo, weil ich noch immer das Bild vor Augen hatte, wie ich es verbuddelte, aber als ich so dasaß, merkte ich, dass ich keine Ahnung mehr hatte. War es auf *der* Seite oder auf dieser? Ehrlich, meine Hände fingen an zu jucken, als wollten sie am liebsten in der Erde herumwühlen, um es auszugraben. Ich holte einen Donut aus der Tüte, die ich mitgebracht hatte, bloß damit sie beschäftigt waren.

»Al! Pünktlich wie die Maurer, wie ich sehe.«

Gerald stand auf halber Höhe auf der anderen Seite und schaute hinaus aufs Meer. Wie es aussah, trug er seine Schmetterlingsjägerklamotten, braune Schlabberjacke, braune Schlabbershorts und grüne Kniestrümpfe. Auf dem Rücken hatte er einen Rucksack so groß wie die Schweiz und in der Hand einen Kescher, dessen Netz für einen Nordseefischtrawler gereicht hätte. Bloß dass es dank der EU-Fischereirichtlinie in der Nordsee keine Trawler mehr gibt. Die EU-Fischereirichtlinie besagt nämlich, dass Trawler vor allem eins nicht dürfen: Fische fangen. Und falls sie es doch tun, müssen sie die ganze Chose zurück ins Meer schmeißen.

»Gerald!« Ich hielt ihm die Tüte hin. »Einen Donut?«

»Da sag ich nicht Nein.« Er nahm einen heraus und biss rein. Marmelade spritzte auf seine Schuhe. Er mochte ja ein Schlaukopf sein, aber vom Donut-Essen hatte er keine Ahnung.

»Ich glaube, Sie haben sich ganz umsonst schick gemacht«, sagte ich und biss schön sauber in einen weiteren, machte ihm vor, wie das ging. »Madame Butterfly hat sich anscheinend heute ad hoc den Tag freigenommen. Vielleicht ist sie runter in die Bucht, um zu sehen, welche Boote reinkommen.«

Seine Augenbrauen gingen hoch. Er hatte nicht gedacht, dass so ein ignoranter Scheißer wie ich was von Oper verstand, geschweige denn einen Ausdruck wie »ad hoc« kannte. Oper hatte ich mir selbst beigebracht, jawohl, hauptsächlich schwere Kost vom deutschen Opernschreiber Nummer eins, aber ich hatte auch nichts gegen den ein oder anderen Italiener, sozusagen zur Erholung, wie eine Portion Eiscreme nach einem Teller Rib-Eye-Steaks. »Ad hoc« verdankte ich dem Scrabble. Schon erstaunlich, wie viel Eindruck sich mit zwei Vokalen und drei Konsonanten schinden lässt.

»Geduld, Al. Wir können erst unseren kleinen Plausch abhalten, bevor wir uns auf die Suche machen. Was meinen Sie?«

Er setzte sich ziemlich nah neben mich. Seine Knie glänzten, als hätte ein Pfadfinder den ganzen Vormittag an ihnen rumpoliert. Ich mochte gar nicht dran denken.

»Und was für ein Plausch soll das sein?«

»Über das Leben! Über Veränderung! Sie kennen doch den Spruch. Carpe diem. Nutze den Tag. Nun, der Tag ist heute.«

Ich kannte den Spruch nicht, jedenfalls nicht, bevor er ihn gesagt hatte. Er zog seine Jacke aus, legte sie neben sich ins Gras und zeigte aufs Meer. Es machte einen guten Eindruck an dem Tag, das Meer, als könnte es durch nichts gestört werden.

»Schmetterlinge verstehen was von Veränderung, dem Übergang von einem Zustand in den anderen. Erst die Raupe, die durchs Unterholz krabbelt, Kohlblätter frisst, dann die Puppe, eingehüllt in einen Kokon aus Leim und Spucke, und dann auf einmal, Abrakadabra! Ein Schmetterling schwingt sich in die Lüfte, ein Wunder aus Farbe und Licht, voller Anmut. Genau so möchte ich sein. Voller Anmut. Sie nicht auch?«

Eine doppelte Portion Fisch-Jalfrezi und fünf Dosen eiskaltes Kingfisher reichten mir für gewöhnlich, aber ich sagte nichts, biss bloß wieder in meinen Donut. Er wartete gar keine Antwort ab. Er war richtig in Fahrt.

»Wir alle brauchen diese Chance, von einem Seinszustand in einen anderen überzugehen. Nehmen Sie zum Beispiel diese Gratiskreuzfahrt von meiner Frau. Das Treffen mit Ihnen hier hat mich zum Nachdenken gebracht. Die Schiffsreise könnte nicht nur Hilary verändern, sie könnte auch mich verändern.«

»Wie das?«

»Sagen Sie, kommt es schon mal vor, dass jemand auf diesen Kreuzfahrten verloren geht? Zurückgelassen wird ohne Geld oder Handy, monatelang gestrandet auf einer einsamen Insel, so was in der Art?«

»Durchaus, allerdings nur an Orten, wo mehr los ist. Venedig zur Karnevalszeit, zum Beispiel. Obwohl das oft kein Unfall ist, eher die Erfüllung eines Wunsches. Dann kann es auch passieren, dass einer in den Armen einer brasilianischen Schönheit an der Copacabana einschläft und mit einer Niere weniger aufwacht. Wieso?«

Er legte seinen Donut weg, als hätte er etwas Wichtiges zu sagen.

»In Ihrer Eigenschaft als Mitglied der Crew. Ich habe mich gefragt, ob Sie Hilary für mich verlieren könnten.«

»Bitte?«

»Sie irgendwo stranden lassen. Irgendwo von Dauer. Nordkorea zum Beispiel.«

Der Donut-Bissen blieb mir im Hals stecken. Ich schluckte schwer.

»Ich bin nicht der Kapitän«, sagte ich, »aber ich bin mir ziemlich sicher, dass Nordkorea nicht zu den regelmäßigen Anlaufhäfen der *Lady Di* gehört.«

»Nein, aber sie könnte doch vielleicht nach einem Landausflug aufs falsche Schiff geraten, weil sie auf dem örtlichen Markt irgendwas Unerwünschtes zu sich genommen hat, ein Stück Haschischkuchen vielleicht oder irgendeinen bewusstseinsverändernden, halluzinogenen Selbstgebrannten, sodass sie verwirrt und desorientiert zur Anlegestelle zurückkommt und an Bord eines rattenverseuchten Frachtschiffs stolpert, das nach Jakarta oder sonst was Garstiges in der Art ausläuft, statt an Bord der *Lady Di*. So etwas lässt sich doch bestimmt arrangieren.«

»Ich wüsste nicht, wie.«

Er tippte mir aufs Knie, schmunzelte.

»Ein findiger Mann wie Sie? Sie würden nicht lange

brauchen, um sich etwas zu überlegen. Vielleicht sogar etwas noch Dauerhafteres, wenn Ihnen das lieber ist.«

»Mir wäre es lieber, wir würden das Gespräch sofort beenden. Echt, ihr zwei beiden.«

Er hakte augenblicklich nach.

»Was soll das heißen, ihr zwei beiden?«

»Sie und Ihre Gattin. Ich hab gedacht, Audrey und ich wären schlimm, aber ...« Ich verstummte. Das hätte ich nicht sagen sollen. Er lächelte.

»Ach ja, Ihre Exfrau, die entflohene Strafgefangene. Wäre es nicht spaßig, wenn sich das Schicksal der beiden austauschen ließe? Meine Hilary für zwanzig Jahre hinter Gittern und Ihre Audrey mit einem Schiff von hier weg nach Südafrika oder sonst wohin?«

Gar keine schlechte Idee.

»Dennoch, mir wär's lieber, wenn Hilary endgültig weg wäre. Aus Gefängnissen werden Leute entlassen. Sogar Mörder.« Er sah mich ungewöhnlich scharf an.

»Ich versteh noch immer nicht, was das mit mir zu tun haben soll.«

»Weil ich, falls Sie sich weigern, meine Frau zu beseitigen, die Polizei davon in Kenntnis setzen werde, dass Audrey Cutlass sich in Ihrem Bungalow versteckt hält, Mr Greenwood, direkt vor der Nase unserer werten Ordnungshüter. Nun schauen Sie nicht so entsetzt. Wie ich Ihnen bereits sagte, kann ich mir Gesichter sehr gut merken. Ich hab ein Foto von ihr gemacht, wussten Sie das?«

Ich wusste es nicht.

»Ja. Als sie Charity Ihren ausgestopften ...« Er beugte sich urplötzlich vor, ganz rot im Gesicht. »Da! Haben Sie gesehen?«

»Was denn?«

»Den Blue Bindon, Sie Idiot. Wo ist er hin?«

Er fing an, seinen Rucksack zu durchwühlen, holte dann so ein dreckiges Konservenglas mit Schraubverschluss heraus. Was für eine Type, von Kopf bis Fuß ausstaffiert wie ein Profi und benahm sich wie ein kleiner Junge, echt.

»Ich hätte gedacht, ein Mann wie Sie müsste das Marmeladenglasstadium des Schmetterlingssammelns längst hinter sich gelassen haben, Gerald«, sagte ich. »Sie haben vergessen, Löcher reinzustanzen. Er wird keine Luft kriegen.«

Er hantierte daran herum, streute irgendein Pulver hinein.

»Er soll ja auch keine Luft kriegen«, sagte er, die Stimme ganz schrill und erstickt, wie wenn man völlig aufgedreht ist. »Das ist ein Giftglas, kein Marmeladenglas.«

Das hörte ich gar nicht gern. Nicht genug damit, dass er mit unseren heimischen Nachwuchskräften rummachte, jetzt wollte er auch noch unsere Fauna ausrotten.

»Sie wollen ihn töten?«

»Was glauben Sie denn, was ich mit ihm mache? Natürlich töte ich ihn. Genauso, wie Sie meine ... Da ist er!«

Irgendetwas Helles tanzte an meinen Beinen vorbei. Gerald schnappte sich seinen Kescher und schlug damit in die Luft, verpasste mir einen am Fußknöchel wie mein Klassenlehrer früher.

»Scheiße! Verfehlt! Wo ist er hin? Haben Sie es gesehen?«

Ich schüttelte den Kopf. Ich hatte es nicht gesehen, aber selbst wenn, hätte ich es ihm nicht verraten. Er lief die Beule hinab, blickte hoch und runter wie ein Polizist.

»Halten Sie die Augen offen«, bellte er. »Er kann nicht weit sein. Wo zum Teufel ist er hin? Ich brauche ihn für meine Sammlung.«

Er schwenkte den Kopf hin und her, wie eins von den Triffids, und seine Augen glitten wie Suchscheinwerfer übers Gras. Er sah auch so herzlos aus wie ein Triffid, als wäre das Blut in seinen Adern eiskalt, wenn es überhaupt Blut war. Dann entdeckte er ihn wieder. Der Blue Bindon saß auf einer Distel, die aus dem Gras am Klippenrand lugte, öffnete und schloss die Flügel, zart und stark wie eine Ballerina, die an der Stange übt. Er hatte vier Flügel, nicht zwei, wie ich immer gedacht hatte, und kleine Ballerinafüße, zierlich und spitz und genau richtig. Das war eigentlich der Punkt, dass er genau richtig war, so wie Torvill und Dean genau richtig gewesen waren, prächtig und perfekt in seiner eigenen perfekten Welt. Ich hatte noch nie darüber nachgedacht, aber als ich sah, wie er so seine Flügel öffnete und schloss, wurde mir klar, dass ich all die Jahre, die ich schon hier lebte, eine andere Art von Torvill und Dean in meiner Nähe gehabt hatte, die ganze Zeit, gleich vor der Haustür, nur dass diese Art in der Luft auf- und abtauchte statt im Wasser. Und es musste erst dieser jämmerliche Trottel hier aufkreuzen, um mir die Augen zu öffnen.

Gerald ging in die Hocke, den Rücken gekrümmt wie eine Katze, die sich ein wehrloses Rotkehlchen schnappen will, und bewegte sich ganz behutsam vorwärts, einen Fuß nach dem anderen, als würde er das Spiel spielen, das Mum und ich oft zusammen gespielt hatten, Ochs am Berg. Ich fand das Spiel toll, wenn ich so dastand mit dem Gesicht zur Wand, auf Mum lauschte, die näher und näher kam, und hoffte, sie mit dem Fuß in der Luft zu erwischen, wie sie versuchte, bloß nicht zu wackeln. Was mussten wir immer lachen. Aber nicht hier und nicht jetzt. Hier war an Lachen nicht zu denken. Das Todeskliff, das war aus diesem Ort geworden.

Gerald war jetzt ganz nah, den Kescher hoch erhoben, die andere Hand seitlich ausgestreckt, als wollte er den Rest der Welt auffordern, stillzuhalten und sich zu verpissen.

»Ich krieg dich«, sagte er irgendwie singsangmäßig schauerlich, »ob du willst oder nicht.«

Er machte einen Satz nach vorn, ruderte mit Beinen und Armen und ließ den Kescher nach unten knallen. Aber der Blue Bindon, der Gute, war schon wieder hoch in der Luft, tanzte ihm munter um den Kopf, streckte die Antennen aus, oder wie die Dinger heißen, als wären sie seine Zunge. Er würde sich nicht so leicht fangen lassen.

»Gut gemacht«, rief ich und sprang auf, um ihn anzufeuern.

»Halten Sie sich da raus, Greenwood«, sagte Gerald.

Der Blue Bindon flatterte noch einmal um ihn herum, sauste dann wieder die Beule hoch und flog direkt an mir vorbei. Alle Achtung, ein ganz schönes Tempo für so ein kleines Tierchen. Gerald stürmte hinter ihm her, pumpte mit den Armen, das Gesicht ganz fleckig, mit quietschenden Siebenmeilenstiefeln. Oben angekommen, blieb er mit gespreizten Beinen über Olaf dem Schrecklichen stehen und fing an, seinen Kescher zu schwingen wie eine von diesen Spieldosenfiguren, die sich immer so seltsam bewegen: strecken-dreschen-drehen, strecken-dreschen-drehen, das Ganze mit einer kreiselnden Bewegung. Nicht dass ihm das irgendwas gebracht hätte, denn der Blue Bindon hüpfte um ihn herum, auf und ab, knapp außerhalb seiner Reichweite. Schwebe wie ein Schmetterling, war das nicht Muhammad Alis Wahlspruch, und verdammt, er schwebte wirklich. Ich überlegte gerade, ob ich vielleicht als Nächstes Schmetterlinge bildhauern sollte statt Pastys, auf den Dichter in mir lauschen sollte – denn Emily sagt, dass in jedem von uns ein Dichter steckt, wir müssten nur auf ihn hören –, als der Blue Bindon die Beule wieder heruntergeflattert kam, Gerald mit wehendem Haar hinterdrein.

»Probleme, Gerald?«, fragte ich.

Er blieb stehen, krempelte sich die Hemdsärmel hoch und lief weiter.

»Ich krieg ihn schon, Greenwood, keine Sorge.«

Und ich muss zugeben, er war gut. Selbst nachdem er es mit Charity Gott weiß wie lange getrieben hatte, sprühte er noch vor Energie und ging geschickt vor, wie meine gute alte Kettensäge bei der Attacke auf seine Gattin geschickt vorgegangen war: total methodisch zum Angriff übergehen, rechts, links durch die Luft zischen, der Beute den Rückzug abschneiden, bis ihr immer weniger Platz bleibt, ihr zusetzen wie ein Boxer im Ring, links, rechts, links, rechts, um zum entscheidenden Schlag auszuholen. Man konnte es kommen sehen, so wie Gerald nach rechts und nach links sprang, so wie der kleine Blue Bindon sich nach Leibeskräften wand und duckte, aber es half nichts. Dem armen Kerl ging das Glück aus und auch der Saft. Gerald war so groß und der Schmetterling so klein. Was für eine Chance hatte er? Links, rechts, links, rechts sprang Gerald weiter, achtete auf nichts und niemanden außer auf den kleinen Kerl vor ihm und die Seele, die er vernichten wollte. Dann erreichte er den Punkt, an dem sie beide nirgendwo mehr hinkonnten, Gerald ganz nah am Klippenrand und der Blue Bindon in die Enge getrieben, ausweglos, obwohl doch der ganze weite Himmel nur auf ihn wartete. Er war am Ende, wusste, dass er nichts mehr tun konnte. Das ist bei Tieren so, wenn ihre Zeit abgelaufen ist. Auch bei Menschen manchmal. Gerald wusste es auch. Er beugte sich nach hinten, um mit Schwung auszuholen, und ließ dann den Kescher mit Karacho nach unten sausen, zum K.-o.-Schlag.

»Hab ich dich, du kleiner Scheißer«, sagte er und zog den Kescher zurück, drehte das Netz dabei die ganze Zeit vorsichtig, damit seine Beute nicht entkommen konnte.

»So redet man nicht mit unserem Blue Bindon«, sagte ich.

»Was?«

Der Schmetterling tat jetzt das, was Schmetterlinge tun, wenn sie aufgeregt sind, er flatterte herum, suchte nach einem Fluchtweg. Es war irgendwie nicht fair. Eben noch war er ein fröhlicher kleiner Racker gewesen, der sich auf ein bisschen Nektar von seiner Lieblingsblume freute, und auf einmal wurde er von einem kniebestrumpften Stalker bedroht, der es darauf anlegte, ihn in sein Sammelalbum zu kleben. Wahrscheinlich hatte er das betitelt: SCHMETTERLINGE, DIE ICH EIGENHÄNDIG GEKILLT HABE, oder irgend so ein Mist. Ich stand jetzt unten an der Beule, nur wenige Schritte entfernt. Ich weiß nicht, warum, aber ich hatte plötzlich die Tüte mit den Donuts in der Hand.

»Ich hab gesagt«, sagte ich und schwenkte die Tüte hin und her, »so redet man nicht mit unserem kleinen Blue Bindon. Der ist was Besonderes.«

»Nicht mehr halb so besonders, wenn ich ihm eine Nadel durch den Thorax stecke.« Er wedelte mit seiner freien Hand herum. »Holen Sie mir das Glas, dalli. Ich will nicht, dass er sich die Flügel kaputt macht.«

Der Blue Bindon versuchte noch immer, sich wild flatternd aus dem Netz zu befreien. Ich musste daran denken, wie Alice Blackstock und ich den prachtvollen alten

Hummer aus dem Kochtopf gerettet hatten, mit ihm in die Bucht gefahren waren, wo wir ihn am Strand aussetzten und zuschauten, wie er zurück ins Wasser stelzte, was für ein gutes Gefühl das gewesen war. Vielleicht spazierte er noch immer über den Meeresgrund, der alte Junge. Wieso nicht? Leben ewig, diese Hummer. Aber Schmetterlinge? Die schaffen kaum einen Nachmittag. Und der hier? Wie lange war es ihm vergönnt gewesen, die Welt zu genießen?

»Lassen Sie ihn frei«, sagte ich.

»Was!« Er drehte sich nach mir um, hielt das Netz schräg nach unten gedrückt.

»Sie haben mich schon verstanden. Lassen Sie ihn frei.«

Er lachte.

»Sind Sie übergeschnappt? Wissen Sie, wie selten ein Blue Bindon ist, wie wenige Sammler einen haben?« Er blickte runter auf meine Hand. »Das Glas. Haben Sie's? Her damit. Na los. Machen Sie schon.«

Also machte ich. Ich schob meine Hand in die Tüte, und da war es, das letzte Cornish Pasty, das zwar nicht kornisch war und den Namen Pasty gar nicht verdiente, aber die richtige Form für das hatte, was ich wollte, auch die richtige Größe. Ich war in der richtigen Stimmung und so. Als ob ich wieder ein Junge wäre und vor meinem nichtsnutzigen Scheißkerl von Vater stünde, mich klein und groß zugleich fühlte, als wollte ich gleichzeitig weinen und ihm was auf die Fresse geben, als gäbe es nur eines zu tun, und ich nahm es aus der Tüte, das Cornish Pasty, das nicht kornisch war und den Namen Pasty gar nicht verdiente, und ich warf es nach ihm, mit voller Wucht, ließ es durch die Luft wirbeln, direkt auf sein Gesicht zu, und wissen Sie, was?, genau da traf es ihn, mit Wucht, genau aufs Maul, das er halb offen hatte, weil er nämlich gerade brüllte, was zum Teufel mir denn einfiele, und dann wusste er es, denn es blieb ihm fest in der Visage stecken, und er riss die Hände in die Luft, wie es wohl jeder tun würde, dem drei Viertel eines unechten Cornish Pasty halb im Rachen stecken, und er machte natürlich einen Schritt nach hinten, um das Gleichgewicht wiederzufinden. Bei der Armee nennt man so was Rückstoß, glaube ich. Bloß da war nicht viel, um einen Schritt nach hinten zu machen, nur ein winziges bisschen Gras und eine Andeutung von Klippe, die einen oder zwei Zentimeter rausragte, nicht genug Platz für seinen Stiefel jedenfalls, und man konnte förmlich hören, wie der Schuh schabte, etwas suchte, was nicht da war, und unter Geralds weit aufgerissenen ängstlichen Augen ragte das Cornish Pasty, das gar nicht kornisch war, aus seinem Mund, als wäre es unentschlossen, ob es rauskommen oder drinbleiben sollte. Und dann war er weg, einfach so.

Ich ging an den Rand, spähte nach unten. Er lag auf dem Rücken, sein Körper über zwei Felsbrocken ausgestreckt, als würde er sich in einer Hängematte rekeln, den Kescher noch in der rechten Hand, über dem Gesicht verheddert. Dann sah ich etwas aus dem Augenwinkel, als würde es ihn verlassen, und wissen Sie, was? Einen Moment, einen bescheuerten Moment lang dachte ich, seine Seele würde aus seinen Augen aufsteigen, nicht dass ich je zuvor über Seelen oder den ganzen Kram nachgedacht hätte, nicht mal, wenn meine Mum mich mit in die Kirche nahm, was nicht sehr häufig passierte, höchstens an Heiligabend oder Erntedank, aber da kam irgendetwas aus ihm raus, etwas Leichtes und Zartes, das hochschwebte, als würde es zum Himmel aufsteigen, als wäre das der einzige Ort, wo es hinkönnte, und dann sah ich, was es war: der kleine Blue

Bindon. Er ritt auf dem Kamm einer Luftwelle die weiße Kreideklippe hoch, bewegte dabei kaum die Flügel, als wäre er selbst ein Engel. Dicht an meinem Gesicht flog er vorbei, und sein Anblick machte mich ganz schwindelig.

Gerald war abgestürzt. Direkt vor meinen Augen war er abgestürzt. Es war ein Unfall gewesen, ganz offensichtlich, aber gottverdammmich, wer würde mir das glauben, bei meiner Vorgeschichte?

# NEUN

Ich ging zurück auf die Beule und versuchte, einen klaren Gedanken zu fassen. Der Blue Bindon saß auf Geralds Donut und verputzte den Zucker. Ich blieb schön auf Abstand. Sollte er ruhig die ganze blöde Tüte fressen. Mit *dem* Schmetterling legte man sich besser nicht an.

Mein erster Impuls war, das Weite zu suchen, die Beule zu verlassen, als wäre ich nie dort gewesen, aber leider Gottes wusste ich nicht, ob mich irgendwer auf dem Weg nach oben gesehen hatte. Könnte heikel werden, wenn ich behauptete, nicht hier gewesen zu sein, und dann später rauskäme, dass ich doch hier gewesen war, noch dazu um die Zeit, als Gerald über den Jordan ging. Das würde nicht gut aussehen, nicht für einen Mann mit meinem Ruf, und ich war in den letzten Jahren hypervorsichtig gewesen. Das Dumme war, ich hatte nicht versucht, mein Treffen mit Gerald zu verheimlichen. Audrey hatte mich hier hochgehen sehen, aber das war kein Problem – sie würde mich wohl kaum verpfeifen, in ihrer Lage. Aber wer sonst hätte mich bemerkt haben können? Alice Blackstock, weil sie wieder mal den Horizont mit ihrem Profifernglas absuchte? Einer von diesen nervtötenden Wanderern? Ich hatte keinen gesehen, so viel stand fest, aber das hieß nicht, dass keine unterwegs waren. Die haben die unangenehme Eigenschaft, wie aus dem Nichts aufzutauchen, diese Wanderer. Dennoch, vielleicht sollte ich das Risiko eingehen. Wenn ich die Polizei rief, würde ich bloß jede Menge Ärger kriegen. Ja, vielleicht sollte ich einfach abhauen, zurück zum Bungalow flitzen, die Füße hochlegen und so tun, als wäre nichts gewesen.

Dann fiel es mir wieder ein. Die zweite Mrs Durand-Deacon, die mit der wallenden Bienenkorbfrisur, sie wusste von meiner Verarbredung mit Gerald, hatte gehört, wie er mir den Marschbefehl gab, wusste auch die Uhrzeit. Sie wartete wahrscheinlich just in diesem Moment irgendwo auf ihn, kämmte sich die Wimpern in dem Café unten in der Bucht, oder vielleicht in seinem Auto. Hatte er ein Auto? Keine Ahnung, vor dem Bungalow war mir jedenfalls keins aufgefallen. Aber was war mit seinem Gepäck im Gästezimmer? Das stellte eine Verbindung zwischen ihm und mir her, und wahrscheinlich auch schnellstens zwischen mir und der Polizei. Das Ganze wurde mit jeder Minute vertrackter. Dann war da noch die Sache mit der richtigen Mrs Durand-Deacon, die im Bindon hockte und Däumchen drehte, während sie darauf wartete, dass ihr Gatte aufkreuzte samt ihren Gratis-Kreuzfahrttickets und so weiter. Was sollte ich der erzählen? »Sie werden nie erraten, was passiert ist, Mrs Durand-Deacon, aber Sie erinnern sich doch, dass ich für Sie einen kleinen Auftrag erledigen sollte, nicht wahr? Tja, also, Ihr Gerald, der ist von ganz allein von der Klippe gefallen. Was sagt man dazu?« Oder lieber: »Die Sache ist die, Mrs D-D, ich musste die Gelegenheit einfach nutzen. Ein rascher Schubs, und das war's. Ging wie von allein.« So oder so hätte sie mich in der Hand, und der Gedanke behagte mir ganz und gar nicht. Und zu allem Übel musste ich auch noch Audrey außer Landes und Em zurück in den Bungalow kriegen. Alles in allem hatte mich Gerald Palmerstone ganz schön in die Bredouille gebracht.

Ich stand da und versuchte, meinen nächsten Schritt zu planen. Da unten lagen Gerald und sein Schmetterlingsnetz, und hier oben waren seine Jacke und sein Rucksack mit dem Giftglas und dem ganzen anderen Schmetterlingszeug. Jeder, der seine Sachen hier fand, würde den richtigen Schluss ziehen, dass sich der arme alte Gerald bei der Jagd auf den Blue Bindon vor lauter Begeisterung nicht mehr hatte bremsen können und schnurstracks über den Klippenrand hinausgeflattert war. Ohne dass ich irgendwas damit zu tun gehabt hätte. Das einzige Problem war meine Anwesenheit. Ich musste also irgendwie den Anschein erwecken, dass ich woanders gewesen war, als es passierte, aber mir wollte ums Verrecken nicht einfallen, wie ich das deichseln sollte. Wenn ich Jacke und Rucksack einfach liegen ließ, wäre für jeden klar, dass er zuletzt hier oben gewesen war. Wenn ich allerdings Jacke und Rucksack zu ihm runterschmeißen würde, käme niemand auf die Idee, dass er hier oben gewesen war, zumindest bis er gefunden wurde, und es war gut möglich, dass er nie hier in der Nähe gefunden werden würde. Das Meer konnte ihn bis zur Landzunge Portland Bill spülen, wenn es Lust dazu hatte. Aber die Sache hatte einen Haken: Wenn ich ihm seine Sachen hinterherschmiss und sie gefunden wurden, könnte die Polizei auf die blöde Frage kommen, wie er denn den Rucksack hatte mitnehmen können, wenn er ihn nicht getragen hatte. Ich meine, ihm war ja wohl kaum auf halbem Weg die Felswand runter der Gedanke gekommen: Hoppla, ich hab meinen Rucksack oben vergessen, oder? Nein. Er war weiter in die Tiefe gestürzt. Und trotzdem waren die Sachen da, dümpelten neben ihm im Wasser. Merkwürdig. Klar, die Strömung kann einen Körper binnen fünfzehn Minuten splitterfasernackt ausziehen, wenn ihr danach ist, das weiß jeder hier in der Gegend, deshalb könnten die Bullen, falls sie einigermaßen auf Zack waren, zu dem Schluss kommen, dass er bei der Jagd auf den Blue Bindon seinen Rucksack auf dem Rücken trug, der ihn, logo, aus dem Gleichgewicht brachte, ihn kopflastig machte und ihm wackelige Beine bescherte, als er den guten alten Schmetterlingsnetz-Fandango tanzte. Ja, den Rucksack zu ihm runterzuschmeißen wäre wohl alles in allem die beste Option. Und natürlich war es grundsätzlich möglich, dass er, wenn ich den ganzen Kram runterwarf, überhaupt *nie gefunden wurde*, genau wie Robins arme alte Mum. Sein Verschwinden würde ein ewiges Rätsel bleiben. Niemand außer meiner Wenigkeit würde wissen, welches Schicksal Gerald ereilt hatte. Die Durand-Deacon-Schwestern würden allerdings nach wie vor ein Problem darstellen, doch was Mrs D-D die Erste betraf, hatte sie es ja schließlich so haben wollen, oder? Wir würden uns lediglich über Zeitpunkt und Ort einigen müssen. Und mit Dusty dem Busenwunder würde ich schon fertig. Junge Frauen wie sie mochten ja gewisse Ambitionen haben, aber wenn sie witterten, dass sich der Wind drehte, änderten sie schnell den Kurs.

Ich hatte mich entschieden. Ich würde den ganzen Krempel runterschmeißen.

Doch bevor ich zur Tat schritt, nahm ich mir sicherheitshalber Geralds Jackentaschen vor. Wollte doch mal sehen, was drin war: ein Füllfederhalter und ein Portemonnaie. Im Portemonnaie: drei schicke Kreditkarten, die Karte einer privaten Krankenversicherung, ein Führerschein, eine Mitgliedskarte vom Hochorden Hochnäsiger Schmetterlingskiller oder was für einen bescheuerten Namen die sich auch immer gegeben hatten, und zweihundertvierzig Mäuse, alles in gebrauchten Scheinen. Die konnten sich noch als hilfreich erweisen. In der linken Innentasche hatte er einen britischen Pass, in dem ein protziger Briefumschlag steckte, einen Schildpattkamm und zwei Eintrittskarten, erster Rang, für die *Götterdämmerung*, Royal Opera House, Covent Garden. Es war eine Versuchung, weil ich noch nie im Leben in der Oper gewesen war, schon gar nicht in einer, bei der Richard W sich richtig ins Zeug gelegt hatte. Der Reisepass war ausgestellt auf, nein, so was, auf Mrs Durand-Deacon die Erste, noch dazu mit einem sehr übellaunigen Foto drin – sie hatte das Gesicht völlig verzogen, als wäre sie gerade in etwas Warmes getreten –, und der Umschlag enthielt alle erforderlichen Unterlagen, die sie brauchte, um ihr Gratisticket für die *Lady Di* zu buchen. In der linken Seitentasche steckten ein Handy, ein Taschentuch, das nach billigem Parfüm roch, und ein Haustürschlüssel. In der rechten Tasche fand ich bloß einen Bleistift und ein kleines Notizbuch mit einer Liste sämtlicher Schmetterlinge, die er im Laufe der Jahre vergiftet hatte, plus Datum, Uhrzeit, Ort, Spezies und so weiter. Ich ließ zwanzig Pfund im Portemonnaie und steckte den restlichen Zaster ein, ebenso wie den Pass und die Opernkarten. Man kann ja nie wissen.

Zeit für die Drecksarbeit.

Ich nahm den Rucksack, ging zurück zum Klippenrand. Gerald lag noch immer da unten, aber ein Bein von ihm war ins Wasser gerutscht und bewegte sich mit dem Wellengang vor und zurück. Ich war auf der sicheren Seite. In ein paar Stunden würde das Meer ihn mitnehmen, ihn ein bisschen durchwalken, sodass niemand mehr würde sagen können, wann genau er reingefallen war – oder wo. Ich trat noch näher an den Rand, bereit, den Rucksack ein paarmal über dem Kopf kreisen zu lassen, um ihm ordentlich Schwung zu geben. Er sollte auf alle Fälle im Meer landen, nicht auf dem Weg nach unten an irgendeinem Kreidevorsprung hängen bleiben. Das wäre gar nicht gut. Ich packte den Rucksack fest am Träger, schwang ihn mir auf den Rücken und sammelte meine Kräfte. Da wären wir also wieder, ich und die gute alte Beule. Was wir beide schon alles durchgemacht hatten. Ich meine, machte sie das mit allen Leuten? Vielleicht lag unter ihr ja doch irgend so ein griesgrämiger Stammesfürst begraben, der aus Spaß an der Freude unsere Pläne durchkreuzte.

Ich wollte den Rucksack gerade losschleudern, als ich aus irgendeinem Grund über die Schulter blickte. Keine Ahnung, wieso, weil ich nämlich nichts gehört hatte, aber just in diesem Moment tauchte auf dem Hügel so ein tuntiger Radfahrer auf, aufgetakelt bis zum Gehtnichtmehr, als hätte er sich von der Tour de France hierher verirrt. Das war typisch für diese Bande. Radfahren war da oben nicht erlaubt, unter gar keinen Umständen. Die Beule war eine von Dorsetshires landschaftlichen Schönheiten, keine Querfeldeinrennstrecke für internationale elasthanbekleidete Pedalstrampler. Er kam angeschossen, die Beine gingen auf und ab, der scheußliche Neoneinteiler glänzte, als hätte Aladin ihn einmal zu viel gerieben, dicke schwarze Schutzbrille vor dem Gesicht und straff über den Kopf gezogen eine alberne weiße Gummikappe, auf der sich grinsende Delfine gegenseitig über seine Stirn jagten. Ich meine, jetzt mal ehrlich, was spricht gegen ein kurzärmeliges Viyella-Hemd und ein Paar Fahrradklammern?

Er bremste unten an der Beule, pflanzte eins seiner kräftigen Beine auf die Erde und glotzte mich an, als ginge es *ihm* gegen den Strich, *mich* hier oben zu sehen. Ich schaute nicht gern hin, aber seine Beine, na ja, die waren richtig wohlgeformt. Muskulös, aber wohlgeformt. Was ein wenig verwirrend war. Ich ließ den Rucksack sachte hinter mir fallen. Ich konnte ihn jetzt nicht nach unten schmeißen, was immer auch geschah. Er hatte ihn gesehen, das war mir klar. Und wenn er näher kam und nach unten schaute, war ich geliefert. Herrgott, musste ich diesen Trottel jetzt etwa auch noch nach unten befördern?

Auf jeden Fall musste ich ihn irgendwie loswerden. Ihm eine Kostprobe unserer heimischen Gastfreundschaft verpassen.

»Sie sind auf der falschen Seite vom Ärmelkanal, Freundchen«, sagte ich. »Zur Fähre müssen Sie nach Southampton und dann scharf rechts. Und benutzen Sie bitte Ihre Klingel, damit wir rechtzeitig die Sonnenbrille aufsetzen können, um nicht geblendet zu werden. Sie haben doch eine Klingel, nicht? Oder wiegt die zu viel und stört die Aerodynamik?«

Er schob sich die Schutzbrille hoch auf die Stirn.

»Was zum Teufel ist hier los, Al? Was machst du da mit dem Rucksack?«

»Audrey?«

Ich konnte es nicht fassen. Kaum lässt man sie fünf Minuten allein, macht sie die Biege, ohne über die Konsequenzen nachzudenken. Und das war meine Schutzbrille, die sie da aufhatte, die, die ich trug, wenn ich mit der Kettensäge an meinen Haien arbeitete. Und die Kappe war Emilys Duschhaube, wie ich jetzt erkannte, ich hatte sie zuletzt am multifunktionalen Brausekopf in unserem Bad hängen sehen, obwohl ich den Sinn von Duschhauben noch nie kapiert hab. Schließlich geht es beim Duschen doch darum, sich den Wasserstrahl eigener Wahl auf den Schädel platschen und dann am Körper runterlaufen zu lassen. Das ist doch gerade der Spaß, wie es sich so überallhin seinen Weg sucht und kleine Flüsse bildet. Wenn du lange genug drunterstehst, sieht es aus, als würdest du für England pinkeln. Falls du keine nassen Haare kriegen willst, Schätzchen, hau dich in die Wanne oder greif zu Seife und Waschlappen. Dennoch, das entschuldigte noch lange nicht, dass Audrey sich die Haube einfach so ausgeliehen hatte und damit in der Gegend rumkurvte. Ganz schön übergriffig. Aber das war typisch Audrey. Kein Verantwortungsgefühl. Ich bemühte mich, meine Stimme ruhig zu halten.

»Audrey!«, sagte ich. »Was fällt dir denn ein, verdammt noch mal?«

Sie zuckte mit den Schultern.

»Ich musste mal raus. Ich war kurz vorm Durchdrehen, so eingesperrt im Haus, wo einen die Wände regelrecht erdrücken ... ach, du weißt ja, wie das ist. Und du hattest recht. Wer würde Audrey Cutlass in so einem Outfit vermuten? Die Schutzbrille hing an dem Ungetüm von dir, das du in unserem Wintergarten aufgestellt hast.«

In *unserem* Wintergarten? Sie fummelte an Emilys Haube rum.

»Jedenfalls, du hast meine Frage nicht beantwortet. Was machst du mit dem Ding da?«

»Was?«

»Mit dem Rucksack, den du die ganze Zeit versteckst. Du wolltest ihn gerade die Klippe runterwerfen, oder? Wieso? Was ist denn dadrin?«

Die Frage hatte ich kommen sehen.

»Die Klamotten, in denen du hergekommen bist«, sagte ich. »Dachte, ich lass sie lieber verschwinden.«

»Ach ja? Hast du mir nicht erzählt, du hättest sie in den

Reißwolf von der Abfallentsorgung geworfen? Jedenfalls ist das da nicht dein Rucksack. Er gehört dem Typen, der gestern Abend das Gästezimmer bezogen hat. Ich erkenne ihn an dem großen Schmetterling hintendrauf. Sieh nach.«

Ich drehte ihn um. Da war er, groß wie ein Essteller. Sie wippte mit dem Fuß.

»Also? Ich höre.«

Da kam mir die Erleuchtung, die Lösung für das Problem, wie ein echter Geistesblitz, ganz hell und klar. Ich musste sie bloß überzeugen. Ich nahm den Rucksack und machte einen Schritt auf sie zu.

»Es hat einen kleinen Unfall gegeben«, sagte ich. »Der Typ, dem der hier gehört, Gerald, na ja, es ist schwer zu glauben, Audrey, aber er ist vorhin von der Klippe gefallen.«

»Was?!«

»Ehrlich, ich konnte es nicht verhindern. Eben war er noch da, und dann, schwups, war er es nicht mehr.«

»Du meinst, du hast ihn runtergestoßen? Großer Gott, Al, was hatte er denn angestellt? Sich nicht ordentlich die Schuhe abgeputzt?«

»Nichts. So war das nicht. Wie gesagt, es war ein Unfall.«

»Genau wie die anderen, meinst du. Komm keinen Schritt näher! Ich hau hier ab. Du, du ...« Sie wechselte auf die andere Seite ihres Rades.

»Audrey. Du musst mir glauben. Er hat diesen blöden Schmetterling gejagt und ist einfach über den Klippenrand gestürmt. Hier.« Ich öffnete den Rucksack. »Das ist das Marmeladenglas, in dem er all die anderen kleinen Kerle umgebracht hat, und wenn du in seine Jacke schaust, findest du ein Notizbuch, in dem er alles aufgeschrieben hat.

Ich hab ihn nicht runtergestoßen. Wieso hätte ich das tun sollen?«

»Weil das für dich so ist, als hättest du mit dem Rauchen aufgehört. Ein bisschen Stress, und schon fängst du wieder an. Zack, fliegt der Nächste runter.«

»Audrey, überleg doch mal. Ich lege mein Leben in deine Hände, indem ich dir erzähle, was passiert ist. Ich hätte es dir nicht erzählen müssen, oder? Ich hätte dich einfach weiterstrampeln lassen können, ohne dass du irgendwas erfahren hättest. Ich meine, du hättest ja wohl kaum einen Blick über den Klippenrand nach unten geworfen, oder?«

»Mit dir in der Nähe auf keinen Fall.«

»Audrey, bitte. Das alles gehört der Vergangenheit an. Das weißt du. Beim Grab meiner Mutter, ich hab ihn nicht angerührt.«

Was die reine Wahrheit war.

Sie hob die Jacke auf, wog sie in den Händen. Sie dachte nach. Sie wusste, was meine Mum mir bedeutete. Ich rührte keinen Muskel.

»Was habt ihr zwei überhaupt hier oben gemacht?«

Uff. Ich war über den Berg.

»Er wollte einen von meinen Haien kaufen«, sagte ich. »Als Überraschung für seine Frau. Das konnten wir ja wohl kaum im Bungalow besprechen, wo die andere dabei war, oder? Deshalb haben wir uns hier oben getroffen.«

»Dann hat er also eine – eine Frau?«

»Klar hat er eine Frau. Das hast du ihm doch gleich an der Nase angesehen.«

Sie schnaubte. »Und was jetzt?«

»Ich stecke ganz schön in der Klemme wegen meiner Vergangenheit und der haltlosen Vorurteile, die gewisse Leute noch immer gegen mich hegen.« Ich wartete.

»Und?«

»Und ich hatte da so eine Idee. Sieh dir mal das Notizbuch an. Uhrzeit, Datum, Ort, Spezies, er hat alles notiert. Weißt du noch, wie gekonnt du immer die Handschrift von anderen Leuten kopiert hast, von Leuten, auf die du sauer warst? Doc Holiday, dein Alter, dieser Mathelehrer, der wegen dir aus dem Dorf gejagt wurde. Du hast früher so manches Schnippchen geschlagen, mit deiner besonderen Fertigkeit.«

»Und weiter?«

Ich musste sie wohl mit der Nase draufstoßen.

»Meinst du, du kannst das noch immer?«

»Im Gefängnis ging's jedenfalls noch. Ich hab andauernd die Unterschrift von der Direktorin gefälscht. So bin ich an dem Tag überhaupt erst in den Gemüsegarten gekommen.«

»Gut, ich hab mir nämlich überlegt, wenn du vielleicht in Geralds Notizbuch einen Eintrag für heute schreiben könntest, aber mit einer Uhrzeit ein paar Stunden später als jetzt, dann würde man, wenn es gefunden wird, denken, er wäre gestorben, nachdem ich hier oben gewesen war. Ich könnte runter ins Spread Eagle gehen, ein paar Bierchen trinken und mir so ein Alibi verschaffen. Was sagst du?«

Sie hatte das Notizbuch aus der Jackentasche geholt. Sie hatte doch wahrhaftig meine Autohandschuhe an!

»Ich sage, das ist mal wieder typisch für dich, unschuldige Dritte in deine dunklen Machenschaften reinzuziehen. Ich sage, was springt für mich dabei raus?«

Da sieht man mal wieder, manche Leute ändern sich nie.

»Klar, das könntest du sagen, Audrey. Andererseits könntest du auch sagen, wenn du mir nicht aus der Klemme hilfst, besteht die große Wahrscheinlichkeit, dass ich im Knast von Dorchester lande und den Bullen bei ihren Ermittlungen helfe statt dir. Du könntest sagen: ›Das ist ein Klacks für mich. Dank seiner Hilfe bin ich in drei Tagen außer Landes, da kann ich ihm doch vorher noch einen kleinen Gefallen tun.‹«

Das überzeugte sie.

»Und womit soll ich schreiben, mit Blut?«

»In der Tasche steckt auch ein Bleistift. Schreib einfach im selben Stil wie er, über den Blue Bindon. Er war verrückt nach dem Blue Bindon. Hinter dem ist er hergejagt, als ...«

»Ja, ja, ich weiß. Als er unerklärlicherweise von der Klippe fiel, wie jeder andere, der dir zu nahe kommt.«

Sie setzte sich auf den Hang der Beule.

»Behalt die Gegend im Auge. Und wenn einer kommt, pfeif. Ich will nicht erwischt werden, während ich das mache, okay?«

Sie blätterte ein paar Seiten um.

»Das sind alles Einträge über Schmetterlinge, die er gefangen hat«, sagte sie.

»Na und?«

»Na, wenn ich schreibe, Blue Dingsbums, 18:00 Uhr, wirkt das dann nicht ein bisschen merkwürdig, wo der Schmetterling doch gar nicht da ist?«

»Nein, weil das Tierchen da schon in seinem Giftglas gewesen wäre, das mit dem restlichen Kram runtergefallen ist. Ich schlag das Glas vorher kaputt, damit es aussieht, als wäre es bei dem Aufprall zerbrochen.«

»Und seine Jacke soll er hiergelassen haben?«

»Wieso nicht? Es ist ein warmer Tag. Viele Leute tragen bei so einem Wetter ihren Rucksack über dem Hemd, stecken sich die Jacke oder was auch immer unter die Trageriemen. Es ist folgendermaßen abgelaufen. Er hat einen gefangen, in sein Glas getan, dann, als er gerade wieder gehen will – seinen treuen Rucksack hat er schon aufgesetzt und seine Jacke über den Arm geworfen –, sieht er noch einen. Da bleibt ihm natürlich keine Zeit, den Rucksack abzusetzen, oder? Er könnte das seltene Exemplar ja aus den Augen verlieren, also schnappt er sich seinen Kescher, und krach-wumm-dresch. Schon gut, ich weiß, setz ›beschädigt‹ oder ›kein gutes Exemplar‹ hinter den Eintrag, dann sieht es so aus, als hätte er mehr Grund gehabt, noch einen fangen zu wollen.«

Sie blickte zu mir hoch.

»Menschenskind, Al. Eines Tages wirst du mal ein kleines bisschen zu clever sein. 18:00 Uhr, okay?«

»Lieber 18:05 Uhr. Er wäre präzise gewesen.«

Sie studierte die Seite, ihre Lippen formten die Worte nach, und die Finger mit dem Bleistift folgten den Buchstaben. Ich hatte das noch nie gesehen, die Sorgfalt, die sie dabei an den Tag legte. Machte mich fast stolz.

»Bloß keine Fehler …«

Ihre Hand flog hoch.

»Ruhe, Al. Ich konzentrier mich.«

Dann beugte sie sich über die Seite, holte tief Luft und schrieb los, richtig flink, unter den gegebenen Umständen. Sie hielt mir das Notizbuch hin, vollauf zufrieden mit sich, als hätte sie einen ersten Preis gewonnen.

»Da. Wie findest du's?«

Ich nahm es ihr aus der Hand. Es stand alles da, das Datum, die Uhrzeit, der Ort, irgendwas über einen eingerissenen Flügel, Handschrift einfach perfekt. Das einzige Problem war …

»Was ist?«, sagte sie.

»Du hast Bindon Blue geschrieben.«

»So heißt er doch.«

»Nein. Er heißt Blue Bindon. Verdammt, so lange, wie du hier gelebt hast, solltest du das eigentlich wissen.«

Sie zuckte die Achseln.

»Naturkunde war noch nie mein Ding. Ich hab hin und wieder ein paar Flügel ausgerissen, wenn wir durch die Natur gestreift sind, klar, aber ... Blue Bindon, Bindon Blue, ist doch kein großer Unterschied.«

»Doch, ein himmelgroßer sogar. Du nennst einen Blauwal ja auch nicht Walblau oder sagst, kuck mal, der Spechtgrün, der da über den Rasen hopst, oder? Du nennst die Dinge bei ihrem richtigen Namen, dem Namen, den jeder benutzt. Und der Name, den jeder hier in der Gegend benutzt, wenn er über unsere einheimische Rarität spricht, ist nun mal Blue Bindon und nicht Bindon Blue.«

Sie riss mir das Notizbuch aus der Hand und stopfte es zurück in die Tasche.

»Tja, das ist jetzt nicht mehr zu ändern. Vielleicht hat er es falsch rum geschrieben, weil er ganz außer sich war vor Aufregung, nachdem er einen gefangen hatte. Hast du daran schon mal gedacht?«

»Audrey. Was er getan haben könnte, ist eigentlich nicht die Frage, oder? Entscheidend ist, was er getan hat, und was er jetzt getan hat, ist, den Scheißnamen falsch rum zu schreiben, ein Mann von seiner ... was zum Teufel ...?«

Sie war zu mir rübergehechtet, schlang mir einen Arm um den Hals und riss mich nach unten.

»Da kommt wer«, sagte sie. »Leg dich auf mich, tu so, als wären wir hier für eine schnelle ...«

Sie zog mich auf sich drauf, bedeckte ihr Gesicht mit

meinem. Es war nicht unangenehm, aber ich kann nicht behaupten, dass mir ganz wohl dabei war. Ich war ungefähr so anschmiegsam wie ein drei Tage alter Fisch.

»So bleiben, bitte«, sagte eine vertraute Stimme. »Ich möchte das aufs Papier bannen, als Beweis.«

Ich rollte mich runter. Emily stand oben auf der Beule, in der Hand ein Skizzenbuch.

»Ich nehme an«, sagte sie, »es handelt sich wieder mal um, wie hast du es beim letzten Mal noch genannt ... eine spontane Entscheidung, ausgelöst durch die unerwünschte Ankunft der Polizei?«

Ich stand auf, klopfte mich ab. Audrey lag auf dem Gras, Hände hinterm Kopf, Knie gespreizt, Füße zusammen. Ein bisschen unnötig, die Haltung, unter den Umständen.

»Mehr oder weniger, mein Herzblatt. Sie hat dich kommen sehen, natürlich ohne dich zu erkennen. Ich hab bloß versucht, ihre Identität zu schützen.«

»Während sie in einem Outfit herumradelt, mit dem sie die ganze Gegend beleuchten könnte?«

»Wir haben über das Thema bereits ein paar Worte gewechselt, Schatz. Sie sieht inzwischen ein, dass wir von einer entflohenen Strafgefangenen, die sich in unserem Bungalow versteckt hält, ein anderes Verhalten erwarten. Aber das Gefängnis stellt nun mal seltsame Dinge mit den Menschen an, wie du weißt.«

»Allerdings.«

Da standen wir nun, wir drei.

»Was macht die Malerei?«, fragte ich. »Liefert der Wohnwagen deiner Muse Munition?«

»Kaum. Er ist schrecklich feucht. Und dreckig.«

Audrey setzte sich auf. »Völlig richtig. Nicht als menschliche Behausung geeignet, dieser Wohnwagen. Dabei könnte er so gemütlich sein.«

Emily nickte. »Ganz genau, mit der schönen Aussicht und allem. Mir ist schleierhaft, wieso Al ihn nicht besser in Ordnung halten kann.«

»Das ist leider typisch Al Greenwood, Emily. Ehrlich, Monty, der Hund, den er überfahren hat, der hat seine Hütte besser in Schuss gehalten als Al je den Bungalow.«

Ich fühlte mich bemüßigt einzugreifen.

»Das musst du gerade sagen, Audrey. Wenn du so ein ordnungsfanatisches Hausfrauenwunder warst, wie kommt es dann, dass der Bungalow jetzt sauberer ist, wo du nicht mehr drin wohnst?«

»Weil ich dich nicht auf Schritt und Tritt mit Kehrblech und Handfeger verfolgt habe, wie die arme Emily sich anscheinend genötigt sieht. Und erntet sie dafür irgendwelchen Dank?«

»Natürlich ernte ich keinen.«

»Natürlich erntet sie keinen.«

Audrey stand auf. »Die sind alle gleich, Emily. Das ist meine Erfahrung. Schweine, alle, wie sie da sind. Ein Blick auf ihre Unterwäsche, und du weißt Bescheid.«

»Wem sagen Sie das. Tja, im Augenblick sehe ich mich jedenfalls absolut nicht genötigt, für ihn die Putzfrau zu spielen, das versichere ich Ihnen. Oder sonst was für ihn zu tun. Deshalb hab ich auch ...« Sie machte eine Scherenbewegung mit zwei Fingern.

»Und ich fand's toll.« Audrey hob ihr Fahrrad auf. »Ich denke, ich fahr lieber wieder zurück. Es war ein bisschen blöd, in diesem Aufzug hier raufzufahren.«

»Kommen Sie doch mit zum Wohnwagen«, bot Emily an. »Der ist wesentlich näher. Wir können die Füße hochlegen, eine schöne Tasse Tee trinken und warten, bis es dunkel wird. Dann ist es sicherer für Sie, zurückzufahren.«

Audrey stülpte sich die Duschhaube wieder über. »Gute Idee. Die hab ich mir geborgt. Ich hoffe, Sie haben nichts dagegen.«

»Natürlich nicht. Sie steht Ihnen gut.«

»Im Ernst?«

Sie setzte sich die Schutzbrille wieder auf. Emily hielt sich die Hand vor den Mund und fing an zu lachen.

»Was ist?«, fragte Audrey.

»Nichts. Sie sehen super aus, als wären Sie einem Comic-Heft entsprungen, klar zum Gefecht. Die großen schwarzen Augen, der tolle Körper. Aufgepasst, Leute, hier kommt Pandacycle Woman.«

»Pandacycle Woman!« Audrey klatschte in die Hände. »Das gefällt mir. Und mit Ihrer schlanken Figur, so jung und gelenkig, könnten Sie meine treue Gefährtin sein. Bamboo Girl.« Sie wandte sich an mich. »Besorg doch heute Abend was vom Chinesen, für Em und mich, Krabbenchips, Schweinefleisch süß-sauer, die ganze Palette. Und ordentlich Sake zum Runterspülen. Bamboo Girl und ich, wir wollen unser erstes Abenteuer planen.«

Und damit hakte sie sich bei Emily ein, und die beiden spazierten kichernd davon. Emily hatte nichts zu dem Rucksack oder der Jacke gesagt. Vielleicht hatte sie die Sachen nicht bemerkt. Hatte nur Augen für Pandacycle Woman gehabt. Ich kapierte das nicht. Eben noch standen sie auf Kriegsfuß miteinander, und auf einmal konnte nicht mal die Chinesische Mauer sie trennen. Zeit, wieder an die Arbeit zu gehen.

Ich trug den Rucksack zurück zum Klippenrand. Ich musste ihn jetzt loswerden, das Giftglas ebenso verschwinden lassen wie den Blue Bindon, der nicht da war. Ich trat ein paarmal auf den Rucksack, bis ich hörte, wie das Glas zerbrach. Tief unten war Geralds Bein noch immer an derselben Stelle, aber seine Arme bewegten sich jetzt auf und ab, als wollte er in Rückenlage davonschwimmen. Ich schwang den Rucksack zweimal schwungvoll über dem Kopf und ließ los. Er segelte hinaus und landete schließlich keine zehn Meter von da entfernt, wo Gerald lag und wo das Schmetterlingsnetz vom Meer vor und zurück geschwemmt wurde, in seine Richtung, als würde er versuchen, es zu packen. Es wäre besser gewesen, wenn der Rucksack ein bisschen näher bei Gerald gelandet wäre, aber so ging's auch. Gerald würde nicht mehr lange auf den Felsen liegen bleiben.

Jetzt musste ich schleunigst verschwinden, ehe noch jemand hochkam und mich sah. Ich suchte den Boden danach ab, ob ich irgendwas liegen gelassen hatte. Aber es war nicht mehr viel da, was verriet, dass Gerald und ich hier oben gewesen waren, bloß Angus McWhirtles Tüte mit den restlichen Donuts, ein Stück platt getretenes Gras und Rutschspuren, wo Gerald rumgehüpft war. Gut so. Ich wünschte, er hätte ein paar mehr hinterlassen. Ich nahm die Tüte, steckte sie in meine Jackentasche und ging die Beule hoch. Der Bungalow da unten sah aus wie ein kleiner sicherer Hafen, die Gräser rings um den Teich wogten, als würden sie mich nach Hause winken. Und er war noch immer mein Zuhause, trotz all der Dinge, die dort geschehen waren. Es war seltsam, aber ich fühlte mich dort geborgen, fast friedlich, als wäre er eine kleine Festung gegen die Sorgen der Welt. Selbst wenn ich sie mit zur Haustür hereinbrachte, bereinigte er sie. Vielleicht lag es an Torvill, die vom Kaminsims aus über mich wachte. Plötzlich wollte ich sie wiedersehen, den Hügel runterlaufen und sie nehmen, ihr in die Augen blicken, ihr offen heraus sagen, wie sehr ich mir wünschte, ich könnte sie in den Teich setzen, wieder zuschauen, wie sie auf- und abtauchte. Es war nicht meine Schuld, was mit ihr passiert war. Torvill war ein Koi wie kein anderer.

Ich eilte nach unten, hoffte, dass mich diesmal jemand sah, aber natürlich war niemand unterwegs, nicht mal die alte Schnüffelnase. Das heißt, niemand, bis ich zum Zaun am Ende des Gartens kam. Das Wogen der Gräser um den Teich herum war mir von oben aus gesehen ein bisschen heftig vorgekommen, aber ich hatte es auf die Launen des Windes zurückgeführt. Doch es hatte nichts mit dem Wind zu tun. Am Teichrand kniete kein anderer als Adam Rump. Als er mich sah, sprang er auf und blickte schuldbewusst aus der Wäsche.

»Ah, Mr Greenwood. Ich wollte gerade rauf zum Kliff. Alice Blackstock hat mir gesagt, Sie wären da oben.«

Na toll. Der erste Mensch, dem ich begegnete, nachdem ich Gerald gerade geholfen hatte, den Weg zu seinem Schöpfer zu finden, war ein Polizist. Aber Moment mal, dank Audrey war Gerald ja noch gar nicht im Jenseits. Er jagte noch immer die Beule rauf und runter. Und ich war wieder hier bei mir. Konnte es für mich ein besseres Alibi geben als einen von Dorchesters Ordnungshütern? Und wenn ich ihn bis gegen halb sieben hier halten konnte, war ich aus dem Schneider.

Ich schlug ihm auf die Schulter. Mein Mann.

»Schön, Sie zu sehen, Adam. Sehr schön. Ist immer ein Vergnügen, Dorsetshires führenden Koi-Sammler zu sehen.«

»Sehr anständig von Ihnen, das zu sagen, Al. Wenngleich es nicht leicht ist, die Goldmedaille für den südwestenglischen Koi des Jahres zu verteidigen, drei Jahre hintereinander. Die Verantwortung ist groß, nicht nur meinen Fischen, sondern auch meinen Fans gegenüber.«

»Zum Glück haben Sie breite Schultern, Adam, um sie zu tragen. Was haben Sie da eben eigentlich mit meinen Fischen gemacht? Es sah aus, als hätten Sie ihnen was vorgesungen.«

Sein Gesicht zuckte jäh.

»Vorgesungen? Ihren Fischen? Wieso sollte ich Ihren Fischen etwas vorsingen? Oder überhaupt irgendwelchen Fischen? Das würde wohl nur jemand machen, der äußerst unausgeglichen ist.« Er überlegte einen Moment. »Was, meinen Sie, würde ihnen denn wohl gefallen?«

»Keine Ahnung, Adam, aber ich überlege, mit der Teichatmosphäre musikalisch zu experimentieren, damit sie sich wohler fühlen. Ein paar Lautsprecher zu montieren, irgendwas Passendes zu spielen, den *Fliegenden Holländer* vielleicht. Sehen Sie, wie der rechte Arm der Nymphe gebeugt ist? Ich hab immer gedacht, sie würde winken und einen glücklichen Kunden mit dem guten alten Schlafzimmerblick anlocken, wissen Sie? Aber vielleicht spielt sie auch einfach bloß Harfe.«

»Wohl wahr. Sie sieht wirklich musikalisch aus.«

»Das hab ich schon immer gesagt. Schauen Sie sich den Schmollmund an, ich meine, diese Lippen sind doch einfach wie geschaffen dafür, an einer Flöte oder dergleichen auf und ab zu fahren. Ich mach Ihnen einen Vorschlag. Was halten Sie davon, wenn wir heute Nachmittag ein kleines Experiment durchführen und anschließend was trinken gehen? Noch besser: Ich lad Sie zum Chinesen ein. Ich würde gern mit Ihnen über ein paar Gesundheitsprobleme in der Welt der Karpfen sprechen, falls Sie Zeit haben.«

Er schüttelte den Kopf.

»Ich habe immer Zeit für Gesundheitsprobleme in der Welt der Karpfen, Al, das wissen Sie, aber leider ...«, er trat von einem Bein aufs andere und hustete, »bin ich aus einem anderen Grund hier, der natürlich nicht so ernst ist wie die Gesundheit unserer Fische, aber im eintönigen Alltagstrott ...«

Er hustete wieder.

»Adam, falls es um Mrs Durand-Deacon geht, ich hab ihr zig Nachrichten hinterlassen, aber bis jetzt ...«

»Darum geht's nicht. Es geht um etwas völlig anderes.«

»Ach ja?«

Das hörte sich gar nicht gut an.

»Es wurde Anzeige gegen Sie erstattet«, sagte er. »Ein Mr Angus McWhirtle behauptet, Sie hätten ihn mit einem Cornish Pasty angegriffen.«

»Wie bitte?«

»Ich weiß, es klingt lächerlich, aber das behauptet er. Er sagt, Sie hätten ihn in seinem Laden eingeschlossen.«

»Unsinn. Ich hab ihn lediglich gebeten, seinen Laden vorübergehend zu schließen, damit wir ungestört über angemessene Rezepte sprechen konnten. Hat er wirklich Cornish Pasty gesagt?«

Also ehrlich, der Mann hatte Nerven. Rump nickte.

»Er sagt, Sie hätten ihn gezwungen, acht Cornish Pastys zu essen, und währenddessen eine große Menge seines Cremegebäcks verzehrt. Er hat sich Ihr Autokennzeichen notiert. Ohnehin ein sehr auffälliger Wagen, Ihr Citroën. Sobald die Anzeige reinkam, wusste ich, dass er nur Sie meinen konnte.«

Ich räusperte mich.

»Das waren keine Cornish Pastys«, sagte ich. »Es waren simple Pastys, verkleidet als Cornish Pastys. Das war ja das Problem.«

»Ich versteh nicht«, sagte Rump.

»Na ja, stellen Sie sich vor, Sie gehen zu einem zugelassenen Fischhändler und kaufen einen, wie Sie glauben, wertvollen Asagi, nehmen ihn mit nach Hause, setzen ihn in den Teich und müssen dort feststellen, dass die ganze Farbe von ihm abwäscht und Sie nur noch einen ganz gewöhnlichen Gartengoldfisch haben. So ungefähr ist das.«

Er schlug aufgebracht die Hände zusammen.

»Kurios, dass Sie das erwähnen. In der Zeitschrift *Karpfen: Zucht und Ordnung* stand ein Artikel über einen ganz ähnlichen Vorfall in Wolverhampton.«

»Und genau das hat dieser McWhirtle mit fleischhaltigen Backwaren gemacht, Adam. Er hat minderwertige, möhrenverseuchte Pastys als reinrassige, edle Cornish Pastys ausgegeben, wo doch jeder Engländer mit einem Funken Anstand im Leib weiß, dass in einem Cornish Pasty niemals Möhren drin sind, und schon gar keine Karotten, dass das klar ist. In diesem guten Glauben hatte ich arglos acht Stück gekauft.«

Seine Augenbrauen schnellten hoch.

»Acht. Das ist ziemlich viel, nicht? Nur für Sie und Ihre gute Frau. Es sei denn ...«, er stockte, »Sie haben Gäste.«

Mist. Das hätte ich nicht sagen sollen.

»Ich wollte sie an den Karpfen ausprobieren, sehen, was sie von ihnen halten.«

Sein Gesicht hellte sich auf.

»Cornish Pastys. Mal ganz was Neues.«

»Ich hatte Bedenken, weil ich dachte, sie wären vielleicht

zu schwer, würden auf den Grund sinken, ehe meine Karpfen die Chance hätten, sich drauf einzulassen. Also hab ich noch ein paar Donuts reingeworfen. Sie sind ganz verrückt nach Donuts. Haben Sie es schon mal mit Donuts probiert?«

»Noch nie.«

»Sollten Sie aber. Die schwimmen auf dem Wasser, wissen Sie. Für den Durchschnittskarpfen ist so ein Donut ein essbarer Wasserball. Schauen Sie mal.«

Ich warf einen rein. Er hüpfte auf der Oberfläche auf und ab wie eine von diesen Minen, die es im Krieg gab. Im Nu waren zwei von meinen Kois aufgetaucht und jagten ihn vor sich her, als würden sie für die Olympischen Spiele trainieren. Rump war ganz aus dem Häuschen.

»Donuts«, sagte er. »Wer hätte das gedacht? Darf ich auch mal?«

»Bitte, nur zu, Adam. Mein Teich ist Ihr Teich, das wissen Sie doch. Und nehmen Sie ruhig einen Bissen, wo Sie schon dabei sind.«

Wir verbrachten zwei ausgesprochen fröhliche Stunden damit, unterschiedlich große Donut-Stücke in den Teich zu werfen, obwohl meine Fische am Ende doch ein wenig aufgedunsen um die Kiemen aussahen.

»So«, sagte er. »Jetzt muss ich aber langsam zurück aufs Revier. Ich wünschte nur, alle meine dienstlichen Pflichten wären so angenehm.«

Ich wischte mir die Hände ab und sah auf die Uhr. Es war zehn nach sechs. Vor fünf Minuten hatte Gerald seinen letzten Schmetterling gefangen.

»Und die Sache mit den Cornish Pastys? Dieser McWhirtle braucht dringend mal einen Dämpfer. Er hat übrigens auch kein Haarnetz getragen. Ich meine, das ist doch wohl ein absolutes Muss, oder? Hygienemäßig.«

Rump sprang prompt drauf an. Ich war schließlich Karpfenliebhaber wie er, oder?

»McWhirtle? Hört sich für mich nach einem durch und durch skrupellosen Burschen an. Ich werde das Gewerbeaufsichtsamt auf ihn ansetzen.« Er zögerte. »Sie haben wohl noch nicht mit Mrs Durand-Deacon gesprochen …«

Ich musste ihn bei Laune halten, ihn ablenken.

»Doch, hab ich. Hab ihr erzählt, was Sie für sie empfinden. Sie ist auch ganz hin und weg von Ihnen.«

»Wirklich?«

»Nun ja, sie hat Sie natürlich nicht gesehen oder mit Ihnen geredet, aber als ich ihr von Mutter Teresa erzählt habe und dass Sie dreimal die Goldmedaille für Südwestengland gewonnen haben …«

»Da war sie beeindruckt?«

»Wer wäre das nicht?«

Er nickte. »Es ist auch eine sehr eindrucksvolle Leistung. Hingabe, darauf führe ich es zurück. Hingabe und meine eigene Fischfuttermischung. Ich esse sogar selbst davon, wissen Sie.«

»Das verraten Sie ihr lieber nicht«, sagte ich. »Das soll sie schön selbst rausfinden.«

Ich brachte ihn zu seinem Wagen und ging dann in den Bungalow. Mrs Durand-Deacon die Zweite saß im Wohnzimmer und rauchte eine Zigarette. Ihr Kleid war kurz. So kurz wie ihr Geduldsfaden.

»Haben Sie meinen Mann gesehen?«, sagte sie. »Ich warte schon über drei Stunden. Ich langweile mich zu Tode in Ihrem Bungalow. Sie haben einen toten Goldfisch auf Ihrem Kaminsims, wussten Sie das?«

»Das ist kein Goldfisch«, erklärte ich. »Das ist ein Asagi,

eine ganz besonders erlesene Koi-Züchtung, berühmt für ihre Anmut und Schönheit. Deshalb auch der Ehrenplatz im Wohnzimmer.«

»Sieht für mich aus wie ein stinknormaler Goldfisch. Genau wie der Widerling da draußen. Wieso hat der da so rumgeschnüffelt?«

Sie schnippte Asche auf ihren Schuh. Ein bezauberndes Beispiel für moderne Weiblichkeit.

»Das war der Privatdetektiv, meine Liebe, der war hier, um genau zu dokumentieren, was für Unanständigkeiten Sie und Gerald sich so alles geleistet haben.«

»Hä?«

»Fotos, Tonbänder, das ganze Programm. Geralds andere Frau hat ihn engagiert, wissen Sie, die, mit der er verheiratet ist. Sie hat in der Ehe das Geld, soweit ich weiß. Hat gedroht, ihm den Geldhahn zuzudrehen, wenn er sich nicht anständig benimmt. Gerald hat sich aus dem Staub gemacht, fürchte ich, ist zurück in die Arme seiner Angetrauten. Ich bring später sein Gepäck rüber.«

»Aber er hat mir doch versprochen ...«

»Sie machen alle Versprechungen, Schätzchen, versprechen dir alles Mögliche, was ihnen gerade so durch den Glatzkopf geht. Wieso auch nicht, bei dem, was Sie zu bieten haben? Ich könnte Ihnen so manche Geschichte erzählen von jungen Frauen, die alles glauben, was sie hören.«

Sie sank förmlich in sich zusammen wie ein geplatzter Partyballon. Wahrscheinlich war sie gar nicht so übel und versuchte bloß, das Beste aus dem zu machen, was sie hatte.

»Hören Sie«, sagte ich. »Ich fahr Sie zum Bahnhof und setze Sie in den nächsten Zug nach Hause. Sie haben doch ein Zuhause?«

»Natürlich hab ich ein Zuhause. Bournemouth, die Richtung.«

»Bournemouth. Ach nee. Wo haben Sie und Gerald sich denn ...?«

»Internet.«

Ich schüttelte den Kopf.

»Tja, ich hoffe, Sie werden aus Schaden klug. Wenn Sie sich in Zukunft abschleppen lassen wollen, dann wenigstens als Mensch aus Fleisch und Blut.«

Sie packte ihren Koffer. Ich trug ihn zum Kofferraum. Sie stieg ein. Wir fuhren los. Es war eine Weile her, dass ich jemanden wie sie neben mir im Auto sitzen gehabt hatte. Und zu wissen, dass ich als Einziger wusste, was mit ihrem Gerald passiert war, machte das Ganze, wie soll ich sagen, noch intensiver, lustvoller. Es war, als säße ich wieder am Steuer des Taxis, Al Greenwood, King of the Road. Da war sie, da war ich. Sie wusste nichts über mich, wusste nicht, wozu ich fähig war. Oder vielleicht wusste sie ja doch ein bisschen. Bei Frauen wie ihr ist das oft so. Das bringt ihre kleinen Motoren so richtig zum Schnurren. Ich wartete. Es empfiehlt sich stets, sie den ersten Schritt machen, das Schweigen brechen zu lassen. So kannst du besser einschätzen, wohin es führen könnte. Wir kamen gerade mal bis zur Kaserne.

»Dann sind Sie also so was wie ein heimlicher Schriftsteller?«

Damit hatte ich nicht gerechnet, aber ich hörte es nicht ungern. Es bedeutete, dass sie den Künstler in mir spürte.

»Schriftsteller? Das ist eine interessante Frage. Wie kommen Sie darauf?«

»Ich hab bloß die Geschichte gelesen, die Sie versteckt hatten und die wie ein Brief geschrieben ist. Wo andauernd irgendwelche Leute von Klippen gestoßen werden und die Polizei am Ende kommt, um den Mörder einzukassieren.« Sie stupste mein Knie an. »Ganz schön versaut stellenweise, und Ihre Sauklaue ist auch kaum zu entziffern. Sie sollten sich einen Laptop oder so anschaffen. Aber ein witziges Versteck.«

Ich schielte zu ihr rüber. Sie war doch kein Beispiel für moderne Weiblichkeit. Sie war ein Engel, der mir von oben geschickt worden war.

»Copyright-Diebstahl«, sagte ich. »Deshalb schreibe ich nicht mit dem Computer. Geschriebenes kann gestohlen werden, wie die eigene Identität. Deshalb verstecke ich alles, was ich schreibe, im ganzen Haus. Das machen Schriftsteller ständig, wie Eichhörnchen ihre Nüsse. Geschichten sind sozusagen die Nüsse des Schriftstellers. Wo haben Sie denn die Geschichte gefunden, Sie Wunderwesen mit dem buschigen Schwanz?«

Sie kicherte.

»Sie bringen mich richtig in Verlegenheit mit der Frage. Sie steckte in der Reserveklopapierrolle, wenn Sie's unbedingt wissen müssen. Wenn die auf dem Klopapierhalter nicht alle gewesen wäre ...«

»Die Reserveklopapierrolle! Ja. Ob Sie's glauben oder nicht, das hatte ich glatt vergessen.« Ich trommelte ein bisschen Brünnhilde aufs Lenkrad. »Ich könnte Sie küssen, Schätzchen. Das könnte ich wirklich.«

»Ja, das kann ich mir denken.«

»Nein, ehrlich. Sie haben keine Ahnung, was das für mich bedeutet, gerade *die* Geschichte zurückzubekommen. Da.« Ich holte mein Portemonnaie hervor und gab es ihr. »Da sind 250 Pfund drin. Ich weiß, es ist keine üppige Entschädigung für das, was Sie durchgemacht haben, aber nehmen Sie es trotzdem. Sie haben es verdient, jeden Penny.«

Sie nahm es ohne Einwände und ohne Zögern, zupfte die Scheine so gekonnt heraus, als würde sie eine Seezunge filetieren, und schob sie in die Tasche von ihrem Kleid. Hübsche Finger.

»Ich wollte schon immer mal einen Schriftsteller kennenlernen«, sagte sie und strich sich das Kleid glatt. »Ich hab eine Schwäche für Morde. Das ist echt ein Typ, der Bursche in Ihrer Geschichte, ein richtiger Saukerl, aber, na ja, doch auch attraktiv.«

Sieh an.

»Ihre Frau, das ist ja vielleicht eine, was?«, plapperte sie weiter. »Sie erinnert mich an eine Sportlehrerin von mir. Echt rabiat.«

»Deshalb schreib ich ja die Geschichten, Schätzchen. Die sind besser als Urlaub auf Ibiza für einen Mann in meiner Position. Auf eine leere Seite zu starren ist für mich das Gleiche wie ein Sonnenbad in einem knappen Bikini für Sie. Das, wofür es sich zu leben lohnt.«

Sie zog am Saum ihres Kleides.

»Haben Sie denn schon viel veröffentlicht, in einem Buch oder so?«

»Schön wär's. Ich bin keine Berühmtheit. Was für Chancen hat schon ein Niemand wie ich?«

»Sie sind kein Niemand. Ich hab Sie heute Morgen gesehen, mit der Kettensäge. Bin aus dem Bett gesprungen und hab durch die Vorhänge gelugt. Sehr beeindruckend, wie Sie da zur Sache gegangen sind. Sehr männlich.«

»Im Ernst? Und ich vermute mal, Sie hatten nichts an, während Sie mich beobachtet haben.«

»Was, wenn nicht?«

»Wie meine Nymphe am Teich. Sie hat auch nie was an. Sie erinnern mich an sie, wissen Sie. Sie haben dieses gewisse Etwas, genau wie sie.«

»Nur dass ich mich dabei bewege.«

»Wenn Sie drauf bestehen.«

Sie beugte sich zu mir, legte einen Finger an meine Wange, streichelte sie.

»Wissen Sie, Sie sind netter, als Sie aussehen. Rufen Sie mich doch mal an. Hier, ich schreib Ihnen die Nummer aufs Handgelenk. Sie können sie abwaschen oder irgendwo sicher aufbewahren. Ganz wie Sie wollen. Hm?«

Sie nahm einen Kuli aus ihrer Handtasche, legte meine Hand auf ihren Schoß. Ihre Lippen bewegten sich, als sie die Nummer aufschrieb. Großer Gott.

»Da.« Sie gab mir meine Hand zurück. »Jetzt gerade sehen Sie wirklich ein bisschen verzweifelt aus.«

»Ich bin jetzt gerade auch ein bisschen verzweifelt.«

Sie küsste mich auf die Wange.

»Aber ich muss einen Zug erwischen.«

Wir kamen zum Bahnhof. Sie stieg aus, ging zur Schalterhalle und drehte sich an der Tür noch einmal um. Es tat fast weh, ihr zum Abschied zu winken. Was hätten wir nicht alles zusammen machen können. Wie ich es zurück nach Hause schaffte, weiß ich nicht, bei den Gedanken, die mir durch den Kopf gingen. Bei solchen Frauen stellt mein Gehirn den Dienst ein. Zurück im Bungalow, blinkte eine Nachricht für mich auf dem Anrufbeantworter. Mrs Durand-Deacon. Anscheinend hatte ich mich um verwerfliche vierzig Minuten verspätet. Ihr Gatte würde sich noch mehr verspäten. Ich spazierte hinunter zum Bindon, erstaunlich beschwingt. Sie saß in der Lounge genau wie immer, aber diesmal knabberte sie an einem Gurkensandwich. Ein ganzer Teller davon stand neben ihr und ein zweiter mit albernen Zuckertörtchen.

»Ich hätte Ihnen einen Donut mitbringen sollen, Mrs Durand-Deacon«, sagte ich, setzte mich und nahm mir ein zartes pinkfarbenes. Mrs Durand-Deacon verzog das Gesicht. Sie hatte so ein Gesicht, das dir auf Anhieb verriet, was sie dachte. Sie mochte keine Donuts.

»Richten bloß eine unangenehme Sauerei an, diese Donuts«, sagte sie. »Dieses Rumgespritze. Ist was für Kinder.«

»Finden Sie? Ich bin immer für einen leckeren Donut zu haben.«

»Genau meine Rede. Die meisten Männer sind Kinder, Mr Greenwood, wussten Sie das nicht? Wie auch immer, ich hab Sie nicht hergebeten, um über Gebäck zu sprechen. Ich habe Neuigkeiten für Sie. Die Angelegenheit, über die wir neulich sprachen.«

Ich sah mich um. Es waren jede Menge Leute in Hörweite, aber sie redete, als wären wir bloß zwei alte Damen bei einem gemütlichen Plausch.

»Würden Sie das Gespräch nicht lieber irgendwo fortsetzen, wo wir ungestörter sind?«, fragte ich. »Wie wär's mit einem Spaziergang am Meer? Wir könnten die Wellen zählen.«

»Oder zur Beule hochgehen?« Ihre Augen glänzten, strahlten richtiggehend. Ihr Atem roch nach Sherry. So sind sie, die Alten, trinken Sherry wie Tee.

»Wenn Sie möchten.«

»Das wird nicht erforderlich sein«, sagte sie. »Und Sie werden auch nicht mehr erforderlich sein. Wissen Sie, Gerald und ich haben uns wieder versöhnt.«

»Das zu glauben fällt mir sehr schwer, Mrs Durand-Deacon.«

In Anbetracht dessen, dass er mausetot war.

»Ja. Wir haben uns ausgesprochen. Er hat seine Fehler eingesehen und vorgeschlagen, dass ich ihn mit auf die Kreuzfahrt nehme, damit er, wie er sich ausdrückte, die Vergnügungen an Bord überwachen kann. Es war richtig rührend, wie er auf mich eingeredet hat. Er hat gesagt, er wüsste ja, dass die Crew sich gut um mich kümmern würde, schon allein wegen der besonderen Umstände, aber er wollte sichergehen, dass ich auch wirklich alles bekomme, was mir zusteht. Ich werde Ihre Dienste auf dem Schiff also doch nicht benötigen. Und auch nirgendwo sonst.«

Sie schob sich ein weiteres Sandwich in den Mund. Ist schon verblüffend, wie Frauen den Schalter von einem Extrem zum anderen umlegen können, ohne mit der Wimper zu zucken. Und der Mann erst, der hatte echt Nerven. Auch wenn er jetzt mit kaputtem Schädel am Fuß einer Klippe lag, seine Kaltblütigkeit musste man bewundern.

»Sind Sie sich da ganz sicher, Mrs Durand-Deacon? So wie Sie beim letzten Mal über ihn gesprochen haben, hatte ich nämlich den Eindruck, dass Sie nicht unbedingt glücklich sind über Ihren Ehestand.«

»Wir haben uns heute Nachmittag getroffen. Haben einen erfrischenden Spaziergang gemacht. Wenn ich gewollt hätte, hätte ich ihn sogar eigenhändig von der Klippe stoßen können.«

»Sie waren oben auf der Beule?«

»Vor drei oder vier Stunden. Atemberaubend, der Ausblick. Rückt alles ins rechte Licht.«

Ach du Schande. Sie mussten zusammen da oben gewesen sein, kurz bevor ich aufkreuzte. Sie war noch nicht fertig.

»Ich wäre gern noch länger da oben geblieben, aber er musste zurück, ein paar Telefonate erledigen. Alles unter Dach und Fach bringen. Er will nämlich unbedingt die Hochzeitssuite haben. Und Sie sollten jetzt lieber gehen. Er müsste bald zurückkommen. Tilgen Sie unsere Gespräche aus dem Gedächtnis. Tun Sie so, als hätten sie nie stattgefunden.«

»Ich bin mir nicht sicher, ob das möglich ist, Mrs Durand-Deacon.«

Sie machte eine wegwerfende Handbewegung.

»Sie meinen den Hai? Den kauft Ihnen bestimmt jemand anders ab. Einem Künstler der Spitzenklasse, wie Sie einer sind.«

Sie grinste. Mampfte und grinste. Na, was blieb mir anderes übrig, als ihr das Grinsen aus dem Gesicht zu wischen?

»Den Hai meinte ich nicht, nein. Eher die Versöhnung, von der Sie sprachen. Könnte sein, dass Ihr Mann Ihnen da was vormacht. Ich meine, an Versöhnung dachte er, glaube ich, nicht, als ich zuletzt mit ihm gesprochen habe.«

»Sie haben mit ihm gesprochen? Wie meinen Sie das?«

Ich rückte mit meinem Stuhl ein bisschen näher.

»Er war gestern Abend in meinem Haus. Als zahlender Gast. Wir betreiben ein kleines Bed and Breakfast. Es war auch für mich ein Schock, als ich feststellen musste, dass der Mann, für den Sie so spezielle Pläne hatten, sich in meinem Luxusgästezimmer einquartiert hatte. Und er war nicht allein. Er hatte so eine junge Schnecke bei sich.«

»Er hat sich bei Ihnen einquartiert? Mit einer jungen Frau?«

»Sie müssen nicht alles wiederholen, was ich sage, Mrs Durand-Deacon. Ja, er war ziemlich vertraulich mit diesem kapriziösen Weibsstück aus Bournemouth. Die hatte eine Turmfrisur, so groß wie eine Hundehütte, und einen passenden Mund dazu. Er ist ordentlich über Sie hergezogen, heute Morgen an der Frühstückstheke, und sie hat alles so gierig in sich aufgesogen, dass ich ganz rote Ohren gekriegt hab.«

Sie pflückte eine Kirsche von einem der Törtchen, biss die Hälfte davon ab. Ich wusste, was sie dachte.

»Weiter.«

»Er hat Sie mit einer Spinne verglichen, die in einem leeren Raum hockt, ihr Netz spinnt und hofft, dass sich irgendwann was drin verfängt. Hat sich auch über Ihren Kunstgeschmack lustig gemacht, meinte, Sie wären die Lachnummer von Frinton mit Ihren arroganten Allüren, und er wäre furchtbar gern auf der *Lady Di* gewesen, um Sie über Bord springen zu sehen. Er sagte sogar, er würde extra mit auf Ihre Gratiskreuzfahrt kommen, wenn die Reederei garantieren könnte, dass das noch mal passiert. Ich war drauf und dran, ihn am Schlafittchen zu packen und hoch auf dic Bculc zu bugsieren, bei so viel Respektlosigkeit Ihnen gegenüber. Er hat auch davon gesprochen, diese Tussi mit auf die Kreuzfahrt zu nehmen, zumindest hatte ich den Eindruck. Vielleicht will er sie an Bord schmuggeln, hinter Ihrem Rücken.«

Sie nahm das kirschlose Törtchen und zerquetschte es mit einer Hand.

»Dieses Schwein. Ich bin später mit ihm verabredet. Dem werde ich's zeigen.«

»Sie meinen, ich werde es ihm zeigen.«

»Ja.«

Sie suchte nach etwas, um ihre Hand abzuwischen. Ich zog mein Taschentuch hervor. Ich habe immer ein Taschentuch dabei. Bloß, das hier gehörte nicht mir, es gehörte Gerald und war nicht gerade in bestem Zustand. Aber sie merkte es gar nicht.

»Danke.«

»Gerne. Also, wenn er noch immer mit von der Partie sein will bei der Kreuzfahrt, tun Sie so, als wären Sie einverstanden.«

»Ja.«

»Sie lassen ihn mit der Frau im Schlepptau an Bord kommen, wenn er will.«

»Ja.«

»Bleiben Sie außer Sicht. Er wird's nicht merken. Er wird ohnehin nur Augen für die andere haben.«

»Ja.«

»Es wäre sogar eine gute Idee, wenn Sie in letzter Minute absagen und überhaupt nicht auftauchen. Sagen, Sie hätten wieder Höhenangst. Lassen Sie ihn allein mitfahren und die Konsequenzen tragen. Dann wären Sie aus der Schusslinie.«

»Ja. Ich verstehe, was Sie meinen.«

Sie steckte sich das Taschentuch in den Ärmel ihrer Bluse. Ich wollte sie gerade daran erinnern, es mir zurückzugeben, weil ich nicht wusste, ob sie es nicht doch irgendwann erkennen würde, als draußen mit lautem Tatütata ein Krankenwagen vorbeifuhr. Die werden immer gerufen, wenn es einen Toten gibt, keine Ahnung, wieso. Donnerwetter, dachte ich, das war aber schnell. Natürlich wusste ich nicht, ob es um Gerald ging. Konnte auch irgendein Trottel sein, der sich an unserem berühmten Felsentor Durdle Door verklettert hatte. In der Urlaubssaison passiert das einmal pro Woche. Wenn es nach mir ginge, würde ich sie den Scheißmöwen überlassen. Die können Fremde auf unseren Klippen noch weniger leiden als ich.

Aber in dem Moment wusste ich nicht, was ich machen sollte. Falls sie wirklich Gerald gefunden hatten, sollte ich dann Hilary gegenüber ganz arglos tun oder alles zugeben? Ich meine, wir steckten schließlich gemeinsam in der Sache drin, sie und ich, richtig tief, aber jetzt, wo er von der Klippe gefallen war, jetzt, wo die Wirklichkeit sie einholte, würde sie das vielleicht anders sehen. Und was sollte ich dann sagen? Ich konnte ihr ja wohl kaum weismachen, dass ich nichts damit zu tun hatte. Sie würde mir nicht glauben. In solchen Momenten kann einiges schieflaufen, und ich wollte auf keinen Fall, dass sie vom Weg abkam und zu viel rumerzählte. Es gab zu viele Leute, die ihr Gehör schenken würden.

»Was ist das?«, fragte sie.

»Die Rettungssirene«, sagte ich. »Probealarm.«

»Woher wissen Sie, dass es kein echter Notfall ist?«

»Anzahl der Signaltöne«, erklärte ich. Klang für mich plausibel. »Wie viele waren es? Haben Sie mitgezählt?«

Sie schüttelte den Kopf, dachte schon wieder an Gerald und daran, wie er sie verarscht hatte. Sie tat mir fast leid. Sie hatte nur ein gutes Leben gewollt, wie wir alle, und sie hatte keins gehabt. Sie hatte Gerald gehabt. Der sie auf Schritt und Tritt enttäuscht hatte. Sie nicht mal auf ehrliche Art und Weise loswerden konnte. Jemanden dafür engagieren musste, um dann vom Spielfeldrand aus zuzuschauen. Und angesichts der Tatsache, dass ich mich zwischen den beiden hatte entscheiden müssen, war ich froh, dass ich mich für sie entschieden hatte. Sie mochte ja eine kiebige alte Kuh sein, aber sie war mir hundertmal lieber als der piekfeine Schleimer, der wehrlose Schmetterlinge mit Nadeln aufspießte.

»Kann natürlich sein, dass ich früher handeln muss.«

»Wie meinen Sie das?«

Ich wedelte mit den Händen. »Na ja, falls er die Kreuzfahrt doch nicht mitmachen will. Vielleicht mag seine Tussi das Meer nicht, obwohl sie nicht viel davon zu sehen kriegen würde, so wie er geredet hat.«

Sie nahm den Teller mit den Törtchen, hielt ihn mir hin.

»Sie müssen tun, was Sie tun müssen, Al«, sagte sie mit Nachdruck. »Ich lege mein Schicksal in Ihre Hände. Genau wie seins in Ihrer Hand liegen wird, wenn alles nach Plan läuft.«

Sie hob den Teller in meine Richtung und bedeutete mir, noch ein Törtchen zu nehmen. Man musste das alte Mädchen einfach bewundern.

»Ich sag Ihnen was, Mrs Durand-Deacon. Wenn die Sache vorbei ist, mach ich Ihnen einen richtigen Hai, einen richtig fetten Brocken, und den können Sie sich in die Diele stellen, auf die Terrasse, in den Vorgarten, wohin Sie wollen.«

Sie rümpfte die Nase, hatte sich wieder gefangen.

»Bei uns in Frinton gibt's keine Terrassen«, schnaubte sie. »Die sind ordinär.«

Ich hätte es wissen müssen.

Es war noch früh, aber, Überraschung, ich brauchte was zu trinken. Unten im Spread Eagle saß Doc auf seinem Stammplatz und las zwei Militärpolizistinnen aus den Krankenakten seiner Patienten vor. Eines musste ich Doc lassen. Es war zwar nicht ratsam, sich in seinem Sprechzimmer auszuziehen, und es gab auch nur noch ganz wenige, die das taten, aber wenn er Witze erzählte, war sein Timing unschlagbar. Den Frauen zerlief vor lauter Lachen schon die Wimperntusche. Doc winkte mich zu sich rüber. Früher hätte ich keine Sekunde gezögert. Ich steh auf Uniformen, besonders, wenn der Inhalt in ausgelassener Laune ist, aber die Zeiten hatten sich geändert. Ich musste an Emilys Ruf denken, und außerdem fühlte ich mich wegen der Sache mit Gerald und dem vorbeifahrenden Krankenwagen doch ein wenig erschöpft. Ich brauchte Flüssignahrung, keinen Sport. Flüssignahrung und ein Plätzchen, um in Ruhe nachdenken zu können. Ich verzog mich mit zwei Bier und zwei Whisky in eine Ecke.

Es sah nicht gut aus. Auch wenn ich jetzt wusste, wo mein Geständnisbrief war, musste ich Audrey ja doch irgendwie außer Landes kriegen, und dieses Projekt war noch keinen Schritt vorangekommen. Außerdem hatte ich eine Leiche am Hals und Rump, der in eine Frau verliebt war, die er nie getroffen hatte. Ich hatte Mrs Durand-Deacons Reisepass, das ja, und ich hatte ihre Schiffstickets. Das Problem war, dass jeder an Bord wusste, wie sie aussah. Auf der einen Seite waren da also die Passagiere, auf der anderen die Polizei. Wie sollten wir Audrey da in unsere Kabine schaffen? Eigentlich war es unmöglich. Aber das konnte ich Audrey nicht sagen. Auch nicht Em. Ich war Al Greenwood, zum Henker noch mal. Ich konnte alles deichseln.

Dreißig Minuten später kam Doc rüber, knallte noch ein Bier mit dem dazugehörigen Whisky vor mir auf den Tisch. Normalerweise respektierte er die Privatsphäre von Leuten, aber er litt am zwanghaften Spendiersyndrom, kaum dass er eine Kneipe betreten hatte.

»Ich will ja nicht stören, Al, aber mir ist aufgefallen, dass Sie ein bisschen gedankenverloren oder weggetreten wirken, wie wir Mediziner sagen. Könnte diese Alzheimer-Sache sein, von der ich ständig lese. Kein Grund, sich zu schämen, wenn man den Verstand verliert. Das geht heutzutage anscheinend allen so.« Er schob das Bier etwas näher zu mir. »Trinken Sie das lieber aus, bevor Sie vergessen, wozu es da ist.«

Ich nahm einen dankbaren Schluck. Er hatte noch einen Whisky ins Bier gekippt, der Gute.

»Ich hatte einen harten Tag, Doc. Wissen Sie, Sie sind heute der erste Mann, mit dem ich spreche.«

Das entsprach nicht ganz der Wahrheit, aber ich würde ihm natürlich nichts von Gerald erzählen, oder? Er nickte mitfühlend.

»Als ich damals in die Arztbranche einstieg, hat mir keiner gesagt, dass meine Stammpatienten fast ausschließlich Frauen sein würden. Das hat auch seine Vorteile, klar, aber mein lieber Schwan, die interessieren sich viel mehr für das, was so alles in einem vorgeht, als normale Leute. Wollen immer alles haarklein wissen. Für einen Arzt ist das Tolle an männlichen Patienten, dass sie das, was mit ihnen nicht stimmt, für gewöhnlich in Ruhe lassen, bis es längst zu spät ist. Wenn sie dann zu mir kommen, sind sie schon zu drei Vierteln tot. Das erspart einem viel Zeit und Papierkram.«

»Tja, ich hoffe, Sie lesen den zweien da nicht auch aus meinem Papierkram vor«, sagte ich und deutete in Richtung des berockten Militärs.

»Bloß humorvolle Glanzlichter aus der Krankengeschichte von einigen ihrer männlichen Kollegen, mehr nicht. Jemanden bloßstellen ist eine Sache. Die eigenen beruflichen Fähigkeiten zur Förderung eines wohlverdienten freien Abends zu nutzen eine ganz andere.«

»Und die spezielle Fähigkeit in diesem Fall wäre ...«

»Indiskretion, alter Junge.«

Ein Handy klingelte. Der *Trauermarsch.* Eine von den Frauen setzte ihre Schirmmütze ab und griff nach dem Handy auf ihrem Kopf.

»Du hast versprochen, wir würden es nicht hören, unter dem Dings da«, sagte Doc und nahm es ihr aus der Hand. Er drückte es sich ans Ohr und bediente sich bei dem Whisky, den er mir spendiert hatte. »Ja?« Er wippte ungeduldig mit dem Fuß, während die Stimme am anderen Ende mal leiser, mal lauter zirpte. »Kann das nicht warten, wenn er schon tot ist? Ich bin mitten in einem wichtigen Forschungsexperiment zum Thema Alkohol und Gedächtnis. Was? Na gut.« Er legte auf. »Eine Wasserleiche«, sagte er. »Carl Stokie hat sie vor zwei Stunden entdeckt. Der und seine verdammten Adleraugen. Hätte ruhig noch warten können. Er weiß genau, dass heute mein freier Abend ist.«

»Jeder Abend ist Ihr freier Abend, Doc.«

»Aber ich hab nicht jeden Abend so ein Publikum wie die beiden da.« Er nickte in ihre Richtung. »Sie können nicht vielleicht die Stellung halten, während ich für zwanzig Minuten die guten alten Gummihandschuhe anziehe?«

»Eine halbe Stunde«, sagte ich. »Keine Minute länger.«

Er war nach fünfundfünfzig Minuten wieder da. Höchste Zeit, denn die waren vielleicht ein Pärchen, die zwei, durchtrieben und rücksichtslos wie ein Wolfsrudel. Dich hetzen, umzingeln und dann mit ausgefahrenen Krallen über dich herfallen, so arbeiteten sie. Ich konnte von Glück sagen, dass ich lebend da rauskam.

Im Bungalow brannten sämtliche Lampen, jede einzelne, als wäre Weihnachten. Und Musik lief. Wumm, wumm, wumm. Jeder, der vorbeikam, musste denken, hier würde eine Party steigen. Sehr diskret. Ich ging hinein, leicht angesäuert. Emily, Audrey und Alice Blackstock saßen im Schneidersitz auf dem Fußboden. Jede hatte einen Bogen Pappe vor sich und schwenkte eine Schere wie eine Fußballrassel. Emily stach mit ihrer in die Luft, winkte mich ins Zimmer.

»Ah, das sind Sie ja, Mr Greenwood. Genau rechtzeitig zum großen Schnippschnapp.«

Sie brach in ein schreckliches Gackerlachen aus, wie ein Truthahn mit Keuchhusten. Die anderen fielen mit ein. Em hatte getrunken. Sie alle hatten getrunken. Ich wartete, bis das Lachen abflaute. Audrey hielt irgendwas in die Luft.

»Seht euch den an«, kreischte sie. »Wieso hast du ihm so einen Schielblick verpasst? Konnte er nicht mehr geradeaus kucken?«

Die drei brachen wieder schier zusammen. Weiteres Gekreische. Es tat fast weh, das mit ansehen zu müssen. Dann begriff ich, was die drei da zerschnippelten. Ems private Bilder von mir lagen verstreut auf dem Teppichboden herum. Die Hälfte von ihnen hatte verdammt große Löcher drin. Ich versuchte, nicht zu nuscheln. Auch ich hatte ein paar intus.

»Emily, Liebste. Würdest du mir bitte verraten, was zum Teufel hier vor sich geht?«

»Wir machen noch ein Statement«, prustete Emily los. »Hab ich recht, Audrey?«

»Verdammt recht, Banana Girl.«

»Bamboo Girl«, korrigierte Em.

»Banane, Bambus. Ist doch beides lang und dünn.«

Und wieder kreischten sie los. Es ist echt nervig, wenn du als Einziger nicht mitlachen kannst.

»Habt ihr getrunken?«, fragte ich.

»Bloß Wein und Whisky und dazu ein bisschen Gras«, erklärte Alice Blackstock. »Wir machen eine Collage. Wie früher, als ich auf der Kunstakademie war.«

»Das ist ja alles schön und gut, Mrs B, aber das hier ist äußerst ...«

Ich verstummte. Was zum Teufel machte sie eigentlich hier?

»Ist schon gut, Al«, sagte Audrey. »Alice weiß Bescheid.«

»Schon seit Audrey hier aufgetaucht ist, muss ich gestehen«, sagte Alice. »Hab sie im Mondlicht von der Beule kommen sehen. Ich war mir nicht sicher, ob sie's ist, bis sie gegen die Nymphe stieß und losschimpfte.«

Sie lehnte sich nach hinten und rückte das Piratentuch zurecht, das sie um den Kopf trug. Sie hatte eine Fransenjacke an, die Ärmel hochgerollt, die Arme voll mit klimpernden Reifen. Sie sah aus wie Keith Richards mit ein oder zwei Litern intus. Ich schnappte mir eins von den Gläsern und goss mir auch einen Drink ein.

»Na, ist ja echt fabelhaft«, sagte ich. »Ich schätze, das ganze Dorf weiß inzwischen Bescheid.«

Alice Blackstock zuckte die Achseln.

»Selbst wenn, ich würd mir da keine Sorgen machen. Die Leute hier haben alle eine Schwäche für Sie und Audrey, seit ihr den Polizisten in die Luft gejagt habt.« Sie angelte einen Joint aus ihrer Tasche und klemmte ihn sich zwischen die Lippen. »Mal wieder Zeit für ein bisschen Entspannung, denke ich«, sagte sie. Es war abzusehen, wohin das führte.

»Ich hätte nicht gedacht, dass Sie das einfach so absegnen. Nicht dass es Absicht gewesen wäre, versteht sich.«

»Tu ich auch nicht. Ich heiße nicht gut, was ihr beide alles getan habt. Aber ihr wart immer gut zu mir, seit meinem bösen Treppensturz damals. Deshalb ist es nur recht und billig, dass ich mich dafür revanchiere. Wie du mir, so ich dir. Überhaupt halte ich das Gefängnis nicht immer für die richtige Lösung. Es sollte einfallsreichere Methoden im Umgang mit Fehlverhalten geben.«

Sie zündete den Joint an und nahm einen tiefen Zug. Ich hab schon Seehunde gesehen, die schneller auftauchen, um Luft zu schnappen.

»Sie sind ein sehr ungewöhnlicher Mensch, Mrs B.«

Sie pustete den Rauch aus und reichte mir den Joint.

»Das kommt von dem Leben, das ich geführt habe«, sagte sie. »Und durch das ganze Chaos um euch herum fühl ich mich wieder jung. Also, wo ist der Kleber? Und Al, Himmel, Arsch und Zwirn, die Arbeit hier macht durstig. Wir Mädels brauchen noch einen Drink.«

Ich ging eine weitere Flasche holen. Und noch eine. Mit der Kunst ist das so eine Sache: Hat sie dich einmal gepackt, gibt es kein Halten mehr. Als wir fertig waren und Em die Collage auf einen freien Rahmen gezogen hatte, machte das Ganze richtig was her. Ein echter Hinkucker. Ich drehte Torvill so, dass sie in die andere Richtung schaute, und stellte die Collage dann auf den Kaminsims.

»Ist das ein Statement«, sagte ich und trat zurück, »oder ist das ein Statement? Ich meine, nichts gegen meine Haie, aber das da …«

Alice stellte sich neben mich.

»Und ob das ein Statement ist«, sagte sie. »Definitiv. Ich glaube, ich hab noch nie irgendwas gesehen, das so hundertprozentig ein Statement ist.«

Wir schwiegen und konnten uns nicht sattsehen.

»Ich geh ins Bett«, sagte Alice. »Weiß der Himmel, wovon ich träumen werde.«

»Soll Al mitkommen, Sie sicher die Treppe hochbringen?«, fragte Audrey, ganz normal und seelenruhig, als wären wir alle wieder Nachbarn.

Alice tätschelte ihr den Rücken.

»Er hat schon genug am Hals, meinen Sie nicht auch? Und Sie sollten nicht zu lange hierbleiben. Sie haben etwas sehr Schlimmes getan, Audrey, das Schlimmste, was es gibt. Ich kann das nur eine begrenzte Zeit lang vergessen, Al zuliebe. Em zuliebe. Verstehen Sie?«

Und sie ging.

»Mannomann, deutliche Worte«, sagte Emily. »Sie hat auf uns gewartet, als wir vom Wohnwagen kamen. Was hätte ich machen sollen?«

Audrey wirkte kein bisschen besorgt.

»Es ist seltsam, aber ich fühle mich fast sicherer, jetzt, wo ich weiß, dass sie im Bilde ist und wie sie die Sache sieht. Nun müsste ich bloß noch irgendwie auf euer blödes Schiffe kommen.«

Zeit für meinen großen Auftritt.

»Könnte sein, dass ich eine Möglichkeit gefunden habe.« Ich griff in meine Innentasche. »Ich hab hier einen Reisepass. Mrs Durand-Deacon, die Frau, die zurzeit im Bindon wohnt. Frag mich nicht, woher ich ihn habe. Sie hat auch Gratistickets für die nächste Kreuzfahrt, will sie aber nicht mehr. Sie hat genug vom Meer. Also, wenn wir dich unter ihrem Namen aufs Schiff lotsen könnten, ohne dass Fragen gestellt werden, wenn du dich von neugierigen Augen fernhältst, die Mahlzeiten in deiner Kabine einnimmst, so was eben, dann könnte die Sache hinhauen. Hier.«

Audrey nahm den Pass und schlug die Seite mit dem Foto auf.

»Ich hab nicht die geringste Ähnlichkeit mit ihr.«

»Vielleicht, wenn du das Gesicht ein bisschen verziehst.«

»Kannst du das Bild nicht austauschen gegen eins von mir?«

»So was gibt's nur im Kino, Audrey. Die sind gestempelt, wie du siehst. Man kann nicht einfach ein anderes reinkleben.«

»Doch, kann man wohl«, warf Emily ein. »Der Stempel auf der Ecke des Fotos muss bloß nahtlos in den auf dem Papier übergehen. Das müsste man mit einem Kartoffeldruck hinkriegen. Hast du ein Foto von dir, Audrey, in Passfotogröße?«

»Nein. Ich weiß auch nicht, wieso es in Gefängnissen keine Passfotoautomaten gibt.«

»Ich hab eins. In Passfotogröße.« Sie blickten mich an. Ich weiß nicht, wer überraschter war, Audrey oder Em.

»Wir haben doch damals vor dem Spanienurlaub welche gemacht.«

»Das ist Jahre her.«

»Die hab ich im Bungalow gefunden, als ich zurückkam aus dem Gefängnis.«

»Und du hast sie behalten?«

»Wieso nicht?«

»Wo?«, fragte Em mit unterkühlter Stimme.

»Hinter der Sonnenblende im Citroën. Damit ich jemanden habe, den ich beschimpfen kann, wenn ich im Stau stehe.«

»Damit du sie dir ab und zu anschauen kannst.« Em wieder.

Sie nahm den Pass, ging nach draußen. Wir sahen zu,

wie sie erst zum Wagen ging und dann in die Küche. Wir saßen stumm da und wussten, dass es wieder mal unsere Show war, genau wie früher. Audrey und ich gegen den Rest der Welt.

»Es wird nicht klappen, oder?«, sagte sie. »Mich aufs Schiff zu bringen, meine ich.«

»Keine Ahnung, Audrey. Es wird nicht leicht sein, das muss ich zugeben. Wenn wir jemanden hätten, der dich begleitet, einen Mr Durand-Deacon sozusagen, wie ein richtiges Ehepaar, das könnte hilfreich sein.«

»Gibt es einen Mr Durand-Deacon?«

»Witzig, dass du das fragst. Das war der Bursche, der von der Klippe gefallen ist.«

»Was?«

»Unser Pensionsgast Gerald. Also, wenn ich auch seinen Reisepass hätte …«

Sie wiederholte den Namen.

»Gerald«, sagte sie, und dann trat wieder diese Stille ein. Wir konnten Emily herumwerkeln hören, leises Gemurmel, deutliches Einatmen. Ich konnte sie sehen, vornübergebeugt, hoch konzentriert. Sie war schon was ganz Besonderes, meine Miss Prosser. Ich wäre ein Idiot, wenn ich sie gehen ließe. Minuten verstrichen, keine Ahnung, wie viele, aber Em nebenan arbeiten zu hören machte die Stille noch länger und intensiver. Dann sprach Audrey wieder, mit einer seltsamen Stimme, die wie ausgehöhlt klang, als würde nur die Hülle von jemandem sprechen.

»Ich weiß, dass du es getan hast, Al, du hast den Mann runtergestoßen. Ich weiß es einfach.«

Sie sah mich an, ganz bang und zittrig. All die Dinge, deren sie mich in der Vergangenheit bezichtigt hatte, lagen in dieser Stimme. Da kam mir eine Idee: Jahrelang hatte ich ihr gegenüber beteuert, ich hätte dies nicht getan und jenes nicht getan, wo ich in Wahrheit so schuldig gewesen war, wie man nur sein konnte. Jetzt hatte ich die Gelegenheit, das Blatt zu wenden, etwas zu gestehen, was ich nicht getan hatte, es auf meine Kappe zu nehmen und Audrey zugleich das Gefühl zu geben, dass sie mir was schuldig war, und zwar gewaltig.

»Na schön. Du willst die Wahrheit hören? Ich hab ihn abserviert. Jawohl, stimmt. Ich hab ihn oben auf der Klippe angesprungen, seine Arme gepackt und ihn immer wieder rumgewirbelt, bis er nicht mehr gerade stehen konnte, und dann hab ich ihn runtergeschubst und zugesehen, wie er von der Klippenwand abgeprallt ist wie ein Gummiball. Zufrieden?«

»Hör auf! Hör auf!« Sie presste eine Hand auf den Mund.

»Ich hab ihn runtergeschmissen, Audrey, ihn umgebracht. Und willst du wissen, warum?«

Sie schüttelte heftig den Kopf, aus Angst, noch mehr zu hören. Jetzt hatte ich sie.

»Weil er das mit dir rausgefunden hatte«, sagte ich. »Der hat dich gleich erkannt, als du die blöde Tür aufgemacht hast, und gedroht, zur Polizei zu gehen, wenn ich nicht bezahle. Tausende hat er für sein Schweigen verlangt. Was für eine Wahl hatte ich? Entweder du oder er, Audrey. Was hättest du denn gedacht, für wen ich mich entscheide?«

Sie presste die Hand aufs Herz und taumelte rückwärts, getroffen von der Wucht meiner Worte.

»Du hast das für mich getan?« Sie schlang die Arme um mich. »Ach, Al.«

Sie hielt mich einen Moment lang fest. Und es war ein gutes Gefühl zu wissen, dass sie in diesem einen Moment ganz mir gehörte, mit Haut und Haaren.

Ich löste mich langsam von ihr.

»Wir wollen doch nicht übertreiben, Audrey. Es liegt noch ein ganzes Stück Arbeit vor uns, bis alles erledigt ist.«

»Na, eins hab ich schon mal erledigt.« Em stand in der Tür und hielt den Reisepass hoch. »So gut wie neu.«

Ich nahm ihn ihr aus der Hand. Tatsächlich. Es war kaum zu glauben.

»Komm her. Panda Woman möchte Bamboo Girl umarmen.«

Panda Woman umarmte Bamboo Girl. Ziemlich lange sogar. Zu lange, für meinen Geschmack. Als sie sich voneinander lösten, war Em ganz rot im Gesicht.

»Wisst ihr, was«, sagte Audrey, »jetzt wär es doch schön, wenn wir drei diesen ganzen Quatsch mal ein Weilchen vergessen könnten und einfach nur zusammen unseren Spaß hätten.«

Ich schloss die Augen, wollte es nicht hören. Sie meinte doch wohl nicht etwa ...

»Eine schöne Partie Scrabble«, sagte sie.

Um eins kamen Em und ich endlich ins Bett. Ich hatte gewonnen, logo, aber es war knapper gewesen, als ich gedacht hatte. Audrey spielte erstaunlich gut. Daran sieht man mal wieder, was das Gefängnis mit Menschen macht.

# ZEHN

Jemand stupste mich an.

»Wie schön, die Turteltäubchen in kuscheliger Eintracht beisammen zu sehen, als wäre alles in Butter, als könnte nichts ihr Glück trüben.«

Audrey stand neben dem Bett, rote Rüschenbluse, rote Strumpfhose, abstehende Stachelhaare. Ich setzte mich auf.

»Was ist los, Audrey?«

»Das hier ist los.«

Sie schleuderte Mrs Durand-Deacons Reisepass aufs Bett. Ich nahm ihn. Der Stempelteil hatte gehalten, aber auf dem Foto tröpfelte Audrey irgendwas Weißes aus dem Mund.

»Was ist das?«, fragte sie und zeigte darauf. »Ektoplasma?«

Em nahm mir den Pass aus der Hand und fuhr mit dem Finger über das Foto.

»Die Kartoffel muss die Farben verflüssigt haben«, sagte sie. »Ich hab's versaut, was?«

»Ja, das hast du allerdings. Bamboo Girl, von wegen.«

Ems Lippen begannen zu beben. Sie war einfach zu empfindlich, die Gute. Zeit, mich einzuschalten.

»Nicht unbedingt, Audrey. Du könntest ein Medium sein, Mrs Durand-Deacon, die berühmte Hellseherin, in Kontakt mit Geistern auf der anderen Seite.«

»Nicht auf meinem Scheißpassfoto, da nicht. Verdammt, ich hätte wissen müssen, dass ihr die Sache verbockt.« Ihr Gesicht lief immer röter an.

»Beruhige dich, Audrey. Wir lassen uns was einfallen.«

»Und was, bitte schön? Wir haben nur noch zwei Tage, Al, und wie weit sind wir? Gott, ich hätte auf dem Fahrrad bleiben und weiterstrampeln sollen. Zuerst hieß es, einsame Insel mit Eimerchen und Schaufel, und jetzt macht ihr mich zur New-Age-Globetrotterin mit einem Poltergeist in der Handtasche.«

Ein kleines Glöckchen bimmelte in meinem Kopf los.

»Hör mal, das ist doch kein Weltuntergang. Wir haben noch ein Ersatzfoto, oder?«, sagte ich. »Da waren doch sogar zwei übrig, wenn ich mich nicht irre. Du könntest einen neuen Versuch starten, nicht, Em?«

Em strich sich das Haar aus den Augen.

»Diesmal deck ich es mit Pergamentpapier ab, damit die Farbe nicht verläuft.«

Ich tätschelte ihr den Kopf.

»Na, dann ab mit dir. Tu, was du kannst.«

Sie hüpfte aus dem Bett und schlüpfte in ihren *Lady-Di*-Bademantel. Audrey versuchte, nicht hinzusehen, schaffte es aber nicht.

»Du hättest nicht so mit ihr reden sollen«, sagte ich zu ihr, als Em aus dem Zimmer war. »Sie riskiert viel für dich, dabei kennt sie dich kaum.«

»Ich weiß. Aber ich bin einfach so ... ich meine, sieh mich an. Ich bin kurz vorm Platzen, Al. Ich kann es einfach spüren.«

»Was du brauchst«, sagte ich, »ist ein bisschen Michaela. Hast du dich überhaupt schon mit ihr in Verbindung gesetzt?«

»Natürlich nicht.«

»Vielleicht sollte ich das für dich machen. Nicht von hier aus. Von einer Telefonzelle. Du hast doch bestimmt ihre Nummer, oder?«

»Natürlich hab ich ihre Nummer. Die steht in meinem Herzen.« Sie sagte das ganz selbstverständlich, fast beiläufig.

»Sie könnte sich mit dir treffen, oder? Nicht auf dem Festland, zu riskant. Irgendwo im Mittelmeer. Kann sie überhaupt segeln? Ein Boot mieten und so?«

»Sie hat ihr halbes Leben am Meer verbracht, Al. Natürlich kann sie segeln. Wir hatten zusammen ein Boot, und sie hat den Segelschein. Wenn wir nicht mit dem Rad unterwegs waren, waren wir auf dem Meer. Ich hab sie immer ›meine kleine Meerjungfrau‹ genannt.«

»Okay. Also, schreib mir ihre Nummer auf, dann zieh dich an und frag Em, ob sie irgendwas braucht. Und entschuldige dich bei ihr. Wir sind prima klargekommen, bis du aufgetaucht bist.«

Sie ging. Ich hörte sie in der Küche leise mit Em reden. Ihr Verhalten von eben konnte ich ihr eigentlich nicht verübeln. Auch meine Nerven lagen blank. Ehrlich gesagt, ich war irgendwie ganz froh, dass das mit dem Foto nicht hingehauen hatte. Ich hatte inzwischen so meine Zweifel, was den *Lady-Di*-Durand-Deacon-Schwindel betraf. Es würde schwer werden, Audrey unbemerkt in unserer Kabine zu verstecken. Der eine oder andere könnte vielleicht geschmiert werden, aber das ganze Schiff? Und falls irgendwas schieflief, wären wir am Ende die Gelackmeierten, Em und ich. Es musste einen anderen Weg geben.

Und dann, Sie werden es nicht glauben, trumpfte Al Greenwood auf. Ich hatte die rettende Idee.

Ich fuhr hin und parkte den Wagen. Die Adresse sagte mir nichts, aber das war auch kein Wunder. In Wareham und Umgebung war in letzter Zeit viel gebaut worden. Auch diese Siedlung war neu, Casterbridge Crescent, neue Ziegelsteine, neue Fenster und, ja, die dazu passenden Bewohner hinter den neuen Gardinen.

Ich klingelte, bloß dass es keine Klingel war, es zitterte und vibrierte, als würde mir jemand mit den Fingern die Wirbelsäule auf und ab fahren. Ich wartete ein Weilchen und versuchte, irgendwas hinter der Milchglasscheibe zu erkennen. Nichts. Dann öffnete eine Frau in einem schwarzen Kleid mit weißer Schürze die Tür. Sie hatte einen Dutt und einen Silberblick. Der Silberblick blickte mich silbrig an.

»Haben Sie einen Termin?«

Ich hielt ihr die Karte unter die Nase.

»Sie hat mir die hier gegeben und gesagt, ich sollte vorbeikommen, wenn ich mal Hilfe bräuchte. Ich brauche Hilfe.«

»Ja, das seh ich.« Sie trat zurück. »Wenn Sie mich bitte zum Wartezimmer begleiten. Ich werde nachsehen, ob Madam Zeit für Sie hat. Ihr Name?«

Ich sagte ihr meinen Namen. Ich trat ein. Ich begleitete sie zum Wartezimmer, immer zwei Schritte hinter ihr. Von hinten machte sie mehr her als von vorne. Das Wartezimmer war überraschend gemütlich, bequeme Sofas und Fotos vom Meer und von Sonnenuntergängen und so an den Wänden.

»Zur Toilette geht es durch die Tür da, falls Sie sich die Hände waschen wollen«, sagte sie. »Auf dem Tisch liegt ein Formular, das Sie ausfüllen müssen.«

Sie ging. Ich versuchte, die Broschüren auf dem Tisch

zu lesen, die die angebotenen Dienstleistungen vorstellten, konnte mich aber nicht konzentrieren, weil von der Decke so ein nervtötendes Gurgeln kam, als würde sich jemand mit einem Eimer Listerine den Mund ausspülen. Dann andere Schritte, leiser, und da war sie, stand in der Tür, barfuß, weiße Jeans und enges weißes T-Shirt mit der Aufschrift: SCHAU NICHT MICH AN, SCHAU DICH AN.

»Sieh an, sieh an«, sagte sie und wackelte mit den Zehen. »Was für eine Überraschung. Al Greenwood. Du hast nicht viel Zeit verloren, was?«

»Ich hätte nicht gedacht, dass du ein Hausmädchen hast, Tina«, sagte ich.

»Sie ist kein Hausmädchen. Sie ist Praktikantin. Lernt das Handwerk von der Pike auf.«

»Vielleicht taugt sie ja auch was als Klempnerin«, sagte ich und deutete nach oben. »Hörst du das? Du hast Probleme mit den Abflussrohren.«

»Das ist die CD mit Wellenrauschen vom Pazifik. Meine Patienten finden das sehr wohltuend.«

»Nicht so wohltuend, wie sie dich finden, möchte ich wetten. ›Schau nicht mich an‹? Wen willst du veräppeln?«

Sie betrachtete mich kopfschüttelnd.

»Was führt dich her? Persönliches oder Geschäftliches?«

»Ein bisschen von beidem.«

»Hab ich mir schon gedacht. Dann komm mal mit. Ins Therapiezimmer. Wo ich therapiere.«

Ich folgte ihr. Ins Therapiezimmer. Wo sie therapierte. Zwei niedrige Stühle und ein niedriger Tisch mit Notizblock und Bleistift auf einer Seite und einer Flasche Wasser und zwei Gläsern in der Mitte, dahinter Glasregale voll mit spitzen Steinen und irgendwelchem Zeug. Rechts führte eine halb offene Tür in eine Art Arbeitszimmer, mit einem

Schreibtisch und Aktenschränken und auf dem Schreibtisch einer scheußlichen Glitzerhandtasche von der Größe eines kleinen Ruderbootes. Gegenüber der Tür, auf der anderen Seite des Raumes, stand eine Couch mit einem Kissen und einem Wandschirm am Ende. Was für eine Überraschung.

»Also hier machst du das«, sagte ich. »Das mit der Lebensbalance.«

Sie schloss die Verbindungstür.

»Reflexzonenmassage, Kristalltherapie, Life-Balance-Beratung, je nach den individuellen Bedürfnissen der Patienten, was immer sie brauchen, um ihre innere Schönheit zu entdecken. Wir sind alle schön, auf unsere ganz eigene Art. Hast du inzwischen was von Audrey gehört, dem alten Miststück?«

Sie nahm den Notizblock und deutete auf einen der Stühle. Ich warf meine Mütze auf die Couch und trat ans Fenster.

»Wohl kaum.«

»Ich dachte ja bloß. Als ich dich im Kaufhaus getroffen hab, warst du nämlich so durcheinander, wie ich dich noch nie erlebt hab.«

»Weil ich dich wiedergesehen hab, Tina. Damit hatte ich nicht gerechnet nach der langen Zeit. Das hat Erinnerungen geweckt.«

»Erinnerungen woran?«

»Uniformen, freche kleine Mützen, Taxifahrten, die nie stattfanden.«

Sie lutschte an ihrem Bleistift.

»Du bist das, was wir problembestimmt dysfunktional nennen, jemand, der mit seiner Vergangenheit abschließen und nach vorne schauen muss, auf klar definierte, lebensbejahende Horizonte. Die Arbeit mit dir wird einige Zeit in Anspruch nehmen. Und ich bin nicht billig.«

»Du hast doch gesagt, die erste Sitzung wäre gratis.«

»Hab ich das?«

»Ja. Aber rein interessehalber, von wie viel reden wir hier, alles in allem?«

»Tja, kommt drauf an, wie viel von deinem Leben du ausbalancieren möchtest.«

»Sagen wir, alles.«

»Also, für eine Intensivtherapie müssten rund 350 Pfund reichen.«

»Und was krieg ich dafür?«

Sie legte die Hände zusammen, stützte das Kinn auf.

»Reduktion auf dein innerstes Ich, Bewusstmachung von Verdrängtem, einen zehn Punkte umfassenden psychischen Leitfaden und eine emotionale Flugbahn, wie du sie nicht mehr erlebt hast, seit du in kurzen Hosen herumgelaufen bist.«

»Genau das brauche ich. Weißt du, ich bin jetzt Künstler. Die psychologischen Abgründe, die wir für unsere Kunst durchschreiten müssen. Beziehungen. Selbstachtung. Probleme mit Nähe.«

»Sprechen wir von der Frau, für die du die rote Unterwäsche gekauft hast?«

Ihr Bleistift wippte zwischen ihren Fingern hin und her.

»Meine Verlobte, aber das konnte ich der Verkäuferin ja wohl kaum sagen, oder? Wo ich gerade dabei war, sie anzumachen. Ich fand sie richtig scharf, diese Trudi aus Amsterdam. Ich hätte das nicht tun sollen, ich weiß, aber so bin ich nun mal. Kann einfach nicht widerstehen. Magst du Whisky?«

»Whisky?«

»Ich hab nämlich einen Tropfen mitgebracht. Für alle Fälle.« Ich zog die Flasche aus meiner Jackentasche und stellte sie auf den Tisch.

»Alkohol spielt in meiner Behandlung für gewöhnlich keine Rolle«, sagte sie und warf einen Blick auf das Etikett. Ich setzte mich.

»Die Sache ist die, ich hätte da einen Vorschlag.«

»Was du nicht sagst.«

»Wenn ich gerade mal kein Künstler bin, arbeite ich auf Kreuzfahrtschiffen und halte für die Touris Vorträge über Fischmanagement und dergleichen. Ich bin ein guter Kumpel vom Unterhaltungsoffizier, Johnny Caracas. Jemand hat ihn im Stich gelassen, hat ganz plötzlich abgesagt. Jetzt braucht er schleunigst einen Ersatz. Diese Life-Balance-Geschichte von dir wäre genau das Richtige. Ich meine, warum sonst machen Leute eine Kreuzfahrt, wenn nicht, um ihr Leben ins Gleichgewicht zu bringen. Und um zu pimpern, natürlich.«

»Natürlich.«

»Du wärst in deinem Element, würdest alle möglichen Leute kennenlernen, welche, die sich erinnern wollen, welche, die vergessen wollen, Leute mit Geld, Leute auf der Suche nach ...«

»Etwas, das sie nicht haben und nie haben werden.«

»Du sagst es.« Ich öffnete die Flasche und goss uns beiden einen Fingerbreit ein. »So gekleidet, eine Frau mit deinen Talenten, das wäre so, als würde man weiche Butter auf einen warmen Toast streichen. Die würden dahinschmelzen.«

Sie nahm das Glas, trank einen Schluck.

»Ich wusste gar nicht, dass dir mein Wohl so sehr am Herzen liegt. Was hast du davon?«

»Sei nicht naiv. Du weißt, was ich davon habe.«

Sie ließ ihren Whisky im Glas kreisen, starrte hinein.

»Ich hätte gedacht, dafür gäb's ein Riesenangebot auf so einem Schiff.«

»Ja, aber ich bin ein gieriger Hund, oder? Außerdem, wie ich schon sagte, als ich dich neulich Nachmittag gesehen habe, ist der alte Motor wieder angesprungen.«

»Was ist mit deiner Verlobten?«

Ich zuckte die Achseln. »Sie ist ein nettes Mädel, was ganz Besonderes, aber technisch nicht so versiert.«

»Im Gegensatz zu mir?«

»Vergiss nicht, Tina, ich hab dich hinterm Lenkrad gesehen, mit deinen Handschuhen, mit all der Energie, die da unter deinen Fingerspitzen vibrierte.«

Sie nahm noch einen Schluck, trank das Glas in einem Zug leer. Ich schenkte ihr nach.

»Es würde dir Spaß machen. Achthundert für zwei Wochen Arbeit, neue Orte, neue Gesichter, so viel kalten Hummer, wie du vertragen kannst, und ...«

»Du.«

»Bereit, willig und noch immer fähig. Die Bezahlung ist nicht umwerfend, zugegeben, aber es gibt reichlich Möglichkeiten, was dazuzuverdienen, wenn du willst.«

»Was, wenn ich es mir anders überlege, sobald ich an Bord bin? Was dich betrifft, meine ich.«

»Das ist nicht wie hier an Land, Tina. Auf See, das ist eine andere Welt. Du kannst dich nach Lust und Laune mit jedem amüsieren. So sind die Regeln. Außerdem, noch bist du nicht an Bord, oder? Ich brauch erst mal ein ordentliches Dankeschön.«

Ich schob ihr Glas näher zu ihr hin. Sie schob es zurück.

»Ich denk drüber nach.«

Ich schob es ihr wieder hin.

»Zum Nachdenken ist keine Zeit, Tina. Du musst deinen Körper in Bewegung setzen, nicht deinen Verstand. Wir legen in ein paar Tagen ab, und Johnny ist verzweifelt. Er muss deine Papiere fertig machen. Ich treffe ihn heute Abend. Deshalb bin ich jetzt hier.«

»Will er mich denn nicht vorher begutachten?«

»Er vertraut mir. Ich hab ihm schon mal jemanden besorgt. Einen Schmetterlingssammler aus Frinton. Du brauchst bloß Ja zu sagen, und du bist dabei.«

»Wohin geht's?«

»Diesmal ist's eine Mittelmeerkreuzfahrt. Zwei Wochen in der Sonne, zwei Stunden Arbeit am Tag, höchstens. Die übrige Zeit Piña Coladas trinken, halb nackt am Pool liegen, was immer du möchtest. Wenn du dich beim ersten Mal gut anstellst, hast du den Job, solange du willst. Also, was sagst du? Bist du mit von der Partie? Wir könnten eine super Zeit zusammen haben, du und ich.«

Sie griff selbst nach der Flasche und goss uns beiden wieder einen kräftigen Schluck ein. Ihre Hand zitterte.

»Halb zwölf und schon fast betrunken. Also, was brauchst du von mir?«

»Nicht viel. Geburtsdatum, Sozialversicherungsnummer, Staatsangehörigkeit. Wenn ich ihm eine Kopie von deinem Führerschein vorlegen könnte, irgendwas, damit er sieht, dass du keine Ausländerin bist, die sich vor der Abschiebung drücken will. Ein paar von deinen Broschüren, die ich im Wartezimmer gesehen hab, wären hilfreich, auch zwei, drei von deinen Visitenkarten.«

»Und das nennst du ›nicht viel‹?«

»Da fällt mir ein, wie wär's mit dem T-Shirt, das ich nicht anschauen soll? Gib mir eins davon mit, und ich lass ein paar nachdrucken. Wir könnten sie an Bord verkaufen, zehn Mäuse das Stück. Du kriegst natürlich den Hauptanteil.«

Sie schaute nach unten. Ich auch.

»Das hier? Ich hab nur dieses eine.«

»Ich hatte gehofft, du würdest das sagen.«

Ich stand von meinem Stuhl auf, beugte mich vor, packte den unteren Saum. Sie starrte mich forschend an.

»Du hast wirklich keine Hemmungen, was?«

»Natürlich nicht. Das macht mich ja so attraktiv.« Ich zog es ein Stück hoch. Bräunungscreme. »Wo ist deine Haushaltshilfe? Nicht dass sie hier reinplatzt.«

»Ich hab ihr den Rest des Tages freigegeben«, sagte sie. »Gleich als sie gesagt hat, dass du da bist. Ich hab gewusst, dass du früher oder später kommst.« Sie hob die Arme. »Sollen wir auf die Couch wechseln?«

»Zu steril«, erwiderte ich. Schwups, schon fiel ihr T-Shirt zu Boden. »Lass mich in dein Innerstes.«

Also gingen wir nach oben in ihr Privatgemach. Wenn du in einem Bungalow lebst, vergisst du, wie es ist, nach oben zu gehen, als wäre die Treppe eine Art Zeitreise, die dich von dem, was du unten warst, in das verwandelt, was du oben sein wirst. Aber als ich oben ankam, war ich wie ein Bergsee, kalt und still, ohne dass sich an mir auch nur das Geringste kräuselte. Sie hatte eins von diesen Megabetten, in der Größe eines Fußballfeldes, mit einem Fernseher, der am Fußende wie aus dem Nichts nach oben glitt, und Vorhängen, die sich auf Knopfdruck öffneten und schlossen.

»Ich muss dich warnen«, sagte ich, als wir ins Bett stiegen, »die Kabinen auf der *Lady Di* sind eher einengend, was die fleischlichen Ausdrucksformen angeht.«

»Ich kann mich anpassen«, sagte sie. »Ich mache Pilates.«

»Das glaub ich dir gern. Ich glaube, du machst so allerhand.«

»Ich tue, was ich kann.«

Sie zog mich nach unten. Ich fing an, ein bisschen zu knabbern. Es schien ihr zu gefallen.

»Du hast mich noch nicht ganz ausgezogen«, sagte sie.

»Ich Dummerchen«, sagte ich. »War in Gedanken woanders.«

Sie kicherte.

»Wo denn?«

»Na, zum Beispiel bei meiner leichten Verstimmung über deinen Anruf bei den Bullen neulich, um ihnen zu sagen, dass Audrey sich im Bungalow versteckt hält.«

Ein leises Keuchen, als sie unter mir erstarrte. Kein unangenehmes Gefühl.

»Du warst das doch, oder? Nachdem wir uns im Kaufhaus über den Weg gelaufen sind und du gesehen hast, was für einen Berg Unterwäsche und so ich gekauft hatte? Wolltest wohl deine Pflicht und Schuldigkeit gegenüber Königin und Vaterland tun.«

»Gott, Al ... du darfst nicht ...«

»Ich kann's dir nicht verdenken, Tina, so wie Audrey dich damals behandelt hat. Aber du hättest mich ganz schön in Schwierigkeiten bringen können. Die standen nämlich vor der Tür, weißt du, zwei Stunden später, Audrey war splitternackt, wollte gerade die Klamotten anprobieren. Wir konnten nichts tun.«

»Du liebe Zeit ...«

Sie zitterte unter mir.

»Aber zum Glück sind wir noch mal davongekommen. Knapp. Ich hab Audrey in die Ecke gestellt, mit dem Rücken zu ihnen, und behauptet, sie wäre ein Modell, das für mich posiert. Ich bin jetzt Künstler, sagte ich das bereits? Skulpturen hauptsächlich.«

»Nein. Ja. Ich …«

»Aber jetzt haben sie mich auf dem Kieker. Wir hatten uns schon alles genau überlegt, weißt du. Audrey im Bungalow verstecken, sie unter einem falschen Namen an Bord der *Lady Di* schmuggeln, sie in der Kabine halten, bis sie irgendwo weit weg an Land gehen kann. Ende, aus. Ist jetzt alles ein bisschen kniffliger, dank dir.«

»Und was nun? Ich tue alles, Al, alles.«

»Das dachte ich mir.« Ich lehnte mich zurück und strich ihr das Haar aus der Stirn. »Wo du doch so gut darin bist, möchte ich, dass du unsere Freunde in Blau noch einmal anrufst, genau wie beim letzten Mal, schön anonym. Ihnen verklickerst, was ich dir erzählt habe, nämlich dass du aus sicherer Quelle weißt, dass Audrey Cutlass versuchen wird, sich an Bord der *Lady Di* zu schmuggeln, bevor das Schiff demnächst in Southampton ablegt.«

»Ich versteh nicht …«

»Menschenskind, Tina. Kapierst du denn nicht? Nach dem, was sie mir angetan hat, meine Tochter ermordet, mich vier Jahre in den Knast gebracht, steht sie auf einmal vor meiner Haustür und erwartet von mir, dass ich ihr bei der Flucht helfe? Ich will nicht, dass sie frei ist und sich ihres Lebens erfreut. Ich will, dass sie bis ans Ende ihrer Tage hinter Gittern schmort, wie sie es verdient. Aber ich kann sie nicht der Polizei ausliefern. Sie würde doch sofort ausplaudern, dass ich ihr Unterschlupf gewährt habe, wenn sie denkt, dass ich dahinterstecke. Ich muss also blitzsauber aussehen, sowohl für sie als auch für die Polizei. Deshalb dachte ich, wieso nicht das kleine Energiebündel,

Tina Newdick? Die würde sich nicht lange bitten lassen. Sie hasst Audrey fast genauso sehr wie ich.«

»Großer Gott.«

»Machst du das für mich, Tina? Machst du das für mich?«

Sie bäumte sich auf wie ein Fisch, der aus dem Wasser springt, biegsam und geschmeidig, drückte mich so fest an sich, dass ich keine Luft mehr bekam.

»Himmel, ja. Oh Gott, ja. Oh Gott, Al. Ich dachte ...«

Ich war nicht stolz auf das, was als Nächstes kam, aber mir blieb keine andere Wahl, so wie früher die Spione im Kalten Krieg keine andere Wahl hatten und dauernd mit übergewichtigen russischen Bräuten rummachen mussten, zum Wohle der Allgemeinheit. Nicht dass Tina übergewichtig war, ganz im Gegenteil, aber sosehr sie sich auch ins Zeug legte, sie war nicht mein Typ. Die ganze Zeit ging mir nicht aus dem Kopf, wie ungeschickt sie früher immer die Gänge gewechselt hatte. Ehrlich gesagt machte ich mir Sorgen um meine Sicherheit. Aber ich brachte es irgendwie hinter mich. Anschließend lagen wir da und tranken den Whisky aus, als sie sagte: »Wann soll ich es machen?«

Ich rollte mich herum, stand auf und nahm meine Klamotten.

»Das mag ich an dir, Tina. Immer praktisch, auch so kurz nach der Ekstase. Nicht sofort. Übermorgen, am Ablegetag. Sag ihnen, dir wäre da was zu Ohren gekommen, bei einem Besuch im Gefängnis, das kaufen sie dir bestimmt ab. Und halt ja meinen Namen raus.«

»Und der Job, von dem du gesprochen hast«, sagte sie. »War das alles bloß ...«

»Überhaupt nicht. Aber dieses Mal noch nicht, solange die Sache läuft. Ich bring die Papiere vorbei, wenn wir wiederkommen. Du musst einen Vertrag unterschreiben und so. Wenn du willst, könnten wir dann noch mal ein paar besonders empfindliche Reflexzonen massieren.«

»Kommt drauf an, wie viel ich zu tun habe.« Sie hob ein Bein, kratzte sich am Fuß. »Mensch, ich wünschte, ich könnte dabei sein«, sagte sie. »Und zusehen, wie sie geschnappt wird.«

»Sie würde eins und eins zusammenzählen. Sie wusste immer, dass ich auf dich stand. Mensch, wenn sie von dem hier erfahren würde ... Aber das wird sie natürlich, wenn sie wieder im Knast ist. Dafür können wir sorgen. Damit ihr die Zeit hinter Gittern noch ein bisschen länger vorkommt.«

Ich fing an, mich anzuziehen, Socken natürlich zuerst. Sie hob das andere Bein, kratzte sich am anderen Fuß.

»Und deine Verlobte?«

»Ein Produkt meiner verdrehten Fantasie, Tina. Ich meine, wer würde sich schon mit einem Mistkerl wie mir verloben?«

Ich stieg in meine Hose. Vom Schweiß war ihre Sonnenbräune in den Falten verlaufen. Ich war fast versucht, eine zweite Runde zu drehen.

»Du musst los?«

»Sieht so aus. Sie wartet auf mich. Ehrlich, Tina, wie die sich aufführt, als wären wir noch immer verheiratet. Neulich Abend hat sie mich sogar mit dem Auto losgeschickt, um für sie ein Curry zu besorgen. In zwei Tagen, nicht vergessen. Und wenn ich dann am Pool sitze und Coladas trinke, werde ich daran denken, dass du beim nächsten Mal neben mir liegst. Und deine Sonnenbräune da, die ist dann echt.«

Ich ging die Treppe runter, schlich mich nach hinten,

holte meine Mütze, stöberte ein bisschen herum, flitzte dann aufs Klo und betätigte die Spülung.

»Bist du noch nicht weg?«, rief sie von oben.

»Hab bloß noch schnell dein T-Shirt geklaut. Damit ich was habe, was mich nachts warm hält.«

»Du alter Softie, du.«

»So bin ich.«

Ich schnappte mir noch eine Handvoll Broschüren und knallte die Tür zu.

Auf der Rückfahrt machte ich kurz halt an einer Bank und wechselte ein paar Scheine in Münzen. Ich hatte keinen Schimmer, wie viel es kosten würde. Es dauerte eine Weile, bis ich eine Telefonzelle gefunden hatte. Die Dinger benutzt heutzutage kein Schwein mehr, außer zum Reinpinkeln. Schluckte auch ordentlich Münzen, der Apparat, während ich den Kopf zur Tür rausstreckte, um anständige Luft atmen zu können. Klack, klack, klack. Dann war ich verbunden. Als Erstes konnte ich das Meer rauschen hören, aber so ist das wohl bei Ferngesprächen.

»Hallo.«

»Michaela! Erinnerst du dich an mich? Bungalow Bill?«

Das Meer rauschte wieder.

»Ja, klar. Ich hab mich schon gefragt, wann du wohl anrufst.«

»Hör mal, kann nicht lange reden. Kostet mich ein Vermögen. Ich hab neulich mit deinem Ex gesprochen. Adam.«

»Du Armer.«

»Er hat mir erzählt, dass du gern segelst.«

»Ach ja?«

»Wie eine Piratin wärst du, hat er gesagt, würdest den Großmast hochklettern, Halstuch um den Hintern gebunden, ein hübsches fettes Entermesser zwischen den Zähnen.«

»Hmm.«

»Er meinte, du würdest diese Woche ein Boot mieten und vor der Normandie rauf- und runterschippern.«

»Das stimmt. Ich wollte … morgen abreisen.«

»Das passt ja prima. Ich hätte da ein Crewmitglied für dich, weiblich, das heißt, wenn du Bedarf hast.«

»Kann sie segeln?«

»Hat ihr ganzes Leben am Meer verbracht. ›Meine kleine Meerjungfrau‹, so hat ihre Mutter sie immer genannt.«

»Klingt gut.«

»Ich ruf dich höchstwahrscheinlich in zwei Tagen wieder an und sag dir, wo und wann. Dieselbe Nummer?«

»Dieselbe Nummer. Ich werde am anderen Ende sein. Und danke.«

»Das Vergnügen ist ganz deinerseits, das kann ich dir versichern.«

Als ich nach Hause kam, manikürte Audrey sich gerade im Wohnzimmer die Nägel, mit einem meiner besten Hemden am Leib.

»Na endlich. Wo warst du denn?«

»Organisieren«, erwiderte ich. »Telefonieren.«

»Und?«

»Es ist alles arrangiert.«

»Alles? Was ist mit meinen Sachen? Du hast mir noch immer keine anständigen gekauft.«

»Wir können unterwegs welche besorgen, Audrey. Em kann dir welche auf dem Schiff kaufen, wenn nötig. Ich hatte Wichtigeres zu erledigen. Was macht der Reisepass?«

»Sieh ihn dir an.« Em war hereingekommen, ein Tuch

um den Kopf gebunden, damit ihre Haare beim Passfälschen nicht störten. »Was hältst du davon?«

Audreys Augen blickten ängstlich. Ems auch. Sie hatte sich alle Mühe gegeben, aber die Seite mit dem Foto sah ein bisschen mitgenommen aus. Ich glaubte nicht, dass es damit klappen würde, um die Wahrheit zu sagen.

»Super«, sagte ich. »Die schauen eh nicht so genau hin. Jedenfalls nicht bei der Ausreise.«

»Wollen wir zumindest hoffen«, sagte Audrey.

»Es hat jemand für dich angerufen.« Em nahm den Pass wieder an sich, als wüsste sie selbst genau, dass er nicht der Bringer war. »Mrs Durand-Deacon. Sie sagte, es wäre dringend. Ziemlich unangenehm, die Frau.«

Audrey versuchte, nicht besorgt auszusehen.

Ich rief die Rezeption an und wurde gleich durchgestellt.

»Hilary! Sie haben angerufen, wie ich höre. Wir sprachen gerade über Sie, meine Verlobte und ich. Dieses Porträt, das Sie gern von sich hätten. Em sieht Sie in einer Art Toga. Griechisch. Vielleicht ein paar Trauben. Was meinen Sie?«

»Ich meine, Sie sind eine Zumutung, Mr Greenwood, das meine ich. Das Tatütata, das wir gehört haben, war gar kein Probealarm. Man hat einen Toten im Meer gefunden. Ist es Gerald?«

»Ich glaube nicht, dass wir dieses Telefonat führen sollten, Mrs Durand-Deacon. Vielleicht sollte ich zu Ihnen kommen. Und wir besprechen alles unter vier Augen.«

»Sie haben ihn runtergestoßen, nicht wahr? Ich dachte, wir wären uns einig gewesen, dass Sie nichts unternehmen, solange ich in der Nähe bin. Das war eine klare Abmachung. Ich hätte wissen müssen, dass Sie die Sache verbocken.«

Na großartig.

»Mrs Durand-Deacon …«

»Schluss jetzt. Ich habe Ihnen nichts mehr zu sagen. Rein gar nichts. Sie haben sich den Schlamassel selbst eingebrockt, nun sehen Sie zu, wie Sie da allein wieder rauskommen. Ich habe einflussreiche Freunde, vergessen Sie das nicht, also versuchen Sie ja nicht, mich in die Sache reinzuziehen, sonst geht das Ganze noch schlimmer für Sie aus. Sie sind auf sich allein gestellt.«

Sie legte auf.

»Alles in Ordnung?«, fragte Em.

Audrey sah mich an, doch ich bedeutete ihr mit einem Blick, den Mund zu halten.

»Die blöde Kuh hat sich das mit meiner Skulptur anders überlegt«, sagte ich. »Sie will jetzt keinen Hai mehr, dabei hab ich schon angefangen. Ich geh mal lieber zu ihr und überzeug sie vom Gegenteil.«

»Auf dem Weg dahin kannst du gleich auch noch das Ding entsorgen«, sagte Em. »Schmeiß es ins Meer oder so.«

»Du meinst die Collage?«

»Natürlich meine ich die Collage. Ich weiß nicht, was uns da geritten hat. Die ist widerlich.«

Ich holte sie vom Kaminsims, wickelte sie in eine Decke und nahm sie mit zum Auto. Ins Meer schmeißen? War Em übergeschnappt? Ein künstlerisches Statement von diesem Kaliber? Wenn Tracey Emin ihre dreckige Bettwäsche in der Öffentlichkeit waschen konnte, dann konnten wir ja wohl die Collage an die Wand hängen und den Touris mal so richtig was bieten. Ich würde sie aufhängen und dann ein Wörtchen mit Mrs Durand-Deacon reden. Ich würde ihretwegen irgendwas unternehmen müssen. Das Problem war nur, ich hatte keinen Schimmer, was.

Ich fuhr zur Bucht und schloss die Galerie auf. Ich nahm »Tontos letztes Gefecht« von der Wand, ersetzte es durch die Collage und trat zurück. Em hatte recht. Das Ding war totaler Schrott, vor allem in einem Raum zusammen mit Ems hübschen Bildern von muhenden Kühen und segelnden Booten und Fischern in blauen Pullovern. Es war mir schon peinlich, einfach nur davorzustehen. Ich nahm es ab und packte es wieder ein.

»Judas!«

Adam Rump stand direkt hinter mir, wie immer so gekleidet, als würde es gleich regnen. Sein Gesicht war völlig verzerrt. Aufgewühlt wäre wohl die passende Bezeichnung. Er stieß mit einem Finger nach mir.

»Ich hab Sie hier reinschleichen sehen. Wundert mich nicht, dass Sie unentdeckt bleiben wollen. Und ich wollte Ihnen noch einen Gefallen tun.«

»Adam! Sie tauchen an den überraschendsten Orten auf.«

»Kommen Sie mir nicht mit Adam. Sie verstecken sie vor mir, hab ich recht? Und das, nachdem ich Sie ins Vertrauen gezogen habe.«

Wie zum Teufel hatte er es rausgefunden? Klar, Alice Blackstock hatte schon immer eine Schwäche für ihn gehabt, seit sie ihm Nachhilfe in Mathe gegeben hatte, als er noch ein Knirps war. Vielleicht war ihr Gewissen übermächtig geworden. Vielleicht hatte sie einfach nicht widerstehen können.

»Adam, ich kann Ihnen das erklären. Sie haben ja keine Ahnung, unter was für einem Druck ich stehe. Sie ist eine gefährliche Frau.«

»Das ist keine Entschuldigung. Meine Zukunft steht hier auf dem Spiel.«

»Ich wollte es Ihnen erzählen, zum richtigen Zeitpunkt. Es war schwierig für mich. Ich meine, ich habe eine gemeinsame Geschichte mit ihr, ob Ihnen das nun gefällt oder nicht.«

»Nein, es gefällt mir nicht. Und ich hätte es nie erfahren, wenn ich nicht vorhin im Bindon Hotel das Gästebuch überprüft hätte.«

»Im Bindon? Ich kann Ihnen nicht ganz folgen.«

»Wie gesagt, ich wollte Ihnen einen Gefallen tun, was übrigens nie wieder vorkommen wird, das kann ich Ihnen versichern. Jedenfalls, die Frau, die ich neulich im Hotel gesehen habe, als sie die Treppe hochging: Barbara Hepworth?«

»Ja, richtig. Sie war hergekommen, um sich von mir ein paar Bildhauertipps geben zu lassen.«

»Ich bin kein Kunstkenner, aber der Name kam mir irgendwie bekannt vor. Also habe ich im Internet recherchiert. Sie sind verschaukelt worden. Die Frau ist eine Hochstaplerin. Barbara Hepworth ist seit 1975 tot. War auch so eine von diesen ärgerlichen Löcher-Vertretern, von denen wir gesprochen haben. Ich hätte gedacht, dass Sie das wissen, wo Sie doch auch Künstler sind.«

Ich holte Luft. Das hier würde nicht leicht werden.

»Sind Sie sicher? Sie kam mir so echt vor. Könnte es nicht vielleicht zwei Barbara Hepworths geben? Eine mausetote, die ganz versessen war auf Löcher und so, und eine quicklebendige, die sie meidet wie die Pest? Ich meine, es gibt doch bestimmt in jeder Branche zig Leute mit demselben Namen. Nehmen Sie mich zum Beispiel. Wenn ich mich aufs Singen verlegt hätte statt aufs Bildhauern, dann hätte es Al Green und Al Greenwood gegeben, was zu allerhand Verwirrung hätte führen können, verkaufsmäßig.«

Er ließ sich nicht beirren.

»Ich hab's überprüft. Die Frau ist eine Schwindlerin, glauben Sie mir. Und da Sie in meinen Augen das Opfer irgendeines abgekarteten Spiels waren, bin ich zum Hotel, um sie festzunehmen, doch seltsamerweise stand ihr Name nicht im Gästebuch, und es hatte auch keiner je von ihr gehört. Aber raten Sie mal, wessen Name drinstand, so klar und deutlich wie die Flossen von meinen Kois. Mrs Durand-Deacon. Die ganze Zeit ist sie hier, und Sie haben kein Wort gesagt. Die Frau, die ich liebe!«

»Ah. Das kann ich erklären.«

»Es ist ein Glück, dass ich sie jetzt gefunden habe. Ich muss nämlich dienstlich weg. Bis ich zurück bin, hätten Sie sie längst wieder verschwinden lassen können.«

»Ach ja? Wohin geht's denn?«

»Nach Poole, ausgerechnet. Poole oder Southampton. Meine Vorgesetzten sind überzeugt, dass Ihre Exfrau vorhat, von der Südküste aus das Land zu verlassen, zumal sie hier in der Region aufgewachsen ist. Sie sind der Ansicht, dass ich sie, da ich sie ziemlich gut kenne, vielleicht entdecken könnte, wenn sie versucht, sich durch die Kontrollen zu stehlen, selbst wenn sie sich verkleidet hat.«

Das hatte nun gerade noch gefehlt. Ich konnte es wahrhaftig nicht gebrauchen, dass Rump alles vermasselte. Er konnte sich Gesichter zwar nicht gut merken, aber dennoch.

»Wann geht's los?«

»Morgen früh. Was mir gar nicht passt. Ich wollte dieses Wochenende einen Fischpsychiater aus Oslo einfliegen lassen. Mutter Teresas Problem sind doch nicht die Kiemen, es geht eher um Geschlechterfragen. Sie braucht eine Therapie, Al.«

Ich dachte fieberhaft nach. Es war knifflig, aber ich musste ihn irgendwie aus dem Weg schaffen.

»Nun also, Adam, die Sache ist die, das bringt meinen Plan, Amor zu spielen, ganz schön durcheinander. Sie haben recht. Ich habe Ihnen verschwiegen, dass Mrs Durand-Deacon hier ist, jedoch nur, weil ich Ihrer Begegnung einen etwas privateren Rahmen geben wollte. Aber nun haben Sie's rausgefunden und sind die nächsten zwei Tage nicht da, deshalb muss ich es Ihnen jetzt erzählen.«

»Was erzählen?«

»Dass ich die letzten paar Tage damit verbracht habe, ein Tête-à-Tête zwischen Ihnen und Mrs Durand-Deacon zu arrangieren.«

»Ein Tête-à-Tête? Wo?«

Seine Augen huschten hin und her, als würde er schon fast damit rechnen, dass sie jeden Moment aus einem Versteck hervorgesprungen käme, um sich auf ihn zu stürzen.

»Ich hatte an einen Ort gedacht, wo Sie beide ungestört wären, zum Beispiel an einem einsamen Strand oder an meinem Teich, geschützt vor neugierigen Blicken. Jetzt werden Sie sich mit ihrem Hotelzimmer begnügen müssen. Sie brennt darauf, Sie endlich zu treffen, Adam. Genauso wie Sie darauf brennen, sie zu treffen, vielleicht sogar noch mehr.«

»Im Ernst?«

»Ja. Sie haben großen Eindruck auf sie gemacht. Jetzt will sie nur noch einen Mann in ihrem Leben. Sie.«

»Mich? Nun ja, ich sollte vielleicht überrascht sein, aber ...« Er richtete sich zu seiner vollen Größe auf und strich sich den Regenmantel um die Knie glatt. Eine Art Glanz umfing ihn, als hätte er alles vergessen, was er über mich gesagt hatte.

»Ja. Wissen Sie noch, als Sie sie das erste Mal sahen, in welchem Zustand sie war? Hüllenlos?«

»Wie könnte ich das vergessen.«

»Tja, also die Sache ist die, Adam, da Sie genauso für Mrs Durand-Deacon empfinden wie Mrs Durand-Deacon für Sie, findet sie es nur recht und billig, wenn Sie es ihr gleichtun.«

»Wie meinen Sie das?«

»Wenn Mrs Durand-Deacon den Mann ihrer Träume das erste Mal sieht, soll er sich in demselben Zustand befinden wie sie, als er sie das erste Mal sah.«

»Mit einem Blumentopf auf dem Kopf?«

»Nicht unbedingt mit einem Blumentopf auf dem Kopf. Aber ...«

»Ich soll in einer Ecke stehen?«

»Nein. Das andere.«

»Sie meinen ... oha, ganz ausgeschlossen.«

»Es wäre nur fair, Adam. Es ist durchaus plausibel, wenn Sie mal drüber nachdenken. So haben Sie sie das erste Mal zu Gesicht bekommen, und für uns Künstler, nun ja, wie ich schon sagte, für uns ist Nacktheit etwas ganz Selbstverständliches. Sogar das Selbstverständlichste von der Welt. Wissen Sie, was? Sie könnten es richtig dramatisch machen, wenn Sie wollen. Mrs Durand-Deacon wird in ihrem Zimmer warten. Und Sie könnten auf sie zugehen, ein Geschenk in den ausgestreckten Armen, ein Symbol für Ihre Absichten, etwas Zartes, Romantisches.«

»Sie meinen zum Beispiel einen Fisch?«

»Ja, möglicherweise einen Fisch. Oder vielleicht ein Kunstwerk, das einen Fisch darstellt, etwas, das Sie beide daran erinnert, wie es mit Ihnen angefangen hat. Wie wär's hiermit?«

Ich packte die Collage aus. Seine Hand fuhr hoch zum Mund.

»Ich weiß. Atemberaubend, nicht? Ein Schwarm japanischer Tonti, die durchs Seegras schlüpfen, auf dem Weg zu ihren Laichgründen.«

»Tonti? Ich wüsste nicht, dass ich ...«

»Erkennen Sie sie nicht? An dem ulkigen Auge in der Mitte, als würden sie schielen? Sie haben doch sicher welche in Ihrem Teich, oder?«

»Ehrlich gesagt, nein.« Er trat einen zögerlichen Schritt näher und schaute genauer hin. »Tonti, was? Ja, von der Südinsel, oder? Ich habe bislang bloß Schwarz-Weiß-Fotos von ihnen gesehen.«

»Optimal. Sie geben ihr das hier. Dann reißen Sie sich Ihren Mantel vom Leib. Eine Überraschung, die sie nie vergessen wird.«

Er überlegte einen Moment.

»Ist das nicht ein bisschen extrem?«

»Sie ist Künstlerin, Adam. Wir Künstler lieben das Unmittelbare.«

»Ohne irgendwas an?«

»Ein Paar Socken vielleicht, wenn Sie sich Sorgen wegen Ihrer Füße machen. Schmieden Sie das Eisen, solange es heiß ist, Adam. Und sie ist richtig heiß drauf, endlich an Ihrem Teich zu posieren.«

»Sie hat meinen Teich doch noch gar nicht gesehen.«

»Nein, aber ich habe ihn ihr detailliert beschrieben, das mystische Ambiente, den rauschenden Wasserfall, Mutter Teresas Grotte. Deshalb war sie so versessen auf dieses Rendezvous. Sie sagt, sie hat von Teichen dieser Größe bisher nur gehört, noch nie einen zu Gesicht bekommen. Gehen Sie jetzt zu ihr. Lassen Sie sich von der Rezeption bei ihr anmelden. Dann ab in den Lift, rauf in den ersten Stock, an die Tür klopfen und Bonsai!«

Er schüttelte den Kopf, noch immer unschlüssig.

»Das ist sehr nett von Ihnen, Al, aber ich glaube nicht, dass ich das kann, nicht völlig … Sie wissen schon, unverhüllt. Nicht mal für Hilary.«

»Dann behalten Sie einfach die Unterhose an. Ist zwar nicht das, was sie sich erhofft hat, aber da Sie nun mal kein so ungezwungenes Verhältnis zur nackten Gestalt haben wie wir Künstler, wird sie es verstehen. Schaffen Sie das?«

Sein Kopf kippte zu einer Seite wie bei einem Huhn, das überlegt, warum es mal wieder still steht. Du konntest die kleinen Gedanken förmlich in seinem Schädel herumhüpfen hören. Dann nickte er, mit geschlossenen Augen.

»Ich glaube, ja. Ich meine, zwischen einer Unterhose und der Badebekleidung, die man am Strand trägt, besteht doch kaum ein Unterschied, oder? Außer dass mein Name auf dem Gummibund steht. Nicht dass ich häufig an den Strand gehe. Wer braucht schon das Meer, wenn er Teichwasser hat, durch das er waten kann?«

»Genau. Also, jetzt, wo es beschlossene Sache ist, gehen wir lieber auf Nummer sicher, dass sie auch da ist. Nicht dass wir uns die ganze Mühe umsonst machen. Wickeln Sie das Bild wieder ein, während ich anrufe.«

Ich rief wieder die Rezeption an. Wurde genauso schnell durchgestellt wie beim letzten Mal.

»Mrs Durand-Deacon? Ich bin's noch mal, Al Greenwood. Ich habe gerade mit Detective Rump gesprochen.«

»Detective Inspector«, flüsterte Rump.

»Was?«

»Er würde jetzt sehr gern zu Ihnen kommen, wenn es Ihnen recht ist.«

»Nein, es ist mir nicht recht. Ich habe Ihnen gesagt, wenn Sie versuchen, mich in die Sache reinzuziehen ...« Ich zeigte Rump den erhobenen Daumen.

»Er ist im Bilde, in puncto Sprung ins kalte Wasser, Sie wissen schon.«

»Was haben Sie ihm erzählt?«

»Und er ist sehr zufrieden mit dem, was ich ihm erzählt habe. Kein Grund zur Sorge. Er ist vielleicht nicht imstande, Ihnen alles zu zeigen, wenn Sie verstehen, aber ich kann Ihnen versprechen, in jeder anderen Hinsicht werden Sie nicht enttäuscht sein.«

Adams Kopf wackelte jetzt heftig auf und ab. Der treuherzige Ausdruck in seinem Gesicht war mitleiderregend.

»Sie meinen, ich bin aus der Sache raus?«

»Frei wie ein Vogel, Hilary.« Ich zwinkerte Rump zu. »Und wenn Sie ihn sehen, dann hoffe ich, dass Sie sich erkenntlich zeigen.«

Ich legte auf.

»Erledigt. Jetzt liegt alles bei Ihnen. Sie kennen ja den Spruch. Carpe diem. Das heißt ...«

Er hob eine Hand. »Tag des Karpfens, ja, ich weiß. Soll ich mich hier entkleiden?«

»Ich würde das auf der Hoteltoilette tun, wenn ich Sie wäre. Ich fahr Sie rüber, wenn Sie möchten. So nervös, wie Sie aussehen, setzen Sie sich vielleicht besser nicht ans Steuer.«

Er stieg in den Citroën, die eingewickelte Collage auf den Knien. Auf der Fahrt zum Bindon wippten seine Beine auf und ab, als wäre seine Blase kurz vorm Platzen. Ich parkte den Wagen vor dem Hotel und wartete, dass er ausstieg.

»Meinen Sie, ich sollte gleich mit der Zungenküsserei

anfangen, wenn ich meinen Regenmantel ausgezogen habe?«, fragte er. »Meine Fische machen das ständig, wenn Mutter Teresa nicht in der Nähe ist.«

»Sie sollten es versuchen, keine Frage«, sagte ich. »Sie ist eine Frau von Welt. Höchstwahrscheinlich erwartet sie das sogar.«

Er stieg aus. Ich sah ihm nach, bis er durch die Tür verschwunden war.

Ich kurbelte das Fenster runter und steckte mir eine Zigarette an. Es würde ein schöner Abend werden, so einer, wo du auf der Terrasse sitzen solltest, einen Gin in der einen Hand und einen Joint in der anderen, und zusehen, wie sich alle deine Sorgen in Rauch auflösen. Schön wär's. Irgendwo da draußen gab es ein kleines Fenster, gerade groß genug für mich, um mich durchzuzwängen und auf der anderen Seite wieder rauszukommen, wo es Platz und Licht und Freiheit gab. Ich hatte es bloß noch nicht gefunden. Vielleicht würde ich es auch nie finden.

Dann ertönte so ein hohes, schrilles Kreischen, als wäre die Sirene von der Küstenwache losgegangen, nur noch schriller und ein wenig lauter. Mrs Durand-Deacon kam auf den Balkon gestürzt, flitzte mal in die eine, mal in die andere Richtung wie ein angesengter Hamster. Dann erschien Rump in Unterhosen, den Rahmen der Collage um den Hals gehängt. Ich konnte nicht sehen, ob er Socken anhatte oder nicht. Mrs Durand-Deacon kreischte noch einmal auf, und dann schwang sie sich mit einer Hand am Geländer gekonnt vom Balkon, mitten in die Rhododendronbüsche darunter.

Ich schnippte die Kippe aus dem Fenster, ließ den Motor an und fuhr davon.

# ELF

Wir verbrachten den Rest des Abends mit Nichtstun. Der Bungalow war still, aber ruhelos. Wir probierten es mit einer Partie Scrabble, aber Audrey war nicht bei der Sache. Ständig fielen ihr neue Fragen ein. Wieso hatte ich ihr keine anständigen Klamotten gekauft? Gab es ein Radio in der Kabine? Wurde an Bord Bingo gespielt? Waren die Preise einigermaßen?

»Verdammt noch mal, Audrey. Du machst keinen Urlaub, schon vergessen? Du umgehst das Gesetz, das auf hoher See vom Kapitän und von seinen schmierigen Lakaien verkörpert wird, die alle auf eine Beförderung aus sind. Die haben einen Riecher für blinde Passagiere. Steckst du nur ein Mal die Nase aus der Kabinentür, sind wir alle geliefert.«

»Schon gut, reg dich ab. Ich hab bloß überlegt, wie ich mir am besten die Zeit vertreibe. Ich wollte schon immer mal Bingo auf einem Schiff spielen. Oder Roulette.«

Wir sprachen alles durch, was sie machen würde. Sie war damit einverstanden, im ersten Hafen von Bord zu gehen, den wir anlaufen würden: Marseille. Schön trubelig, dieses Marseille. Jede Menge Schiffe, die nach Tanger fuhren und so. Ich würde ihr fünfhundert Euro in bar geben. Sie könnte sich in irgendeinem billigen Hotel einquartieren, bis ihre Michaela kam. Nachdem sie von Bord war, würden wir so lange wie möglich so tun, als wäre die Kabine noch belegt, damit keiner was merkte. Wenigstens glaubte sie das, als sie zu Bett ging, und wieso sollte ich ihr den Glauben nehmen? Morgen würde Tina die Polizei anrufen, alles, was ich geplant hatte, in Gang setzen, das heißt, wenn sie es so machte, wie ich gesagt hatte. Bei Frauen weiß man doch nie, man kann sich nicht einfach so auf sie verlassen, oder? Tun, was ihnen gesagt wird? Die wissen gar nicht, was das bedeutet.

Der nächste Morgen. Unser letzter voller Tag. Ich gab nach, fuhr ganz früh zu Tesco und kaufte für Audrey einen frischen Satz Klamotten, die sie anziehen sollte, kurz bevor sie das Schiff verließ. Ich entschied mich für eine braune Stoffhose, ein braunes Top und einen blauen Pullover mit zwei gekreuzten Golfschlägern vorne drauf, wie Schwerter. Ich fuhr zurück, stellte den Wagen in die Garage und zog die Schutzhülle drüber. Er war für Seeluft nicht geschaffen, der Citroën. Als ich rauskam, die Kleidertüte in der Hand, tauchten sie hinter der Hecke gegenüber auf. Und ich hatte vorher keine Spur von ihnen gesehen.

»Mr Greenwood? Mr Al Greenwood?«

Er war groß und dünn, hatte ein Gesicht wie ein Lama, aber mit einer Polizeimütze auf, und seine Schuhe hatten einen Glanz, der sich nur als exzessiv bezeichnen ließ. Er hatte auch eine Polizistin dabei. Kein gutes Zeichen.

»Ich bin Commander Gordon von der hiesigen Kriminalpolizei, und das ist meine Kollegin Sergeant May. Dürfen wir reinkommen?«

»Aus einem bestimmten Grund?«

»Ich denke, Sie kennen den Grund, Mr Greenwood.«

Er streckte seine Hand aus, zeigte mir den Weg, als wäre das sein Vorgarten, seine Haustür, sein Bungalow. Das kann ich an Bullen nicht leiden. Im Grunde glauben sie, alles wäre ihr Eigentum.

Ich steckte den Schlüssel ins Schloss, putzte mir die Füße auf der Matte ab und rief laut: »Em, mein Schatz, wir haben Besuch, Kollegen von Adam Rump. Wärst du wohl so nett, ihnen eine Tasse Tee zu kochen?«

Sie kam aus dem Schlafzimmer gehüpft, als hätte sie Sprungfedern. Sie trug ihr kleines braunes Nachthemd, darunter alles lose. Ihr Haar war völlig zerzaust, ihr Mund marmeladenverschmiert. Commander Gordon übersah das geflissentlich. Audrey war Gott sei Dank nirgends in Sicht. Ich führte die beiden ins Wohnzimmer und bat sie, Platz zu nehmen.

»Also«, sagte ich und beschloss, die Flucht nach vorn anzutreten. Ich meine, hätten sie einen Durchsuchungsbeschluss gehabt, hätten sie wohl kaum darauf geachtet, sich die Schuhe abzuputzen. »Es geht vermutlich wieder um Audrey Cutlass. Meine Exfrau. Die, zu der ich keinen Kontakt mehr habe.«

»Sie glauben also, dass es darum geht?« Commander Gordon legte den Kopf schief. Er war ein gewiefter Hund, das spürte ich.

»Ich dachte bloß, weil Detective Rump vor nicht mal fünf Tagen in selbiger Sache hier war und mit leeren Händen wieder gegangen ist. Muss enttäuschend gewesen sein, für ihn und Sie. Wie geht's ihm denn?«

Er blickte die Frau an. Sie senkte rasch den Kopf, unterdrückte ein Kichern. Frauen können manchmal schrecklich grausam sein. Commander Gordon hustete in seine Hand.

»Er ist von seinen Pflichten entbunden worden. Es hat eine Anzeige gegen ihn gegeben.«

»Im Ernst? Tut mir leid, das zu hören. Unsere Wege haben sich auch privat gekreuzt, wissen Sie. Er ist leidenschaftlicher Koi-Sammler, genau wie ich, aber um ehrlich zu sein, in letzter Zeit war er nicht mehr der Alte. Als ich ihn das letzte Mal gesehen hab, hat er angefangen, meinen Karpfen was vorzusingen. Es geht ihm doch hoffentlich gut?«

Sergeant May senkte erneut den Kopf, konnte das Kichern diesmal nicht ganz unterdrücken. Gordons Miene verfinsterte sich.

»Er ist in einer geschlossenen medizinischen Einrichtung. Er hatte leider eine Art Nervenzusammenbruch und hat sich vor einer Zivilperson entblößt. Das ist eine der Gefahren in unserem Job, übermäßiger Stress.«

Ich grinste, so ein richtig fettes, breites Grinsen. Ich weiß, ich hätte es mir verkneifen müssen, aber ich konnte einfach nicht. Ich hatte schließlich einen Ruf zu verlieren.

»Das ist der Fluch unserer Zeit, nicht wahr, Commander? Stress. Detective Rump hat sich seltsam verhalten, als er neulich hier war, um ehrlich zu sein. Wir hatten an dem Tag ein Modell hier, für Aktstudien. Offen gesagt, ich hatte den Eindruck, dass er noch nie eine nackte Frau gesehen hatte, zumindest eine ganze Weile nicht mehr. Er wurde richtig aufgeregt in ihrer Gegenwart, aber ich hab das darauf zurückgeführt, dass er zum Teich wollte, um sich meine Fische anzusehen. Kümmert sich denn jetzt jemand um seine, wo er in der Klapsmühle ist? Ich würde mich ja anbieten, wenn ich nicht morgen wieder arbeiten müsste. Bin für die Unterhaltung auf einem Kreuzfahrtschiff zuständig. Arbeit wäre zu viel gesagt, aber einer muss es ja machen.«

Commander Gordon fuhr sich mit der Hand durchs Haar. Es lief nicht so, wie er das wollte.

»Das ist sehr freundlich von Ihnen, Mr Greenwood, aber wir sind nicht hergekommen, um über Inspector Rumps Probleme zu sprechen, obwohl er durchaus mit ein Grund ist für unser Erscheinen.«

Er holte ein Notizbuch heraus und legte es sich aufs Knie. Er hatte lange, knochige Beine, lange, knochige Arme und reine, frische Haut im Gesicht. Er hätte eine Meile volle Pulle rennen können, und noch weiter, wenn er gewollt hätte. Ich würde ihm notfalls mit irgendwas eins überbraten müssen, um ihn aufzuhalten, ihm eins überbraten und ihn verschnüren und für zwei Tage irgendwo verstauen, wo er mir nicht schaden konnte. Die Frau auch, und das täte ich wirklich ungern. Sie war ein hübsches junges Ding für eine Polizistin. Er nahm einen Druckbleistift zur Hand und spielte damit herum. Ich konnte Druckbleistifte noch nie leiden, ich mag das nicht, wie die Minen ausfahren, wie bei einem Hund der Sie-wissen-schon.

»Also, meinen Informationen zufolge war Inspector Rump vorgestern hier und hat Sie gegen sechzehn Uhr fünfzehn am Nachmittag vom Kliff kommen sehen. Ist das so richtig?«

Sechzehn Uhr fünfzehn am Nachmittag? Im Unterschied zu sechzehn Uhr fünfzehn am Morgen, oder was?

»Um Viertel nach vier nachmittags? Wenn er das sagt, wird's wohl stimmen. Da hab ich ihn beim Singen erwischt. Ich war oben gewesen und hatte ein bisschen gezeichnet.«

»Wissen Sie, oben auf dem Kliff hat es einen Todesfall gegeben, am selben Nachmittag, wie wir glauben.«

»Die sollten den Bereich da oben absperren, das sagen

wir schon seit Jahren. Ist nicht gut fürs Geschäft, wenn Besucher runterfallen.«

»Soweit ich weiß, ist bei Ihnen am Vorabend ein gewisser Mr Palmerstone als Pensionsgast abgestiegen.«

Heiliger Strohsack, woher zum Teufel wusste er das?

»Ein Pärchen hatte sich bei uns einquartiert, glaube ich. Für gewöhnlich kümmert sich meine Verlobte ums Bed and Breakfast. An den Nachnamen kann ich mich nicht erinnern. Gerald, so hieß er mit Vornamen. Ist das der Mann?«

»Sieht ganz so aus. Ihre Adresse stand in einem kleinen Taschenkalender, den wir in seiner Gesäßtasche fanden. Er war nur sehr kurz im Wasser, daher war das Büchlein kaum feucht.«

Oh, na toll. Zeit, den Stier bei den Hörnern zu packen.

»Sie sagten, der Unfall war oben am Kliff. Tja, das kommt hin. Deshalb bin ich ja überhaupt erst da hochgegangen, um mich mit ihm zu treffen.«

»Um sich mit ihm zu treffen?«

»Ja. Er war Schmetterlingssammler, wissen Sie. Da oben ist ein sehr seltener Schmetterling heimisch. Ich hatte versprochen, ihm zu zeigen, wo das kleine Kerlchen so herumflattert. Also haben wir uns da verabredet. Wie gesagt, deshalb war ich überhaupt da oben, mit meinem Skizzenblock. Aber er ist nicht gekommen.«

»Verstehe.« Er warf Sergeant May einen Blick zu. Das gefiel ihnen. »Und wie lange haben Sie gewartet?«

Ich zuckte mit den Schultern.

»Ich bin ein viel beschäftigter Mann, Commander. Ich kann nicht ewig warten, bis sich so ein Schmetterlingsjäger dazu herablässt, endlich aufzukreuzen. Vierzig Minuten? Halbe Stunde? Ich kann's nicht genau sagen.«

»Dann haben Sie also weder ihn gesehen noch irgendwelche Habseligkeiten von ihm? Eine herumliegende Jacke, zum Beispiel?«

»Wie ich schon sagte, ich hatte ein Skizzenbuch dabei, habe Entwürfe für meine nächste Skulptur gezeichnet. Ich hab kaum auf meine Umgebung geachtet.«

»Und die Frau, mit der er sich bei Ihnen einquartiert hatte?«

»Also, seine Frau war das nicht, obwohl sie sich als Ehepaar angemeldet haben. Keine Ahnung, wie sie in Wirklichkeit heißt. Hab sie kaum zu Gesicht bekommen. Sie ist einfach aufs Zimmer verschwunden und nicht mehr rausgekommen. Sie können sich bestimmt denken, wieso.«

»Wann haben Sie *ihn* zuletzt gesehen?«

»Gegen zehn an dem Morgen. Wir haben zusammen einen Kaffee getrunken, an unserer Frühstückstheke. Und dabei haben wir uns für kurz nach drei oben am Kliff verabredet. Dann hat er seine Hosenbeine in die Socken gestopft und ist losgezogen.«

»Ohne die Frau.«

»Die war keine Schmetterlingsfängerin, aber auch garantiert kein Kind von Traurigkeit, jede Wette. Sie ist am selben Vormittag abgereist. Sie war sauer. Er hatte die kleine Romanze mit ihr vorzeitig beendet. Seine Frau war dahintergekommen.«

»Und das war das letzte Mal, dass Sie ihn gesehen haben?«

»Ja.«

»Oben am Kliff haben Sie ihn gar nicht gesehen?«

»Überhaupt nicht.«

»Gut.« Er leckte sich einen Finger an und blätterte in

seinem Notizbuch ein paar Seiten zurück. Sergeant May beugte sich vor, die Hände auf den Knien, ganz angespannt. Irgendwas war im Busch. Ich konnte mir beim besten Willen nicht vorstellen, was. Commander Gordon tat das Gegenteil, lehnte sich im Sessel zurück, relaxez-vous.

»Also, Sie hatten früher an diesem Tag eine Auseinandersetzung mit einem gewissen Mr Angus McWhirtle, ist das richtig? Das war der Grund von Detective Rumps Besuch bei Ihnen.«

Er blickte mich direkt an, jetzt war er mit Grinsen an der Reihe.

»Wir hatten eine kleine Meinungsverschiedenheit darüber, welche gesetzlichen Bestimmungen für ein echtes Cornish Pasty gelten, ja.«

»Mr McWhirtle behauptet, Sie hätten ihn gezwungen, acht seiner Cornish Pastys zu essen, und drei weitere gestohlen. Ist das korrekt?«

»Ich habe alle Pastys bezahlt, die übrigens keine kornischen waren, sondern mit illegalen Möhren gefüllt, und ich habe eins mit nach Hause genommen, als Beweis. Diese unverschämten schottischen Bäcker, die denken, wenn es okay ist, ihre blöde Leib-und-Magen-Speise namens Haggis mit Viehfutter zu füllen, haben sie auch das Recht, Cornish Pastys mit irgendwelchem Mist zu füllen, der ihnen gerade in den Kram passt. Aber ich verstehe nicht ganz, was diese Sache damit zu tun haben soll, dass Mr Gerald Palmerstone von der Klippe gefallen ist.«

»Er hatte ein Cornish Pasty im Mund. Da kommt einiges zusammen: Ihr Bungalow, Ihre Pastys, Ihr aufbrausendes Temperament.«

Oha.

»Es steckte ihm tief im Rachen, als hätte es ihm jemand

mit Gewalt reingezwungen. Möchten Sie was dazu sagen?«

Keine Zeit zum Nachdenken, vertrau einfach deinem Instinkt. Ich antwortete ihm zackig.

»Ich hab das letzte Pasty für ihn auf die Frühstückstheke gelegt, nachdem ich von Mr McWhirtle zurückkam. Zum Lunch, für den Fall, dass er Hunger hatte. Schließlich war er den ganzen Tag unterwegs. So ist das im Hotelgewerbe, wir sorgen für das leibliche Wohl unserer Gäste.«

Er notierte es und blätterte dann wieder zurück. Er war noch nicht fertig. »Es gibt jedoch noch einen weiteren rätselhaften Aspekt bezüglich seines Todes. Wir haben eine Jacke von ihm gefunden. Genau am Fuße des Hügels, der im Volksmund als die Beule bezeichnet wird, soweit ich weiß. Er hatte sie offenbar ausgezogen. Also, sein Leichnam wurde von einem Fischer entdeckt, der von seinen Hummerkörben zurückkam. Einem gewissen Mr Carl Stokie. Er ist näher rangefahren und hat dann die Küstenwache verständigt, als er erkannte, was da im Wasser trieb.«

»Ein sehr aufopferungsvoller Mann, Carl Stokie. Tut für jeden alles.«

»Es gibt da bloß ein kleines Problem.« Der Commander schob eine Hand in seine Tasche. Zog Geralds kleines Schmetterlingsbuch heraus und schwenkte es in der Luft. »Das ist sein Sammelnotizbuch, mit allen Arten, die er gefangen hat, mit Orts- und Zeitangaben. Ich hätte es eigentlich nicht mit herbringen sollen, aber ich wollte, dass Sie einen Blick reinwerfen.«

Er legte es auf den Couchtisch. Ein kleiner Zettel lugte als Lesezeichen heraus, etwa in der Mitte. Er steckte seinen Finger hinein und schlug die Seite auf, wo Audrey ihr Können unter Beweis gestellt hatte. Es sah perfekt aus.

»Sehen Sie hier«, sagte er und drehte das Buch so, dass ich lesen konnte, »der letzte Eintrag? Wo Bindon Blue steht?«

Er hatte es gar nicht bemerkt. So pfiffig, und er hatte es nicht bemerkt.

»Bindon Blue, ja.«

»Sehen Sie das, wo es heißt: ›Eingerissener Flügel. Gefangen 18:05 Uhr‹, und das Datum gleich daneben?«

Natürlich sah ich das, ich war ja nicht blind.

»Also, das Problem ist, Carl Stokie hat die Küstenwache über Funk verständigt, gleich nachdem er den Toten entdeckt hatte. Der Funkspruch wurde um 17:45 Uhr registriert.«

»Ich verstehe nicht ganz.«

»Das bedeutet, diesem Buch nach hat Gerald Palmerstone seinen letzten Eintrag oben an der Beule geschrieben, während er schon gut zwanzig Minuten tot in der Tiefe lag. Ich weiß, er war passioniert, aber trotzdem ...«

Er lehnte sich wieder zurück. Ich starrte auf das Notizbuch und überlegte, was ich sagen sollte. Mit so was hatte ich absolut nicht gerechnet. Das Notizbuch sollte mich doch von jedem Verdacht reinwaschen. Er blickte mich eindringlich an, sie auch. Ich schaute wieder auf den Eintrag.

»Könnte das vielleicht 16:05 Uhr statt 18:05 Uhr heißen, was meinen Sie? Er hat das immerhin im Freien geschrieben. Und war vermutlich ein bisschen aufgeregt, weil er einen gefangen hatte.«

Er drehte das Buch wieder zu sich um, schaute selbst nach.

»Durchaus möglich, aber zu der Uhrzeit waren Sie ja oben, nicht? Detective Rump hat Sie gegen Viertel nach runterkommen sehen, das heißt, wenn Sie eine gute halbe Stunde auf Gerald Palmerstone gewartet haben, wären Sie um 16:05 Uhr oben an der Beule gewesen und hätten ihn dort gesehen. Aber das haben Sie nicht. Also war er nicht da.«

»Nein.«

»Er kann den Eintrag also nicht zu der Uhrzeit geschrieben haben. Ebenso wenig wie um 18:05 Uhr. Womit uns eine traurige Schlussfolgerung bleibt: dass jemand, der da oben war, den Eintrag an seiner Stelle geschrieben hat, um es so aussehen zu lassen, als wäre er um 18:05 Uhr noch am Leben gewesen und nicht schon tot. Und zwar, um sich ein Alibi zu verschaffen.«

Sehen Sie? So was passiert, wenn man oberschlau sein will. Früher, vor Em, bevor ich angefangen hatte, über Dinge nachzudenken, hätte ich ihn runtergeschubst und wäre nach Hause gegangen, Ende, aus. Aber dank ihr und meiner blöden Skulpturen musste ich mich hinsetzen und alles durchdenken, Gedankenspielchen betreiben, den Klugscheißer markieren.

Er saß still da und wartete auf mich, als hätte er mich am Haken und bräuchte mich nur noch an Land zu ziehen. Er hatte ziemlich gut gespielt, zugegeben, aber was dachte er, was das hier war, ein Amateurabend? Ich meine, wer sich mit Al Greenwood anlegt, muss sich auf was gefasst machen. Carols Verlobter hätte ihm ein Lied davon singen können. Außerdem hatte ich Gerald nicht getötet. Ich hatte Gerald nicht mal töten wollen. Aber ich wusste, wer das gewollt hatte.

Es war Zeit, in die Offensive zu gehen.

»Und deshalb sind Sie hier«, sagte ich, »Sie und Ihre Miss Marple, wegen irgend so einem blöden Pasty und einem Notizbuch? Ich meine, haben Sie mal meine Handschrift gesehen? Und wieso hätte ich ihn umbringen sollen? Da fallen mir auf Anhieb zwei Leute ein, die einen weitaus besseren Grund gehabt hätten als ich. Die Freundin und die Gattin. Haben Sie mit denen schon geredet?«

Er rutschte unruhig hin und her. Damit hatte er nicht gerechnet.

»Von der Freundin wussten wir natürlich nichts. Und wo Mrs Palmerstone sich zum fraglichen Zeitpunkt aufgehalten hat, haben wir noch nicht überprüft.«

»Weil ihr Name gar nicht Mrs Palmerstone ist. Sie heißt Durand-Deacon und ist im Bindon Hotel abgestiegen.«

Fast wäre ihm der Bleistift aus den Fingern geflutscht. Er versuchte, es zu überspielen, aber wir sahen es alle, sahen alle, dass das Blatt sich gewendet hatte. Ich machte weiter.

»Und ich sag Ihnen noch etwas. Sie ist kein Engel. Sie hat irgendwie auf eine Versöhnung gehofft, weil er das Geld hatte, wissen Sie, aber davon wollte er nichts wissen. Hatte sich schon zu neuen und rund vierzig Jahre jüngeren Ufern aufgemacht, der gute Gerald Palmerstone. Sie war aufgebracht, um es mal vorsichtig auszudrücken.«

»Woher wissen Sie das alles?«

»Sie war auf unserer letzten Kreuzfahrt, hat eine von meinen Haiskulpturen gesehen und beschlossen, sich auch eine machen zu lassen. Wir haben über die Konditionen gesprochen. Die Sache ist, sie hat sich mir anvertraut, das passiert uns Künstlertypen häufig. Und während wir so über dies und das plauderten, erwähnte ich ganz beiläufig, dass ein gewisser Gerald in unserem Bed and Breakfast abgestiegen war und sich rund um die Uhr mit so einem jungen Ding verlustierte – ich ahnte ja nicht, dass das ihr Mann war. Sie hat prompt begriffen, von wem ich da redete, ist völlig ausgerastet und hat mit allen möglichen

Verstümmelungen gedroht. Wollte von mir einen Hai, der ihren Mann bei lebendigem Leib frisst. Das hat sie übrigens vorher schon mal gesagt, auf der Kreuzfahrt, noch dazu vor Zeugen, falls Sie mir nicht glauben. Damals haben wir alle drüber geflachst, aber ... Entschuldigung, bin ich zu schnell für Sie?«

Die Mine von seinem Bleistift war abgebrochen. Ich musste mich schwer beherrschen, um nicht loszuprusten.

»Wissen Sie, ob die beiden sich an dem Tag überhaupt getroffen haben?«

Manchmal ist das Leben einfach schön, die kleinen Muster, die es entstehen lässt, die Gelegenheiten, die es dir beschert, selbst wenn du es eigentlich nicht verdient hast. Ob sie sich getroffen hatten? Ich hatte plötzlich so eine hübsche Idee, dass es mir fast das Herz brach.

»Ich bin davon ausgegangen, dass es sich bei der Sache, die er hier zu erledigen hatte, um dieses Treffen handelte. Ich hatte Mrs Durand-Deacon an dem Tag gesehen, irgendwann nach meiner kleinen Kollision mit dem Pasty-Mann, und sie sagte, sie hätten sich schon einmal getroffen und wollten sich wenig später noch mal treffen, um ihre Absprachen festzuzurren. Als ich dann nach Hause kam, war Gerald noch unterwegs, aber das Pasty war weg, daher nahm ich an, dass er allein auf Schmetterlingsjagd gegangen war. Ich hab ein bisschen an der Haiskulptur rumgewerkelt und bin dann hoch zur Beule, wie mit ihm vereinbart. Als er nicht erschien, hab ich gedacht, dass ihr zweites Treffen wohl länger dauerte als erwartet. Also bin ich zurück zum Bungalow, wo ich dann Detective Rump antraf, der gerade meinen Fischen etwas vorsang.«

Er wand sich.

»Und sie ist im Bindon, sagen Sie?«

»Ganz genau. Seltsam ist allerdings, dass sie sich nicht bei Ihnen gemeldet hat. Das ganze Dorf weiß schließlich, dass ein Toter gefunden wurde, und wo Gerald doch nicht zu der zweiten Verabredung mit ihr erschienen ist …«

Sergeant May gaffte ihn an und war kurz davor, loszuhecheln. Das ist typisch Polizei. Bei Hinweisen können sie einfach nicht widerstehen. Er klappte sein Notizbuch zu und fuhr die Bleistiftmine wieder ein. Ich hatte es fast geschafft.

Fast.

»Dann gehen Sie also morgen auf große Fahrt. Sie und Miss Prosser?«

»Richtig. Teamwork. Das Geheimnis einer glücklichen Beziehung, Commander.«

»In der Tat«, sagte er. »Es ist bloß so, dass meine Kollegin und ich heute Morgen eine dritte Person im Haus bemerkt haben, sozusagen eine *Lady in Red*, um Chris de Burgh zu zitieren. Und Ihr Tisch scheint unsere Beobachtungen zu bestätigen, drei Tassen, drei Scrabble-Bänkchen. Sie haben doch sicher nichts dagegen, wenn wir uns ein wenig umschauen? Sergeant?«

Sie stand flugs auf und versperrte mir den Weg, während er schon zur Tür hinaus und den Flur hinunterflitzte. Ich hörte, wie die Schlafzimmertür aufgerissen wurde und dann einen Schrei. Scheiße. Die ganze Arbeit für die Katz.

»Schon gut«, sagte ich, »ich hau schon nicht ab«, und drängte mich an Sergeant May vorbei. Commander Gordon stand in der Schlafzimmertür und schaute auf das Bett. Darin saß Alice Blackstock, rote Klamotten waren auf der Bettdecke verstreut, und neben ihr saß Em und goss gerade Sherry in eine Teetasse.

»Was fällt Ihnen ein?«, sagte Alice.

Commander Gordon wippte auf den Fußballen.

»Audrey Cutlass«, erklärte er, »ich verhafte Sie …«

»Sir.« Sergeant May zupfte ihn am Ärmel. Sie reichte ihm ein Foto. Er warf einen Blick darauf. Was er sah, gefiel ihm gar nicht.

»Sie sind nicht Audrey Cutlass?«

»Sehe ich aus wie Audrey Cutlass?«

»Nein.«

»Das liegt daran, dass ich Alice Blackstock bin.«

»Was machen Sie hier?«

»Es geht Sie zwar nichts an, aber Emily, Al und ich teilen zufällig dieselben Interessen. Sex, Scrabble und Sherry. Wir veranstalten immer ein kleines Treffen, wenn sie auf Urlaub hier sind. Haben Sie ein Problem damit?«

Er schüttelte den Kopf.

»Scrabble«, sagte er. »Um diese Uhrzeit.«

Sie gingen ohne einen weiteren Mucks. Ich setzte mich auf die Bettkante.

»Woher zum Teufel wussten Sie Bescheid?«

Alice nahm einen kräftigen Schluck aus ihrer Tasse.

»Ich hab die zwei oben vom Fenster aus gesehen, wie sie sich in den Büschen versteckt haben, bevor Sie nach Hause gekommen sind. Wir hatten Audrey gerade zur Hintertür raus zu mir rüber geschmuggelt, als Sie aufgetaucht sind. Keine Zeit zum Aufräumen, deshalb …«

»Alice, Sie sind ein echtes Juwel.«

Ich wollte sie umarmen, aber sie wich vor mir zurück, und ihr Gesicht wurde steinhart, wie ich das noch nie bei ihr gesehen hatte.

»Aber das war's, Al. Verstehen Sie? Schluss, aus. So, wenn Sie jetzt so nett wären. Ich möchte mich anziehen und nach Hause gehen.«

Keine Ahnung, was wir danach machten. Es war wie in einem Traum, Audrey, die zurück über den Zaun geklettert kam, Alice Blackstock, die ging und sich in ihrem Haus einschloss, als wäre sie nie hier gewesen, als wären wir Fremde. Vielleicht würden wir das ja von nun an sein, Fremde. Vielleicht hatte sie zu viel für uns getan, eine Grenze überschritten, die sie nicht hatte überschreiten wollen. Ich hatte das Gefühl, dass ich nie wieder zu ihr eingeladen werden würde. Keine Joints mehr. Kein Wodka mehr. Keine Plaudereien mehr über den Gartenzaun. Es war zu Ende.

Wir aßen etwas, wir kuckten fern, wir gingen früh ins Bett. Schlaf? Sie machen Witze. Dann war es endlich Morgen. Em hatte unsere Taschen für die nächste Kreuzfahrt gepackt und in die Diele gestellt. Audrey ließ den Rest von unserem Schinkenspeck anbrennen. Was soll's? Es war das letzte Mal, dass sie das je tun würde. Ich hatte ihren ganzen Kram auf die Frühstückstheke gelegt, die Reiseunterlagen, den Pass von Mrs Durand-Deacon, die fünfhundert Euro, eine Einkaufstüte mit ihren Klamotten zum Wechseln. Eine kleinere stand zu meinen Füßen. Audrey war erstaunlich ruhig, als wüsste sie, dass sie nichts tun konnte, als hätte sie sich in ihr Schicksal gefügt. Sie wusste noch nicht, dass es nicht so laufen würde wie gedacht.

»Das wär's dann also«, sagte sie. »Wie spät geht ihr normalerweise an Bord?«

»Gegen Mittag. Wir beziehen unsere Kabine und kümmern uns dann um die Passagiere, falls sie das brauchen.«

»Ich werd's brauchen.«

Die Stunde der Wahrheit.

»Nein, das wirst du nicht. Du fährst gar nicht mit. Der Plan hat sich geändert.«

Ich nahm Mrs Durand-Deacons Reisepass und ließ ihn zu Boden fallen.

»Du kannst nicht auf die *Lady Di*. Die Bullen haben einen Wink bekommen.«

»Das darf nicht wahr sein. Von wem?«

»Von mir, ehrlich gesagt, jedenfalls indirekt. Sagen wir, ich hab's eingefädelt. Ich hab dir doch von meiner zufälligen Begegnung mit Tina Newdick neulich erzählt?«

»Ja, wieso?«

»Ich hatte recht. Sie war es, die bei der Polizei angerufen hat. Tja, vor zwei Tagen bin ich zu ihr gefahren und konnte sie überreden, der Polizei noch einmal einen Tipp zu geben, in Sachen *Lady Di*. Das macht es unmöglich, dass du an Bord kommst. Im Hafen von Southampton wimmelt es nur so von Bullen, die dir auflauern.«

Em blickte genauso verdattert drein wie Audrey. »Ich versteh das nicht, Al. Wieso tust du ihr das an?«

Audrey hatte das Gesicht in den Händen vergraben. »Ganz einfach«, sagte sie. »Der Sauhund hasst mich.«

Ich ging zu ihr, legte ihr meine Hände auf die Schultern. Sie versuchte, mich abzuwehren, aber ich hielt sie fest und erklärte es ihr ganz ruhig.

»Weil sie dann nicht in Poole nach dir Ausschau halten, wenn du die Gangway entlangspazierst und auf eine von den Fähren hüpfst, die da ablegen.«

»Fähren?«

»Du musst gar nicht an Bord der *Lady Di*, um das Land zu verlassen. Du brauchst nicht mal einen Reisepass, nicht, wenn du in Großbritannien bleibst und zum Beispiel zu einer von den Kanalinseln fährst. Dazu brauchst du bloß ein Dokument, das belegt, wer du bist.«

Und schwups hob ich die Tüte vom Boden auf und kippte den Inhalt aus, den ich aus Tinas Büro hatte mitgehen lassen: ihren Führerschein und ihren Organspendeausweis, den ich in Anbetracht ihrer Großzügigkeit bei unserem letzten Treffen für irgendwie angemessen gehalten hatte.

»Du bist jetzt Tina Newdick und kannst das mit Dokumenten und ihren dämlichen Werbebroschüren beweisen. Sieh mal, ich hab dir sogar eins von ihren bescheuerten T-Shirts mitgebracht. Du wirst dich stilvoll verabschieden, Audrey, ohne dich zu verstecken, Dorsets Life-Balance-Spitzenguru, bereit, Guernsey im Sturm zu erobern. Wir fahren auf die Insel, rotzfrech, hängen da einen Tag rum, und dann haust du ab. Ich hab die Tickets an dem Tag besorgt, als ich bei Tina war. Siehst du?«

Ich reichte sie ihr.

»Abhauen, wie denn?«

Ich ließ meine Hosentasche klimpern. Ich hatte noch ein paar Münzen übrig.

»Ich hab an dem Tag auch ein Ferngespräch geführt, Südafrika. Sie ist postwendend nach Frankreich geflogen und in die Normandie gefahren. Gestern hat sie ein Boot gemietet. Frag mich nicht, was für eins. Ich weiß es nicht. Sie wusste es bei unserem Telefonat auch noch nicht. Aber sie wird eins parat haben, keine Sorge. Eine Frau wie sie? Es sind nur vierzig Meilen bis Cherbourg, weißt du.«

»Von wo?«

»Hast du nicht zugehört? Guernsey! Da fahren wir hin, du und ich. Wenn wir da sind, ruf ich sie an. Sie wartet dann schon in irgendeinem französischen Hafen, schätz ich. Der Rest liegt bei dir und ihr.«

»Was ist mit mir?« Em stand da und sah noch immer verdattert aus.

»Du gehst an Bord der *Lady Di*, wie immer. Du sagst, ich hätte die Grippe und müsste mich noch auskurieren, würde aber mit dem Flugzeug nachkommen und im ersten Anlaufhafen dazustoßen. Wenn die Sache schiefläuft, kann dir keiner was anhängen. Aber sie wird nicht schieflaufen. Nicht, wenn wir die Ruhe bewahren.« Ich sah auf die Uhr. »In einer halben Stunde spätestens sollten wir unterwegs sein. Also, Audrey. Meinst du, du schaffst das?«

Sie sah die Broschüren durch und Tinas Visitenkarten. Sie warf alles wieder auf den Tisch, nahm das T-Shirt, hielt es sich vor die Brust.

»Ach, Al, klar schaff ich das. Lass mich bloß vorher diese dämlichen Klamotten ausziehen.«

Ich schüttelte den Kopf.

»Lass Sie lieber noch an. Die Bullen haben Alice in Rot gesehen, dann sehen sie dich besser auch in Rot, falls sie uns beobachten. Ich glaub zwar nicht, dass sie noch da sind, aber man kann nie wissen.«

Zwanzig Minuten später zwängten wir uns in Ems Kinderauto, wo Audrey vorsichtshalber den Kopf einzog. Em nahm den Citroën. Sie würde in Southampton ankommen, kurz nachdem wir in Poole abgelegt hatten. Es war wichtig, dass Audrey und ich die erste Fähre erwischten, solange Commander Gordon und seine Kollegen die *Lady Di* nicht aus den Augen ließen. Ich drückte aufs Gas, nicht waghalsig, aber entschieden. Uns blieb nicht viel Zeit. Ems Flitzer zu fahren war eine Tortur, mein Kopf stieß gegen das Dach, meine Knie hielten das Lenkrad, meine Zunge klebte jedes Mal beim Schalten an der Windschutzscheibe. Wir hatten noch keine fünf Meilen zurückgelegt, als Audrey mir eine Hand aufs Bein legte, es drückte und sagte, ich solle anhalten.

»Vergiss es, Audrey. Ich bin echt nicht in Stimmung. Außerdem haben wir hier drin keinen Platz.«

Sie schlug mir klatschend auf den Hinterkopf.

»Menschenskind, Al, jetzt hör aber auf. Ich muss mich umziehen.«

»Auf dem Rücksitz«, sagte ich. »Die Einkaufstüte von Tesco.«

Sie drehte sich um.

»Da liegt keine Einkaufstüte von Tesco.«

»Was? Sag mir nicht, du hast sie vergessen.«

»So ein Mist, gottverdammmich. Na, dann musst du eben an einem Bekleidungsgeschäft anhalten, damit ich mir was Anständiges kaufen kann.«

»In dieser Gegend? Und wenn dich einer erkennt?«

»Dann mach *du* es.«

»Wir haben keine Zeit, Audrey. Falls wir die Fähre verpassen, sind wir geliefert. Wenn die nächste ablegt, wissen die Bullen längst, dass du nicht an Bord der *Lady Di* gehst. Und dann suchen sie die anderen Häfen ab. Keine Bange. Auf diesen Fähren tummelt sich ein ganz gewöhnliches Volk. Du fällst bestimmt nicht auf.«

Wir fuhren schweigend weiter. Genau wie in alten Zeiten, ich umklammerte das Lenkrad, Audrey starrte geradeaus, und ihre Hände würgten einen unsichtbaren Hals. Im Nu waren wir in Poole, mitten im dichten Verkehr, der immer dichter wurde, je näher wir dem Hafen kamen. Ich parkte auf einem der Kurzzeitparkplätze, und wir gingen das letzte Stück zu Fuß.

»Also«, sagte ich, als die Fähre in Sicht kam. »Hier ist dein Ticket. Du gehst zuerst. Dann bist du schon mal an Bord, falls sie nach mir Ausschau halten, und wenn sie dich hopsnehmen, kann ich mich verkrümeln.«

Sie nahm die Tüte mit Tinas Sachen drin von mir entgegen.

»Du hältst dich also mal wieder schön in sicherer Entfernung«, sagte sie und stakste los. Ich wartete ein bisschen und folgte ihr dann in zehn Metern Abstand.

Dann waren wir in der Abfahrtshalle. Die Passagiere gingen bereits an Bord, hatten die Getränkestände und Souvenirläden verlassen und standen jetzt in zwei langen Schlangen vor der Zoll- und Ausweiskontrolle. Audrey war leicht zu erkennen, nicht nur an den gebleichten Haaren und dem flauschigen roten Pullover, sondern auch daran, wie die anderen Wartenden sich gegenseitig anstupsten, wenn sie an ihnen vorbeikam. Komischerweise waren die Passagiere wesentlich ruhiger und zurückhaltender, als ich erwartet hatte, jede Menge Gitarren und Sandalen und Frauen in Braun. Ich meine, welche Frau zieht denn bitte schön Braun an, wenn sie sich am Strand amüsieren will? Audrey schob sich weiter nach vorn, bis sie irgendwann neben zwei Typen stand, die jeder ein Rennrad über die Schulter gehängt hatten. Es war nicht zu fassen, aber sie fing doch tatsächlich an, mit denen zu quatschen, begutachtete die Schaltung, befühlte die Reifen. Wurde sie denn niemals klug? Ich rückte näher, versuchte, ihren Blick aufzufangen.

»Aha, der Mann mit der Schwester, die nichts zum Anziehen hat!«

Ich drehte mich um. Trudi aus Amsterdam stand direkt hinter mir, neben sich eine junge Frau, die aussah wie ihr Zwilling. Beide trugen enge weiße Shorts und verschiedenfarbige Matrosen-T-Shirts, die passende Ich-will's-wissen-Urlaubsgarderobe. Wirklich schick, so Streifen auf einer guten Brust. Trudi knuffte ihre Begleiterin in die Seite.

»Das ist der Mann, von dem ich dir erzählt habe, Marieke, der mit der Frau verheiratet ist, die aus dem Gefängnis ausgebrochen ist. Was machen Sie hier, Mr Greenwood? Sie sind doch hoffentlich nicht auch auf der Flucht?«

Ich meine, was sagt man dazu? Nicht nur ein Prachtmädel in Streifen, nein, sie konnte noch dazu in einer Fremdsprache ironisch sein.

»Ich will die ganze Sache mal ein Weilchen vergessen, Trudi. Bin überrascht, dass Sie so gut Bescheid wissen.«

»Die Frau mit dem Lampenschirm? Die ist noch mal wiedergekommen, gleich nachdem Sie weg waren, und wollte wissen, was Sie gekauft hatten, die Größen und so weiter und so fort. Sie hat mir alles über Sie erzählt. Mit einer Mörderin verheiratet sein. Das ist sehr traurig.«

»Deshalb bin ich hier, Trudi, um mal ein bisschen Abstand zu kriegen. Bleiben Sie länger auf Guernsey?«

»Auf Guernsey! Nein! Wir fahren nach Jersey. Da gibt's viel bessere Männer. Ich fahr zum zweiten Mal hin. Marieke zum vierten Mal.«

Mariekes Augen blickten vielsagend, so als hätte sie bereits ein paar Jerseys probiert.

»Sind Sie allein?«, fragte Trudi.

Eine heikle Frage. Ich meine, genau für diese Situation hätte ich für Audrey und mich eine von den Erste-Klasse-Kabinen buchen sollen, die sie an Bord haben, aber ich hatte gedacht, das könnte eher die Aufmerksamkeit auf sie lenken, als wenn sie sich einfach unter die Leute mischen würde. Wie hätte ich auch ahnen sollen, dass ausgerechnet Trudi aus Amsterdam hier aufkreuzen würde? Marieke flüsterte ihr etwas ins Ohr. Trudi nickte, ohne mich aus den Augen zu lassen.

»Stimmt. Das war echt lustig. Er stand da, und ich musste

die rötesten Sachen aussuchen, die wir im Laden hatten. Hosen, Blusen, Unterwäsche, als würde ich für irgendwas sehr, sehr Unanständiges einkaufen, die flauschigsten Sachen, genau wie …« Sie verstummte und schlug sich eine Hand vor den Mund. Ganz vorn in der Schlange hängte Audrey sich gerade ihre Tasche über die Schulter, hatte den flauschigen rechten Arm gehoben.

»Moment mal, das ist doch der Pullover, den ich verkauft habe! Ganz bestimmt ist er das.«

»Was?«

»Da drüben. Sehen Sie?«

Ich sah hin. »Nein. Nie im Leben. Ganz anderer Rotton.« Ich versuchte, mich vor sie zu stellen, aber keine Chance.

»Nein. Ich bin ganz sicher. Ich kenn die Sachen genau. Auch der Rock. Der ist von uns. Die Frau …«

Ich duckte mich, zog Trudi mit. »Oh Gott! Sie haben recht! Hat sie mich gesehen?«

Trudi blickte auf. »Nein, ich glaube nicht.«

»Gut. Bringen Sie mich zu einem der Tische da, wo sie mich nicht sehen kann. Sie bleiben hier, Marieke, und sichern die Plätze.«

Ich packte Trudi am Arm, und wir stolperten rüber zu einem der leeren Tische. Ich ließ mich auf einen Stuhl fallen und machte mich ganz klein. Trudi beugte sich über mich, ein richtig hübscher Anblick.

»Was ist los mit Ihnen? Alles in Ordnung?«

»Nein. Nichts ist in Ordnung, Trudi. Die Frau da hinten …«

»Ja?«

»Sie hat mal für mich Modell gestanden. Ich bin Künstler. Wussten Sie das?«

»Nein. Die Frau mit dem Lampenschirm hat gesagt, Sie

wären Taxifahrer und – wie hat sie sich noch gleich ausgedrückt? – Serienvögler.«

»Ich *war* mal Taxifahrer, bevor ich meine wahre Berufung entdeckte, die Bildhauerei. Dafür lebe ich jetzt, Form, Struktur, der Ausdruck dessen, wer wir in einem dreidimensionalen Kontext sind. Angefangen hab ich mit meiner sogenannten Kalter-Fisch-Periode, hauptsächlich Haie, aber inzwischen erkunde ich mit Hingabe die weibliche Form, Nymphen, Kriegerinnen, primitive Frauen im Naturzustand, roh und ungeschminkt.« Ich stieß den Daumen in Audreys Richtung. »Und etwas Primitiveres und Roheres als sie gibt's einfach nicht. Aber, wie soll ich sagen, sie wollte mehr von mir als bloß meine Kunst, mehr, als ich zu geben bereit war. Sie weigerte sich strikt zu gehen, hatte all ihre Klamotten verbrannt, damit ich sie nicht rausschmeißen konnte. Deshalb ...«

Sie klatschte in die Hände. »... waren Sie bei uns im Laden.«

»Ich konnte Ihnen ja wohl kaum den wahren Grund verraten, oder? Dass ich eine nackte Neandertalerin zu Hause hatte, die sich jedes Mal auf mich stürzte, wenn ich zur Tür reinkam.«

Trudi lachte. Sie genoss jede Sekunde. »Sie armer Mann. Was mussten Sie leiden. Und warum ist sie hier?«

»Sie muss rausgefunden haben, wo ich hinwill, Trudi, und mir hierher gefolgt sein. Ach du Scheiße. Ich hab eine Stalkerin am Hals. Besorgen Sie mir doch bitte einen doppelten Cognac, ja? Und bestellen Sie sich gleich einen mit, wenn Sie möchten. Hier.«

Ich drückte ihr einen Zwanzigpfundschein in die Hand. Sie drehte sich auf dem Absatz um und tänzelte rüber zur Bar. Hatte einen entzückenden kleinen Hüftschwung.

Flink wie ein Wiesel, ohne Zögern. Ich durchwühlte ihre Tasche, eine von diesen hübschen offenen Lederumhängetaschen, perfekt. Er lag gleich obenauf. Das tut er immer, wenn du ihn gleich vorzeigen musst. Schwups nahm ich ihn an mich, ihren Pass, und auch ihr Portemonnaie, um alles noch ein bisschen komplizierter zu machen. Audrey und ich würden unsere Pässe nicht brauchen, aber Trudi ihren vermutlich schon. Einmal rasch den Arm über den nächstbesten Mülleimer ausgestreckt, und schon war beides zwischen leeren Bierdosen und angebissenen Pizzastücken verschwunden. Sie würde die Sachen bestimmt zurückbekommen, aber sie wäre erst mal nicht auf der verdammten Fähre. Als sie wiederkam, nahm ich ihr meinen Drink ab und kippte die Hälfte in mich rein. Sie tat dasselbe mit ihrem.

»Gott, der tut gut. Sie sind meine Rettung, Trudi. In mehrfacher Hinsicht.«

»Ach ja?«

»Ich bin auf der Suche nach einem neuen Modell, Trudi, nach jemandem, der mich inspiriert. Ich hab mit meinen Haien Neuland betreten, die sinnliche Wildheit, der Schwung der Linie, auf ewig gefangen in starrer Muskulatur, Textur, Traum, Albtraum. Jetzt möchte ich das Gleiche mit dem Akt machen, ihn dahin zurückführen, wo er hingehört. Ich bin es leid, Skulpturen von Frauen mit dämlichen Löchern drin zu sehen, wo ihr Bauch sein sollte. Ich meine, Sie haben doch schließlich kein Loch im Bauch, oder?«

»Nein. Nur das hier.«

Sie zog ihr T-Shirt hoch. Sie hatte einen Ring durch den Nabel. Ich wäre fast in Ohnmacht gefallen.

»Genau. Ich meine, Sie mögen Ihren Körper, oder?«

»Ja, manchmal.«

»Dachte ich mir schon. Wir spüren das nämlich, wir Künstler. Modelle, die sich mit ihrer Sexualität wohlfühlen. Hören Sie. Ich muss ein paar Dinge erledigen, mich um die Frau da hinten kümmern, dafür sorgen, dass sie ärztliche Hilfe bekommt, und mich dann mit ein paar Kunstsammlern treffen, die sich für meine Arbeit interessieren. Ich würde vorschlagen, ich schau dann demnächst im Kaufhaus vorbei. Sie arbeiten doch noch da, oder?«

Sie nickte.

»Sie kommen zu mir ins Atelier, schnuppern ein bisschen die Atmosphäre. Dann machen Sie die erste Sitzung, schauen mal, wie Sie sich dabei fühlen, wie wir zwei so klarkommen. Es wird Ihnen gefallen, in der Kunst verewigt zu werden, und mir erst ...« Ich steckte ihr noch zwei Zwanziger zu. »Bitte sehr. Trinken Sie mit Marieke ein Glas auf mich, amüsieren Sie sich. Ich melde mich. Und jetzt ab mit Ihnen. Ich bleib hier und pass auf, dass die Höhlenfrau mich nicht sieht.«

Sie trank den Rest ihres Drinks, nahm ihre Tasche, und weg war sie.

Ich wartete, bis sie wieder bei Marieke war, und stellte mich dann unauffällig in die andere Warteschlange. Als ich durch die Kontrolle war, sah ich Trudi etwas abseits stehen und hektisch in ihrer Schultertasche kramen. Na ja, immerhin hatte sie vierzig Mäuse, die ihr über die nächsten paar Stunden hinweghelfen würden.

Ich ging durch die Kontrolle und an Bord der Fähre, eins von diesen funkelnagelneuen Ungetümen, die krampfhaft versuchen, bei dir den Wunsch zu wecken, länger an Bord zu bleiben als nötig. Audrey stand am Eingang zum Duty-free-Shop und checkte das Angebot. Sie können einfach nicht anders, nicht mal, wenn sie auf der Flucht sind.

»Ich glaub's einfach nicht, dass du gerade da hinten eine angebaggert hast«, sagte sie. »Du kannst es nicht lassen, was? Nicht mal dann, wenn du deiner Exfrau bei der Flucht hilfst.«

»Wieso posaunst du das nicht gleich über die Schiffslautsprecher aus«, sagte ich, »damit es auch wirklich jeder mitkriegt?«

Ich kaufte etliche Cognacs, stellte sie auf ein Tablett und bugsierte Audrey zu einem Tisch. Das Herz schlug mir bis zum Hals. Wir waren soeben mit knapper Not davongekommen. Was ich jetzt brauchte, war etwas Ruhe und Frieden und ein hübscher Blick aufs Meer durch ein halbes Dutzend Courvoisiers hindurch. Als ich gerade anfing, mich zu entspannen, knallte mir einer ein paar Taschen direkt vor die Nase und versperrte mir die Aussicht. Ich schaute auf. Ein bärtiges Wunder und seine rosagesichtige Gefährtin quetschten sich in die Sitze gegenüber. Ich hatte Bärte noch nie gemocht, schon gar nicht, seit Carols Freund Robin mit einem aufgetaucht war.

»Es stört Sie doch hoffentlich nicht«, sagte er. »Aber ich kann die hier nicht aus den Augen lassen. Wollen Sie auch zum Festival?«

Festival?

Er streckte die Hand aus.

»Dafydd«, sagte er. »Und das ist Gwyneth. Wir sind Clog-Tänzer, und dadrin sind unsere Clogs. Einfach fabelhaft, finden Sie nicht? Ein Folkfestival an einem Ort wie Guernsey.«

Ich sagte nichts. Audrey knuffte mich schmerzhaft.

»Fabelhaft«, sagte ich. »Haben Sie da Schellen drin, die

klimpern könnten? Ich hab nämlich leichte Kopfschmerzen.«

Dafydd schüttelte den Bart.

»Nein, nein. Sie meinen den Morris-Tanz. Das ist was ganz anderes. Unsere Variante des Clog-Tanzes stammt aus Wales.«

»Sie erstaunen mich.«

»Ja. Wir fahren zu allen Festivals, Gwyneth und ich. Hier findet dieses Jahr ein Wettbewerb statt. Wir machen uns ziemlich große Hoffnungen, nicht wahr?«

Gwyneth schlug die Augen nieder. Sie war ein schüchternes Ding, aber kräftig gebaut, wie auf einer Farm.

»Clogs«, sagte ich. »Das sind doch die Dinger ohne Schnürsenkel, bloß klaffende Löcher, wo man die Füße reinsteckt. Fallen die nicht ab, wenn ihr mit den Beinen rumschlenkert, oder habt ihr alle Schwimmhäute an den Füßen oder so?«

»Muskelkontrolle«, erklärte er. »Wollen Sie auch zum Festival?«

»Ganz bestimmt nicht.«

Audrey tätschelte mir das Bein. »Doch, doch, aber es ist unser erstes Mal.« Sie griff in ihre Tasche, reichte ihm eins von Tinas Informationsblättern.

»Sie macht hysterisches Heilen«, sagte ich.

»Er meint holistisches. Das kommt von den Pillen gegen Seekrankheit.«

Dafydd blätterte die Broschüre durch.

»Reflexologie?«, sagte er. Aus Wales, und er konnte lesen!

»Ja. Da haut sie euch eins mit dem Hammer aufs Knie. Ruck, zuck ist es aus mit eurer Clog-Tanzerei.«

Sein Bart war unsicher, ob er lächeln sollte oder nicht.

»Habt ihr auch so Dinger an den Enden von euren

Clogs«, fragte Audrey, »für den Rhythmus? Ich hab nämlich Stepptanz gelernt, und ich find das Geräusch toll, das die Schuhe dann machen. *Tap step shuffle hop, tap step shuffle hop*. Die Schrittfolge nennt man Micky Maus.«

Dafydd nickte.

Ich traute meinen Ohren nicht. »Stepptanz?«

»Als Jugendliche. Hab ich dir das nie erzählt?«

»Nein, mit keinem Wort. Nach all den Jahren erzählst du mir das ausgerechnet jetzt, wo du ...«

Ich sprach den Satz nicht zu Ende. Dafydd und Gwyneth blickten einander an. Sie spürten, dass eine gewisse Spannung zwischen uns herrschte.

»Das Festival ist eine sehr freundschaftliche Veranstaltung«, erklärte Dafydd. »Lauter gleich gesinnte Seelen, die der Welt zeigen, dass es harmonischere Wege gibt, um unseren Planeten zu bewohnen. Ihr werdet staunen, was für Schwingungen man da aufnimmt. Kommt doch mit uns mit. Sobald wir uns einquartiert haben, geht's ab zum Plattfußschwof. Jeder ist willkommen. Es würde euch sicher gefallen ... ähm ...«

»Audrey«, sagte Audrey.

»Obwohl alle sie Tina nennen«, fügte ich hinzu.

Er nahm es anstandslos hin. »Na, Tina, wie wär's, wenn ich für uns alle eine Runde Drinks besorge? Dann machen wir's uns gemütlich und lernen uns ein bisschen kennen.«

Ich trat sie. Sie trat mich.

»Nein. Das kann *er* machen. Ich möchte noch mehr über euer Clog-Tanzen erfahren.«

Also zog ich los, stand fünfundzwanzig Minuten in einer Schlange und kaufte ein weiteres Tablett mit Drinks. Als ich zurückkam, hatte er die blöden Dinger auf dem Tisch. Da war mir der Bart noch lieber gewesen. Audrey quasselte irgendwas über den Körperschwerpunkt und wie sich mit Kristallen langjährige Missverhältnisse neu ausrichten ließen. Kaum zu glauben, wie viel Schwachsinn da aus ihrem Mund kam. Dafydd spendierte die nächste Runde und die danach. Eins musste ich ihnen lassen. Sie konnten ordentlich was vertragen, die zwei, vor allem Gwyneth das Farmmädchen. Erklärte allerdings auch ihre Wampe.

Dann dröhnte das Schiffshorn, wir waren fast da, und ich hatte kaum was von der Fahrt mitgekriegt. Wir gingen mit den beiden an Deck. Guernsey lag vor uns, hübsch und gepflegt, mit den kleinen Häusern, die sich bis hinunter zum Hafen drängelten, als wären sie eilig herbeigelaufen, um uns zu begrüßen. Und wir spazierten einfach die Gangway runter, keine Fragen, keine Papiere, nichts, die Luft frisch und würzig. Audrey, die munter vor sich hin plapperte, trug eine von Dafydds und Gwyneths Clog-Taschen, und ich trottete hinterdrein, als würde ich das seit Jahren so machen. Dann war Audrey durch. Die Queen persönlich hätte es nicht leichter haben können.

Sobald ich von Bord war, rief ich Michaela an, sagte ihr, wo wir waren, und folgte dann den anderen die Hauptstraße runter zu Dafydds und Gwyneths Quartier. Michaela hatte bereits alles ausgetüftelt, wo sie Audrey abholen wollte, in einer Traumbucht, wie sie sagte, auf der Inselseite, die Frankreich am nächsten war, und ich sah sie mir auf der Karte an, die ich mithatte. Von der Form her war diese Bucht ganz ähnlich wie unsere zu Hause. Aber deshalb heißen sie ja wohl auch Buchten, weil sie alle die gleiche Form haben. Michaela sagte, sie wäre um zehn Uhr am nächsten Morgen da, käme mit der Flut rein. Wir sollten unsere Badesachen mitnehmen. Hatte ich welche eingepackt? Ich konnte mich ums Verrecken nicht erinnern.

In Dafydds und Gwyneths Pension war kein Zimmer mehr frei, aber wir fanden eine Unterkunft eine Straße weiter, und während wir unsere Sachen abluden, wartete Gwyneth auf dem Mäuerchen vor dem Haus auf uns und dünstete Cognacdämpfe aus. Dann ging sie mit uns zusammen in die Stadt zu dem Festival. Dafydd war schon vorgegangen. Es war eigentlich verrückt, was wir da machten, aber es hatte etwas Sicheres, etwas Sicheres und Beruhigendes, und es war eine Ablenkung, während die letzten Stunden verstrichen. Wir mussten nicht mal Eintritt zahlen, gingen einfach rein in so eine lange Scheune nah am Meer, mit Laternen an den Wänden und Strohballen ringsum, die Männer in kragenlosen Hemden und schweren Stiefeln, die Frauen eher rüschig, kunterbunt und verspielt. Ich meine, Audrey sah aus, als hätte ich sie extra für den Anlass ausstaffiert, und die Musik, lauter Flöten und Akkordeons und Fiedeln, war eigentlich scheußlich, bei Licht betrachtet, aber hier funktionierte sie irgendwie, wo alle juchzten und kreischten und mit den Füßen stampften. Man konnte nicht klar denken, was uns ganz recht war, denn wir wollten auch gar nicht klar denken, durften nicht klar denken. Es reichte uns, da zu sein. Es war sogar verdammt schön, da zu sein. Ehrlich, nach einer Stunde fing mein Fuß an zu wippen, und Audrey zog mich auf die Tanzfläche. Ich meine, ich hatte noch nie im Leben mit Audrey getanzt, noch nie mit irgendwem getanzt. Ich halte nichts davon. Ist viel zu riskant.

Und dann, ehe ich mich's versah, stand Audrey genau in der Mitte und führte ihre Stepptanznummer vor, *tap step shuffle hop, tap step shuffle hop*, den Rock bis über die Knie gerafft, das Gesicht rot glühend, lachend und weinend zugleich, umringt von allen, die klatschten und sie anfeuerten, und Audrey wurde schneller und schneller, schneller und schneller, bis sie ein einziger verschwommener Wirbel war. Und als sie stehen blieb und alle noch immer jubelten, schnappte sie sich die Handtasche und schleuderte Tinas Broschüren bis unters Dach, sodass sie den Leuten auf die Köpfe fielen wie übergroßes Konfetti. Tina Newdick. Wahrscheinlich die beste Werbung, die sie je hatte.

Und dann waren wir draußen, in der Nachtluft. Es nieselte leicht, aber das störte uns nicht. Wir waren froh darüber, erhitzt, wie wir waren. Ich nahm Audreys Arm.

*»Lady in Red«*, sagte ich. *»I've never seen you looking so ...* wie geht's noch mal weiter?«

»Ach, Al. Hör auf.«

»Nein, im Ernst. Du warst wunderbar dadrin, Audrey. Einfach wunderbar. Bringt einen irgendwie ins Grübeln.«

»Worüber denn?«

»Darüber, was wir verpasst haben.«

Danach sagten wir nichts mehr, gingen einfach weiter durch den Regen. Erfrischend war er, machte einen klaren Kopf. Zurück in der Pension, brauchte ich eine Weile, um den Schlüssel ins Schloss zu kriegen, aber schließlich waren wir in unserem Zimmer. Standen da und starrten auf das Bett.

»Ich kann in der Wanne schlafen, wenn du willst.«

»Nein, kommt nicht infrage. Das ist unsere letzte gemeinsame Nacht, Al. Du schläfst bei mir, und du wirst es verdammt noch mal genießen.«

Sie knipste das Licht aus. Ich hörte, wie ihre Klamotten zu Boden fielen. *Lady in Red*. Sie legte sich ins Bett. Ich folgte ihr. Ich hielt Abstand, so weit wie möglich, wusste nicht, was ich denken sollte. Dann schob sich ihr Arm heran, und sie griff um mich herum, rutschte näher, kuschelte sich an mich.

»Das war der beste Abend, den ich je mit dir hatte, Al. Der allerbeste Abend. Du warst auch wunderbar.«

Sie seufzte tief, atmete ganz lange und ganz sanft aus, als wäre sie hier endlich zufrieden. Ich kuschelte mich auch an sie. Wir hatten uns früher nie so aneinandergekuschelt, kein einziges Mal in der ganzen Zeit, die wir zusammen waren. Zwischen uns gab's entweder wildes Gerammel oder die Berliner Mauer. Jetzt lag sie da, ganz nah und behaglich, als wäre es das Natürlichste von der Welt, als hätten wir das jahrelang so gemacht. Das war Audrey und auch wieder nicht. Das war ich und auch wieder nicht. Das war die Audrey, die sie hätte sein können, wenn ich nicht gewesen wäre. Das war ich, der ich hätte sein können, wenn Audrey nicht gewesen wäre. Das war der Teil von uns, der immer außen vor gelassen worden war, kalt und hungrig und ängstlich.

»Audrey«, sagte ich. »Ich muss dir was sagen.«

Aber sie antwortete nicht. Sie war eingeschlafen.

Ich nahm ihre Hand und folgte ihr.

Dann war es Morgen, und wir zogen uns an und gingen nach unten zum Frühstück, von dem wir keinen Bissen runterkriegten. War wohl zu viel letzte Nacht, witzelte die Wirtin, und wir konnten nicht mal lachen.

Wir bezahlten und zogen los. Es regnete noch immer, die Leute kamen uns entgegen, gingen zurück in die Stadt in ihren Anoraks und Regenjacken, während wir in die entgegengesetzte Richtung marschierten. Es war nicht schwierig, die Straßen wurden zu Sträßchen, mit hohen Hecken und Bungalows, die Luft duftete, als hätte jemand

Blumen auf unseren Weg geworfen, und dann, ganz plötzlich, ging es bergab, eine Art Pfad hinunter, holprig und stolprig und außer uns keine Menschenseele, als wären wir allein auf der Welt. Dann waren wir da, standen wie zwei Robinson Crusoes vor dieser kleinen Bucht, die auf beiden Seiten von Felsen begrenzt wurde, und der Regen malte Muster in den Sand. Wir kletterten nach unten und gingen ein Stück.

»Wie spät ist es?«, fragte Audrey.

Ich sah auf die Uhr. »Nach zehn.«

»Meinst du, sie kommt? Bei diesem Wetter?«

»Hm, ganz schön riskant mit einem Boot.«

Sie blickte bekümmert.

»Sei nicht albern, Audrey«, sagte ich lachend. »Sie kommt, da kannst du Gift drauf nehmen.«

Wir setzten uns auf einen Felsen und warteten.

»Wenn alles ausgestanden ist, ruf ich Carol an«, erklärte ich. »Sag ihr, was Sache ist.«

Sie nickte. »Wäre schön, mal wieder von ihr zu hören. Die Kinder müssen inzwischen Teenager sein.«

Wir blickten wieder eine Weile aufs Wasser. Nichts.

»Em ist schwer in Ordnung«, sagte sie. »Netter, als du verdient hast.«

»Das weiß ich.«

»Vielleicht habt ihr ja mal Kinder zusammen. Macht es besser als wir zwei.«

»Audrey!«

»Ich hab dir noch gar nicht gesagt ...«

»Was?«

»Der Brief, den ich gefunden hab. Der ist ...«

Ich packte sie am Arm.

»Sieh mal! Ship Ahoy! Ship Ahoy!«

Da war es, kreuzte vor der Bucht, so ähnlich wie die *Miss Prosser*, nur größer, mit dem ganzen Radarkram auf dem Dach und ein paar Stühlen hintendrauf, wo du ein bisschen angeln konntest. Es wurde langsamer, warf einen Anker aus. Kurz darauf kam von der anderen Seite her ein Dingi in Sicht.

»Ich denke, es ist Zeit, ein bisschen schwimmen zu gehen«, sagte ich. »Kommst du?«

Wir zogen unsere Sachen aus, gingen ins Wasser, schwammen langsam los. Sie konnte besser schwimmen als ich. Schwimmen war für mich immer ein Kampf gegen das Meer. Audrey dagegen wirkte fast wie ein Teil von ihm. Ich hatte Mühe, mitzuhalten. Dann, nach fünf Minuten, stoppte sie. Das Dingi kam langsam näher.

»Das ist weit genug, Al. Du musst jetzt zurück.«

»Hier?«

»Hier.«

Sie schlang die Arme um meinen Hals. Regen fiel ihr ins Gesicht, ihre Augen waren ganz nass.

»Das ist das Ende, weißt du. Du siehst mich nie wieder.«

»Das weiß ich.«

»Es tut mir leid, Al. Aufrichtig leid.«

»Auch das weiß ich. Sonst wärst du nicht hier.«

Ich gab ihr einen Kuss. Den besten meines Lebens. Er ließ die Welt stillstehen, dieser Kuss.

»Jetzt aber ab mit dir. Und nicht zurückschauen. Wir haben es geschafft, du und ich. Wir haben es geschafft, Audrey. Bonsai, was? Das kannst du verdammt noch mal laut sagen: Bonsai!«

Dann riss ich mich los, schwamm an Land und blickte mich erst um, als ich wieder am Strand stand. Es war schon nichts mehr zu sehen, bloß das kleine Dingi, das gerade hinter dem Boot verschwand.

Sie war fort.

Eine Woche später saß ich in der Lounge der *Lady Di* und trat in der ersten Runde des Kennenlern-Scrabble-Turniers gegen Johnny Caracas an. Er war praktisch am Ende. Da kam Em mit der internationalen Ausgabe des *Daily Telegraph* hereingeplatzt.

»Al, hast du das hier gelesen?«

Johnny blickte genervt auf, war aber klug genug, sich niemals in irgendwas einzumischen, was Em und mich betraf. Sie setzte sich und fing an vorzulesen.

»›Heute fand die erste Verhandlung zur Beweisaufnahme im Fall von Mrs Durand-Deacon statt, die im dringenden Verdacht steht, ihren Ehemann Gerald Palmerstone ermordet zu haben. Mrs Durand-Deacon betrat den Gerichtssaal auf Krücken, da sie eine Woche zuvor bei dem Versuch, sich der Festnahme zu entziehen, Verletzungen davontrug.‹ Der Festnahme entziehen! Guter Witz.« Em las weiter. »›Mrs Durand-Deacon bestreitet jede Beteiligung am Tod ihres Mannes, doch der frisch beförderte Chief Inspector Rump, der sie festnahm, während sie einen kurzen Sommerurlaub an der Küste verbrachte, und der selbst in Ausübung seiner Pflicht Verletzungen erlitt, deutete an, die Polizei sei im Besitz eines forensischen Beweises, der die Verdächtige eindeutig mit dem Ableben ihres Mannes in Verbindung bringe, das zunächst als Unglücksfall eingestuft worden war.‹ Was, glaubst du, kann das sein?«, fragte Em. »Dieser forensische Beweis.«

Ich zuckte die Achseln. Dann fiel es mir wieder ein, Geralds Taschentuch, das sie sich von mir geliehen hatte, um sich die Hände abzuwischen, und in dessen Falten sich kleine Krümel von McWhirtles Pasty verfangen hatten, von derselben Sorte, die in Geralds Mund steckten. Das Taschentuch, das sie sich in den Ärmel geschoben hatte.

»Keine Ahnung«, sagte ich und reichte ihr mein Glas. »Bist du so nett, Liebelein, und machst uns noch einen Gin?«